AF132024

FLORIAN BOCK

Da Schorsch geht hoam

MÖRDERISCHER HEIMWEG Ein alter Schulfreund von Polizist Richard Sonnleitner wird überfahren am Straßenrand aufgefunden. Die Kripo glaubt an einen Unfall, aber warum gibt es dann keine Bremsspuren? Gemeinsam mit seinem Kollegen Wolfgang Gruber beginnt Sonnleitner heimlich zu ermitteln. Schnell geraten die beiden an den egozentrischen Bauunternehmer Aschinger, der den Toten und dessen Großeltern aus ihrem Haus vertreiben wollte. Dummerweise hat er ein Alibi, das die beiden Polizisten nicht überprüfen können. Zur gleichen Zeit wird im Wald ein Tourist niedergeschlagen. Die Straftat scheint in Verbindung mit Drogengeschäften zu stehen. Besteht am Ende sogar ein Zusammenhang zwischen den beiden Fällen? Richard Sonnleitner muss sich bei seinen Ermittlungen mit den manchmal seltsamen Eigenheiten der Bewohner des Bayerischen Waldes herumschlagen. Dass seine Ex-Freundin Sandra plötzlich wieder in sein Leben tritt, macht das Ganze nicht wirklich einfacher.

© Verena Pongratz

Florian Bock wurde 1982 im Landkreis Cham, dem Tor zum Bayerischen Wald, geboren. Nach einem eher mittelmäßigen Realschulabschluss machte er eine Lehre zum Kaufmann im Groß- und Außenhandel und blieb dann irgendwie beim Verkauf von Kloschüsseln hängen. Da er sein ganzes Leben in seiner Heimat verbracht hat, lag es nahe, diese zum Handlungsort seines ersten Romans zu machen. Privat lebt der Autor glücklich verheiratet mit Frau und zwei Töchtern in einem Dorf nahe der Stadt Cham

FLORIAN BOCK

Da Schorsch geht hoam

BAYERN-KRIMI

GMEINER

Immer informiert

Spannung pur – mit unserem Newsletter informieren wir Sie
regelmäßig über Wissenswertes aus unserer Bücherwelt.

Gefällt mir!

Facebook: @Gmeiner.Verlag
Instagram: @gmeinerverlag
Twitter: @GmeinerVerlag

Besuchen Sie uns im Internet:
www.gmeiner-verlag.de

© 2022 – Gmeiner-Verlag GmbH
Im Ehnried 5, 88605 Meßkirch
Telefon 0 75 75 / 20 95 - 0
info@gmeiner-verlag.de
Alle Rechte vorbehalten
1. Auflage 2022

Lektorat: Claudia Senghaas, Kirchardt
Herstellung: Mirjam Hecht
Umschlaggestaltung: U.O.R.G. Lutz Eberle, Stuttgart
unter Verwendung eines Fotos von: © BirgitKorber / AdobeStock
Druck: CPI books GmbH, Leck
Printed in Germany
ISBN 978-3-8392-0302-6

Für meine drei Mädels
Andrea, Katharina und Franziska

PROLOG

Es war eine dunkle, nasskalte Nacht, als die vier Gestalten aus der Tür herausgestolpert kamen. Von drinnen waren noch ein paar letzte Klänge lauter Musik zu hören, bis der Wirt die Anlage genervt abschaltete. Er hatte schon vor einer Stunde die Stühle hochgestellt und begonnen aufzuräumen, so gut es eben ging. Aber die vier hatten sich davon nicht beeindrucken lassen und fröhlich weiter gezecht.

Letztendlich war es ihm zu bunt geworden. Schließlich war es schon nach 3 Uhr in der Früh! Also hatte er sie, so freundlich wie es ihm möglich war, des Hauses verwiesen.

»Jetzt schleichts euch, besoffene Bande, besoffene!«

Es war alles andere als einfach gewesen, sie zur Tür hinaus zu bugsieren. Es verging schon eine Viertelstunde, bis sie die richtigen Jacken und, soweit vorhanden, Mützen anhatten. Zuerst hatten sie sich jeweils die falschen genommen, was zu einigem Diskussionsstoff und reichlich Gelächter führte. Besonders als dem einen die Jackenärmel gerade über die Ellbogen reichten, während sie dem anderen über die ausgestreckten Arme hinaus herunterhingen.

Schließlich waren sie aber gegen die niedrigen Temperaturen gewappnet gewesen, und unter mehr oder minder sanftem Druck hatte sie der Wirt zur Tür hinausgeschoben. Der allgemeine, dem Alkoholkonsum zuzuschreibende Verlust der Feinmotorik machte es ihm dabei nicht gerade leichter.

»Dann gib uns halt wenigstens noch eine Halbe mit, für den Weg!«, protestierten sie lautstark.

»Nix gibt's. Ihr glangt's* doch eh schon.«

Und so standen die vier nun in der kalten Nachtluft und blickten sich, leicht schwankend, auf der Suche nach Orientierung um.

Das dauerte eine ganze Weile, und endete erst, als der Erste schließlich seinem Harndrang nachgeben musste. Er stellte sich an die Hauswand des Wirtshauses und öffnete seinen Hosenstall. Dies schien auch für die anderen drei das Kommando zu sein, und sie erleichterten ausgiebig ihre Blase an die Wand.

»Und jetzt?«, fragte einer hicksend, wobei er sich zurückhalten musste, damit mit dem Hickser nicht auch Material nach oben befördert wurde.

»Ich tät sagen, wir fahren jetzt heim«, stellte ein anderer fest und fummelte umständlich in seiner Hosentasche, bis er einen Autoschlüssel zum Vorschein brachte. Den hielt er wie eine besondere Trophäe in die Höhe.

»Kannst du noch fahren?«, fragte der Erste.

»Ah geh, ich fahr besoffen besser als nüchtern. Dass weißt doch.«

Allgemeines Gelächter. So wankten sie zu einem einsamen Wagen, der auf der anderen Straßenseite stand. Eine Weile mühte sich der Schlüsselbesitzer am Schloss des Autos ab, ohne es öffnen zu können. Und auch ohne zu merken, dass er an der Beifahrertür stand. Mit reichlich Stöhnen und Fluchen werkelte er sich ab, bis er durch Zufall auf den Knopf am Schlüssel mit der automatischen Türentriegelung kam. Das Aufblinken eines anderen Autos direkt vor dem

---

* Glangen – wörtlich übersetzt »reichen« im Sinne von »ausreichend«. In Bayern auch Bezeichnung dafür, dass die als verträglich angesehene Menge an konsumiertem Alkohol überschritten wurde. Wobei die verträgliche Menge abhängig von Person und Situation sehr stark variieren kann.

Wirtshaus führte bei den Saufkumpanen zu nicht wenig Irritation. Mehrfach blickten sie zwischen beiden Autos hin und her, bei denen es sich um zwei komplett unterschiedliche Modelle handelte.

Schließlich besah sich der Inhaber des Schlüssels die Tür, die er so hingebungsvoll bearbeitet hatte, und langsam bahnte sich die Erkenntnis ihren Weg ins Großhirn.

»Das ist ja gar nicht mein Auto.«

Unter weiterem Gelächter wankten sie zurück zum anderen Auto. Da dies nun bereits aufgesperrt war, konnten sie ohne weitere Zwischenfälle einsteigen. Als sie nun drin saßen und der Fahrer das Zündschloss suchte, stellten sie fest, dass sie nicht mehr vollzählig waren.

»Wo ist denn jetzt der Schorsch?«, fragte einer.

»Der hat g'sagt, er möcht nicht mitfahren. Er geht lieber zu Fuß«, lallte der andere.

»Was?«, der Fahrer hatte es endlich geschafft, den Wagen zu starten, und es plärrte umgehend das Radio los.

»Der Schorsch geht heim!«, schrie er gegen die laut Musik an.

KAPITEL 1

»Schöne Scheiße, so ein Mistwetter«, schimpfte er leise vor sich hin, als er ausstieg. Minus drei Grad, Wind und leichter Schneeregen. Also typisches Aprilwetter. Furchtbar. Bei so einem Wetter schickt man keinen Hund vor die Tür. Einen frischgebackenen Streifenpolizisten Richard Sonnleitner aber schon. Der Polizeialltag nahm nun mal keine Rücksicht auf allgemeine Wetterlagen. Und auf ihn auch nicht.

Und dann auch noch so ein Mist von einem Einsatz. Auffahrunfall. Normalerweise nicht mal wert, die Polizei zu alarmieren. Aber die beiden Freizeit-Schumis, die er jetzt vor sich hatte, blockierten eine Hauptdurchfahrtsstraße und weigerten sich penetrant, ihre eingedellten Autos von eben dieser zu schaffen, um den Verkehr wieder fließen zu lassen.

Selbst mit Blaulicht hatte er 20 Minuten für die drei Kilometer gebraucht, weil sich alles so zurückstaute. Zwei Kreisverkehre schon komplett dicht. Alles in allem also eine riesen Sauerei.

»Da kommst du ja endlich!«, rief einer der beiden Unfallverursacher. Sehr schön, dachte Richard, zum ersten Mal gesehen, und schon war man beim Du. Das mochte er besonders gern. Eigentlich hätte er ihn jetzt erst mal zusammengestaucht, von wegen Respektsperson und so. Aber er wollte nur schnellstmöglich aus diesem Sauwetter raus. Darum beließ er es dabei.

»Wenn ihr zwei die ganze Straße blockiert geht's halt nicht schneller«, blaffte er zurück. »Also, was ist los?«

»Ja, was wird denn los sein«, plärrte der eine zurück. »Unfall, das siehst du doch.« Er, vom Typ her verhinderter

8oer-Jahre-Rocker. Lange, leicht fettige Haare, Dreitagebart und Bierbauchansatz unterm *AC/DC*-T-Shirt. *ADAC* würde ihm momentan mehr helfen, dachte Richard, behielt es aber lieber für sich.

»Ja klar seh ich das, bin ja nicht blind. Also konkreter: Unfallhergang?«, fragte er, während er Notizblock und Bleistift aus seiner Jacke kramte.

»Ich fahr ganz gemütlich Richtung *Obi*, weil ich noch Schrauben für die Rigipsplatten daheim brauch«, plapperte der Bon-Jovi für Arme los, ohne seinen Gegner zu Wort kommen zu lassen. »Denk mir nix, da haut der Depp vor mir einfach eine Vollbremsung hin, dass es nur so raucht. Da hab ich null Chance gehabt, noch zu bremsen.«

»Jetzt aber Moment mal«, wehrte sich der andere entschieden. »Ich habe nicht einfach so gebremst. Es ist eine Katze vor mir über die Straße gelaufen. Die konnte ich doch nicht einfach überfahren!«

Verdammte Scheiße, dachte sich Richard, der gute Mann war der bayerischen Sprache nur rudimentär mächtig. Dem Alter und Aussehen nach zu urteilen, so was wie Studienrat in Pension. Das konnte ja heiter werden.

»Von wegen Katz! Nix ist vor dir über die Straße gerannt«, schimpfte der Erste zurück. »Du kannst bloß das Autofahren nicht.«

»Und ob da eine Katze war!«

»Wo soll denn dann die Katze hergekommen sein? Mitten im Gewerbegebiet? Da rennt doch kein Vieh rum!«

»Wie soll ich denn wissen, woher das Tier kam? Vielleicht hat sie einer der Ladenbesitzer angefüttert!«, verteidigte sich der Herr Studienrat.

Die beiden redeten sich zunehmend in Rage. Richard musste dringend eingreifen, wenn die Straße heute wieder frei werden sollte. Die Huperei der umstehenden Autos ging ihm langsam ganz schön auf die Nerven.

»Moment mal, die beiden Herren. Sie wissen schon, dass Sie im Straßenverkehr jederzeit bremsbereit sein müssen?«, wandte er sich an den Rocker.

»Schon. Aber wenn der vor mir nachweislich das Autofahren nicht kann, da kann der beste Fahrer nichts mehr ausrichten, gegen so viel Unfähigkeit«, gab er spitz zurück.

»Dann bin ich mal gespannt, wie Sie dem Richter beweisen wollen, dass Ihr Gegner fahrunfähig sein soll«, antwortete Richard ebenso spitz.

»Das brauche ich nicht zu beweisen.« Der Rocker verschränkte selbstsicher die Arme vor sich. »Das steht ja schwarz auf weiß auf seinem Nummernschild.«

Jetzt wurde Richard stutzig. Verwundert blickte er auf das Nummernschild vom Studienrat.

»SAD«, las er laut vor und wunderte sich, was jetzt kommen würde. SAD stand für Schwandorf, den Nachbarlandkreis.

»Genau, S-A-D. Schwandorf. Die können alle das Autofahren nicht, die Schwandorfer.«

»Das ist eine üble Verleumdung«, regte sich der andere auf. »Nicht nur, dass Sie grob verallgemeinern, Sie diffamieren einen ganzen Landkreis!«

»Neun von zehn Schwandorfern fahren negativ verhaltensauffällig. Da gibt es wissenschaftliche Studien darüber«, erwiderte der Rocker, ganz selbstzufrieden darüber, dass sich der andere so aufregte.

Oje, das konnte ausarten, dachte Richard. Und das war gar nicht gut. Wahrscheinlich stauten sich die Autos auch schon bis Schwandorf raus. Er brauchte jetzt eine Lösung, und zwar schnell, sonst gab es richtig Ärger mit dem Chef.

Den würde es wohl eh schon geben, weil er wieder alleine in den Einsatz gefahren war. Wenn er ihm jetzt noch vorwerfen konnte, dass er die Situation nicht in den Griff bekam, dann war es ganz aus.

»Sag einmal, du weißt schon, dass es noch schneit«, wandte er sich an den Rocker. »Wie schaut's denn mit den Winterreifen aus? Noch drauf oder schon gewechselt?«

Ein Schuss ins Blaue, aber offenbar Volltreffer, denn der Rocker wurde auf einmal ganz käsig im Gesicht. Es war zwar schon April, aber wie so oft brachte der wieder mal einen kleinen Wintereinbruch mit Schneeregen mit sich.

»Also eher nicht, oder?«, hakte Richard nach. Er bekam nur ein peinlich berührtes Schulterzucken als Antwort.

»Gut. Dann fahrt's mal beide da vorne in den Parkplatz rein, damit die Straße endlich frei wird. Danach nehme ich den ganzen Vorgang auf«, wies er die beiden an, und sie folgten prompt. Der Herr Studienrat, weil er Respekt vor Amtspersonen hatte, und der andere, weil ihm jetzt nichts anderes mehr übrigblieb.

15 Minuten später war der ganze Spuk vorbei. Alle Aussagen aufgenommen, inklusive Fotos und allem Pipapo. Alles kam in die Akten und würde wahrscheinlich nie wieder das Licht der Welt erblicken, solang es die Versicherung nicht sehen wollte. Also mehr oder minder alles umsonst.

Zumindest hatte sich der Verkehr beinahe wieder auf normales Maß reduziert, und Richard konnte endlich zurück in seinen Dienstwagen. Ein paar Runden durch die Stadt mit der Heizung voll aufgedreht würden ihn trocknen und vor allem wärmen. Dienstfahrt eben.

Leider schien nichts daraus zu werden.

»Regina 19 von Zentrale«, krachte es aus dem Funk.

»Regina 19 hört«, antwortete er und ahnte nichts Gutes.

»Richard, der Chef sagt, du sollst sofort zurück in die Wache kommen. Pressiert, sagt er.«

»Verstanden, bin in zehn Minuten da. Regina 19, Ende.«

»Schöne Scheiße«, fügte er hinzu, als er die Sprechtaste losgelassen hatte.

»Da bist du ja endlich«, begrüßte ihn die Christina, als er die Wache betrat. »Der Chef wartet schon auf dich. Ist ziemlich sauer, weil du wieder allein unterwegs warst.«

Ja, die Christina. Das war schon so eine. Blond, mit Pferdeschwanz. Und solche Augen! Wie ein Reh. Davon abgesehen, ein recht beachtlicher Vorbau. Figurtechnisch ebenfalls sauber. Und vor allem so nett. Nicht so wie andere, wenn ihnen bewusst ist, dass sie gut ausschauen. Keine Spur von Überheblichkeit. Echt eine Nette. Genauso wie ihr Freund. Der Arsch. Also, eigentlich nicht Arsch. Eigentlich war der sogar überaus sympathisch. Er war eben so ein Typ, der mit jedem gut kann. So einer, der gleich mit dir reden kann, als würde man sich schon ewig kennen, ohne dass es einem komisch vorkommt.

Auf der anderen Seite, so nett wie er war, da hätte er ja jede haben können. Da hätte er ja auch die Christina ihm überlassen können. Der Arsch.

Naja, so war es nun mal und ließ sich nicht ändern. Leider blieb Richard keine Zeit auf einen Ratsch mit ihr, weil sein Chef scheinbar schon gehört hatte, dass er gekommen war. Schon kam er aus seinem Büro und schimpfte los.

»Kruzifünferl, Sonnleitner. Wie oft hab ich Ihnen schon gesagt, dass Sie nicht allein auf Streife sollen. Und das auch noch mit Einsatz! Sonst sind Sie doch auch so schlau. Da müssten Sie doch die Dienstvorschriften kennen. Herrgott, was soll ich bloß mit euch machen. Wo ist denn der Wolfgang schon wieder?«

Wie auf Kommando schlurfte der Gruber Wolfgang aus Richtung der Zellen zu ihnen. »Bin schon da, Chef. Musste ganz dringend ein paar Akten studieren. Da hab ich den Sonnleitner allein losschicken müssen, weil es so pressiert hat.« Dann gähnte er erst einmal ausgiebig, wahrscheinlich, um das Gesagte zu unterstreichen.

Ja, der Gruber Wolfgang. Der war sein zugeteilter Partner. Ein herzensguter Mensch. Immer die Ruhe in Person, und auch vom Gemüt her eher schlicht. Kassier beim örtlichen Schützenverein und der feuchte Traum eines jeden Vereinsvorstandes. Machte alles, was man ihm auftrug, war immer da, und am wichtigsten: Er hatte keinerlei Ambitionen auf irgendein höheres Amt.

Die Sache mit dem Gruber Wolfgang war eben die, dass er eigentlich immer hundsmüde war. Er hatte aber auch jeden Grund dazu, bei fünf Kindern. Da war immer eines dabei, das ihn nachts wach hielt. Oder wahlweise auch tagsüber, wenn er Nachtschicht hatte. Bei der Menge an Sprösslingen war immer Remmidemmi. Entweder war es ein schreiender Säugling, der ihm den Schlaf raubte. Oder eines der Kinder war krank oder konnte nicht schlafen, weil morgen eine wichtige Probe in der Schule anstand … oder eben sonst etwas in der Art.

Momentan war vorzugsweise der kleine Ruben Gruber für den fehlenden Schlaf verantwortlich, weil er die Nacht zum Tag machte, wie es frisch geborene Kinder nun einmal tun.

Gut, mag man sagen, Ruben ist jetzt vielleicht ein Name, der ebenso suboptimal in die ostbayerische Gegend passte wie zum ererbten Nachnamen. Zu den Grubers passte er inzwischen aber doch recht gut, weil die alle eher ungewöhnlich hießen. Also Wolfgang und seine Frau Maria, das war schon noch recht klassisch. Es folgten jedoch in chronologischer Reihenfolge: Thorben, Zoe, Dörte, Thaddäus und – eben ganz neu reingekommen – Ruben.

Die Gruber Maria sagte immer, sie wolle nicht, dass ihre Kinder so wie alle anderen heißen. Und dem Wolfgang war es eher wurscht.

Auf jeden Fall war der kleine Ruben der Grund, warum Wolfgang aus Richtung der Gefangenenzellen zu ihnen kam. Weil mit dem Aktenstudium war das so eine Sache.

Es war ein offenes Geheimnis, dass er dort auf der Pritsche seine Mittagsschläfchen hielt. Nun ist es aber nicht ganz repräsentativ, wenn ein Polizist in der Gefängniszelle schläft. Ihr Chef wollte das auch schon mal unterbinden und hatte sie eine Zeit lang verschließen lassen, solang kein Gefangener da war. Also, wenn ein Gefangener da war, dann waren sie natürlich auch verschlossen. Logisch. Aber eben nicht, wenn sie leer waren.

Der Gruber Wolfgang hatte dann ein ziemliches Problem. Das wusste er aber recht schnell zu lösen und hatte sich mittags in sein Privatauto verzogen, um dort zu schlafen. Da war es für ihn auch nicht weniger bequem als auf der Pritsche. Dumm nur war, dass der Wolfgang nun mal einen mehr als gesegneten Schlaf hat, sodass ihm kaum ein Wecker gewachsen ist. So hat er gut und gerne mal den halben Nachmittag im Auto verbracht. Jetzt ist es aber so, dass man mit dem Privatauto nicht vor der Polizeiwache parken darf. Der offizielle Parkplatz ist nur für Dienstautos oder Gäste. Das heißt, Wolfgangs Auto stand entweder an der Straße vor dem Revier oder in einem von drei nicht direkt einsehbaren Parkplätzen im Umkreis. Das war dann schon mal eine Mordssucherei, bis man ihn gefunden hatte. Vor allem bei einem Einsatz, wenn es eigentlich recht pressiert hätte.

Zum Leidwesen seines Chefs war aber die Mittagsschlaferei im Auto nicht für immer unbemerkt geblieben. Auch deswegen, weil der Wolfgang ab und an auch zu ausgiebigem Schnarchen neigt. Gerade bei Erkältung. Da sind eben mal einige Passanten aufmerksam geworden. Die fanden das wohl total interessant, wie so ein Polizist in Uniform in einem alten Opel Corsa zusammengerollt pennt und dabei lautmalerisch die Abholzung des Regenwaldes nachstellt. An dem Tag war die Suche nach Wolfgang ziemlich kurz gewesen, weil sich um den Corsa eine recht beachtliche Menschentraube gebildet hatte, die eben nicht zu übersehen war.

Da hatte der Chef entschieden, dass es für das öffentliche Bild der Polizei doch besser ist, wenn der Wolfgang wieder in der Zelle schläft, wo es nicht so auffällt.

Richard mochte den Wolfgang eigentlich ganz gern. Dummerweise hatten die beiden aufgrund von Alters- und auch Interessenunterschieden meist nicht allzu viel Gesprächsstoff. Der Gruber Wolfgang war aber eben sehr glücklich, wenn man ihn in der Zelle schlafen ließ. Und umgekehrt war Richard ganz glücklich, wenn er alleine unterwegs sein konnte und seine Ruhe hatte. Von der Seite gesehen ergänzten sie sich ganz gut.

»Dein Aktenstudium kenne ich!«, schimpfte der Chef weiter, nun aber in Richtung Wolfgang. »Ihr habt Glück, dass ihr gleich wieder losmüsst. Einsatz! Ein Toter sogar. Kollegen sind schon da. Also unterstützen und auf Kripo warten. Und dass mir nicht wieder Klagen zu Ohren kommen.«

»Jawohl, Chef«, antwortete Richard eifrig. Der Gruber Wolfgang antwortete das Gleiche, jedoch eine Spur weniger eifrig, weil von einem genüsslichen Gähnen unterbrochen.

Der Regen hatte inzwischen aufgehört. Kalt war es immer noch, stellte Richard fest, als er ausstieg. Sie hatten an einer schmalen Straße gehalten. Gut, Straße war jetzt ein sehr enthusiastischer Ausdruck für diesen Verkehrsweg. Es war eher ein besserer Feldweg. Aber zumindest geteert. Kaum breit genug, dass zwei Autos aneinander vorbeipassten, ohne dass einer auf das Bankett ausweichen musste. Bei einem entgegenkommenden Traktor wär es ganz vorbei gewesen.

Der Gruber Wolfgang hatte wahrscheinlich schon fünfmal seinen Seitenspiegel davonfliegen sehen, bis sie am Tatort angekommen waren. Zumindest war er bei Gegenverkehr einige Male mords zusammengezuckt.

Als sie ankamen, hatten die Kollegen von der Polizeiinspektion Kötzting schon Absperrband gezogen, sodass niemand mehr die Straße passieren konnte.

Das wurde bestimmt ein Spaß, wenn jemand hier durch wollte. Umdrehen war an der Stelle eher abenteuerlich. Vielleicht ein Smart in Kombination mit einem Wenden-in-15-Zügen-Manöver. Solche würden hier aber wahrscheinlich eher wenig vorbeikommen. Eher Typus *Bauernporsche*, also Mercedes für den gut betuchten und EU-subventionierten Großlandwirt mit größerem Geldbeutel als Geschmacksempfinden.

Naja, das war zumindest aktuell nicht ihr Problem.

Zusammen gingen sie die letzten Meter zu den Kollegen aus Kötzting zu Fuß.

»Servus, Kollegen«, grüßte Wolfgang die beiden. Richard nickte nur. »Was gibt's?«

»Eine Leiche. Zusammengefahren. Den hat es mords zerspreisselt, wenn ihr mich fragt.«

Richard warf einen Blick auf den Toten und sah, was der Kollege mit »zerspreisselt« meinte. Die Leiche lag im Straßengraben, und scheinbar hatte ihn ein Auto in der Bauchgegend erwischt. Zumindest hing da so einiges heraus, was normalerweise eindeutig nicht heraushängen sollte. Eine wahnsinnige Sauerei. Ein wenig in Richtung überfahrene Katze, aber aufgrund der menschlichen Komponente doch ein paar Level drüber.

Richard wurde augenblicklich speiübel. Er versuchte, seinen Blick auf die weniger lädierten Körperpartien zu konzentrieren, und da blieben nur noch Füße und Kopf übrig.

Als er das Gesicht des Toten sah, drehte sich alles. Wie von der Tarantel gestochen, rannte er auf die andere Straßenseite und übergab sich am nächsten Baum.

»Neu, der Kollege?«, fragte einer der Kötztinger mit Grinsen im Gesicht.

»Nein«, antwortete der Gruber Wolfgang lapidar, »das macht er immer so, wenn es einen Toten gibt.«

Gemütlich nestelte er eine Bäckertüte aus seiner Jacke, holte eine Breze heraus und biss hinein, während er die Leiche betrachtete.

»Wirklich nicht schön«, beschied er und ging zu Richard hinüber.

»Na, geht's wieder?«, fragte er mitfühlend.

Richard lehnte vornübergebeugt am Baum und versuchte, den Geruch seines eigenen Erbrochenen zu ignorieren, während er darauf wartete, dass sich sein Kreislauf beruhigte.

»Du, ich glaub, ich kenn den …«, brachte er keuchend hervor.

Eine halbe Stunde später trafen auch zwei Männer von der Kripo ein und stellten sich als Weidner und Amberger vor.

Richard blieb etwas abseits. Verkehr regeln, falls einer kommen sollte. Bisher war noch keiner gekommen.

Die beiden Kötztinger wiesen die Kollegen von der Kripo ein. Zeigten alles, was sie bisher gefunden hatten. Nicht ohne hämisch darauf hinzuweisen, dass die Kotze auf der anderen Straßenseite von Richard stammte und nicht von Opfer oder Täter. Es folgte kurzes allgemeines Gelächter.

Super, dachte sich Richard und konzentrierte sich weiterhin ausgiebigst auf den nicht vorhandenen Verkehr.

Gute 20 Minuten lang standen die beiden bei der Leiche herum. Sahen sich alles an, suchten die Straße ab, machten Fotos und so weiter. Als einer der beiden, Weidner, an ihm vorbeikam, passte er ihn ab.

»Und, wie schaut es aus?« Was Besseres fiel ihm im Moment nicht ein.

»Naja«, antwortete der Kripobeamte schulterzuckend und nickte in Richtung Leiche, »offensichtlich überfahren. Mich wundert es nur ein wenig, dass nirgends Bremsspuren auf der Straße sind. Aber gut, keine Straßenlaternen, das Opfer mit schwarzer Jacke, da hat ihn der Fahrer wohl zu spät gesehen und konnte nicht mehr bremsen. Wenn du mich fragst, war da Alkohol im Spiel.«

»Oder Vorsatz?«, fragte Richard.

Der Kripomann lachte. »Naja, kann theoretisch schon sein. Glaub ich aber nicht. So was haben wir schon öfter gesehen und war immer irgendein Besoffener.«

»Ich kenn das Opfer, glaub ich«, sagte Richard. Weidner blickte ihn verblüfft an.

»Ist schon eine Weile her, aber ich bin mit ihm in die Schule gegangen. Georg Kerscher«, fügte Richard hinzu.

»Hey, wir haben eine Identifikation«, rief Weidner seinem Kollegen zu und nannte ihm den Namen.

»Ja, deckt sich mit dem Ausweis, den ich gerade gefunden habe«, antwortete Amberger. Er war über die Leiche gebeugt und hatte mit Latexhandschuhen gerade den Geldbeutel herausgefischt.

»Kanntest du den näher?«, fragte Weidner.

»Eigentlich nicht. Habe ihn schon ein paar Jahre nicht mehr gesehen. Wir waren während der Schulzeit nicht sehr speziell. Wenn ich mich richtig erinnere, müsste er ungefähr einen Kilometer entfernt von hier wohnen, bei seinen Großeltern.«

»Bei seinen Großeltern?«, hakte Weidner nach.

»Soweit ich mich erinnere, ja. Ich weiß noch, dass seine Eltern schon tot waren, als wir zusammen in die Realschule gingen. Kann aber nicht sagen, warum.«

Der Kripobeamte dachte eine Weile nach, dann meinte er: »Okay, wir brauchen hier eh noch eine Weile. Wenn ihr schon mal zu den Großeltern fahrt und ihnen die Todesnachricht überbringt. Wir kommen dann nach und befragen sie. Da ist es immer gut, wenn der erste Schock schon vorbei ist.«

»Machen wir«, nickte Richard und ging Richtung Gruber Wolfgang, um ihn einzusammeln.

»Und denk dran, wir gehen von einem Unfall aus«, rief ihm Weidner nach, »also bloß kein Wort von Mord oder so was!«

KAPITEL 2

Die beiden Großeltern nahmen die Nachricht vom Tod ihres Enkels sehr gefasst auf, was Richard aber nicht weiter überraschte. Genauso hatte er seine eigenen Großeltern auch erlebt, die hielten sich auch mit Gefühlsregungen zurück. Wahrscheinlich lag es daran, dass sie aus einer Generation stammten, die noch den Krieg erlebt hatte. Da gehörte der Tod noch mehr zum Leben als heute. Natürlich sah man ihnen die Betroffenheit an. Trotzdem waren beide sehr gefasst. Sie, Kreszenz Kerscher bat die beiden gleich herein, und so saßen sie zu dritt auf dem alten Sofa in der Stube, während der Großvater, Franz, etwas abseits am Esstisch Platz nahm. Vor sich hatte er eine große Tasse mit etwas, das zumindest dem Geruch nach Kaffee sein musste. Im Vorbeigehen hatte Richard aber trotz voller Tasse den Boden durch die dünne Brühe hindurch gesehen. Wahrscheinlich eine Spezialmischung von der Oma, damit der Opa nicht die ganze Nacht wach war.

Nachdem der Gruber Wolfgang in einfachen Worten geschildert hatte, was offenbar passiert war, herrschte eine Weile betretenes Schweigen. Nur ab und zu unterbrochen durch ein Schnäuzen von der Kerscher-Oma.

»Hatte der Georg Streit mit irgendjemandem?«, fragte Richard, weil ihm die Stille zuwider war und er glaubte, dass so was als Polizist eine angebrachte Frage sei.

Der Wolfgang war offenbar anderer Meinung und rammte ihm den Ellbogen in die Rippen. Da fiel ihm wieder ein, dass sie ja nichts sagen sollten, was in Richtung Mord deuten könnte.

Oma Kreszenz hatte davon aber offenbar nichts bemerkt.

»Der Schorsch mit jemandem gestritten? Im Leben nicht. Der war immer ein ganz Braver.«

Sie zögerte einen Moment und fügte dann etwas leiser hinzu: »Zumindest die letzten Jahre.«

»Und vorher?«, fragte Richard, weil er jetzt so schön drin war.

»Naja, als sich sein Vater umgebracht hat, da war er ja gerade erst 13.«

»Jaja«, meldete sich Opa Franz zu Wort, »der Herr Schwiegersohn, die feige Sau!«

»So redet man nicht über einen Toten«, schalt sie ihn und wandte sich wieder an die beiden Polizisten. »Wissen Sie, der Horst, also der Vater vom Schorsch, hat das eben alles nicht so verkraftet, als die Brigitte, unsere Tochter, an Krebs gestorben ist. Ganz allein mit einem Buben von 13 Jahren. Arbeit hat er damals auch keine gehabt. Da hat er halt weder ein noch aus gewusst und hat sich aufgehängt.«

»So was hätt es bei uns nicht gegeben«, schimpfte Opa Franz weiter.

»Wir haben den Georg dann zu uns genommen. Es war ja sonst keine Verwandtschaft mehr da«, erzählte sie weiter, nachdem sie einen bösen Blick in Richtung Opa geworfen hatte. »Natürlich hatte er keine leichte Jugend, ohne Mama und Papa. Da ist er schon öfter mal in der Schule aufgefallen. Aber dann hat er sich wieder gefangen. Die letzten Jahre hat er sich auch immer mehr um uns gekümmert. Wir können halt auch nicht mehr so wie früher. Aber er hat immer überall mitgeholfen. Ohne den Schorsch hätten wir das Haus schon lange verkaufen müssen.«

»Der Aschinger kriegt von mir nix, das Arschloch«, regte sich der Kerscher-Opa auf.

»Wer?«, fragte Richard.

»Der Aschinger vom *Aschinger-Bau*«, antwortete Oma, und Richard nickte. Er hatte den Namen nicht gleich zuordnen können, aber natürlich war ihm der Bauunternehmer ein Begriff.

»Der will uns schon lang das Grundstück abkaufen«, fuhr sie fort. »Weil er so ein repräservatives Bürogebäude für seine Firma drauf bauen will, sagt er.«

»Repräsentativ«, korrigierte Richard.

»Wurscht, wie der Krampf heißt«, meldete sich Opa Franz zu Wort. »Ich bin hier geboren und hier sterb ich.«

»Er wollte uns eine seiner Eigentumswohnungen andrehen im Austausch für den Hof und das Grundstück. Das alte Haus sei ohnehin nichts mehr wert, und wir sollten nehmen, was wir kriegen. Aber ich hab mir die Wohnung angeschaut, der Schorsch war auch dabei. Die war im dritten Stock ohne Lift. Wie soll ich denn da raufkommen? Außerdem waren es nur drei Zimmer. Da hätten wir zu dritt ja kaum Platz gehabt. Der Schorsch hat dem Aschinger dann arg die Meinung gegeigt. Dass er ein rechter Halsabschneider ist und dass er sich die Wohnung in die Haare schmieren kann. Aber der Aschinger gibt halt keine Ruhe.«

»Hat er Ihnen weitere Angebote gemacht?«, hakte Richard nach.

»Ach was«, grollte der Kerscher-Opa. »Aber recht schikanieren tut er uns«.

»Und warum schalten Sie dann nicht die Polizei ein?«

Der alte Mann schnaubte nur abfällig.

»So richtig schikanieren tut er uns ja nicht«, erzählte die Oma weiter. »Zumindest nicht direkt. Aber bei Baggerarbeiten in der Nachbarschaft haben die uns zweimal das Stromkabel abgerissen und einmal das Telefon. Ganz aus Versehen. Was ich schon an Lebensmitteln wegwerfen musste, weil die Gefriertruhe erst nach zwei Tagen wieder gegangen ist. Und immer mal wieder steht ein Lastwagen vor unserer Ausfahrt, sodass wir nicht raus können.«

Richard begann zu verstehen. Die ganze Sache war einfach zu dünn, um die Polizei zu rufen. Aber so konnte der Aschinger ihnen das Leben zur Hölle machen.

»Den Kindergarten, der nebenan war, hat er schon gekauft«, fuhr sie fort. »Die mussten letztes Jahr raus. Dabei haben wir uns immer so über die Kleinen gefreut. Wissen Sie, das hält jung, wenn hier laufend kleine Kinder rumwuseln. Die sind immer mal wieder rübergekommen und haben sich die Kühe angeschaut, also als wir noch welche hatten. Oder Äpfel aufgesammelt. Grad eine Freude war's. Aber seit die weg sind, ist es so still geworden. Und jetzt ist unser Bub auch nicht mehr da.«

Oma Kreszenz ging das wiederum sehr zu Herzen und sie schnäuzte noch einmal kräftig in ihr Taschentuch, worauf wieder betroffenes Schweigen herrschte.

Da es dem Gruber Wolfgang jetzt offenbar auch unangenehm war, griff er betreten in die Schale mit Karamellbonbons, die sie ihnen hingestellt hatte. Er ergriff das oberste, aber offenbar waren die Bonbons schon etwas älter, denn das eine, das er gegriffen hatte, ließ sich nicht von den anderen lösen. Er versuchte es noch mit einem kräftigeren Ruck, hatte nun aber den kompletten Klumpen Bonbons in der Hand, während die Schüssel noch auf dem Tisch stand. Eine Schrecksekunde lang hielt er sie fest und legte dann den Klumpen peinlich berührt wieder in die Schale.

Gott sei Dank rettete sie die Türklingel. Weidner und Amberger von der Kripo waren endlich da, und damit war ihre Arbeit erledigt.

Sie bekundeten nochmal ihr Beileid und machten sich auf dem schnellsten Weg aus der Wohnung.

Auf der Fahrt zurück ins Revier musste Richard die ganze Zeit an den Toten denken. Georg Kerscher, oder besser bekannt als Schorsch. Er hatte in der Schule nur wenig Kontakt mit ihm gehabt. Irgendwie war es Richard immer ein wenig unangenehm gewesen, weil er ja gewusst hatte, dass der Schorsch Waise war. Er hatte eben nie wirklich gewusst, wie er damit umgehen sollte. Und der Schorsch hatte sich auch immer etwas seltsam verhalten. Vor allem war er so wechselhaft gewesen. Mal war er still und in sich gekehrt, einen Moment später drehte er total auf und machte den Klassenclown. Und wenn es sein musste, konnte er auch ganz schön raufen. Oft wegen nichts und wieder nichts, und meistens hatte er den Streit selbst angefangen. Nicht umsonst war er der mit den meisten Verweisen in der Klasse gewesen.

Damals hatte Richard ihn für ein echtes Arschloch gehalten. Jetzt tat es ihm irgendwie leid.

Wenn man seiner Oma Glauben schenkte, war er ja eigentlich ein ganz guter Mensch gewesen. Und als Waise in der Pubertät … vor allem, wenn sich der Vater aufgehängt hat. Schon irgendwie verständlich, dass man da nicht so ganz in der Spur ist.

Wer ihn wohl zusammengefahren hatte? Das Ganze kam Richard sehr seltsam vor.

»Du Wolfgang«, fragte er seinen Kollegen, »ist das nicht komisch, dass da so gar keine Bremsspuren waren?«

»Ja, schon. Aber wie die Kripo gesagt hat: Im Dunkeln hat ihn wahrscheinlich keiner gesehen. Da musst du dich nicht wundern, wenn du mit schwarzer Jacke in der Nacht auf der Straße spazierst, dass dich da einer überfährt. Und wenn der Fahrer noch ein paar Halbe im Gesicht hat* ...«

»Ja, aber selbst dann bremst man doch zumindest, wenn man merkt, dass es scheppert. Sogar besoffen.«

»Naja, vielleicht war er so dicht, dass er nicht mal das mehr gemerkt hat.«

»Aber so besoffen ist doch keiner mehr in der Lage, Auto zu fahren.«

»Eventuell ein Berufsalkoholiker? Gut im Training, wie man so sagt.«

»Also, ich weiß nicht. Kennst du einen von den Bad Kötztinger Kollegen? Ich würde gern hören, was bei dem Fall rauskommt.«

»Kennen tue ich schon welche, ist aber in dem Fall wurscht, weil das eh unsere Baustelle ist.«

»Aber die Kollegen waren doch zuerst dort?«

»Mag schon sein, aber gebietsmäßig gehört das noch zu Cham. Damit ist das unser Toter und landet auch auf unserem Schreibtisch. Also nicht die Leiche, aber die Akte. Da können die Kötztinger machen, was sie wollen.«

»Bad«, verbesserte Richard ihn.

»Was Bad?«

»Das heißt Bad Kötzting.«

»Ach so. Mir egal, das hat bei uns immer Kötzting geheißen, das bleibt auch so.«

»Ich hab mich schon oft gefragt, was da ein Engländer davon hält, wenn er bei uns Urlaub macht. Bei dem heißt das ja dann *bad* Kötzting, also *schlechtes* Kötzting. So wie in *Bad Bank* oder *bad luck*.«

»Oder in *Badminton*«, ergänzte der Wolfgang.

---

* ... mehrere Flaschen Bier in der Größeneinheit 500 Milliliter konsumiert hat

»Geh, so ein Schmarrn. Das ist doch ganz was anderes.«

»Warum? Da ist genauso ein Bad vorne dran.«

»Dann übersetz mir doch bitte mal *bad minton*?«

»Federball.«

Vor so viel Logik musste sich Richard geschlagen geben. Er sah Wolfgang entsetzt an, während der selbstzufrieden auf die Straße blickte.

Richard überlegte sich noch, was er darauf sagen sollte, da wurde er jäh durch das Piepen des Funks unterbrochen. Die Christina war dran. »Jungs, wo seid ihr, ich versuche euch schon die ganze Zeit zu erreichen. Ihr geht ja nicht mal ans Handy.«

Das hatten die beiden vorsorglich ausgeschaltet. Es zeugte nicht gerade von Pietät, wenn während dem Überbringen einer Todesnachricht das Handy losging. Schon gar nicht, wenn es sich um den DJ-Ötzi-Klingelton vom Wolfgang handelte.

»Wir haben gerade die Großeltern des Toten informiert«, meldete er entschuldigend.

»Ihr habt sofort einen neuen Einsatz. Sachbeschädigung und Beleidigung.« Sie gab die Adresse durch. »Ist eine ganz heiße Sache. Und ihr sollt euch ja anständig aufführen, hat der Chef gesagt.«

»Verstanden«, meldete Richard und blickte Wolfgang an, denn den Namen ihres nächsten Kunden hörten sie heute zum zweiten Mal …

KAPITEL 3

Der Mann war untersetzt, ja eigentlich schon richtig dicklich, und er hüpfte vor der Betonmauer herum wie Rumpelstilzchen. Sein Glatzkopf war knallrot und wurde von einem grauen Haarkranz umrahmt. Interessanterweise passte er damit farblich perfekt zu der roten Sprühfarbe auf der Betonmauer, die in gut zwei Meter großen Buchstaben das Wort »Arschloch« bildete.

Das allein sollte seine Aufregung hinreichend erklären. Nun handelte es sich bei dem wütenden Herren jedoch keinesfalls um einen Unbekannten. Genau genommen war er zumindest im Landkreis ziemlich bekannt. Wahrscheinlich auch ein gutes Stück darüber hinaus.

»Grüß Gott, Herr Aschinger«, begrüßten Richard und Wolfgang ihn im Chor. Winfried Aschinger war der größte Bauunternehmer im Landkreis und legendär, sowohl wegen seinem Reichtum als auch wegen seiner Wutanfälle.

»Ja, da seid ihr ja endlich«, schrie er sie ohne Begrüßung an. »Ich hab schon vor einer Stunde den Gerald angerufen.«

Damit dürfte er wohl den Landrat Gerald Hopfinger gemeint haben, mutmaßte Richard. Wenn er was brauchte, dann gab er sich offensichtlich nicht mit dem Schmiedel zufrieden, sondern stieg gleich ganz oben ein. Beim Chef vom Schmied.

»Entschuldigung, wir wurden bloß von einer Leiche aufgehalten.« Richards Stimme triefte vor Sarkasmus. Normalerweise hätte er ordentlich Respekt vorm Aschinger gehabt, aber die Sache mit dem Kerscher Schorsch vom Morgen hing ihm noch sehr nach, was ihm eine gewisse Gleichgültigkeit gegenüber kleineren Problemen verlieh. Und das, was ihm die Kerschers über ihn erzählt hatten, steigerte auch nicht gerade sein Ansehen.

»Das interessiert mich doch nicht, was ihr macht, damit der Tag rumgeht. Schaut euch lieber die Sauerei an.« Er deutete auf das Graffiti.

Sie betrachteten die Schmiererei eine Weile.

»Ja, sehr eingängig. Kurz und prägnant«, meinte der Wolfgang schließlich. Richard registrierte, dass auch er offenbar die Arroganz vom Herrn Aschinger gerade nicht recht hinnehmen mochte.

»Knapp, aber auf den Punkt«, ergänzte er deshalb.

Die Gesichtsfarbe des Baulöwen wurde augenblicklich noch eine ganze Stufe dunkelröter. »Jetzt redet keinen Schmarrn. Auf geht's! Beweise aufnehmen, Fotos machen, DNA-Proben und was weiß ich! Findet die Drecksau, die das da hingeschmiert hat. Und beeilt euch, damit meine Jungs die Scheiße endlich wegwaschen können.« Er deutete auf einen Trupp Bauarbeiter, die mit Hochdruckreinigern bewaffnet und rauchend an ihrem Transporter lehnten. Ihrem Gesichtsausdruck nach zu urteilen, waren sie alle bester Laune. »Muss ja nicht ein jeder lesen«, fügte der Aschinger etwas leiser hinzu. Offenbar war ihm gerade erst klar geworden, dass sich seine Angestellten gerade köstlich auf seine Kosten amüsierten.

Richard und Wolfgang blickten sich kurz an. Ohne Worte zu wechseln, waren sie sich sofort einig, dass sie das Ganze noch ein wenig in die Länge ziehen würden.

»Und was haben wir hier drüben?«, fragte Richard und deutete auf das gegenüberliegende Grundstück. Ursprünglich musste es einmal von einem ästhetisch grenzwertigen Jägerzaun umgeben gewesen sein. Dieser war aber über die

Hälfte der Länge ordentlich demoliert. Der Grünstreifen davor war mit Autoreifen umgeackert worden. Den Reifenspuren nach zu urteilen, war das Ganze wohl erst kürzlich passiert.

Herr Aschinger räusperte sich und wischte sich mit einem feinen Stofftaschentuch den Schweiß von der hohen Stirn. »Da hat mein Nachbar seinen Zaun erneuern wollen. Wie Sie sehen, hat er das so stümperhaft angefangen, dass ich ihm natürlich sofort angeboten habe, dass wir das übernehmen«, erklärte er. Sein Tonfall hatte sich augenblicklich geändert. Plötzlich trat er als der gutherzige Philanthrop auf, den er so gerne in der Öffentlichkeit zur Schau stellte.

»Da sehen Sie, da kommt auch schon mein Bautrupp!« Ein weiterer Transporter und ein Lastwagen mit unverkennbarem *Aschinger*-Schriftzug kamen an und parkten hinter dem ersten. Aber die Arbeiter schienen sich beim Aussteigen nicht für den kaputten Zaun zu interessieren, sondern schossen unter großem Gelächter ein paar Fotos vom Arschloch-Schriftzug.

»Ja, das darf doch wohl nicht wahr sein. Spinnt ihr?« Brüllend lief er zu ihnen hinüber und ließ den beiden Polizisten damit Zeit, sich den Zaun genauer anzusehen. Unsachgemäßer Abriss war nun doch ein eher euphemistischer Ausdruck. Offensichtlich war der Abbruch mithilfe eines Autos vonstattengegangen. Nicht gerade die naheliegendste Herangehensweise. Es sah eher nach einem Unfall aus. Fragte sich nur, warum der Aschinger das mit keinem Wort erwähnte.

Schließlich kam der Zauneigentümer bestens gelaunt aus seinem Haus geschlendert und blickte in Richtung Bautrupp. Er mochte Mitte 50 sein, hatte eine Hakennase, und obwohl er lächelte, deuteten seine Mundwinkel nach unten.

»Sie, Entschuldigen S'«, rief Richard ihm zu. »Wie ist denn das hier passiert?« Er deutete auf die Überreste des Zauns.

»Ach das. Keine Sorge, der wird gerade neu gemacht.«

»Und darf man fragen, wie der aktuelle Zustand zustande kam?«

»Ja mei, der Zaun war doch schon sehr alt. Sie sehen ja: Jägerzaun. So was macht man ja heute gar nicht mehr. Und der war schon so altersschwach, da ist er gestern einfach von selbst umgefallen.« Er hob seine Stimme, damit alle Anwesenden ihn hören mussten. »Und da hat mir der Herr Aschinger ganz selbstlos angeboten, ihn zu erneuern. Was ganz Modernes, hat er gesagt.« Er machte eine kurze Pause, dann schien ihm noch etwas eingefallen zu sein. »Mit viel Edelstahl!«

Wieder dieses seltsame Lächeln, bei dem die Mundwinkel keine Chance gegen die Gravitation hatten. Richard hatte keinen blassen Schimmer, wie er das anstellte.

»Das Ganze schaut mir aber eher aus, als wäre da ein Auto reingefahren.«

»Ein Auto? Nein.« Er wirkte beinahe brüskiert. »Der ist ganz von alleine umgefahren … äh umgefallen, meine ich.«

»Und die Reifenspuren?«

»Welche Reifenspuren?«

»Die vor dem Zaun.« Richard deutete ungeduldig auf die tiefen Furchen.

Er betrachtete sie eine Weile, die Mundwinkel gingen noch etwas weiter Richtung Süden. Er schien den Eindruck erwecken zu wollen, als hätte er sie gerade zum ersten Mal gesehen. Dann fiel ihm offenbar etwas ein.

»Ach das«, wieder das Merkel-Gedächtnis-Lächeln. »Da hat gestern eine ganz schlechte Autofahrerin angehalten.

Die hat beim Rausfahren so viel Gas gegeben, das glauben Sie gar nicht. Und da hat sie das Ganze so richtig schön umgeackert. Aber da wusste ich ja schon, dass der Zaun heute neu gemacht wird. Da hat mich das gar nicht geärgert. Gell, Herr Aschinger?«

Der war gerade wieder, die Stirn abtupfend, herangetreten. »Jaja«, grummelte er. Offenbar hatte er einen Großteil seines Zorns an seinen Angestellten auslassen können.

»Und Sie wollen mir jetzt beide erzählen, dass der Zaun von selber umgefallen ist und nicht von einem Auto umgefahren wurde?«, fragte Richard ungläubig.

Der Aschinger blickte ihn mit aufgerissenen Augen an, und sein Kopf wurde augenblicklich fast lila. Er musste direkt Luft holen, bevor er losbrüllte: »Ja, Kreuzkruzifix! Was geht euch denn der beschissene Scheißdreckszaun an? Ihr sollt euch um meine Mauer kümmern und um die Drecksau, die da ›Arschloch‹ drauf schreibt, Himmelarschundzwirn.«

Der Nachbar hatte die Augen geschlossen und nickte zustimmend, schien sich dabei aber köstlich zu amüsieren.

Schließlich gab Richard auf. Die Sache mochte zum Himmel stinken, und irgendwie hing der Aschinger da mit drin. Aber solang der offenbar Geschädigte keine Anstalten machte, Licht ins Dunkel zu bringen, hatten sie nun mal keine Chance.

Also zuckte er mit den Schultern und blickte den Wolfgang an. »Legen wir los?«

»Ja, dann legen wir mal los, würd ich sagen«, antwortete der.

Während sie das volle Programm auffuhren – Fotos, DNA-Spuren suchen (vergeblich) und so weiter – brüllte und schimpfte der Baulöwe noch eine Weile vor sich hin.

Schließlich landeten die beiden wieder auf dem Revier. Da der Vormittag sehr ereignisreich gewesen war, wurde es nun höchste Zeit, die dazugehörigen Berichte zu Papier zu bringen. Und Wolfgang drängte es schon arg zu seiner Brotzeit. Richard war nicht nach Essen zumute. Und das, obwohl sein Magen definitiv leer war. Er hatte quasi beim zweiten Einsatz in der Früh frisch Platz geschaffen, konnte man sagen.

Also setzte er sich lieber an seinen Schreibtisch und fing zu tippen an. Weit kam er allerdings nicht, weil die Christina zu ihm rüberkam.

»Du, kannst du mal ins Verhörzimmer kommen?«, meinte sie. »Der eine von der Kripo möchte noch was von dir wissen.«

Richard war darüber einigermaßen erstaunt. Was würde denn der noch von ihm wollen? Er sperrte seinen Computer, wie es sich gehörte, und machte sich auf den Weg. Unterwegs kam er am Büro seines Chefs vorbei. Die Tür stand offen, und im Vorbeigehen sah er, dass der Amberger von der Kripo bei ihm am Schreibtisch lehnte und etwas sagte, woraufhin sein Chef schallend lachte. Vielleicht ein wenig zu laut, was es etwas gekünstelt wirken ließ.

Als er vor dem Verhörzimmer angekommen war, klopfte er etwas schüchtern an. In Gedanken schalt er sich bereits, weil er so zaghaft angeklopft hatte. Warum, zum Teufel, wurde er bei so was immer so nervös? Aber offenbar war er gehört worden, denn von drinnen rief jemand »Herein«.

Das Verhörzimmer war, wie man es aus dem Fernsehen kannte. In der Mitte ein Tisch, auf der einen Seite ein harter Holzstuhl ohne Armlehnen, auf der anderen nochmal zwei Stühle. Darüber eine grelle Neonlampe, die unangenehmes Licht auf den Tisch warf. Der restliche Raum blieb eher dunkel. Fast schon klischeehaft. Auf der Seite mit den zwei Stühlen saß der Weidner. Er hatte eine Tasse Kaffee in der Hand und blickte von seinem Diensthandy auf, als Richard hereinkam. Er deutete ihm, sich zu setzen. Es blieb ihm nur der Verhörstuhl übrig.

Na toll, dachte Richard und wurde noch ein bisschen nervöser, während er sich setzte.

»Also du und der Georg Kerscher, ihr seid miteinander in die Schule gegangen?«, begann Weidner.

»Ja, wie ich schon gesagt hab. Aber ich habe ihn seitdem eigentlich nicht mehr gesehen.«

»Hmm«, nickte Weidner. »Und du glaubst, dass er mit Vorsatz überfahren worden ist?«

»Ich weiß nicht. Ich meine ja nur, es ist doch seltsam, dass keine Bremsspuren da sind. Selbst ein Besoffener hätte beim Aufprall gebremst. Das ist doch ein Reflex.«

Weidner nippte von seiner Tasse und überlegte ein wenig.

»Weißt du, um ehrlich zu sein, mir kommt das schon auch seltsam vor. Aber dass wir hier großartig ermitteln, dazu ist die Beweislage dann doch etwas dünn. Also wenn bei der Obduktion nicht noch was Überraschendes rauskommt … Naja, um die Wahrheit zu sagen, dann landet der Fall wahrscheinlich relativ schnell bei den Akten. Wir haben auch so alle Hände voll zu tun. Ich meine, natürlich kümmern wir uns drum. Aber erwarte dir nicht zu viel.« Er nahm nochmal einen Schluck von seinem Kaffee und blickte Richard dann lange an.

»Also, wenn du magst«, fuhr er schließlich fort, »dann kannst du dich ja mal an die Sache dranhängen. Ich meine natürlich, absolut inoffiziell. Weil, offiziell müssen wir uns natürlich darum kümmern. Aber wenn du uns ein wenig aushilfst, könnte ich dir die Infos zukommen lassen, die wir haben. Also Obduktionsbericht und was sonst noch anfällt.«

»Und wie stellen Sie sich das vor?«, fragte Richard. »Was soll ich machen?«

»Na, du bist doch von hier und kennst die Leute. Vielleicht kannst du von deinen alten Schulfreunden jemanden ausfindig machen, der mit dem Opfer mehr Kontakt hatte. Und wenn du irgendwas Wichtiges erfährst, dann informierst du uns eben. Gesetzt den Fall, dass an der Sache wirklich was dran ist und er mit Vorsatz überfahren wurde. Und im Gegenzug halten wir dich auf dem Laufenden. Passt das für dich?«

»Ja, klar!«, Richard war ganz aufgeregt. Natürlich wollte er an der Sache dranbleiben. War ja fast was Persönliches, wenn man so wollte.

»Du, aber eines muss klar sein: kein Wort zu deinem Chef. Weil offiziell fehlen dir für die Ermittlungen natürlich die Kompetenzen. Das Ganze muss wirklich unter dem Radar laufen. Eine Hand wäscht die andere, quasi.«

»Absolut klar.«

»Und sag zu deinem Partner auch nur was, wenn du absolut sicher bist, dass er dichthält. Sonst machst du das lieber allein.«

Richard nickte.

»Gut, dann machen wir das so.« Weidner packte seine Tasse und stand auf. »Hier meine Karte. Melde dich, wenn du was hast. Und iss lieber mal was. Du schaust noch ganz käsig aus.«

Im Pausenraum war es ziemlich muffig. Und laut obendrein. Um die Mittagszeit drängte es die meisten Kollegen, die auf Streife waren, zurück ins Revier. Und auch die Büromannschaft machte gerne pünktlich Mittag. Also war es ziemlich voll, und offenbar gab es auch reichlich Gesprächsbedarf. Allerdings beschränkte sich der Informationsaustausch nicht auf das direkte Gegenüber. Eigentlich schien es mehr so, als würde jeder mit genau demjenigen reden müssen, der sich gerade am weitesten von ihm entfernt befand. Das setzte schon mal eine gewisse Grundlautstärke voraus. Zusätzlich wurde es für alle anderen natürlich nötig, zumindest ein wenig lauter zu sprechen, um sich verständlich zu machen und die anderen zu übertönen. Das trieb die ganze Geräuschkulisse schon ziemlich in die Höhe.

Richard bekam trotz alledem nicht viel davon mit. Er lehnte mit einer Tasse Kaffee in der Hand an einer Wand, und sein Blick ging ins Leere. In seinem Kopf arbeitete es gerade gewaltig.

Er dachte schon so lange darüber nach, was ihm Weidner gesagt hatte, dass er nicht einmal merkte, dass sein Kaffee bereits eiskalt war.

Sollte er wirklich versuchen, sich in die Ermittlungen einzuschalten? Und das, ohne dass sein Chef Bescheid wusste? Da würde er sich auf jeden Fall mehr rausnehmen, als er durfte. Auf der anderen Seite, was konnte schon passieren? Schlimmstenfalls würde er einen Einlauf bekommen. Aber sonst? Dann durfte er eben nicht mehr an dem Fall arbeiten. Aber durfte er ja jetzt auch nicht. Also in der Hinsicht hatte er nichts zu verlieren. Und den Anschiss würde er auch noch überstehen.

Aber wie sollte er das Ganze anfangen? Er musste das Umfeld vom Schorsch befragen, aber das kannte er ja nicht mal. Er wusste weder, wo er gearbeitet hatte noch mit wem er seine Zeit verbrachte.

Gut, das ließ sich rausfinden, wenn er seine Großeltern befragte. Die konnten ihm sicherlich zumindest ein paar

Anlaufstellen liefern, bei denen er sich umhören könnte. Bloß, die waren ja bereits von der Kripo befragt worden. Da fiel es doch sicher auf, wenn er nochmal die gleichen Fragen stellte. Noch dazu als ganz einfacher Streifenpolizist. Andererseits hatten sie wahrscheinlich keine Ahnung, dass er eigentlich gar nicht an dem Fall arbeiten durfte. Die kannten doch das Ganze auch nur aus dem Fernsehen. Und wie realistisch war es, dass sie auf dem Revier nachfragten, ob das wirklich in seine Befugnis fiel? Das kam ihm sehr weit hergeholt vor.

Zumindest, solang er nicht zu penetrant vorging. Das könnte also schon funktionieren. Und anschließend würde er eben den ganzen Rest abklappern. Arbeitsstelle, Freunde, Stammkneipe et cetera. Da konnte es zwar sein, dass er auch wieder als Zweiter nach der Kripo auftauchte und dieselben Fragen stellte, aber so, wie der Weidner das gesagt hatte, vermutete er, dass die hier nicht allzu überaktiv werden würden. Schließlich gingen sie ja immer noch von einem Unfall aus.

Aber eines war klar, und das bereitete ihm am meisten Sorgen: Ohne den Wolfgang würde er das Ganze auf keinen Fall durchziehen können. Schließlich musste er wahrscheinlich einige Leute befragen. Und er konnte seinen Partner nicht jedes Mal im Revier lassen. Das würde dem Wolfgang ja auffallen und wahrscheinlich auch seinem Chef. Und genau das musste er unbedingt vermeiden, sonst konnte er die ganze Sache sofort vergessen.

Aber würde Wolfgang mitmachen? Gut, wirklich mithelfen musste er ja eigentlich nicht. An sich reichte es, wenn er einfach dichthielt. Konnte er sich da auf ihn verlassen?

Richard dachte eine Weile darüber nach und schüttelte dann den Kopf. Der Wolfgang war vieles, im positiven wie im negativen Sinne. Aber eines war er in jedem Fall: bedingungslos loyal.

Natürlich konnte er ihn in seinen Plan einweihen, wie hatte er überhaupt daran zweifeln können? Ob er darüber begeistert war, das war eine ganz andere Frage. Aber wirklich wichtig war das nicht, denn Richard würde ja die hauptsächliche Arbeit übernehmen. Und der Wolfgang würde ihn in keinem Fall hinhängen, so viel war klar.

Was sprach dann noch gegen die ganze Sache? Alles, was er riskierte, war, dass bei der Geschichte gar nichts rauskam, weil es wirklich nur ein saudummer Zufall war. Und eventuell handelte er sich einen riesigen Anschiss ein.

Das wäre zu verkraften, und irgendwie fühlte er sich dem Schorsch und seinen Großeltern verpflichtet, dass er sich drum kümmerte. Vor allem, da es ja auch sonst niemand zu tun schien.

Also wie anfangen? Am besten, er holte sich gleich mal seinen Partner mit ins Boot. Ja, das war es und das konnte er auch jetzt sofort erledigen. Warum lange warten?

Voller Tatendrang richtete er sich auf und nahm einen großen Schluck aus seiner Kaffeetasse. Augenblicklich zog sich aber alles in ihm zusammen, als er merkte, dass die bittere Brühe schon eiskalt war. Unter Würgen schluckte er sie hinunter und hoffte inständig, dass es niemandem aufgefallen war.

Pfui Teufel, war das grausam, dachte er sich, während er den kläglichen Rest in die Spüle kippte. Wenn kalter Kaffee wirklich schön machte, dann wollte er das gar nicht sein.

Wolfgang saß auf der Bank in der Umkleide und stierte schon eine ganze Weile geradeaus, ohne etwas zu sagen. Richard stand mit verschränkten Armen vor ihm und wartete ungeduldig auf seine Antwort. Die Luft war stickig, und es miefte nach Schweißfüßen. Wahrscheinlich kam das von dem Paar roter Turnschuhe, das in der Ecke lag. Die waren schon genauso da gelegen, als er in der Inspektion Cham angefangen hatte, und keiner wusste, wem sie gehörten.

Die Umkleide war leer, weil gerade kein Schichtwechsel anstand. Und bei dem Mief, der hier herrschte, ging zur Mittagszeit auch keiner rein, wenn es nicht unbedingt sein musste. Man wollte sich ja nicht den Appetit verderben. Momentan war es also der beste Ort, um ungestört und frei von unerwünschten Zuhörern zu reden. Es hatte ihn einiges an Überredungskunst gekostet, den Wolfgang hierher zu lotsen. Normalerweise machte er um die Zeit immer die Mittagsvertretung für die Kollegen. Dann kam er zwar später zu seinem Essen, das hatte aber einen entscheidenden Vorteil. Weil dann in aller Regel die anderen wieder bei der Arbeit waren, hatte er den Pausenraum meist für sich allein. Da konnte er dann noch prima ein Mittagsschläfchen einlegen. Und auf das verzichtete er äußerst ungern. Weil dann war er den ganzen Nachmittag unleidig, sagte er immer.

Richard hatte also einige Mühe gehabt, vor allem weil ja auch die Christina noch neben ihm gehockt war. Und die sollte ebenfalls nichts davon mitbekommen. Ein wenig blöd hatte sie schon geschaut, als er Wolfgang gedrängt hatte, dass er mit ihm in der Umkleide reden musste, und dabei recht geheimnistuerisch gewesen war. Hoffentlich reimte sie sich da nicht irgendwas zusammen. Aber es hatte nichts geholfen. Richard war sich sowieso noch ziemlich unsicher bei der Sache. Und dann durfte er so etwas nicht vor sich herschieben. Sonst war die Gefahr zu groß, dass er es sich anders überlegte. Er hatte also den Stier bei den Hörnern packen müssen, und das möglichst sofort.

Als Wolfgang schließlich widerwillig auf der Umkleidebank saß, hatte er ihm alles erzählt. Von dem Gespräch mit Weidner und dass er immer noch glaubte, dass es bei dem Unfall nicht mit rechten Dingen zugegangen war. Und dass er das Angebot von dem Kripomann annehmen wollte, damit er selber ein wenig in der Sache ermitteln konnte und an die Infos von oben kam. Nach dem Prinzip, eine Hand wäscht die andere. Er hatte ihm erklärt, dass er für jede Hilfe dankbar wäre, aber von ihm nichts erwartete. Nur dass er natürlich Stillschweigen darüber bewahrte, weil die ganze Aktion ja mehr oder minder illegal war.

Wolfgang hatte sich das Ganze schweigend angehört.

Schließlich seufzte er. »Weißt du schon, was du da machst?«

Richard zuckte mit den Schultern.

»Wenn was rauskommt … Das gibt einen Einlauf, der sich gewaschen hat. Das sag ich dir.«

»Wenn du nichts dem Chef sagst«, sagte Richard vorsichtig, »dann kommt auch nichts raus.«

»Aber auch nur, wenn du Glück hast und dich sonst niemand verpfeift.«

»Wird schon schiefgehen.«

Wolfgang schüttelte den Kopf.

»Merkst du nicht, dass dich die von der Kripo nur ausnützen? Die wollen doch nur, dass du die Drecksarbeit machst. Und mehr kommt dabei nicht raus, weil das sowieso nur ein Unfall war. Bestenfalls findest du den Fahrer. Und wer heimst dann die Lorbeeren ein? Garantiert der Weidner und der Amberger. Weil verhaften tun die den dann. Und du kriegst einen warmen Händedruck von denen. Und gratis dazu einen Anschiss vom Chef, weil du deine Kompetenzen überschritten hast. Da springt doch nichts raus für dich. Die in Regensburg trauen uns eh nicht zu, dass wir uns die Schuhe selber zubinden können. Für die von der Kripo bist du derselbe Bauerntrampel wie wir anderen auch.

Und als genau das brauchen sie dich. Als Bauer wie beim Schachspielen.«

Der Vergleich überraschte Richard. Analogien zum Schach hätte er dem Wolfgang gar nicht zugetraut.

»Geh, willst du dir das nicht doch aus dem Kopf schlagen?«

Richard blickte ihm starr in die Augen und versuchte, dabei möglichst selbstsicher rüberzukommen. Dann schüttelte er langsam den Kopf.

Wolfgang seufzte wieder.

»Und?«, fragte Richard schließlich. »Kann ich mich drauf verlassen, dass du dem Chef nichts sagst?«

»Klar verpfeif ich dich nicht. Was glaubst du denn?«

Richard hielt die geballte Faust vor Freude hoch.

»Aber du brauchst nicht glauben«, schnaubte Wolfgang, »dass ich dir bei der Sache großartig helfe. Ich halte mich da raus. Und wenn der Chef irgendwas spitzkriegt, dann weiß ich von gar nichts, verstanden?«

»Sowieso.«

Richard setzte sich zufrieden neben Wolfgang auf die Bank, und eine Weile saßen sie schweigend da.

»Und wie willst du die Sache jetzt anfangen?«, fragte Wolfgang schließlich.

»Ehrlich gesagt, bin ich mir da auch noch nicht ganz sicher. Ich meine, ich muss eben erst mal rausfinden, mit wem er alles Umgang hatte. Mich bei Freunden und Bekannten umhören, ob irgendwer was weiß.«

»Und wer wäre das dann alles konkret?«, hakte Wolfgang nach.

Richard wollte etwas erwidern, aber es fiel ihm nichts ein. Entmutig ließ er die Schultern hängen. »Keine Ahnung«, gab er kleinlaut zu.

Wolfgang schnaubte. »Na bravo, du Aushilfs-Columbo.« Er schüttelte den Kopf. »Also, da du offenbar ohne meine Hilfe total aufgeschmissen bist … fahren wir eben miteinander zu seinen Großeltern und hören uns da mal um.«

Richard grinste ihn an.

»Aber glaub nicht, dass ich jetzt die ganze Arbeit für dich mache. Reden wirst du mit ihnen. Ich halte mich, soweit es geht, aus der Sache raus. Verstanden?«

»Klar!«

»Aber erst nach meiner Mittagspause.« Wolfgang blickte auf seine Armbanduhr. »Na sauber, die ist jetzt auch schon fast wieder rum. Du schuldest mir mindestens eine halbe Stunde Schlaf.«

»Mach ich wieder gut, versprochen.«

»Wer es glaubt, wird selig.«

KAPITEL 4

Die Sitzungen mit seinen beiden engsten Freunden waren ein zentraler Pfeiler in Richards Leben. Der Haaserer war sein ältester und bester Freund. Eigentlich hieß er nicht Haaserer, aber jeder, der ihn kannte, nannte ihn so. Auf seinem Ausweis stand Stefan Haas. Seinen Spitznamen hatte er sich in der Zeit verdient, als die beiden in noch recht zartem Alter realisiert hatten, dass Mädchen eigentlich gar nicht so doof waren, wie man als Kind annimmt. Mit der Pubertät und dem damit einhergehenden hormonellen Ungleichgewicht übten sie plötzlich einen ganzen seltsamen Reiz aus. Und das ausgerechnet in einem Abschnitt des Lebens, in dem der eigene Körper die reinste Baustelle darstellt. Die Stimme überschlägt sich bei jedem zweiten Satz, sofern man diesen in Anwesenheit des weiblichen Geschlechts überhaupt herausbringt. Man wächst in die Länge, ohne den geringsten Sinn von Proportion. Und die paar spärlichen Fransen um den Mund herum, die man voller Stolz zu Schau stellt, lassen einen wie den letzten Deppen aussehen. Vom Thema Akne braucht man gar nicht anzufangen. Alles in allem der bescheuertste Zeitraum, in dem man sich dem zarten Pflänzchen der körperlichen Liebe annähern sollte. Aber was half es, die Natur wollte es aus irgendeinem Grund so. Und wer waren sie, dass sie sich dieser widersetzten. Stefan und Richard einte, dass ihnen die Pubertät zu der Zeit besonders übel mitspielte. Entsprechend wenig Erfolg ernteten sie deshalb im Umgang mit dem anderen Geschlecht. Gerade Stefan entwickelte aber in dieser Disziplin einen besonderen Ehrgeiz. Es ging so weit, dass er fast seine ganze Freizeit der Jagd nach Hasen, also in dem Fall der zweibeinigen Sorte, widmete. In der Zeit wurde ihm daher der Spitzname Haaserer verpasst, und er konnte kaum besser passen. Für sich gesehen, war er der beste Freund, der freundlichste Mensch, den man sich nur wünschen konnte. Irgendwann würde er eine Frau sehr, sehr glücklich machen, weil er liebevoll, zuvorkommend und aufopferungsbereit war. Doch so umfangreich ihn die Natur mit inneren Werten ausgestattet hatte, so nachlässig war sie mit den äußeren Attributen verfahren. Einfach gesagt, der Haaserer war klein, dürr, ein wenig krumm und hatte schiefe Zähne, die jedem Kieferorthopäden Dollarzeichen in den Augen erscheinen ließen. Und das machte es potenziellen Partnerinnen schwer, den liebenswerten Menschen zu erkennen, der er eigentlich war. Um diesen Makel auszugleichen, wurde er es nicht müde, sich immer neue Flirttechniken anzueignen und diese am lebenden Objekt zu testen. Leider mit mäßigem Erfolg, was ihn aber nur weiter anspornte.

Richard konnte sich kein Leben ohne Haaserer vorstellen. Oft genug ging ihm aber die ewige Aufreißerei gehörig auf die Nerven. Weil wenn er mal Fährte aufgenommen hatte, war kein vernünftiges Wort mehr mit ihm zu reden. Und wenn er dann deprimiert von einem gescheiterten Beutezug zurückkehrte, musste er erst wieder mühevoll aufgebaut werden. Was beinhaltete, dass man ihm ein Bier oder Ähnliches ausgeben musste, damit er überhaupt zu gebrauchen war. Richard wurde richtiggehend schlecht, wenn er darüber nachdachte, dass er ihm wohl schon den Gegenwert einer mittleren Brauerei spendiert hatte. Auf der anderen Seite konnte man mit ihm eine Mordsgaudi haben. Weil, und das musste man ihm lassen, er ließ sich schon auch die tollsten Sachen einfallen, um die Damenwelt zu bezirzen. Da war es fast schade, dass die meisten Aktionen nicht von Erfolg gekrönt waren. Aber erleben konnte man mit ihm immer was.

Foo war da ein ganz anderes Kaliber. Er war der Dritte in ihrem Bund. Komischerweise konnte sich keiner dran erinnern, wie sie ihn kennengelernt hatten. Irgendwie war er auf einmal dagewesen, so als hätte er schon immer dazugehört, und er ging auch nicht mehr weg. Foo hieß natürlich auch nicht wirklich so. Sein voller Name lautete Martin Fuchs. Sein Spitzname war ursprünglich Fu, die Kurzform von Fuchs gewesen. Da er aber ein riesiger Rock-Fan war – auch ein Detail, das diese drei sonst so unterschiedlichen Charaktere verband – hatte er seinen Spitznamen eigenmächtig in Foo geändert. In Anlehnung an die amerikanische Rockband *Foo Fighters*.

Ein klein wenig sah er auch so aus wie Dave Grohl, der Frontsänger der Band: lange schwarze Haare und Bart. Gut, die Sommersprossen im Gesicht und die breite Nase machten den Vergleich dann auch gleich wieder zunichte, aber immerhin. Foo war ein Typ, den eigentlich nichts aus der Ruhe bringen konnte. Er nahm sein ganzes Leben ziemlich locker. Meist begnügte er sich damit, anderen zuzuhören und ab und an einen schrägen Spruch von sich zu geben. Richard konnte nicht anders, er liebte seinen trockenen Humor. Auch wenn er das niemals zugeben würde. Dabei war Foo jemand, den man leicht unterschätzte. Er war auch der einzige der Drei, der Abitur und ein abgeschlossenes Studium vorweisen konnte, das er auf dem zweiten Bildungsweg absolviert hatte. Vielleicht war es auch der dritte oder vierte, er schien immer eine Abneigung gegenüber dem direkten Weg zu empfinden. Richard konnte sich bis heute nicht erklären, wie er das mit seiner Leck-mich-am-Arsch-Haltung durchziehen hatte können. Aber offensichtlich war er sogar ziemlich erfolgreich damit gewesen. Sicher konnte es keiner sagen, aber er und Haaserer mutmaßten, dass Foo mit Abstand das größte Monatsgehalt von ihnen einstrich. Mit was genau, da waren sie sich auch nicht so ganz sicher. Irgendetwas Technisches auf jeden Fall. Das war etwas, das man ihm in keiner Weise ansah. Sein Auto war alt und schmuddelig, die Klamotten abgewetzt. Überhaupt schien sich seine Bekleidung voll und ganz aus Jeans und Band-Shirts zusammenzusetzen. Wenn er Geld ausgab, dann höchstens für irgendwelchen seltsamen Krimskrams oder halb kaputte Teile, die er dann versuchte, wieder zusammenzubauen. Mit wechselhaftem Erfolg. Aktuell arbeitete er an einem alten Moped. Wobei »aktuell« einen Zeitraum von schon gut drei Jahren einnahm.

Ab und an bereitete es Richard Kopfzerbrechen, dass er so wenig über seinen Freund wusste. Der schien aber auch seinen Spaß damit zu haben, sie im Dunkeln tappen zu lassen. Und er freute sich jedes Mal diebisch, wenn er die beiden anderen mit etwas überraschen konnte. Zum Teil wollte Richard aber auch nicht alles über Foo wissen, was mit seinem eigenen Beruf zu tun hatte. Es war ein offenes Geheimnis zwischen ihnen, dass er sich auch mit anderen Rauschmitteln beschäftigte als nur mit Alkohol. Darüber sah Richard so weit wie möglich hinweg, und Foo stieß ihn nicht direkt mit der Nase darauf, soweit es ging. Insgeheim hoffte Richard, dass er nicht irgendwann eine Hanfplantage bei Foo im Garten fand. Zutrauen würde er es ihm.

Zu dritt wie immer saßen sie in ihrem Stammcafé und tranken Weißbier. Besser gesagt, Haaserer und Foo tranken Weißbier. Richard blieb bei einem Spezi, weil er der Fahrer war.

»Das werde ich auch nie verstehen, warum ausgerechnet du immer nüchtern bleiben musst«, rief Haaserer.

»Wie meinst du jetzt das?«, fragte Richard, der gerade lustlos an seinem Getränk nippte.

»Ja, wenn dich die Polizei aufhält, dann holst du einfach deinen Dienstausweis raus, und die lassen dich weiterfahren.«

»Das glaubst auch bloß du. Außerdem will ich heut eh nichts trinken.«

»Wieso denn das?«, fragte Foo.

»Könnt ihr euch noch an den Kerscher Schorsch erinnern?«

»Nope«, meinte Foo.

»Doch, schon«, warf Haaserer ein. »Aber klar, den kannst du nicht kennen. Der ist doch mit mir und Richard auf die Schule gegangen. Den hab ich auch schon ewig nicht mehr gesehen. Warum fragst du?«

»Den haben wir heute Morgen gefunden. Tot im Graben.«

»Ach geh«, rief Haaserer überrascht. »Los, red' aus. Was ist denn passiert? Lass dir nicht alles aus der Nase ziehen.«

»Den hat wer überfahren. Hat nicht schön ausgeschaut, das kann ich dir sagen.«

»Und das ist dir so auf den Magen geschlagen, dass du heut nichts trinken magst?«, fragte Foo.

Richard nickte etwas verschämt. Dass er an den nächsten Baum gekotzt hatte, verschwieg er lieber.

»Und?«, fragte Haaserer ungeduldig weiter. »Wer war's?«

»Wissen wir nicht. Wer es auch war, er hat Fahrerflucht begangen.«

»So was. Leute gibt's.«

»Weißt du irgendwas von ihm?«, fragte Richard Haaserer. »Ich hab ihn ja auch schon ewig nicht mehr gesehen.«

»Hm«, Haaserer dachte angestrengt nach. »Viel nicht. Recht speziell waren wir ja nie miteinander. Ich glaub, ich hab ihn mal im Baumarkt rumrennen sehen.«

»Ja, das haben wir schon rausgefunden, wo er gearbeitet hat. Da müssen wir die Tage auch mal vorbeischauen.«

Christina hatte wie immer hervorragende Arbeit gemacht und ihnen seine Arbeitsstelle bereits rausgesucht.

»Gut, aber sonst …« Haaserer schüttelte den Kopf. »Viel mehr weiß ich auch nicht. Obwohl, doch. Der war doch auch DJ.«

»Echt?«

»Ja. Der hat öfter im *Thunders* aufgelegt.«

»Mein Gott, ja!« Jetzt fiel es auch Richard wieder ein. Er hatte ihn ein paarmal dort gesehen, aber nicht mit ihm gesprochen. Er war ja immer in seiner DJ-Kanzel gestanden. Und extra zu ihm hingegangen war er nicht, weil er nicht wusste, was er mit ihm hätte reden sollen. »Da waren wir auch schon ewig nicht mehr.«

»Ja, dann wird's mal wieder Zeit, oder?«, rief Haaserer erfreut.

»Meine Rede«, stimme Foo zu.

Richard dachte darüber nach. Im Zuge seiner Nachforschungen war es sicher hilfreich, wenn er sich dort mal umsah. Aber mit den beiden eine Ermittlung führen, war wohl alles andere als produktiv.

»Jaja«, sagte er nur und beschloss, ihnen nichts zu sagen, wenn er hinfuhr.

»Der Kerscher Schorsch.« Haaserer schüttelte mitleidig den Kopf. »Der hat es auch nicht leicht gehabt im Leben. Dem seine Eltern waren ja schon tot, wie wir mit ihm in eine Klasse gekommen sind. Und dann derbröselt es ihn auch noch dermaßen jung. Traurig.«

Es entstand eine unangenehme Pause, in der niemand etwas sagte. »Ja, so kann es gehen«, meinte Haaserer schließlich.

»Das Leben ist wie eine Hühnerleiter. Kurz und beschissen«, beschied Foo und erhob sein Glas.

Sie stießen zusammen an.

»Du, Richard, ganz was anderes.« Haaserer wischte sich den Weißbierschaum von der Oberlippe. »Weißt du überhaupt, wer wieder da ist?«

Richard wusste, was jetzt kam. Er hatte es zumindest befürchtet. Seufzend verbarg er den Kopf in seinen Händen, als könnte er es so abwenden.

»Deine alte Flamme, die Sandra, wohnt jetzt wieder daheim«, fuhr Haaserer unbeeindruckt fort.

»Au weh«, wandte Foo ein. »Lang hat sie es nicht ausgehalten in Regensburg.«

»Mei, ein Jahr wird es schon gewesen sein«, plauderte Haaserer munter weiter. »Oder, Richard?«

»Keine Ahnung«, brummte Richard genervt, die Stimme gedämpft, weil er den Kopf unter seinen Armen begraben hatte.

»Geh, Richard«, tadelte Haaserer. »Was bist du denn so zuwider? Bloß weil sie deine Ex ist. Wie alt bist du eigentlich?«

»Offenbar nicht alt genug,«, kommentierte Foo.

»Schreib ihr doch mal«, meinte Haaserer aufmunternd. »Wer weiß, vielleicht wird es ja wieder was mit euch.«

»Nur über meine tote Leiche«, sagte Richard bestimmt.

»Ach komm, ihr wart doch so ein schönes Paar«, flötete er.

»Das sagst ausgerechnet du?«, wunderte sich Richard. »Du hast sie doch nie leiden können.«

»Ich auch nicht«, wandte Foo ein.

»Ach geh, das waren doch bloß kleine Neckereien zwischen Freunden.«

»Sie hat dir mindestens zweimal eine runtergehauen«, stellte Richard fest.

»Viermal«, erklärte Foo. »Aber einmal warst du auf dem Klo und das andere Mal bist du später gekommen. Drum kommst du bloß auf zweimal.«

»Danke fürs Buchführen.« Richards Stimme triefte vor Sarkasmus, was Foo aber entweder nicht bemerkte oder einfach ignorierte.

»Gern geschehen«, antwortete er nur.

»Ja, das waren doch bloß freundschaftliche Tätschler, mehr nicht.«

»Einmal hat sie dir eine reingehaut, weil du sie angegraben hast«, bemerkte Foo.

»Was?« Richard bekam große Augen.

»Ach geh«, wehrte Haaserer peinlich berührt ab. »So kann man das nicht sagen.«

»War das auch bloß eine freundschaftliche Neckerei, oder was?« Richard war außer sich.

»Ganz genau, das war bloß ein kleiner Spaß. Und außerdem …«

»Außerdem was?«

»Naja … da war eigentlich schon klar, dass das mit euch nicht mehr lange hält.«

»WIE BITTE? Meine Freundin macht aus heiterem Himmel heraus mit mir Schluss, und du weißt es bereits vorher und versuchst, sie mir auszuspannen?«

»Also, Richard, so, wie du das sagst, klingt es ja gerade so, als wäre *ich* der Böse«, meinte Haaserer sichtlich beleidigt.

Richard wusste nicht mehr, ob er weinen oder lachen sollte.

»Also zu seiner Verteidigung, recht geschickt hat er sich dabei eh nicht angestellt«, versuchte Foo, die Lage zu entschärfen.

»Das tut er doch nie!«, rief Richard.

Foo wiegte den Kopf hin und her. »Auch wieder richtig.«

»Also bitte!«, rief Haaserer empört.

»Bitte was? Mein ältester Freund versucht, mir die Freundin auszuspannen, und ich erfahre das ein Jahr später. Ich glaub, ich spinn!«

Haaserer senkte schuldbewusst den Kopf. »Richard, glaubst du mir, wenn ich sage, dass es mir ehrlich leidtut? Ich weiß, dass sich das gerade furchtbar schlimm für dich anhört. Aber ich schwöre, es war nicht ernst gemeint. Außerdem war ich da auch sehr betrunken.«

Foo wollte etwas einwenden, kassierte dafür von Haaserer einen Schlag auf die Schulter. »Du bist jetzt still. Freundschaftszerstörer.«

Foo zuckte nur mit den Schultern, trank einen ordentlichen Schluck Weißbier und schwieg.

Richard seufzte. Langsam verflog sein Ärger wieder.

»Und woran war dann, bitteschön, für alle außer für mich erkennbar, dass das mit mir und der Sandra nicht mehr lange hält?«

»Richard«, Haaserer legte einfühlsam seine Hand auf Richards Arm, »die Sandra war doch schon lange unzufrieden. Das hast du vielleicht nicht gesehen, weil du schon total beziehungsblind warst. Aber für alle anderen war es offensichtlich.«

»Aha. Und warum bist du dann der Meinung, dass wir wieder zusammenkommen könnten?«

»Richard, Menschen ändern sich«, sagte Haaserer oberlehrerhaft. »Du musst die Sandra auch verstehen. Du warst ja praktisch ihr erster fester Freund. Wenn man so jung eine so lange Beziehung hat, dann kommt man eben ins Nachdenken. Ob jetzt das wirklich das Richtige für einen ist, oder ob man vielleicht was verpasst hat. Und die Sandra wollte ja schon immer was von der Welt sehen.«

»Haaserer, sie ist nach Regensburg gezogen. *Regensburg.*«

»Ja, das musst du nicht so betonen. Wenn man aus so einem kleinen Nest kommt, dann fängt die große Welt eben schon in Regensburg an.«

»Da fährt man mit dem Auto 45 Minuten.«

»Das ist doch keine Frage der Entfernung. Regensburg ist eben eine richtige Stadt. Dagegen ist Cham ein Dorf. Auf jeden Fall kann man da schon mal mehr erleben als hier, wo immer alles gleich ist. Und vielleicht hat sie ja auch einen gebraucht, der sie mal so richtig durch…«

»Haaserer«, unterbrach ihn Richard warnend.

»Du weißt schon, was ich meine. Vielleicht hat sie sich ja die Hörner abgestoßen, wie man so schön sagt. Und jetzt braucht sie wieder was Festes. Etwas Verlässliches. Etwa Vorhersehbares. Und da, mein Lieber, kommst du wieder ins Spiel.«

»Ach, das ist doch ein Schmarrn«, winkte Richard ab.

»Hm, also, als ich mit ihr gesprochen hab, war sie zumindest sehr interessiert, wie es dir geht.«

»Was? Du hast die Sandra getroffen und ihr habt über mich gesprochen.«

»Es kam am Rande zur Sprache.«

»Und was hat sie da genau gesagt?«

»Gell, dass würdest du jetzt gerne wissen«, grinste Haaserer. »Scheinst also doch nicht ganz uninteressiert zu sein.«

»Ach Krampf«, wehrte Richard ab. »Das hat nichts mit Interesse zu tun.«

»Weißt du was? Wenn ihr euch trefft, dann macht doch einfach mal was aus. Setzt euch zusammen und redet ein wenig. Vielleicht wird ja mehr draus.«

KAPITEL 5

Irgendwo mussten sie anfangen, und was lag näher als die Wohnung des Opfers. Um 8 Uhr morgens standen Richard und Wolfgang vor dem Kerscherhaus und klingelten. Es dauerte eine ganze Weile, bis ihnen geöffnet wurde. Es war die Kerscher-Oma, und sie sah nicht gut aus. Es war ihr deutlich anzusehen, dass sie geweint hatte. Erschöpft wirkte sie und müde. Beim Überbringen der Todesnachricht war sie noch so gefasst gewesen, wohl aufgrund des Schocks. Nachdem der vorbei war, hatte sie nun die volle Wucht getroffen. Sie sagte nichts, blickte die beiden Polizisten nur an und bedeutete ihnen dann mit einem Nicken hereinzukommen. Also folgten sie ihr ins Haus und setzten sich wieder auf das bekannte Sofa. Richard wusste nicht so recht, wie er anfangen sollte, und auch die Kerscher-Oma saß schweigend vor ihnen und starrte auf den Boden. Bis auf das Ticken der Wanduhr war es absolut still. Durch das Fenster sah man den Kerscher-Opa hinterm Haus, wie er Holz hackte. Richard fiel auf, dass er dabei eine erstaunliche Kraft an den Tag legte.

Er wurde von Wolfgang aus den Gedanken gerissen, der ihn unsanft mit dem Ellenbogen anstieß. Ihm war das Schweigen zu dumm geworden, und natürlich hatte er damit auch recht. Also nahm Richard all seinen Mut zusammen.

»Wir hätten noch ein paar Fragen, Frau Kerscher.«

Die Angesprochene blickte nicht auf. Sie seufzte nur und nickte.

»Wissen Sie, wo der Georg in der Unfallnacht gewesen ist?«

Sie hatte die Schleife ihrer Kittelschürze in den Händen und betrachtete sie intensiv. Es dauerte eine ganze Weile, bis sie antwortete. »Zum Wirt, hat er gesagt.«

Richard zückte Notizblock und Stift, dann fiel ihm aber ein, dass ihn das nicht viel weiter brachte.

»Ähm, zu welchem Wirt?«

»Zum *Saurer-Wirt*.«

Richard sah etwas hilflos zu Wolfgang. Der ließ ihn Gott sei Dank mit einem Nicken wissen, dass er wusste wo das war.

»Gut«, Richard räusperte sich. »Hat er gesagt, was er da wollte?« Saudumme Frage, was wird man schon im Wirtshaus wollen? Aber ihm fiel ums Verrecken nichts ein.

»Kartenspielen, hat er gesagt.«

»Wollte er sich mit jemandem Bestimmten dort treffen?«, fragte Richard, froh darüber, dass ihm noch eine sinnvolle Frage eingefallen war.

Sie beschäftigte sich weiter intensiv mit der Schleife. Dann schüttelte sie leicht den Kopf. »Ich weiß nicht. Gesagt hat er nichts. Ich habe seine Freunde nicht wirklich gekannt. Er hat nicht viel darüber gesprochen, mit wem er sich trifft.«

»Hatte er eine Freundin?«

»Nein, nicht. Zumindest hat er nichts gesagt. Ich mein, früher hat er schon ab und zu ein Mädchen nach Hause gebracht. Hat nie lange gehalten.«

Richard musste überlegen, was er sie noch fragen konnte. Arbeitsplatz nicht mehr, da hatte er schon alle Infos von der Christina.

»Wissen Sie, warum er in der Nacht zu Fuß unterwegs war?«

Wieder schüttelte sie andeutungsweise den Kopf. Es schien ihr sehr schwer zu fallen, darüber zu sprechen.

»Wahrscheinlich wollte er was trinken. Zum Wirt ist es zwar ein kleiner Fußmarsch, aber es geht schon.«

Wieder folgte Stille, und Richard überlegte, ob er das Gespräch beenden sollte, als sie unvermittelt wieder zu sprechen anfing.

»Ich brauch nicht auf ihn warten, hat er gesagt. Weil es spät wird.« Ihre Lippen bebten. »Ich meine, da denkt man doch nicht dran, dass man ihn nie wieder sieht. Warum musste er denn mitten in der Nacht allein nach Hause gehen? Hat ihn denn da niemand heimfahren können?« Sie hätte noch mehr sagen wollen, aber ihre Stimme wurde durch ihr Schluchzen erstickt.

Richard war das Ganze sehr unangenehm. Er wusste nicht recht, was er dazu sagen konnte. Egal was, es würde den Schorsch auch nicht mehr zurückbringen. Peinlich berührt blickte er sich um. Da fiel sein Blick auf den Kerscher-Opa im Hinterhof. Der hatte sein geradezu manisches Holzhacken ebenfalls aufgegeben und lehnte am Hackstock. Richard fragte sich, warum er so zuckte, bis er merkte, dass auch sein Körper vom Weinen durchgeschüttelt wurde. Hilflos sah Richard sich nach Wolfgang um. Der hatte die Lippen zusammengepresst und nickte ihm zu.

»Frau Kerscher«, sagte er dann, »ich denke, es ist nun besser, wenn wir Sie alleine lassen.«

Sie nickte nur, unfähig, mehr zu sagen.

»Danke für Ihre Hilfe. Wir finden alleine raus«, sagte Wolfgang mit sanfter Stimme, und Richard war unglaublich erleichtert, als sie das Haus verlassen hatten.

Im Auto atmete Richard erst mal tief durch. »Oh Mann, das war jetzt richtig hart«, sagte er mehr zu sich selbst.

»Das ist der Teil meines Berufes, den ich am wenigsten mag«, meinte Wolfgang.

»Gewöhnt man sich irgendwann daran?«, fragte Richard.

Wolfgang sah ihn ernst an, und schüttelte dann nur den Kopf.

»Und jetzt?«

»Jetzt?«, meinte Wolfgang. »Jetzt machen wir weiter.«

Weiter war in diesem Fall die Polizeiinspektion Bad Kötzting. Es war Wolfgangs Idee gewesen, den Kollegen, die die Leiche gefunden hatten, mal auf den Zahn zu fühlen. Richard hatte sich schon über so viel Initiative von ihm gewundert. Er schlenderte hinein, lehnte sich lässig an die Theke und setzte sein breitestes Grinsen auf. »Servus, Max!«, rief er.

Es war nur ein Kollege anwesend. Richard erkannte ihn wieder, er war ebenfalls am Tatort gewesen, wo sie den Schorsch gefunden hatten. Der blickte auf, musterte sie kurz und grinste ebenfalls. »Ja, da schau her. Der Gruber Wolfgang. Habediehre, alte Wurschthaut. Was führt dich denn zu uns?«

»Geschäftliches natürlich, oder glaubst du, ich mach hier einen Privatbesuch?« Beide lachten wie blöd, was Richard nicht verstand. Offenbar handelte es sich um einen Insiderwitz.

»Ja dann«, sagte der Kollege schließlich. »Magst du einen Kaffee?«

»Sowieso«, antwortete Wolfgang.

»Wie immer?«

»Kennst mich doch.«

»Alles klar«, sagte Max und war schon verschwunden, wahrscheinlich in Richtung Küche. Richard hatte er nicht gefragt, ob er auch einen wollte. Genau betrachtet, hatte er ihn nicht mal zur Kenntnis genommen.

»Ich würde auch einen schwarzen Kaffee nehmen«, rief Richard ihm zaghaft nach. Irgendwie glaubte er nicht, dass er gehört worden war.

Einige Momente später erschien der Kollege wieder mit zwei Tassen Kaffee. Offenbar war Richards Wunsch also doch erhört worden. Eine Tasse stellte er vor Wolfgang, der dankend zugriff. Richard wollte ebenfalls seine Tasse nehmen, doch dann führte Max sie zu seinem eigenen Mund. Richard seufzte innerlich. Das konnte ja lustig werden.

»Also raus mit der Sprache. Was beschert uns das Vergnügen deiner Anwesenheit?«, fragte er schließlich Wolfgang, nachdem er einen tiefen Schluck genommen hatte.

»Habt ihr wieder mal im fremden Revier gewildert?«, fragte Wolfgang süffisant.

»Das sagt der Richtige. Wie kommst du denn drauf?«

»Na, weil du und der Heinz eine Leiche gefunden habt, die uns gehört.«

»Ach so«, er winkte ab. »Reiner Zufall. Das ist ja fast noch unser Gäu. Ist einer von den vermeintlichen Schleichwegen, die wir immer wieder gern kontrollieren. Außerdem, sei froh, dass wir da ein Auge drauf haben. So, wie ihr in Cham eure Arbeit macht, wäre doch die Leiche längst verrottet, bis ihr die findet.«

»Geh, mach mal ein Fenster auf, dass die Sprüche rauskommen. Aber im Ernst, wie habt ihr die denn gefunden?«

»Wie gesagt, war ganz unspektakulär. Wir sind unsere Runde gefahren, und da sieht der Heinz auf einmal den Toten am Straßenrand. Den Rest kannst du im offiziellen Bericht lesen.«

»Offizieller Bericht, dass ich nicht lache. Den kriegt ihr doch vor nächstem Jahr nicht fertig.«

»Du, so was brauch ich mir von dir nicht gefallen zu lassen«, rief der Kollege mit gespieltem Ernst. »Außerdem garantier ich dir, dass du den Bericht bestimmt vor Weihnachten kriegst. Oder spätestens an Ostern. Aber Spaß beiseite. Warum interessierst du dich für die Sache?«

»Ich persönlich eher weniger. Aber unser Jungspund hier ist ganz heiß drauf.« Wolfgang deutete auf Richard. Für den fühlte es sich fast so an, als hätte man einen Tarnmantel von ihm gezogen, denn der Kötztinger Kollege blickte ihn an, als wäre er gerade erst in diesem Moment erschienen.

»So?« Er musterte ihn weiter und wandte sich dann wieder an Wolfgang. »Trinkt er keinen Kaffee?« Richard zwinkerte ein paar Mal. Irgendwas lief hier ganz verkehrt. Wolfgang zuckte nur mit den Schultern.

Bevor Richard aber etwas erwidern konnte, erhellten sich plötzlich Max' Gesichtszüge. »Ja, Moment mal. Dich kenn ich doch. Du bist der, der den Tatort vollgekotzt hat.« Er lachte laut auf. »Hey, saugeil. Ich hab schon lange keinen mehr so viel kotzen sehen. Und ich hab jedes Jahr Spätschicht auf dem Pfingstfest.«

Richards Gesichtszüge waren wie eingefroren. Am liebsten wäre er einfach gegangen, aber das hätte auch nicht gut ausgesehen. Also blieb ihm nichts anderes übrig, als es über sich ergehen zu lassen.

»Ach geh«, meinte Max schließlich, als sein Lachen endlich nachließ. »Nimm's nicht so schwer. Ich mach bloß Spaß.« Und dann schlug er ihm so fest mit der flachen Hand gegen die Schulter, dass es wehtat.

»Aber ich muss euch leider enttäuschen. Viel beitragen kann ich zur Sache nicht. Wir haben einfach eine Leiche gefunden, die am Straßenrand lag. Nicht mehr und nicht weniger. Es war weit und breit niemand zu sehen.«

»Meinst du, dass dem Heinz noch was aufgefallen ist?«, versuchte es Wolfgang, Max winkte aber ab.

»Du kennst doch den Heinz, das alte Waschweib. Der kann nichts für sich behalten. Wenn dem noch was aufgefallen wäre, dann hätte er es mir auf jeden Fall erzählt. Wenn, dann müsst ihr auf den Obduktionsbericht warten, vielleicht steht da noch was Interessantes drin. Aber wenn ihr mich fragt, dann hat den einfach ein Besoffener über den Haufen gefahren.«

Wolfgang zuckte nur mit den Schultern, aber es sah so aus, als wollte er sagen: »Der Meinung bin ich ja auch, aber unser Junior mag es nicht glauben.«

»Na dann«, sagte er schließlich. »Danke für den Kaffee. Und bis zum nächsten Mal.«

»Bitteschön«, antwortete Max. »Mach's gut. Du, und pass beim Rausgehen auf deinen Kollegen auf. Weil unsere Putzfrau kommt erst am Mittwoch.«

Richard konnte den Kollegen noch lachen hören, während er mit hochrotem Kopf nach draußen ging. Wortlos stieg er ins Auto und starrte stur geradeaus.

»Geh, das darfst du nicht so ernst nehmen«, beschied ihn Wolfgang lächelnd. »Unter Kollegen nimmt man sich eben mal auf den Arm. Besonders, wenn es welche von einer anderen Dienststelle sind. Außerdem solltest du dir ein dickeres Fell zulegen. Wenn dich so ein Spaß unter Kollegen schon aus dem Konzept bringt, dann wart mal deine erste Demo von den rechten Idioten ab.«

Ich hab in der Ausbildung schon genug Demos bewacht, wollte Richard eigentlich antworten, behielt es aber für sich. Da war er schon bei Sachen dabei gewesen, gegen die waren die Demonstrationen am Chamer Marktplatz wie ein Kindergeburtstag. Aber es war etwas ganz anderes, wenn man

in einer Gruppe von Polizisten von ein paar Idioten ange-
pöbelt wurde, als wenn einen jemand persönlich so saudumm anredet wie gerade eben.

Insgeheim wusste Richard aber, dass Wolfgang damit
recht hatte. Und der hatte definitiv schon mehr erlebt als
Richard. Also antwortete er lieber nicht.

»Jaja«, sagte er stattdessen nur. »Können wir jetzt weitermachen?«

Wolfgang streckte die Arme nach oben. »Wie der Herr
befiehlt«, sagte er und startete den Motor.

Sie mussten ein paar Runden auf dem Parkplatz des Baumarkts drehen, bis sie eine leere Parkbucht fanden.

»Das ist immer so, sobald es warm wird«, meinte Wolfgang, »da zieht es alle in den Garten. Und weil natürlich
neue Pflanzen und Blumenerde her muss, fahren sie alle
zum *Obi* wie die Vergifteten.« Das Wetter hatte wieder
einen Umschwung gemacht, und der April zeigte sich nun
von seiner schönen Seite.

Als der Streifenwagen endlich geparkt war, betraten sie
die große Eingangshalle des Marktes. Wie zu erwarten, war
der Andrang an Kunden gigantisch. Vor den Kassen hatten
sich bereits lange Schlangen gebildet.

»Da geht's ja zu wie am Stachus«, meinte Wolfgang.

»Und was machen wir jetzt?«, fragte Richard.

Wolfgang hielt abwehrend die Hände hoch. »Dein Fall,
weißt du noch?«

Richard blies die Backen auf und sah sich um. Dann
steuerte er auf die erstbeste Kassiererin zu. »Entschuldigen Sie, wir müssten den Chef sprechen.«

»Der ist nicht da«, antwortete sie forsch, während sie
um einen dieser niedrigen Einkaufswagen herumlief, auf

der verzweifelten Suche nach einem Strichcode für ihren Scanner.

»Ähm, ja. Und wer hat dann gerade das Sagen?«

»Der stellvertretende Chef«, presste sie angestrengt hervor, während sie drei Säcke Blumenerde hochstemmte, um an diesen verflixten Code zu kommen. Ihr Kunde, man konnte ihn durchaus als gestandenes Mannsbild bezeichnen, zeigte keine Regung, ihr dabei zu helfen.

Also griff Richard mit an. Schließlich würde das die ganze Sache zumindest etwas beschleunigen. Und eventuell wurde dann die gute Frau aus Dankbarkeit auch etwas umgänglicher. Die verdammten Säcke waren allerdings wesentlich schwerer, als sie aussahen. Und so standen Richard schon die ersten Schweißperlen auf der Stirn, als endlich das erlösende Piepen des Scanners zu hören war. Ziemlich unsanft ließ er sie zurück auf den Wagen fallen, was ihm ein recht unfreundliches Räuspern des Kunden einbrachte. Das ignorierte er jedoch geflissentlich.

»Und wo finde ich jetzt den stellvertretenden Chef?«

»Ja, was weiß ich denn. 98 Euro 57«, rief sie dem Kunden zu, dem es nun auch den Schweiß auf die Stirn trieb. »Sie sehen doch, wie es hier zugeht. Fragen Sie halt da hinten an der Info.« Sie fuchtelte mit ihrem Scanner in eine grobe Richtung.

Richard bedankte sich, und die beiden Polizisten machten sich auf die Suche nach der Information. Die fanden sie auch relativ schnell. Leider war dort kein Mitarbeiter anzutreffen.

»Und jetzt?«, fragte Richard.

»Und jetzt suchen wir uns einen Angestellten. Das kann ja nicht so schwer sein. Also ich da, und du dort drüben.« Wolfgang bedeutete ihm eine Richtung und lief selbst in die andere.

Zuerst hatte Richard so seine Zweifel, ob sie einen Mitarbeiter finden würden, der weniger beschäftigt war als die Kassiererin, bei dem Andrang. Dann stellte er jedoch fest, dass sich die Invasion an Kaufwilligen offenbar wirklich auf die Gartenabteilung beschränkte. Und von der bewegte er sich weg. Vielleicht war es also doch nicht so schwierig, jemanden zu finden.

Diese Hoffnung zerschlug sich allerdings sehr schnell, denn er fand überhaupt niemanden. Weder Kunden noch Mitarbeiter. Er kam sich schon vor wie in einer Geisterstadt aus einem Western. Es hätten nur noch vorbeiwehende Gestrüppkugeln gefehlt. Schließlich hatte er das Ende des Marktes erreicht und noch immer niemanden angetroffen. Als er sich umdrehte, um es in der entgegengesetzten Richtung zu versuchen, sah er gerade noch jemanden hinter ein Regal huschen. Es ging so schnell, dass er nicht sagen konnte, ob es sich um einen Angestellten oder Kunden handelte. Nun, immerhin war es einen Versuch wert, und er trat hinter das Regal. Aber auch dort war gähnende Leere. Also folgte er dem Gang weiter. Als er um die nächste Ecke bog, konnte er wieder gerade noch jemanden huschen sehen. Er wollte ihm schon nachlaufen, überlegte es sich dann aber anders. Stattdessen drehte er sich, um die nächste Regalreihe von der anderen Seite her zu umrunden. Und siehe da, an der Ecke stand ein Männlein, bestimmt keine ein Meter 60 groß, mit dem Rücken zu ihm und spähte vorsichtig um das Regal. Seine Kleidung wies ihn eindeutig als Mitarbeiter des Baumarkts aus.

»Entschuldigung«, sagte Richard ziemlich laut, als er direkt hinter ihm stand. Erschrocken fuhr der Angesprochene herum und schien gerade noch einen Aufschrei unterdrücken zu können. Er mochte um die Mitte 40 sein, die lockigen Haare waren bereits an einigen Stellen grau, und oben waren sie schon ziemlich licht geworden.

»Um Gottes willen, haben Sie mich erschreckt«, er atmete schwer und fuhr ihn dann ziemlich gereizt an: »Was wollen Sie denn?«

»Ihren Chef würde ich gerne sprechen.«

»Ist nicht da.«

»Dann nehme ich auch den Stellvertretenden.«

»Ist vorne an der Info.«

»Da komm ich gerade her, da ist er nicht.«

Das Männlein seufzte, dann zog er ein klobiges und ziemlich verschrammtes Telefon aus seiner Gesäßtasche und wählte. Es dauerte eine geraume Zeit, bis jemand ran ging. »Ja, ich bin's. Weißt du, wo der Richter ist? Okay, danke dir.« Er legte auf. »Kommen Sie mit.«

Richard musste sich ganz schön ranhalten, um ihm zu folgen. Trotz seiner kurzen Beine legte er ein ziemliches Tempo vor. Ihr Weg führte an der immer noch leeren Information vorbei bis in die gegenüberliegende Seite des Baumarkts. Dort kamen sie zu einer Tür mit einem Schild, auf dem »Nur für Angestellte« stand. Sein kleiner Führer stieß sie auf und war schnurstracks hindurch geschlüpft. Offenbar hatte sie einen automatischen Türschließer, denn Richard konnte sie gerade noch abfangen, bevor sie ihm an die Stirn knallte. Dahinter befand sich ein schmuckloser, grau gefliester Gang, von dem ein paar Türen links und rechts abgingen. Vor einer davon wartete der Aushilfs-Frodo ungeduldig und wies Richard mit dem Arm, dass er in die geöffnete Tür eintreten sollte. Er schien es nicht für nötig zu halten, den Besucher anzukündigen oder vorzustellen, denn als Richard bei ihm ankam, setzten sich seine Füße wieder in eilige Bewegung, und schon war er wieder in seine Abteilung verschwunden. Oder ins Auenland, wer wusste das schon.

Etwas irritiert blickte Richard in das offene Büro, und der Mann, der darin hinter seinem Schreibtisch saß, blickte ebenso verdutzt zurück.

»Grüß Gott?«, fasste er Begrüßung und Frage nach dem Grund des Besuchs in einem Wort zusammen.

»Ja, grüß Gott. Sind Sie hier der Chef?«

»Stellvertretend.«

»Ich denke, das reicht auch. Richard Sonnleitner von der Polizei.«

»Ja, das sieht man. Mein Name ich Harald Richter. Bitte …«, er bedeutete ihm, sich zu setzen. »Wie kann ich Ihnen helfen?«

»Ich komme wegen dem Georg Kerscher.«

»Ach so, hätte ich mir eigentlich denken können. Ich hab es schon gehört. Schlimme Sache.«

»Ja«, sagte Richard und kam ins Stocken. Innerlich verfluchte er sich, dass er sich nicht vorher überlegt hatte, wie er die Sache angehen sollte. Jetzt wäre der Wolfgang hilfreich gewesen, doch der war irgendwo in den Tiefen der Gartenabteilung verschollen. Aber das half jetzt auch nichts. Und schließlich wollte er die Sache ja auch ohne Hilfe durchziehen.

»Und wie kann ich Ihnen da weiterhelfen?«, riss ihn der stellvertretende Baumarktleiter aus seinen Gedanken.

»Äh, ja. Ich hätte da ein paar Fragen.«

»So? Ich dachte, es handelt sich um einen Unfall?«

»Ja, wahrscheinlich schon. Aber da der Unfallverursacher nicht bekannt ist, ermitteln wir eben auch im Umfeld des Opfers, ob sich irgendwelche Hinweise ergeben. Geht ja immerhin um Fahrerflucht und unterlassene Hilfeleistung mit Todesfolge. Da ist das reine Routine. Das haben meine Kollegen von der Kripo wahrscheinlich auch schon erklärt, oder?«

»Von der Kripo? Von denen war meines Wissens noch keiner hier.«

Das ließ Richard aufhorchen. Offenbar nahmen die den Fall wirklich nicht allzu ernst. Da konnte er lange darauf warten, dass die den Täter fassten, wenn er nicht selbst was unternahm. Auf der anderen Seite war das gar nicht schlecht. Dann musste er sich nicht jedes Mal eine Ausrede einfallen lassen.

»Ach so. Gut, dann reicht mein Bericht wahrscheinlich auch.«

Sein Gegenüber zog die Braue hoch.

»Ja, weil wahrscheinlich war es ja nur ein Unfall, und da wäre es schon ein großer Zufall, wenn der Täter aus dem Umfeld des Opfers kommt, oder?«, schob Richard schnell nach. Der gute Mann sollte ja nicht den Eindruck bekommen, dass er hier auf eigene Faust rumermittelte. Vor allem deswegen nicht, weil das zu allem Überfluss sogar noch die Wahrheit war.

»Schon klar. Ich kann mir auch nicht vorstellen, dass den Herrn Kerscher jemand umbringen wollte.«

»Wie lange war er denn bei Ihnen beschäftigt, der Herr Kerscher.«

»Puh, da muss ich nachsehen. Ich bin erst seit einem halben Jahr hier, und da hat er auf jeden Fall schon eine Weile bei uns gearbeitet.« Er wandte sich seinem Computer zu, klickte ein paarmal mit der Maus und tippte etwas herum. »Zwei Jahre wären es nächsten Monat geworden, seit er bei uns angefangen hat«, sagte er dann, nachdem er eine Zeit lang den Bildschirm studiert hatte.

»Und was genau hat er gemacht?«

»Angestellt war er als Lagerist, aber an sich war er fast überall einsetzbar. Wissen Sie, wir sind ja nur eine relativ kleine Mannschaft. Da ist es immer gut, wenn einer mal in der Urlaubzeit oder im Krankheitsfall in einer anderen Abteilung einspringen kann. Und der Herr Kerscher war da sehr vielseitig. Hauptsächlich hat er sich ums Lager gekümmert und die Regale gerade mit den schweren Sachen aufgefüllt. Aber den konnte man auch im Zuschnitt gebrauchen und beim Werkzeug. Für Garten und Deko war er vielleicht nicht gerade der Richtige, aber das kann man von einem gestandenen Mannsbild wahrscheinlich auch nicht erwarten. Ich meine, er reißt schon ein großes Loch bei uns rein, jetzt, wo er … nicht mehr da ist.«

Ein zaghaftes Klopfen von der Tür unterbrach ihn. Ein schüchtern dreinblickendes Mädchen, vielleicht um die 17 oder 18 Jahre alt, stand etwas betreten im Türrahmen.

»Ja, Silke. Was ist denn?«

»Entschuldigung, Herr Richter, aber ich bräuchte dringend einen neuen Tesafilm.«

»Entschuldigen Sie«, sagte der zu Richard und wandte sich wieder der jungen Dame zu. »Hast du die leere Rolle dabei?«

Sie hielt ihm die durchsichtige Kunststoffrolle entgegen.

»Na, dann wollen wir mal.« Er rollte mit seinem Schreibtischstuhl zu einem Schrank, den er erst aufschließen musste. Darin konnte Richard einen riesigen Haufen Büromaterialien erkennen. Stifte, Blöcke, Locher, Taschenrechner und auch sonst alles, was das Sekretärinnenherz begehrte. Der Herr Richter nahm die leere Rolle an sich und händigte eine neue aus. Mit einem leisen »Danke« war das Mädel auch schon wieder verschwunden. Die leere Rolle landete, begleitet von einem Seufzen von Herrn Richter, in einer kleinen Schütte, in der schon mehrere ebenfalls leere Rollen lagen.

»Die Dinger müssen ja wahnsinnig teuer sein«, kommentierte Richard, dem der ganze Vorgang recht überzogen vorkam.

»Ach was. Aber unser Chef nimmt es sehr genau mit dem Büromaterial. Weil, im Kleinen muss man das Sparen anfangen, sagt er immer. Und da hat er eben Angst, dass sich die Angestellten an den Blöcken und Kugelschreibern bereichern könnten.«

»Und was machen Sie, wenn am Klo das Papier ausgeht? Müssen Sie dann auch mit der leeren Rolle kommen?«

Sein Gegenüber lachte und legte dann verschwörerisch den Finger an die Lippen. »Bringen Sie ihn ja auf keine dummen Ideen.«

»Und wie war er so in der Arbeit? Also, der Herr Kerscher, meine ich. Wie ist er mit den Kollegen ausgekommen und mit dem Chef?«, lenkte Richard das Gespräch wieder in die gewünschte Richtung.

»Mei, an und für sich ist er mit allen gut ausgekommen. Unser Chef ist nicht gerade einfach, wie Sie gerade sehen konnten. Aber da gab es auch keine größeren Probleme. Hm, wie erklär ich Ihnen das jetzt am besten? Wissen Sie, aus meiner Sicht kann man alle Baumarktmitarbeiter in eine Handvoll Typen einsortieren. Da gibt's die Berufenen. Für die ist ihre Arbeit die absolute Erfüllung. Die sind selbst begeistere Heimwerker und dann am glücklichsten, wenn sie andere mit ihrem Fachwissen beeindrucken können. Der Typ ist am seltensten. Unserer hat heute frei. Den Großteil bei den Männern stellen die, die eigentlich absolut keinen Bock auf die Arbeit haben, aber unbedingt das Geld brauchen und auch keinen anderen Job finden. Die versuchen, sich möglichst vor jedem Kunden zu drücken.«

Einer davon hatte ihn in dieses Büro geführt, dachte sich Richard, sagte aber lieber nichts.

»Bei den Damen gibt es zum einen die grauen Mäuse, die kannst du jederzeit in den Garten und zur Deko schicken. Da sind sie glücklich, weil da können sie an den Blumen rumzupfen und schön Sachen drapieren. Kundenkontakt ist wegen der meist damit einhergehenden Schüchternheit schwieriger. Aber es geht, solang kein recht boshafter Käufer dabei ist. Die anderen Damen sind Kassiererinnen, die sind absolut resolut und wären eigentlich überall gut zu gebrauchen, werden aber dringend an der Kasse benötigt. Weil dort schlägt jede Beschwerde auf, da lassen die Kunden den Dampf ab, der sich sonst wo aufgebaut hat. Drum müssen da die sein, die nicht gleich zu weinen anfangen, wenn mal einer unfreundlich wird. Und zu guter Letzt gibt es die, für die das ein Job ist, für den sie Geld bekommen. Die alles machen, was ihnen gesagt wird, aber auch nicht mehr. Und so einer, um wieder auf den Punkt zu kommen, war der Herr Kerscher. Bitte, verstehen Sie mich nicht falsch. Er war wirklich ein guter und geschätzter Mitarbeiter. Aber seine Interessen lagen offensichtlich woanders. Er hat seine Aufgaben immer erledigt, ist dabei aber kaum aufgefallen. Weder positiv noch negativ. Der hat in der Früh eingestempelt, dann hat man ihn den ganzen Tag fast nicht gesehen, und am Abend war die Arbeit erledigt. Man könnte sagen, wie eine Art unmotiviertes Heinzelmännchen.«

»Und wie ist er mit den Kollegen ausgekommen?«

»Da war er eher Einzelgänger. Meistens hat er im Lager seine Pausen gemacht. Da hatte er seine Ruhe. Und wenn er wirklich mal in der Küche war, dann ist er meist etwas abseits gesessen. Hat sich nur wenig mit den anderen unterhalten.«

»Ist er mit irgendjemandem schlecht ausgekommen oder hat er mit jemandem Streit gehabt?«

»Nicht, dass ich wüsste. Wie gesagt, der Umgang mit den Kollegen war weder besonders gut noch besonders schlecht.«

»Gab es vielleicht in letzter Zeit Ärger mit einem Kunden?«, versuchte es Richard noch.

»Nein, da gab es keine Probleme. In der Hinsicht war der Herr Kerscher immer vorbildlich.«

Ja gut.« Richard überlegte, ob er noch etwas fragen konnte, aber es fiel ihm nichts mehr ein. »Danke, ich denke, das war es fürs Erste. Dürfen wir auf Sie zukommen, wenn wir noch Fragen haben?«

»Selbstverständlich. Sie finden selbst hinaus?«

»Ja, ja, natürlich«, antwortete Richard schon ganz in Gedanken und verließ das Büro.

Er hatte zwar einiges über den Schorsch erfahren, aber wirklich hilfreich war nichts davon. Es kamen ihm schon Zweifel, ob das alles wirklich etwas brachte. Offenbar gab es niemanden, der den Schorsch um die Ecke bringen wollte. Oder ihm lag das Ermitteln auch einfach nicht. Vielleicht hatte er es einfach nicht drauf. Es musste schließlich seinen Grund haben, warum die Jungs bei der Kripo, deren Job das eigentlich war, auch ein paar Gehaltsklassen über ihm waren, oder?

Mit deutlich finstererer Miene machte er sich auf die Suche nach Wolfgang. Er befürchtete schon, dass der jetzt ähnlich schwer zu finden war wie vorhin der Mitarbeiter. Dann entdeckte er ihn aber in der Werkzeugabteilung. Er unterhielt sich gerade angeregt mit einem Verkäufer. Wie er den gefunden hatte, war Richard schleierhaft.

»Also, Wolfgang, ich wär soweit. Packen wir es?«, fragte er.

»Ja, ja, gleich«, wehrte der ab und sprach mit dem Verkäufer weiter. »Und das ist alles im Preis dabei?«

»Natürlich«, antwortete der, »das ist echt ein Mega-Angebot.« Richard musste ihn nur kurz mustern, um zu erkennen, dass ihm der Typ unsympathisch war. Die Haare nach hinten gegelt, die solariumgebräunte Haut seltsam glänzend. Also so richtig aalglatt. Er grinste beinahe von Ohr zu Ohr und rieb sich unablässig die Hände. Eigentlich fehlte nur noch, dass seine Pupillen die Form von Dollarzeichen bekamen. Ein richtig schmieriger Typ. Wolfgang hingegen schien das allerdings überhaupt nicht zu stören.

»Du, Richard, glaubst du, wir kriegen die Tischkreissäge in unser Auto?«

Richard betrachtete das riesige Gerät, vor dem sie standen. Wenn der Wolfgang in der Zwischenzeit den Dienstwagen nicht gegen einen Fünftonner getauscht hatte, dann bestand da wohl keine Chance.

»Also, das wage ich zu bezweifeln. Und was würde da unser Chef dazu sagen?«

»Der muss es ja nicht mitbekommen.«

»Gegen eine fast unerhebliche Gebühr liefern wir natürlich auch«, warf der Verkäufer schnell ein.

Richard rückte das Preisschild zurecht. »Und was meinst du, sagt deine Frau dazu.«

Wolfgang seufzte, und das Gesicht des Verkäufers färbte sich fast augenblicklich tiefrot. Man konnte ihn schon fast mit den Zähnen knirschen hören, was Richard nicht ohne eine gewisse Genugtuung zur Kenntnis nahm.

»Ja, da hast du wahrscheinlich recht. Die sollte ich schon noch vorher fragen. Und ich muss auch erst mal schauen, ob ich für das Ding wirklich Platz habe.« Wehmütig, ja fast zärtlich strich er mit den Fingern über die Aluplatte der Kreissäge. »Ich überleg es mir nochmal.«

»Bitte, gerne, der Herr«, antwortete der Verkäufer, warf Richard einen Blick zu, der eines Waffenscheins bedurft hätte, und machte sich von dannen.

Wolfgang seufzte nochmal, und nahm dann Abschied von der Tischkreissäge.

»Und«, brummte er, »ist bei dir wenigstens etwas rausgekommen?«

»Nicht wirklich.« Jetzt war es Richard, der seufzte.

»Und jetzt?«

»Fürs Erste bleibt uns noch der Wirt, bei dem der Schorsch vor seinem Unfall war.« Er blickte auf seine Armbanduhr. »Schön langsam dürfte der geöffnet haben.«

»Das trifft sich gut«, meinte Wolfgang, und seine Laune stieg sichtlich. »Schön langsam wird es nämlich auch Zeit fürs Abendessen.«

KAPITEL 6

Es genügten aber nur drei Worte, um Wolfgangs Laune wieder gen Keller sinken zu lassen.

»Heute keine Küche«, schnauzte der Wirt.

»Vielleicht eine kalte Brotzeit«, versuchte es Wolfgang.

»Nix.« Der Wirt blieb hart. »Mein Koch hat heute frei. Und die Bedienung auch. Ich kann mich ja nicht zerreißen.«

Wolfgang grummelte.

»Können Sie uns dann wenigstens etwas über den Georg Kerscher erzählen?«, fragte Richard. Jetzt war es wichtig, die ganze Sache zu beschleunigen. Denn wenn der Wolfgang nichts zu essen bekam, dann wurde er … naja, zumindest unleidig. Sehr unleidig sogar. Man könnte fast sagen, ein Dreijähriger wäre ein Scheißdreck dagegen. Also musste er jetzt auf die Tube drücken.

Der Wirt schien es dagegen leider gar nicht eilig zu haben. Nachdenklich rieb er mit einem Küchentuch an einem Glas herum. Wobei Richard nicht ganz sicher war, was von beiden das dreckigere war.

Wolfgang hatte sich grantig an einen der Tische zurückgezogen und studierte trotzig die Speisekarte.

»Ja, was soll ich da erzählen?«, meinte der Wirt schließlich.

»Haben Sie den Herrn Kerscher gut gekannt?«, fragte Richard ungeduldig.

»Mei, was heißt gekannt. Er war eben ab und zu bei mir. Hat meistens mit ein paar Stammgästen Karten gespielt und ein, zwei Bier getrunken. Viel mehr als den üblichen Stammtischratsch haben wir nicht geredet.«

»Und in der Nacht, als er verunglückt ist, hat er da auch nur zwei Bier getrunken?«

»Nein, an dem Tag nicht«, lachte der Wirt erst, aber dann verfinsterte sich seine Miene. »Bis in die Früh haben sie gesoffen. Überhaupt nicht mehr heimgehen wollten sie. Die Leute glauben immer, weil man Wirt ist und erst am Mittag aufsperrt, braucht man gar keinen Schlaf. Aber ich hab in der Früh auch was zu tun.«

»Gab es einen Anlass?«

Der Wirt zuckte mit den Schultern. »Der Schorsch ist gekommen und hat gesagt, heute lässt er sich mal so richtig volllaufen. Warum, wollte er nicht sagen. Da hat er so ein bisschen geheimnisvoll getan. Aber die anderen drei waren sofort dabei. Und dann haben sie gesoffen, als gäbe es kein Morgen mehr.«

»Okay. Ist das dann irgendwie aus dem Ruder gelaufen? Ich meine, wenn viel Alkohol im Spiel ist, da wird doch gerne mal gerauft, oder?«

»Keine Spur. Im Gegenteil, die sind immer lustiger geworden.«

»Wer waren denn die überhaupt?«, hakte Richard nach.

»Wer wird es denn schon gewesen sein. Die Üblichen eben.«

»Und wer sind dann die Üblichen?«

Der Wirt seufzte. »Der Huber Willi, der Nachreiner Hans und der Meindl Marco. Die sitzen öfter mal bis spät in die Nacht beim Kartenspielen. Die drei sind Maurer, die vertragen ordentlich was. Wobei sie es in der Nacht ganz schön übertrieben haben. So voll hab ich sie noch selten erlebt.«

»Gut fürs Geschäft, oder?«

»Ja, und schlecht für den Nachtschlaf«, schnaubte der Wirt.

Richard notierte sich schnell die Namen, den Rest würde die Christina im Revier bestimmt rausfinden.

»Haben Sie sonst etwas mitbekommen, ob der Schorsch mit irgendwem Ärger hatte. Oder hat er über irgendwelche Probleme mit Ihnen gesprochen.«

»Nicht, dass ich wüsste. Über den Aschinger hat er ein paarmal recht hergezogen. Aber da war er ja nicht der Einzige.«

»Wie das?«

»Ja, wegen seinem Neubau eben. Da flippen die Leute total aus. Die ganzen Eltern, weil er ihnen den Kindergarten weggerissen hat und sie ihre Saufratzen jetzt mit dem Auto fahren müssen. Als hätten sie das nicht sowieso getan. Und ein paar so Spinner, weil damit angeblich das ganze Ortsbild verschandelt wird.« Er schnaubte abfällig.

»Und der Schorsch?«

»Mei, bei ihm kann ich es ja noch einigermaßen verstehen. Weil ihm und seinen Großeltern wird ja das eigene Haus weggerissen. Da ist schon klar, dass er grantig wird. Aber man darf sich dem Fortschritt halt nicht entgegenstellen. Und wenn sie sich mit dem Aschinger ein wenig gut gestellt hätten und nicht gleich auf Konfrontation gegangen wären, dann hätt er sich bestimmt auch nicht lumpen lassen.«

»Und was genau hat er dann gesagt?«

»Geschimpft hat er eben. Den Aschinger als Arschloch tituliert, als dreckiges, und so weiter. War also halb so wild. Was man so sagt, wenn man wütend ist.«

Richard warf einen Blick zum Wolfgang. Der hatte die Speisekarte jetzt vorwärts und rückwärts und quer gelesen. Vor lauter Wut hatte er sie ziemlich überbogen, sodass sie wahrscheinlich bald aus dem Leim gehen würde.

»Und wollte er irgendetwas gegen den Aschinger unternehmen?«, fragte Richard nach. Lange würde der Wolfgang das nicht mehr mitmachen. Und die Speisekarte auch nicht.

Der Wirt überlegte ein bisschen. »Naja, er hat schon gesagt, dass man da was machen müsste. Aber das hat er nur so dahin geredet. Ich glaube nicht, dass er es wirklich ernst gemeint hat.«

»Und Sie, wie stehen Sie zu dem Projekt?«

»Ich? Also ich weiß gar nicht, warum alle so eine Gaudi drum machen. Ich meine, es ist doch gut, wenn in der Wirtschaft was vorangeht. Vor allem, wenn es in meiner Wirtschaft ist.« Er lachte tief. »Und ich habe sowieso vor, dass ich mich ein wenig verändere. Da kommt es mir ganz entgegen, dass mit dem Neubau vom Aschinger etwas gehobeneres Publikum in die Gegend kommt.«

»So, was haben Sie denn vor?«

Der Wirt blickte sich im Gastzimmer um, ob ihnen niemand zuhörte. Da er und Wolfgang die einzigen Gäste waren, konnte man das wohl ausschließen. Dann raunte er ihm zu: »Ich sattle komplett um. Die ganzen Saufbrüder fliegen raus. Die machen eh bloß Ärger. Und dann bau ich groß um. Mit Wellness und so. In den alten Saustall, da kommen eine Sauna und ein Schwimmbecken und was weiß ich noch rein. Früher haben da die Viecher gestunken, und jetzt hol ich mir die rein, die nach Geld stinken! Hohoho! Weil mit Wellness wird heute das Geld gemacht. Und nicht mit denen, die sich die ganze Nacht zum Kartenspielen reinsetzen und zwei Bier trinken. Und die Küche stell ich auch um. Leicht und gesund. Weil dann kommen Gäste, die den ganzen Vormittag zum Wandern gehen und am Nachmittag in der Sauna schwitzen. Und die hauen sich nicht ein fettes Schweinernes rein, sondern maximal einen Salat. Und für ein, zwei Blätter Grünzeug und ein paar Streifen

Putenfleisch kannst du dann das Dreifache verlangen wie für einen Schweinebraten. So schaut's nämlich aus.«

Richard betrachtete die Gestalt des Wirts von oben bis unten. Die Stirn fettig, das Kinn schlecht rasiert, unter der dreckigen Schürze wölbte sich die Wampe deutlich hervor. Irgendwie schien es ihm, als ließe sich das nicht ganz mit dem geplanten Wellnessangebot vereinen. Aber an sich war das ja die Sache des Wirts, was sollte er ihm da reinreden.

»Soso«, kommentierte er deshalb nur. Im Hintergrund hörte er etwas klimpern. Als er sich umdrehte, sah er Wolfgang, der inzwischen von der Speisekarte abgelassen und sich stattdessen den Salz- und Pfefferstreuern zugewandt hatte. Wie ein bockiges Kind spielte er damit herum und schlug sie dabei recht unsanft zusammen.

»Ja, da wirst du schauen, wie das läuft. Und da kommt mir der Tempel vom Aschinger gerade recht«, fuhr der Wirt fort. »Weil die Zimmer richte ich natürlich auch sauber her. Und wenn er dann recht wichtige Geschäftskunden von Außerhalb hat, dann kann er sie gleich bei mir einquartieren. Weil der Aschinger hat ja Kunden überall. Sogar Chinesen, sagt man. Und die können ja nicht um fünf zum Füttern heimfahren gell? Hohoho!«

»Ja, und ein Schweinernes essen die meines Wissens auch eher selten«, kommentierte Richard.

»Genau! Hohoho! Da kochen wir noch ein wenig international. Das kommt bestimmt auch riesig an.«

»Gut«, meinte Richard, der von den hochtrabenden Träumen langsam genug gehört hatte. »Können Sie noch irgendwas zum Schorsch sagen? Ist Ihnen irgendwas aufgefallen, als er das Lokal verlassen hat?«

»Nicht, dass ich wüsste. Obwohl, doch. Das hat mir der Willi erzählt, also einer von denen, die mit dem Schorsch an dem Abend so gesoffen haben. Die sind anschließend mit dem Auto heimgefahren, aber der Schorsch ist nicht mit ihnen mit. Der wollte unbedingt zu Fuß heimgehen. Das hat mich aber auch nicht weiter gewundert. Der Schorsch war in letzter Zeit so scharf aufs Wandern. Wahrscheinlich wollte er zu Fuß gehen, damit er seinen Rausch loswird.«

»Sie meinen, Sie haben Ihre Gäste so besoffen, wie sie waren, noch mit dem Auto fahren lassen?«

Ja, Herrgottsakrament! Jetzt kommt mir nicht so. Was soll ich denn noch alles machen? Soweit ich weiß, ist das euer Job und nicht der meine!«, ereiferte sich der Wirt. »Da mach ich an einem Abend endlich mal wieder ein wenig Umsatz, und dann soll ich meine arme Kundschaft noch vergraulen, indem ich ihnen die Schlüssel abnehme?«

Die *arme Kundschaft*, die er demnächst vor die Tür setzen würde, um Platz für finanziell potentere Kunden zu machen, dachte Richard. Er sagte aber lieber nichts.

»Und außerdem«, schimpfte der Wirt weiter, »soweit ich das sehe, ist es der Fußgänger, der hinüber ist. Nicht die Autofahrer. Hätte ich denen die Autoschlüssel genommen, dann hätte ich womöglich alle vier auf dem Gewissen. Darüber schon mal nachgedacht?«

»Sehr verantwortungsvoll.«

»Eben.« Der Wirt verschränkte zufrieden die Arme. Ob er den Sarkasmus nicht verstanden hatte oder einfach ignorierte, war nicht zu erkennen.

»Sonst noch was?«, fragte Richard.

Der Wirt zog die Unterlippe hoch und schüttelte den Kopf.

»Ja, dann denke ich, wir sind hier fertig. Wolfgang, kommst du?«

Der Wolfgang hatte inzwischen eine recht umfangreiche Sauerei angestellt. Die weiße Tischdecke war mit unzähligen schwarzen Pfefferkörnern bedeckt. Das Salz war darauf nicht zu sehen, aber Glatteis hätte der Wirt bei einem plötzlichen Kälteeinbruch nicht zu fürchten brauchen. Wolfgang stand auf und ging auf den Wirt zu. Wortlos kniff er die Augen zusammen und starrte direkt in die seines Gegenübers. Nachdem er ihn eine Weile fixiert hatte, nahm er ohne ein weiteres Wort seine Dienstmütze vom Haken und verließ den Raum.

Der Wirt blickte ihm ziemlich verwirrt und wohl auch ein bisschen eingeschüchtert nach. Er vergaß dabei sogar, sein Glas weiter zu polieren.

Richard seufzte. »Servus«, verabschiedete er sich und folgte Wolfgang nach draußen.

Eine ziemlich zermürbende Stunde später hatten sie sich an ihrem besonderen Platz eingefunden. Der war deswegen besonders, weil er zwar leicht erreichbar war, aber gerade so abgelegen, dass sie dort kaum auffielen, wenn sie mal eine Pause machten. Es handelte sich um eine schmale Straße in einem kleinen Waldstückchen, die nach kurzer Zeit in einen Feldweg überging. Nach wenigen Metern kam eine Abzweigung zu einem Kreuzweg, und wenn sie in der parkten, dann waren sie von der Hauptstraße aus fast nicht zu sehen. Das war ihnen ganz recht. Natürlich standen ihnen während der Arbeitszeit Pausen zu, wie jedem anderen Angestellten auch. Aber als Beamte mussten sie sich immer blöde Kommentare anhören, wenn sie es sich irgendwo mal ein Viertelstündchen gemütlich machten. Da der Kreuzweg nicht beleuchtet war, mussten sie zumindest abends kaum mit unerwünschten Passanten rechnen, wenn nicht gerade Karfreitag war. Und wenn doch, konnten sie sich immer noch drauf rausreden, dass die Straße ein recht beliebter Schleichweg für Autofahrer war, die eben gerade nicht auf die Polizei treffen wollten. Aus welchen Gründen auch immer.

Zermürbend war die letzte Stunde deshalb gewesen, weil sie sich zunehmend verzweifelt auf die Suche nach einem ordentlichen Abendessen für den Wolfgang gemacht hatten. Aber dabei hatten sie überhaupt kein Glück gehabt. Ihre üblichen Anlaufstellen für Verpflegung hatten ausgerechnet heute entweder Ruhetag oder Urlaub. Zum Haare Ausraufen war das. Und der Wolfgang war eh schon geladen wegen der verspäteten Kalorienaufnahme. Vielleicht war er auch schon unterzuckert, wer weiß. Am Ende waren ihnen nur noch die üblichen Fastfoodtempel übrig geblieben. Die mit dem großen M und Konsorten. Aber mit sowas konnte man den Wolfgang jagen. Das ging bei ihm überhaupt nicht. Da hatte er lieber verzichtet.

Da war ihm nichts anderes übrig geblieben, als das Essen, das ihm seine Frau in der Früh mitgegeben hatte, zu verzehren.

Als er Gabel um Gabel des grünen Salats in sich hineinschob, besserte sich seine Laune verständlicherweise kaum. Kein Stückerl Fleisch dabei. Ein paar wenige kleine Tomaten und einige Scheiben Gurken waren schon das absolute Highlight. Und so brummte er bei jedem zweiten Bissen abfällig und ließ ab und zu einen Kommentar fallen, dass die Gastwirte heutzutage alle nur noch eine geldgeile Saubande waren und so weiter.

Die Laune vom Richard war ebenfalls alles andere als gut. Zum einen natürlich, weil ihm das Gejammer vom Wolfgang gehörig auf die Nerven ging. Vor allem aber, weil sein Tag alles andere als erfolgreich verlaufen war. Heute Morgen war er voller Enthusiasmus an die ganze Sache rangegangen. So schwer konnte das mit dem Ermitteln ja nicht sein, hatte er sich gedacht. Und irgendwas würde schon dabei herauskommen. Er hatte sich bereits ausgemalt, wie er fast im Alleingang den Mörder vom Schorsch finden würde.

Jetzt hatte er den ganzen Tag herumermittelt, und was hatte es gebracht? Rein überhaupt nichts. Nicht das Geringste. Er war noch genauso schlau wie vorher. Warum sollte auch ausgerechnet er einen Mörder fangen. Für was gab es schließlich die Mordkommission? Und er als kleiner Dorfpolizist hatte doch ernsthaft geglaubt, er wäre schlauer als alle anderen. Er war doch noch nicht mal in der Lage herauszufinden, wer die Mauer vom Aschinger vollgesprüht hatte. Die ganze Sache hatte er schon beinahe vergessen. Dabei wäre das seine eigentliche Aufgabe gewesen. Gut, ein wenig hatte er es auch vergessen wollen, weil der Aschinger wirklich ein riesiges Arschloch war. Aber Arbeit war nun mal Arbeit. Vielleicht sollte er sich lieber auf seine wirklichen Aufgaben konzentrieren und nicht Träumereien von Mördern nachhängen. Und vielleicht war das Ganze bloß eine fixe Idee von ihm. Wie wahrscheinlich war es denn überhaupt, dass den Schorsch wirklich jemand absichtlich um die Ecke gebracht hatte? Vielleicht hatten ja alle recht, und es war wirklich nur ein dummer Unfall gewesen.

Wolfgang war mit seinem Salat durch. Er drückte den Deckel auf die Tupperschüssel und sah sich missmutig um. Für ein ausgewachsenes Mannsbild wie ihn war das doch keine anständige Mahlzeit. Sowas war höchstens eine Beilage zum Schnitzel. Eine Weile ließ er den Blick über den Boden schweifen, und Richard bekam schon Angst, dass er noch probieren würde, ob die herumliegenden Eicheln und Tannenzapfen eine Nachspeise abgaben. So weit schien es aber dann doch nicht zu sein, und Wolfgang lehnte sich seufzend zurück.

»Und warum bist du so still?«, fragte er schließlich nach einer Weile.

»Ach, keine Ahnung«, wehrte Richard ab. »Mir geht gerade so viel im Kopf rum.«

Wolfgang lachte ein wenig in sich hinein. »Hast du wirklich geglaubt, du schnappst dir den, der den Kerscher umgefahren hat, gleich am ersten Tag?«

»Keine Ahnung«, brummte Richard.

»Also, dass es so einfach nicht ist, das hätte ich dir gleich sagen können.«

»Naja, für so einfach habe ich es ja auch nicht gehalten. Aber jetzt hab ich den ganzen Tag Leute befragt, und rausgekommen ist rein gar nichts. Zumindest irgendeinen Hinweis hätten wir doch kriegen müssen. Aber wenn ich heute nur Daumen gedreht hätte, dann wäre es genauso.«

»Und jetzt?«

»Weiß auch nicht. Vielleicht sollten wir es einfach sein lassen und die Sache denen von der Kripo überlassen. Dafür sind die doch schließlich da.«

Wolfgang richtete sich auf und blickte Richard in die Augen. »So schnell willst aufgeben? Bloß, weil du im ersten Anlauf noch nichts erreicht hast? Bub, da musst du aber noch einiges über Polizeiarbeit lernen. Und außerdem, hast du die Kerscher-Oma heute gesehen? Die ist total fertig mit der Welt. Willst du etwa behaupten, dass du nicht alles dafür tun würdest, dass der Fall zumindest aufgeklärt wird, damit sie ihren Frieden bekommt?«

Richard zuckte, betreten dreinblickend, mit den Schultern. »Ja, schon.«

»Und beim ersten Misserfolg wirfst du alles hin? Du solltest wenigstens den Arsch in der Hose haben und alles versuchen, was in deiner Macht steht.«

Richard ließ sich die Worte durch den Kopf gehen. Da war nicht viel dagegen zu sagen. Trotzdem wollte das mutlose Gefühl nicht aus ihm weichen.

»Du hast ja recht. Aber was soll ich denn machen? Bei seinen Verwandten waren wir, bei seiner Arbeit und an dem letzten Ort, an dem er lebend gesehen wurde. Was bleibt denn noch übrig?«

»Ja, schauen wir mal«, überlegte Wolfgang laut. »In seiner Arbeit hat es keine Probleme gegeben. Zu Hause scheinbar auch nicht, außer die Sache mit dem Aschinger. Wobei, den könnten wir uns zum Thema auch mal vornehmen. Bringt zwar wahrscheinlich nicht viel, aber da müssen wir sowieso wegen dem Sprayer nochmal hin. Sonst schaut es so aus, als würde uns die Sache am Arsch vorbeigehen. Was es ja auch tut, mir zumindest. Zu dem Wirt geh ich auf jeden Fall nicht mehr. Und bringen tut das wahrscheinlich auch nichts, weil der von nichts eine Ahnung hat.« Er überlegte weiter. »Naja, dann bleiben fürs Erste noch die drei Saufkumpanen und sein Zweitarbeitsplatz.«

»Die Disco, in der er als DJ aufgelegt hat?« Richard hatte Wolfgang natürlich mitgeteilt, was ihm der Haaserer erzählt hatte.

»Ja, das *Zander*.«

»*Thunders*«, verbesserte Richard.

»Von mir aus. Da könntest du dich noch umhören.«

»Hm, das hat aber erst wieder am Wochenende offen. Und da haben wir keine Nachtschicht«, gab Richard zu bedenken.

»Ja, spinnst du? Da geh ich doch nicht mit, das machst du schön alleine. Mich bringen keine zehn Pferde in den Laden. Und außerdem, wie sollen wir denn dienstlich da reinkommen, ohne dass es beim Chef auffällt.«

»Wir könnten ja eine Razzia anzetteln.«

»Ja freilich. Das ist der beste Weg, wenn du rein gar nichts erfahren willst. Wenn du eine Razzia machst, dann hast du erst mal alle gegen dich, und sie halten dicht. Nein, nein, so wird das nichts. Wenn, dann musst du da schon inkognito rein.«

»Auch wieder richtig. Dann hör ich mich am Samstag da mal um.«

»Mach das. Und ich glaub, wir packen es jetzt hier auch. Langsam wird es nämlich kühl. Fahren wir noch ein paar Stadtrunden. Und morgen nehmen wir uns in der Früh noch die drei Maurer vor, mit denen er gesoffen hat.«

Wolfgang stand auf und ging zum Wagen. Richard folgte ihm, und während er einsteigen wollte, stellte er fest, dass sich seine Stimmung deutlich gebessert hatte. Das schwere Gefühl in ihm war verschwunden, und ein ganz klein wenig Hoffnung war wieder da.

»Du, Wolfgang?«

»Ja?«, er war gerade im Begriff gewesen, sich auf den Fahrersitz zu setzen, und hielt inne.

»Danke.«

Wolfgang lachte. »Passt schon.«

KAPITEL 7

Wie erwartet hatte Christina zu den drei Namen, die vom Wirt quasi als Zeugen benannt worden waren, die Adressen rausgefunden. Was solche Sachen betraf, war sie eine wahre Zauberin. Aufs Geratewohl machten sich Wolfgang und er auf den Weg zum ersten Namen, Willi Huber. Es war noch früh am Morgen, als sie klingelten. Es öffnete ihnen eine Frau im fortgeschrittenen Alter mit Kopftuch und Kittel-schürze. »Ja, bitte schön?« Sie blickte die beiden fragend an.

»Guten Morgen. Wir suchen den Herrn Willi Huber, wäre der zu sprechen?«.

»Der junge oder der alte?«, fragte sie forsch. Offenbar war sie ihnen nicht sonderlich wohlgesonnen.

Die Frage überforderte Richard erst mal ein wenig. »Äh, das ist jetzt eine gute Frage … der Maurer?«, versuchte er es vorsichtig.

Die Frau nickte. »Also unseren Junior. Der ist nicht da.«

»Und wo ist er, wenn ich fragen darf.«

»Ja, entweder noch beim Baustoffhandel, Material holen, oder schon auf der Baustelle. Heut ist Freitag, da hat er frei, und dann arbeiten er und seine Kumpel immer schwar…« Sie stockte und bekam große Augen. »Schwar… schwar… Schwarzärgern könnt ich mich, weil er mir doch lieber auf dem Hof helfen sollte.«

Richard und Wolfgang sahen sich kurz an und kamen stillschweigend überein, das beinahe Gesagte zu igno-rieren.

»Bei welchem Baustoffhändler sind sie denn üblicher-weise«, fragte Richard nach.

»Normalerweise beim *Dürschinger*.« Sie schien sichtlich erleichtert, ihren Ausrutscher nochmal ausgebügelt zu
haben, und ergänzte schnell: »Aber auf welcher Baustelle
sie sind, weiß ich nicht.«

»Schon gut. Ich denke, das hilft uns schon weiter.«

Sie verabschiedeten sich und machten sich auf den Weg
zur *Firma Dürschinger*. Vom Empfang wurden sie direkt
weitergeschickt in Richtung Warenabholung. »Wenn, dann
sind sie bestimmt da hinten«, meinte die freundliche Dame.
Also gingen sie nach hinten. Schließlich fanden sie eine lange
Theke. Auf dem Schild darüber stand »Auftragsannahme
/ Warenabholung«. Hinter der Theke saß ein junger Kerl,
der die beiden Polizisten leicht erschrocken ansah. »Guten
Morgen, kann ich Ihnen helfen?«, fragte er zaghaft.

»Wir suchen die Herren Willi Huber, Hans Nachreiner
und Marco Meindl.«

Der junge Mann drehte sich nur um und deutete ans andere
Ende der Theke. Richard neigte seinen Kopf, um an ihm vor-
beizuschauen, und entdeckte drei Gestalten, die dort herum-
lungerten. Bei genauerer Betrachtung schienen sie ziemlich
fertig zu sein. Der Erste hatte den Kopf auf die Theke gelegt
und schlief möglicherweise. Sein Nachbar hielt seinen Kopf
zumindest aufrecht, wenn auch auf seine Hände gestützt, und
hatte ebenfalls die Augen geschlossen. Der Dritte machte sich
gerade an dem Kaffeeautomaten neben sich zu schaffen. Er
stellte einen Pappbecher hinein, die Auswahl des Getränks
schien ihm jedoch einige Mühe zu bereiten. Schließlich betä-
tigte er eine Taste, und der Automat brummte nur kurz auf.
Offenbar hatte er die Taste für Espresso gedrückt. Nachdenklich schielte er in den Becher, der nur mit wenig der dunklen Flüssigkeit gefüllt war. Dann stellte er ihn wieder in den
Automaten und drückte noch fünfmal dieselbe Taste. Als ihm

der Füllstand schließlich ausreichend erschien, nahm er den Pappbecher heraus und nippte vorsichtig. Sofort verzog er das Gesicht und schüttelte sich.

»Geh, lass mir auch einen runter«, brummte sein Nachbar.

»Mirahh«, lallte der, dessen Kopf auf der Theke lag.

Die drei mussten dermaßen einen sitzen haben, dass es nicht mehr schön war.

»Ich würde sagen, das ist ein Job für dich«, brummte Wolfgang belustigt und schlenderte zum Regal mit den Werkzeugen, das gegenüber stand.

Richard seufzte und ging zu den dreien hinüber.

»Guten Morgen, die Herren«, begrüßte er sie mit lauter Stimme. Zumindest zwei von ihnen blickten zu ihm auf. Sie benötigten eine Weile, bis ihr Gehirn die optischen Reize, in dem Fall explizit eine Polizeiuniform, verarbeitet hatte, und bekamen dann große Augen. Schnell stießen sie den Dritten an, der erschrocken auffuhr.

»Wohsann Zefix?!«, beschwerte er sich. Ein erneuter Rempler und ein Kopfnicken in Richtung Richard setzte ihn dann schließlich über die aktuelle Situation ins Bild, und er zog es vor zu schweigen.

Richard räusperte sich. »Ich nehme an, Sie sind Willi Huber, Hans Nachreiner und Marco Meindl?«

Kollektives Nicken.

»Ich hätte ein paar Fragen an Sie. Sie waren wahrscheinlich die Letzten, die Herrn Georg Kerscher lebend gesehen haben.«

Man konnte augenblicklich feststellen, wie sich die drei entspannten. Offenbar hatten sie erwartet, wegen ihrer Schwarzarbeiterei hochgenommen zu werden.

»Keine Ahnung«, sagte der am Kaffeeautomaten. »Kann schon sein.«

»Haben Sie den Herrn Kerscher gut gekannt?«

Allgemeines Schulterzucken.

Richard rollte mit den Augen. »Also was jetzt? Ja, nein, vielleicht?«

»Mei, der hat ab und zu mit uns Karten gespielt. Aber so richtig gut gekannt hab ich ihn nicht. Wie man eben einen kennt aus dem Dorf«, antwortete der Kaffeetrinker, offenbar sprach er für die Gruppe.

»Und bei den anderen beiden Herren dasselbe?«

Zustimmendes Nicken.

»Dann erzählen Sie mir mal, was an dem Abend alles abgelaufen ist.«

Die drei lehnten sich gleichzeitig zurück und verschränkten die Arme. »Ich kann mich an nichts erinnern«, sagte der Erste.

Jetzt wurde es Richard zu bunt. Er stellte sich möglichst nahe vor die drei und beugte sich nach vorne. Und er sprach so leise, dass sich die drei ebenfalls nach vorne beugen mussten, um ihn zu verstehen.

»So, meine Herren. Jetzt passen Sie mal ganz gut auf. Wenn ich nicht nachfragen soll, wie ihr drei in eurem Zustand hierhergekommen seid, dann erwarte ich ein bisschen mehr Kooperation von euch.«

Die drei sahen sich an, dann brach der Kaffeetrinker das Schweigen.

»Mei, da gibt es nicht viel zu erzählen. Wir haben ein paar Bier getrunken und Karten gespielt.«

»Und worüber wurde gesprochen?«

»Außer übers Kartenspielen nicht viel. Ein bisserl einen Blödsinn haben wir gemacht und viel gelacht. Aber so ein richtiges Gesprächsthema gab es nicht.«

»Hat der Herr Kerscher irgendetwas Außergewöhnliches oder Auffälliges gesagt?«

»Nicht wirklich. Er hat bloß gesagt, dass er sich heute volllaufen lässt. Und mein Gott, das hat er auch gemacht.« Die drei lachten.

Richard lehnte sich zurück. »Wenn ich der Aussage des Wirts glauben darf, habt ihr drei auch nicht wenig getrunken an dem Abend.«

Allgemeines Kopfschütteln. »Ach, der Schwätzer. So viel haben wir überhaupt nicht getrunken. Der übertreibt total.«

»Und anschließend sind Sie noch mit dem Auto gefahren …«

»Ja schon, aber wie gesagt, so viel hatten wir gar nicht intus.«

»Aha.« Richard verschränkte die Arme. »Aber der Georg ist nicht mit euch mitgefahren?«

»Nein, der hat gesagt, dass er lieber zu Fuß geht. Gewundert hat es uns schon, weil es doch ein ganz schönes Stück zu ihm nach Hause ist. Aber auf der anderen Seite waren wir ganz froh darüber. Nicht dass er uns das Auto vollkotzt, so viel wie der getankt hatte.«

»Und hat irgendwer von euch ihn nachher noch mal gesehen, seid ihr an ihm vorbeigefahren?«

»Nein, nein, wir sind ja in die andere Richtung gefahren.«

»Nun gut. Das war fürs Erste alles, was ich wissen wollte.« Er reichte ihnen seine Visitenkarte. »Falls euch noch was einfällt.«

Dann ging er in Richtung Ausgang, drehte sich aber auf halbem Wege nochmal um. »Ach ja, da ich ja davon ausgehe, dass die drei Herren zu Fuß hier sind, würde ich es euch nicht raten, sich ans Steuer eines Fahrzeugs zu setzen. Sonst wären wir gezwungen eine Alkoholkontrolle durchzuführen.« Er wandte sich wieder ab, pfiff Wolfgang, der ihm folgte, und sie verließen das Geschäft.

»Und was machen wir jetzt?«, fragte Wolfgang.

»Ich würd sagen, wir stellen uns da drüben hin und warten ein paar Minuten.«

Sie parkten auf der gegenüberliegenden Straßenseite, wo sie sehr gut sichtbar waren, lehnten sich an ihr Auto und warteten ziemlich genau zehn Minuten. Schließlich kamen die drei Herren ebenfalls heraus und schlurften in Richtung eines alten VW-Busses. Das Tageslicht ließ sie die Augen zusammenkneifen, aber sehr schnell entdeckten sie Richard und Wolfgang, die sie ebenfalls sehr aufmerksam beobachteten.

Unvermittelt blieben sie stehen und schielten verstohlen herüber. Richard starrte zuerst sie an und richtete seinen Blick dann demonstrativ in Richtung Bushaltestelle, die ein paar Meter entfernt lag. Sie folgten seinem Blick, sahen sich dann gegenseitig an. Schließlich ließen sie die Schultern hängen, schleppten sich zur Bushaltestelle und standen dort etwas unschlüssig herum.

Richard und Wolfgang warteten weiter und genossen die frühen Sonnenstrahlen, bis fünf Minuten später tatsächlich ein Bus hielt. Die drei vergewisserten sich, dass die Polizisten immer noch da waren, und blickten ziemlich ratlos drein. Dann zuckten sie resigniert mit den Schultern und stiegen in den Bus.

Richard und Wolfgang blieben noch stehen, bis der mit den drei neuen Passagieren losfuhr, und blickten ihm nach, bis er hinter der nächsten Ecke verschwunden war.

»Was glaubst du, wo der als Nächstes hält?«, fragte Richard.

»Naja, in der Nähe ist zumindest keine Haltestelle mehr. Da müssen die drei wahrscheinlich erst mal eine Runde durch die Stadt fahren. Bis dahin dürften sie auch wieder einigermaßen nüchtern sein, schätze ich.«

Schließlich konnten sie es nicht mehr halten und prusteten vor Lachen los.

KAPITEL 8

»Du, Richard. Kannst du mal eine Anzeige aufnehmen?«, rief ihm Christina zu. Er hatte gar nicht registriert, dass »Kundschaft« reingekommen war.

»Ja, klar.« Für die Christina doch immer, dachte er sich. »Was haben wir denn?«

»Anzeige gegen Unbekannt. Tätlicher Angriff.«

»Aha!« Das gab es auch nicht alle Tage. Könnte interessant werden. Jetzt war Richard doch gespannt, was da kommen würde. Christina öffnete dem Wartenden die Theke, und er kam herüber geschlurft. Schätzungsweise Mitte 20, die Schultern hängend, ein großes Pflaster auf dem kurzbehaarten Hinterkopf und ein nicht wirklich zur Situation passendes, fast schon süffisantes Lächeln im Gesicht. Also offensichtlich ein Schlag auf den Hinterkopf. Dem Lächeln nach zu urteilen, vielleicht ein wenig zu fest. Oder ein bisserl zu viel Schmerzmittel …

»Ja, also, setzen Sie sich erst mal«, forderte Richard ihn auf, »machen wir halt ein Protokoll. Was ist Ihnen denn überhaupt passiert.«

»Ich war so beim Wandern«, bekam er die Antwort in feinstem sächsischen Dialekt, »und da hat mich von hinten einer auf den Kopp gehauen.«

Kaum war der erste Satz gesprochen, und schon war für Richard die Stimmung beim Teufel. Innerlich seufzte er und stellte seine Sprache automatisch auf Hochdeutsch um. Naja, vielleicht eher Beckenbauer-Deutsch. Das würde reichen müssen.

»Und Sie haben nicht gesehen, wer Ihnen auf den Kopf gehauen hat?«

»Nee, der kam von hinten mit 'ner Keule. Ich hab den gar nicht gehört. Hat mich direkt k. o. geschlagen. Da bin ich erst so ungefähr eine halbe Stunde später wieder zu mir gekommen.«

»Gut, dann nennen Sie mir erst mal Ihren Namen, damit wir anfangen können.«

»Kolchowsky Maik. Maik mit M-a-i-k.«

Richard musste ein paarmal zwinkern, bis er diese Information vollends verarbeitet hatte. »Sie kommen nicht von hier, oder?«, fragte er lakonisch.

»Nein, wohnhaft bin ich in der Nähe von Zwickau. Woran haben Sie das gemerkt?«

»Wissen Sie, wenn man eine Weile bei der Polizei ist, dann bekommt man ein Gespür für so etwas.«

»Aha«, sonst keine Regung vom Maik. Seine Fähigkeit zum Verständnis von Sarkasmus war scheinbar ähnlich stark ausgeprägt wie die Fähigkeit beider zur hochdeutschen Sprache.

Richard nahm die restlichen Daten vom Geburtstag bis zum Wohnort auf, und ließ sich dann erzählen, was eigentlich passiert war. Der Maik hatte beim Wandern hinterrücks eine übergezogen bekommen. Eine halbe Stunde später kam er mit blutendem Kopf zu sich. Und das war es dann auch schon wieder. Viel mehr Information zum Tathergang konnte er nicht beitragen.

»Ja, und sonst hat niemand etwas beobachtet? Da müssen doch noch andere Wanderer gewesen sein?«, wollte Richard wissen.

»Nee, ich war ja ziemlich abseits von den normalen Wanderwegen. Und beim Suchen soll man ja auch nicht beobachtet werden.«

»Was haben Sie denn gesucht?«

»Na, Geocaching!«

»Was wollten Sie denn mitten im Wald fischen?«, fragte Wolfgang, der gerade dazugekommen war.

»Wieso fischen?« Der Maik war jetzt einigermaßen irritiert.

»Ja, was tut man denn sonst mit einem Kescher. Schmetterlinge fangen, oder was?« Wolfgang konnte sich keinen Reim darauf machen.

»Nicht Kescher, G-e-o-c-a-c-h-i-n-g«, erklärte Maik möglichst langsam. Gut, der schnellste Redner war er auch bisher nicht gewesen. »Das ist so was wie eine Schatzsuche. Da bekommt man im Internet die GPS-Daten und muss manchmal auch ein Rätsel lösen, damit man den Cache, also den Schatz, findet.«

»Und jetzt glauben Sie, dass Ihnen da einer eine drüber gehauen hat, weil er selbst an den Schatz wollte?«, schaltete sich Richard wieder ein, einigermaßen säuerlich, weil es ja eigentlich seine Vernehmung war.

»Nee, ihr habt da ein ganz falsches Bild. Das ist ja kein echter Schatz. Meistens ist es eine Tupperdose oder sowas in der Art. Und da ist eine Liste drin, auf der man sich einträgt, dass man den Cache auch gefunden hat. Kein Gold oder Edelsteine oder sowas«, erklärte der Maik einigermaßen belustigt.

»Und das ist dann so Ihr Zeitvertreib?«

»Ja, manchmal. Vor allem im Urlaub eben. Die daheme hab ich ja schon fast alle gefunden. Das ist ganz lustig, solltet ihr auch mal probieren.«

»Gut, und warum glauben Sie dann, hat man Sie niedergeschlagen?«

»Na, das weiß ich nun wirklich nicht.«

»Also rein von seiner Aussprache her könnt ich schon verstehen, wenn ihm einer von uns da eine mitgibt«, raunte ihm der Wolfgang im tiefsten Oberpfälzisch zu, sodass der Maik keine Chance hatte, etwas zu verstehen.

»Wie meint er?«

»Ah, nix.« Richard musste mühsam ein Grinsen unterdrücken. »Wenn Sie sonst keine Angaben zur Sache machen können?«

»Nee, sonst nichts mehr. Ich könnt Ihnen höchstens noch die Koordinaten geben, wo ich niedergeschlagen wurde. Das ist ja quasi mitten im Wald gewesen. Das finden Sie sonst nicht.«

Kurze Zeit später händigte er ihnen eine lange Zahlenfolge aus. Jedoch nicht, ohne Richard auch zu zeigen, wie er die Koordinaten auf seinem Smartphone aufrufen konnte.

Anschließend verabschiedete er sich und schlurfte Richtung Ausgang.

»Eine komische Sache«, meinte Richard, während er ihm durchs Fenster nachsah. »Glaubst du, wir sollten uns das mal anschauen, Wolfgang?«

Der hatte gerade die Koordinaten auf seinem Dienst-PC eingegeben. »Du, das ist ja am Osser. Und gar nicht so weit vom Gipfel weg. Das schauen wir uns an, und danach kehren wir sauber ein!«

»Du, Wolfgang, schau dir das an!« Richard deutete aus dem Fenster auf den Parkplatz. Dort ging der Maik zielstrebig auf einen blitzsauberen schwarzen Ford Mustang V zu.

Beide stützten sich auf dem Fensterbrett ab und warfen neidische Blicke nach draußen.

»Der ist bestimmt geleast«, meinte Richard abschätzig.

»Hmm«, brummte Wolfgang zustimmend.

Im gleichen Moment stieg eine blonde Granate aus der Beifahrertür. Hautenges schwarzes Kleid, das knapp unterhalb der Arschbacken aufhörte und so eng war, dass es nur wenig Spielraum für Fantasie zuließ. Lächelnd umarmte sie den Maik und küsste ihn.

»Meinst, die ist auch geleast?«, fragte Wolfgang.

Grummelnd drehten sich beide vom Fenster ab und setzten sich.

»Was soll man davon halten?«, fragte Richard nach einer Weile.

»Ehrlich gesagt beschäftigt mich gerade mehr, dass es Menschen gibt, die Tupperdosen vergraben. Du, meine Frau würde dich für sowas glatt erschießen. Die hat so viele Tupperdosen, wir haben sogar Tupperdosen, um darin kleinere Tupperdosen aufzubewahren.«

»Mei, gut dass du Tupperdose sagst«, rief Richard. »Ich hab doch heute glatt meine Brotzeit vergessen.«

»Von mir kriegst du nix«, wehrte Wolfgang sofort ab. Sein Essen war ihm heilig.

»Brauchst auch nicht. Ich fahr schnell heim und esse da was.« Richard griff sich seine Dienstjacke, sagte Christina Bescheid und ging nach draußen.

»Hey, Richie!«, schrie jemand von hinten, als er in Richtung seines Autos schlenderte, und in ihm zog sich alles zusammen. Er hasste es, wenn er so genannt wurde. Sein Sportlehrer in der Realschule hatte in grundsätzlich so angeredet. »Richie«, hatte er einmal gesagt, »der Name passt zu dir. Du schaust aus wie ein geriebener Kartoffel vorm Braten: käsig und irgendwie unförmig.«

Ja, der Herr Summer, Gott hab ihn selig. War immer noch für einen Albtraum gut. Selbst mehr als vier Jahre, nachdem Richard die Schule abgeschlossen hatte.

Der hatte sein Leben lang Sport getrieben und auf seine

Ernährung geachtet. Ja nicht zu viel Fett, sparsam mit dem Salz, jeden Tag mindestens zwei Stunden trainieren.

Und dann nimmt ihn ein Lastwagen mit. Halt leider nicht auf dem Beifahrersitz, sondern eher so mit der Stoßstange. Dumme Sache. Vor allem so kurz vor seiner Pensionierung, also mit 56.

Hat sein Leben lang nur auf seine Gesundheit geachtet, und jetzt liegt er im Sarg. Das aber mit 1A Körperfettwerten. Die Würmer wird es nicht gefreut haben. Irgendwie fand Richard es schade, dass es kein Bierlaster gewesen war, der ihn überfahren hatte. Dann hätte man wenigstens sagen können, der Alkohol hat ihn dahingerafft. Ja, Richard war beileibe kein nachtragender Typ …

»Hey, Richie«, echote es ihm in den Ohren, und das Einzige, das ihm im Moment noch mehr zuwider war als sein Spitzname, war die Person, die ihn gerade rief.

»Hi, Sandra«, brummte er, bereit, es über sich ergehen zu lassen.

Die Sandra war seit nunmehr gut einem Jahr seine Ex-Freundin. Das war, kurz nachdem er die Polizeischule abgeschlossen hatte. Seitdem war Schluss.

Mit der Sandra war das damals so eine Sache. Drei Jahre waren sie zusammen gewesen. Aussehenstechnisch war sie eher so mittel. Hässlich war sie jetzt nicht, nein, überhaupt nicht. Eine so wirkliche Schönheit war sie aber auch nicht. Vielleicht war das der eine Punkt gewesen, an dem sie zusammengepasst hatten. Sonst waren sie nicht immer so ganz auf einer Wellenlänge. Sie wollte halt immer raus. Je weiter weg, umso besser. Und immer das Beste, das Größte, das Tollste.

Er fand es schon immer da am schönsten, wo er war. Und er war auch gern zufrieden mit dem, was er hatte. Warum die beiden zusammen waren? Sie hatte ihn eben genommen. War seine Erste gewesen, da hatte das damals schon gereicht.

Interessant war er für sie aber auch erst geworden, als sie erfuhr, dass er auf die Polizeischule ging. Da war sie plötzlich ganz heiß auf ihn geworden.

Damals hatte er sich keine Gedanken darüber gemacht, im Nachhinein erst verstand er, wie das Ganze zusammenpasste.

Der Knackpunkt war gewesen, dass sie wohl davon ausging, dass er als Erstes nach München ziehen musste, sobald er fertiger Polizist war. Das war nicht mal so unplausibel. Tatsächlich taten die meisten seiner Kollegen aus der Polizeischule in München Dienst. Jetzt war er aber dummerweise zu schlau für München gewesen.

Das Ganze lag so: In München fing quasi jeder an, der das wollte, und vor allem die, die gerade so durch die Prüfung gerutscht waren. Weil nach München wollte eigentlich kein vernünftiger Mensch. Als Großstadt ist das Leben da schweineteuer, und vom polizeilichen Standpunkt gesehen gibt es jede Menge soziale Brennpunkte. Also beschissene Arbeit, und kohlemäßig bleibt nichts hängen. Und wenn du wirklich mal ein Fußballspiel bewachen darfst, dann stehst du als Frischling garantiert ganz weit weg vom Stadion. Geschweige denn vom Spielfeld. Darum versuchte auch jeder, sich so schnell wie möglich von dort weg versetzen zu lassen.

Deswegen nahm man in München eben jeden, egal, wie gut oder schlecht er abgeschlossen hatte. Weil Richard aber einer der Jahrgangsbesten gewesen war, hatte er sich mehr oder weniger aussuchen können, wo er Dienst tun durfte. Und zu seinem Glück war gerade eine Planstelle in seiner Heimat frei geworden.

Leider war das aber nicht das Glück für die Sandra. Die hätte eben unbedingt nach München gewollt. Weil München war jetzt für ihre Begriffe schon mal verdammt weit weg. Natürlich war die bayerische Hauptstadt ja aber auch fürs Erste nur als Zwischenstation geplant. Danach weiter nach Berlin. Oder zumindest Hamburg. Zur Not auch noch Köln, wobei das schon ein wenig unseriös war, wegen dem ganzen Faschingskrampf. Und dann vielleicht noch ins Ausland. Paris, London, New York …

Dass das für einen normalen Streifenpolizisten mit Realschulabschluss eine etwas unrealistische Perspektive war, hatte sie wohl verdrängt. Vielleicht wollte sie sich aber in München auch was Besseres anlachen. Architekt, Arzt oder so was. Wer weiß.

Darum war eben recht bald Schluss, nachdem er wieder daheim war. Dazwischen war Wochenendbeziehung, was für sie scheinbar hip war. »Mein Freund kann nicht, der hat gerade einen wahnsinnig wichtigen Lehrgang«, war offenbar ein Satz, der bei ihren Freundinnen mit großem Staunen und etwas Neid aufgenommen wurde. Wahrscheinlich war der einzige Lehrgang, den deren Freunde vorweisen konnten: »1.002 Arten, eine Bierflasche mit üblichem Maurerwerkzeug zu öffnen«. Dieser Lehrgang fehlte jetzt wiederum Richard …

Für ihn war dieser »wahnsinnig wichtige Lehrgang« gefühlsmäßig aber auch meist eher so eine Art Schullandheim-Erfahrung gewesen.

Warum sie unbedingt weg wollte, war ihm nie so ganz klar gewesen. Scheinbar war sie eben der Typ für so etwas. Immer, wenn jemand von einem Bekannten erzählte, der jetzt in München studierte oder gerade auf Geschäftsreise in Indien war oder ein Auszeitjahr mit Rucksacktour durch Australien machte, da konntest du richtig zuschauen, wie ihre Augen zu glänzen anfingen. Ihm graute bei solchen Geschichten immer: München war bereits abgehakt, in Indien stinkt's recht, hatte er zumindest gehört, und in Australien gibt es Spinnen, die nicht einmal mehr unter Schuhgröße 52 verschwinden. Geht also überhaupt nicht.

Sie wollte aber immer zu den »Besseren« gehören, die die ganze Welt gesehen haben. Das verstand er nicht, weil man auch kein anderer Mensch ist, bloß weil man woanders wohnt. Wenn du daheim ein Depp bist, dann bist du auch in München ein Depp.

Wahrscheinlich war es aber auch besser, dass es auseinandergegangen war. Auf Dauer hätte es nicht funktioniert.

Gleich nach der Trennung war sie nach Regensburg gezogen. Für sie war das scheinbar so was wie eine Zwischenstation Richtung München. Warum für sie jetzt ausgerechnet Regensburg ein wichtiger Schritt in Richtung Landeshauptstadt war, hatte er nicht ganz verstanden. Wahrscheinlich, weil man in Regensburg umsteigen muss, wenn man mit dem Zug nach München fährt. Da war es dann quasi Glück für sie, dass man nicht in Schwandorf umsteigen musste.

Lange hatte sie es da aber nicht ausgehalten, wie ihm der Haaserer ja bereits mitgeteilt hatte. Wahrscheinlich wegen des »Hier-Depp-dort-auch-Depp«-Prinzips.

Nun war sie eben wieder hier. Und dummerweise hieß das auch, dass sich ihre Wege immer wieder kreuzten.

Sie umarmte ihn zur Begrüßung. Oh, mein Gott, wie er das hasste. Den Schmarrn hatte sie sich garantiert in Regensburg angeeignet. In Cham machte das keiner, und wenn, dann wurde man schief angeschaut. Richard, für seinen Teil, konnte gut auf die körperliche Intimität verzichten. Ihr Duft drang in seine Nase, dasselbe Parfüm wie damals. Das weckte Erinnerungen an eine Zeit, in der ihm körperlicher Kontakt mit ihr noch ganz willkommen gewesen war. Es löste Gefühle in ihm aus, die er lieber nicht haben wollte. Und dazu kamen auch noch andere Gefühle, die sich auf den Bereich zwischen seinem Bauch und seinen Oberschenkeln konzentrierten. Auf einmal wünschte er sich eine kalte Dusche.

Nach einer gefühlten Ewigkeit ließ sie ihn wieder los, was Richard erleichtert aufatmen ließ. Leider war die Freude nur kurz, weil er jetzt das unvermeidliche Gespräch über sich ergehen lassen musste.

»Mei, haben wir uns schon lange nicht mehr gesehen«, plauderte sie drauflos. »Wie geht's dir denn? Gut schaust du aus. Hast schon gehört, dass ich wieder da bin, oder?«

»Hmm«, brummte Richard.

»Ja, daheim ist eben doch daheim, gell? Ich hab wieder bei meiner alten Arbeit angefangen. Die waren total froh, dass sie mich wieder haben. Du magst es nicht glauben, aber ohne mich läuft da einfach nichts rund.«

Richard hatte sie ein oder zweimal in ihrer Arbeit besucht, als sie noch zusammen waren. Ein Buchhaltungsbüro mit zehn Frauen. Der reinste Hühnerhaufen. Bevor Männer da allein reingehen, bekreuzigen sie sich erst mal. Was für eine herausragende Position Sandra da hatte, dass ohne sie nichts lief, musste ihm glatt entgangen sein.

»Eigentlich wollt ich ja da gar nicht mehr hin, weil, wie schaut das denn aus, wenn man kündigt und dann wieder zurückkommt?«, ging der Redeschwall weiter. »Aber mein Chef hat mich ja fast angefleht, dass ich wieder kommen soll. Ja, was soll man da machen? Und du, bist du immer noch bei der Polizei?«

Richard sah an sich herunter. Ja, die Uniform hatte er noch an. Nicht, dass sie sich in den vergangenen fünf Minuten auf wundersame Weise in einen Schlafanzug verwandelt hatte.

»Ach ja. Bin ich dumm«, lachte Sandra. Ein klein wenig

zu schrill, fand Richard. Das hatte sie immer gemacht, wenn sie nervös war. »Und wie geht's Foo und dem Haaserer?«

»Wie immer«, antwortete Richard knapp. Wie sollte es ihnen schon gehen. Hier war ja die Zeit stillgestanden, solang sie weg war.

»Mei, die beiden hab ich vermisst in Regensburg. Wir vier, das war immer eine Gaudi.«

Richard glaubte, sich verhört zu haben. Vermisst? Haaserer und Foo? Sie hatte die beiden ums Verrecken nicht ausstehen können. Den Haaserer hatte sie als perverses Nagetier bezeichnet und Foo als einen Junkie, der Richard noch mal den Job kosten würde. Irgendwas lief hier ordentlich verkehrt. Er schaute ihr tief in die Augen, um Anzeichen für Drogenmissbrauch zu finden. Sie schaute ebenso tief zurück, und das entwickelte sich für Richard zu einem äußerst verstörenden Moment. Und der Bereich unterhalb seines Bauchnabels war dabei keinesfalls hilfreich.

»Äh … ja. Du ich muss dann auch mal weiter …«, brachte Richard stotternd hervor.

»Ja klar. Die Pflicht ruft, gell?« Sie klopfte ihm auf die Uniform. »Du, wie wäre es, wenn wir mal einen Kaffee trinken gehen. Auf die alten Zeiten, weißt schon.«

Bei Richard stellten sich gerade die Zehennägel auf. Auf gar keinen Fall, schrie so ziemlich alles in ihm. Er zermarterte sich das Gehirn, wie er das auf die freundlichst mögliche Weise ausdrücken sollte …

»Ja, warum nicht«, hörte er sich sagen. Richard fragte sich, woher das jetzt gekommen war. Aus seinen grauen Zellen sicher nicht. Verdammte Scheiße. Jetzt wäre es mal höchste Zeit für ein ernsthaftes Gespräch mit bestimmten Körperregionen.

»Super, freut mich. Schreib mir einfach mal, wenn es dir

passt«, flötete sie. »Oder weißt du was? Besser ich schreib dir. Sonst wird's ja eh wieder nichts.«

Richard fluchte innerlich. Sie kannte ihn ziemlich gut, und verdammte Scheiße, sie nutzte das schamlos aus. Er brachte nur ein künstliches Lachen als Antwort hervor.

»Na dann, mach's gut.« Sanft strich sie ihm über die Schulter und wandte sich mit ihrem schönsten Lächeln ab.

Richard blieb mit offenem Mund stehen. Er war doch hier im falschen Film. Ihr war schon klar, dass sie es war, die Schluss gemacht hatte, oder? Was sollte dann das hier? Und du da hältst dich ganz raus, schickte er eine Warnung nach unten.

KAPITEL 9

Es war um die Mittagszeit, als Richard zu Hause eintraf, ungewöhnlicherweise in Uniform, die er sonst auf dem Revier ließ. Wie meistens ging er zuerst in die Wohnung seiner Eltern, die im Erdgeschoss wohnten, bevor er sich ins erste Obergeschoss in sein eigenes Reich verzog. Zum einen, weil es sich gehörte, dass man regelmäßig bei den Eltern auftauchte, zum anderen, weil da auch immer etwas zum Essen zu finden war. Seine Erzeuger waren aber gerade nicht da, sondern ein Besuch. Nämlich seine Schwester Maria inklusive seiner kleinen Nichte Anna. Maria war schon vor Jahren ausgezogen und wohnte mit ihrer Familie im Nachbarort, wo ihr Mann herkam. Trotzdem schaute sie mindestens einmal in der Woche vorbei. Seit die kleine Anna da war, sogar noch öfter, weil die ihre Großeltern so gern hatte. Und seine Schwester hatte auch gar nichts dagegen, wenn sie ihr Kind mal ein paar Stunden bei der Oma parken konnte.

»Servus, Onkel«, rief ihm die Kleine entgegen.

»Servus, Nichte«, grüßte er grinsend zurück und tätschelte ihr den Kopf. Anna war das Nesthäkchen der Familie seiner Schwester. Ein Nachzügler, genauso wie er selber. Ihr Bruder kam gerade in die Pubertät, während sie gerade eingeschult worden war.

»Na, du heute mit kompletter Uniform?«, meinte Maria. »Das bin ich ja gar nicht gewohnt.«

»Bin nur schnell zum Mittag heim, hab noch Dienst.« Richard warf einen Blick auf das Buch, mit dem sich die beiden gerade beschäftigten. »Was ist denn das?«

»Das Freundebuch von der Alina«, rief Anna stolz. Ihre Mutter rollte dagegen mit den Augen.

»Das ist eine richtige Seuche, sage ich dir. Alle zwei Tage bringt sie ein anderes mit. Und jedes Mal brauchst noch ein Foto zum Einkleben. Ich werd noch arm damit.«

»So schlimm wird es nicht sein«, grinste Richard und schritt zum Kühlschrank.

»Du hast leicht reden«, meinte sie und wandte sich wieder Anna zu. »So, also, wie geht es weiter? Ach ja. Da sollst du reinschreiben, was du mal werden möchtest.«

»Hm … Königin«, antwortete die Kleine nach kurzem Überlegen.

Richard lachte. »Du solltest mit deiner Tochter mal über ihr Demokratieverständnis reden.«

»Depp!«

Er kicherte und schloss den Kühlschrank, weil nichts Gescheites drin war. Glücklicherweise entdeckte er einen Marmorkuchen in der Ecke. »Meinst du, da kann ich mir einen nehmen?«, fragte er Maria.

»Jaja, wir haben auch schon einen gegessen«, antwortete sie. Da hatte Richard aber schon ein Stück abgeschnitten und reingebissen. Da er aber nun die Freigabe erhalten hatte, schnitt er sich gleich noch ein zweites ab.

»Wo ist denn überhaupt die Mama?«, fragte er kauend.

»Ich glaub, bei dir oben und sucht die Wäsche in deinem Chaos zusammen.«

»Auweh, dann schau ich mal lieber rauf.«

»Servus, Onkel!«

»Servus, Nichte!«

Er stieg die Treppe nach oben. Die Mama war wahrscheinlich im Schlafzimmer und klaubte zusammen, was da alles am Boden lag. Also ging er zur Sicherheit erst mal in sein Wohnzimmer.

Bereits aus dem Augenwinkel sah er, dass etwas nicht stimmte, als er durch die Tür trat. Er drehte sich um, und als er sah, was sich da hinter der Tür versteckte, wich er erschrocken zurück. »Kruzifix, verdammte Scheiße!«, schrie er noch, während er zurückstolperte, um Abstand zu gewinnen. Fast wäre er gestürzt, hätte ihn nicht der Tisch gebremst. Ohne nachdenken zu müssen, hatte er bereits seine Dienstwaffe entsichert und im Anschlag. Seine Nerven diskutierten direkt mit dem Zeigefingermuskel aus, ob er abdrücken sollte oder nicht, ohne lang beim Hirn nachzufragen. Das ist so ähnlich wie bei Kakerlaken, da rennen die Beine auch bereits los, ohne dass der Kopf was davon weiß.

»Was schreist denn du so herum?« Seine Mutter hatte ihn offenbar fluchen gehört. So stand sie jetzt mit vollem Wäschekorb in der Tür. Sah zuerst ihn an, wie er immer noch kreidebleich und mit der Waffe im Anschlag dastand. Dann sah sie, was hinter der Tür war. Sie stieß einen tiefen Seufzer aus, stellte den Wäschekorb auf den Boden und zog sich einen ihrer Pantoffel aus.

»Und so was soll uns vor Verbrechern und Mördern beschützen«, sagte sie noch, während sie die schwarze haarige Spinne erschlug. An der Stelle, wo das Tier gesessen hatte, blieben nur ein abgerissenes Bein und ein schmieriger Fleck zurück. Ohne ein weiteres Wort zu verlieren, hob sie den Wäschekorb wieder auf und ging.

Während er immer noch den Fleck an der Wand betrachtete, überlegte Richard, ob er vielleicht nicht doch lieber hätte schießen sollen. Das Vieh so als Ziel zu treffen, also vom sportlichen Standpunkt aus gesehen, das wäre schon eine Leistung gewesen. Gut, für eine Spinne war sie aber auch überproportional groß. Sonst wär er ja nicht so erschrocken, ganz klar. Aber trotzdem. Ein Ziel dieser Größe. Und das quasi während eines Überraschungsangriffs. Top!

Andererseits musste er jeden Munitionsverbrauch mit einem ellenlangen Bericht begründen. Herausragende Schießleistung hin oder her. Irgendwie hatte er Zweifel, dass sein Chef auch Angst vor Spinnen hatte. Da wäre es mit Verständnis nicht weit her. Wahrscheinlich hatte er deutlich mehr Angst davor, dass seine Untergebenen rumballern und ihm mehrseitige Berichte dazu schreiben …

Richard setzte sich nachdenklich aufs Sofa. Ihm lag

immer noch das Treffen mit Sandra im Magen. Es war seltsam. Immer, wenn er dachte, er sei über die ganze Sache hinweg, passierte etwas, das ihm alles in Erinnerung rief, als wäre es gestern gewesen. Es fühlte sich an, als würde jemand seinen Magen packen und fest zusammendrücken. In Gedanken durchlebte er die Situation wieder von Neuem.

Sandra hatte ihm eröffnet, dass sie nach Regensburg ziehen würde. Aus heiterem Himmel. Er hatte ewig gebraucht, um überhaupt zu verstehen, was sie da sagte und was das für ihn bedeutete.

»Ich halte es hier nicht mehr aus«, hatte sie gesagt.

»Ja, und was willst du dann in Regensburg machen?«, hatte er verdutzt gefragt.

»Erst mal auf die Schule, und dann sehe ich weiter. Ich weiß es auch noch nicht genau.«

»Aha. Aber da brauchst du doch maximal ein Zimmer in Regensburg. Weil die Miete da oben ist ja unbezahlbar. Und für unter der Woche dort Schlafen muss es ja nicht gleich eine Wohnung sein.«

»Ich nehme mir eine Wohnung«, sagte sie bestimmt.

»Aha, okay«, Richard verstand nicht wirklich, was gerade vorging.

»Richie, ich will nicht nur nach Regensburg in die Schule gehen, ich will da wohnen.«

»Ja, aber … wieso denn?«

»Ach«, sie schüttelte energisch den Kopf, »hier ist mir alles zu eng. Jeden Tag das Gleiche, immer bloß die gleichen Leute. Ich mag das nicht mehr. Ich will mal was erleben.«

»Ja, aber ich hab grad erst meine Dienststelle angetreten«, Richard schwirrte der Kopf. »Und da hatte ich dermaßen Glück, dass ich in Cham was bekommen hab. Da würden sich 20 andere die Finger abschlecken. Und so ein Versetzungsantrag geht auch nicht so schnell. Davon abgesehen, hast du eine Ahnung, was die Miete in Regensburg kostet? Wenn du auf die Schule gehst, verdienst du ja nichts, und so groß ist mein Gehalt jetzt auch nicht.«

»Ja glaubst du, ich hab Bock, dass ich bis in alle Ewigkeit daheim bei meinen Eltern wohne?« Sandra wurde langsam ärgerlich, auch wenn Richard nicht verstand, warum.

»Aber wir können uns doch hier eine Wohnung suchen«, wandte Richard ein. An sich war er gar nicht scharf darauf, mit Sandra zusammenzuziehen. Das heißt, irgendwann natürlich schon. Aber momentan war alles so bequem, und er konnte in seiner Bude tun und lassen, was er wollte. Eigentlich hatte er das noch eine Weile genießen wollen. Da sich aber das Gespräch in eine Richtung entwickelte, die ihm überhaupt nicht gefiel, hoffte er, mit dem Angebot vielleicht aus der Sache herauszukommen.

»Richie«, Sandra sah ihm kurz in die Augen und dann auf den Boden, bevor sie fortfuhr, »es geht mir nicht ums Zusammenziehen. Ich möchte allein nach Regensburg gehen.«

Jetzt fiel Richard die Kinnlade runter. Er versuchte, etwas zu sagen, aus seinem Mund kam aber nichts heraus.

»Verstehst, das ist *mein* Ding. Das hat nichts mit dir zu tun. Das muss ich für mich machen.«

»Und was ist mit uns?«, stammelte Richard.

»Richie, ich mag dich. Und es liegt auch nicht an dir.« Oh mein Gott, spätestens jetzt wurde Richard klar, wo das hinführte. »Aber wir sind noch so jung. Und … irgendwie … ich hab halt das Gefühl, als würd ich irgendwas verpassen. Ich mein, was wird denn passieren. Wir zwei heiraten, bauen vielleicht ein Haus, dann Kinder … bis ich schaue, bin ich 30, sitz mit zwei Kindern daheim, und mein Leben ist vorbei. Ich will das nicht. Zumindest jetzt noch nicht. Kannst du das verstehen?«

Nein, konnte er überhaupt nicht. »Ja, verdammt noch mal, was ist denn da so schlecht dran?« Richard schrie fast.

»Richie, bitte. Das ist kein Grund, mich anzuschreien.«

Ja, verdammte Scheiße, was wäre denn ein Grund zum Schreien, wenn nicht das? Trotzdem versuchte er, sich zusammenzureißen.

»Ach komm. Überleg es dir nochmal. Wir können doch über alles reden.«

»Richie, dafür ist es zu spät.«

»Warum zu spät?«, rief er verzweifelt.

»Ich hab mich schon an der Schule eingeschrieben. Und bei der Corinna ist ein Platz in der WG frei, da kann ich einziehen. Es ist schon alles geregelt. Ich zieh am Samstag um.«

Richard hatte es die Sprache verschlagen. Er saß nur noch da und starrte vor sich hin, unfähig, mit der Situation klarzukommen.

»Geh, Richie, sag halt was«, versuchte sie es zaghaft.

Richard starrte weiter, hätte er gewusst, was er hätte sagen sollen, er hätte es wahrscheinlich nicht herausgebracht. Stattdessen schüttelte er nur kaum merklich den Kopf.

»Tut mir leid«, sagte Sandra leise. »Ich glaub, es ist besser, wenn ich jetzt geh.«

Sie stand auf, blieb im Türrahmen nochmal kurz stehen und blickte ihn an. Kurz sah es so aus, als wollte sie noch etwas sagen. Dann aber ging sie schweigend.

Richard saß immer noch da und starrte. »Tut mir leid«, die Worte hallten in seinem Kopf nach. Immer und immer wieder. Es fühlte sich seltsam an. Besser gesagt, war es seltsam, weil er rein gar nichts fühlte. Es fühlte sich nur dumpf und leer an. Es dauerte einen ganzen Tag, bis er begriffen hatte, was passiert war. Verstanden hatte er es deswegen noch lange nicht. Eigentlich hatte er das bis heute nicht. Die nächsten Tage waren ein großes schwarzes Loch gewesen. Trauer und Wut wechselten sich ab, und das über Wochen, bis er allen in seiner Umgebung gehörig auf den Sack ging mit seiner miesen Laune.

Später ging die Traurigkeit zurück, und die Wut blieb übrig. Sie sorgte auch dafür, dass er aus Trotz versuchte, die nächstbeste Frau abzuschleppen. Wie zu erwarten, ging das ziemlich in die Hose. Mehrfach. Objektiv gesehen konnte man es der Damenwelt nicht übel nehmen, so verzweifelt, wie er es versuchte. Insgeheim wusste Richard auch, dass es nur darum ging, unbedingt eine neue Beziehung zu haben, bevor Sandra einen Neuen hatte. Es ging um Gewinnen oder Verlieren. Das war ebenso einfach, wie es kindisch war.

Jetzt, nach gut einem Jahr, hatte er gehofft, dass er die ganze Sache hinter sich gelassen hatte. Und jetzt war sie wieder da, und alles war so frisch, als wäre es gestern gewesen.

»Danke, Sandra«, schnaubte er in den leeren Raum.

KAPITEL 10

Ein paar Tage später traten Wolfgang und Richard ihre dienstliche Wanderung Richtung Osser an. Natürlich ganz offiziell genehmigt. Bei einem tätlichen Angriff auf einen Feriengast musste selbstverständlich peinlichst genau ermittelt werden. Schließlich war ja der Tourismus eine tragende Säule der ostbayerischen Wirtschaft. Kaum vorstellbar, es würde sich herumsprechen, dass irgendein Irrer hinterrücks Touristen erschlägt! Das hatte der Chef natürlich genauso gesehen. Hier war unverzügliches Handeln nötig. Gut, so unverzüglich war es auch wieder nicht. Der Wolfgang war so schlau, die Sache erst mit dem Chef zu besprechen, als schönes Wetter vorausgesagt wurde.

Früh am Morgen begannen sie den Aufstieg. Ihre Straßenschuhe hatten sie im Auto gegen Wanderstiefel getauscht, und die Dienstmützen waren ebenfalls dort geblieben. Schon nach kurzer Zeit kamen sie ins Schwitzen, weil die Sonne schon ganz schön herunter schien. Also zogen sie auch die Jacken aus und stopften sie in den Rucksack, den der Wolfgang klugerweise mitgebracht hatte. Und auch die Krawatten verschwanden darin. So war es schon deutlich bequemer. In regelmäßigen Abständen blickte Richard auf sein Handy. Der Platz, den sie suchten, war in jedem Fall ein gutes Stück vom Hauptweg entfernt, so viel stand mal fest. Als sie an eine Abzweigung des Hauptweges kamen, blieb Richard stehen.

»Was meinst du?«, wandte er sich an Wolfgang, »sollen wir den nehmen?«

»Glaubst du, dass uns der an die Stelle führt?«

»Naja, die Richtung würde stimmen. Die ganzen Wege sind auf meiner Karte nicht drauf. Und zu den Koordinaten scheint gar kein Weg hinzuführen.«

»Dann ist er wahrscheinlich so gut wie jeder andere«, meinte Wolfgang.

Sie blickten eine Weile auf die Abzweigung. Der bisherige Weg war schon anstrengend gewesen. Aber dieser schien auf jeden Fall noch ein gutes Stück steiler zu sein und in wesentlich schlechterem Zustand. Überall standen Wurzeln und Felsen heraus, über die man stolpern konnte.

»Ach, was soll's«, seufzte Wolfgang schließlich und ging los. Eine Zeit lang konnten sie dem Weg folgen, aber schließlich verlor er sich im Wald zwischen vielen Fichten. Der komplette Boden war rostbraun von den abgefallenen Nadeln, und damit war auch kein Weg mehr auszumachen.

»Und jetzt?«, fragte Richard.

»In welche Richtung müssen wir denn?«

Er blickte auf sein Handy und deutete dann grob in die Richtung.

»Dann muss es eben auch ohne Weg gehen«, meinte Wolfgang und stapfte los. Richard folgte ihm schwer schnaufend. Sie liefen eine Weile, bis sie eine Art ausgetretenen Pfad fanden, dem sie folgen konnten. Das machte es zumindest wieder ein wenig leichter. Schließlich kamen sie aus dem dichten Wald in etwas freieres Gelände, und die Sonne blinzelte nun öfter durch die Baumwipfel. So war es gleich viel angenehmer, fand Richard.

Irgendwann stoppte er nach genauem Blick auf sein Handy. »Hier muss es sein, das sind die Koordinaten.«

Um sie herum war lockerer Baumbestand. Der Boden war größtenteils mit Heidelbeersträuchern bedeckt. Da und dort ragten ein paar Felsen aus dem Boden. Diverse Wurzeln und am Boden liegende Äste ließen die Anzahl möglicher Verstecke fast ins Unendliche gehen. Das konnte eine Weile dauern. Aber es half nichts, und so begannen sie mehr oder weniger systematisch damit, das Gebiet abzusuchen. Anfangs war der Eifer noch groß, doch nach einer Stunde ließ dieser sichtlich nach. Eine weitere halbe Stunde erfolgloser Suche, und Frust machte sich breit. Schließlich riss Richard der Geduldsfaden.

»Das ist doch ein absoluter Mist. Wie soll man denn hier überhaupt was finden? Noch dazu, wenn wir gar nicht wissen, was wir suchen.«

Entnervt warf er den Ast weg, den er bisher verwendet hatte, um die Heidelbeersträucher zur Seite zu drücken. Doch zur Überraschung der beiden landete er mit dumpfem Klopfen bei einer großen Wurzel. Das war nun wirklich nicht das Geräusch, das zu erwarten gewesen wäre. Mit erwachender Hoffnung untersuchten sie das ganze genauer. Auf den ersten Blick war nichts Außergewöhnliches zu sehen: eine Wurzel, ziemlich stark mit Moos bewachsen. Seltsam war jedoch das Geräusch, wenn man auf das Moos unterhalb der Wurzel klopfte. Irgendwie hohl und hölzern. Genau diese Stelle musste der Ast getroffen haben. Bei ganz genauem Betrachten fiel schließlich eine feine Trennlinie im Moos auf. Wolfgang zückte sein Taschenmesser, stocherte hinein und konnte schon nach kurzer Zeit eine Platte ausheben. Es war eine Spanplatte, außen ganz dick mit Moos beklebt und dahinter … eine Tupperdose.

Die beiden grinsten sich an. »Volltreffer«, kommentierte Richard.

Stolz auf ihren Fund setzten sich beide auf die Wurzel und betrachteten die Dose erst einmal ehrfürchtig. Die Spannung schien förmlich zum Greifen zu sein.

»Jetzt komm, mach endlich auf«, drängte Wolfgang.

Richard atmete tief durch, öffnete den Verschluss und zum Vorschein kam … nichts. Die Tupperdose war leer.

Einige Zeit lang sagten beide nichts und starrten nur in den leeren Behälter.

»Da hat das Ding wohl schon einer gefunden und ausgeräumt«, meinte Wolfgang sichtlich irritiert.

»Nein, ich hab mir das Ganze mal auf *Wikipedia* durchgelesen. Es müsste mindestens eine Liste drin sein. Die nimmt keiner von den Geocachern raus.«

»Und wenn das Ding jemand anders gefunden hat? Der könnt doch die Liste mitgenommen haben.«

»Aber warum die Liste mitnehmen und die Dose dalassen. Die wär doch das Einzige, was von Wert ist. Irgendwie hab ich das Gefühl, als wenn das Ding kein Geocache wäre. Ich meine, das Ding findet doch auch keiner, so gut, wie das versteckt ist.«

Immer noch rätselnd sah er sich um und entdeckte plötzlich in einem Astloch nahe der Wurzel, auf der sie saßen, etwas Schwarzes. Er langte in das Loch und förderte eine kleine Filmdose zutage. So eine, in der früher die analogen Fotofilme aufbewahrt wurden. Er öffnete die Dose und leerte den Inhalt in seine andere Hand. Zum Vorschein kam ein aufgerolltes Stück Papier und ein Bleistiftstummel. Die Papierrolle war dicht beschrieben mit seltsamen Namen. Honigbärchen82, Hodansau12, Superflummi und so weiter und so fort.

»Du, Wolfgang, schau her. Das ist der Geocache. Schaut genauso aus, wie ich das im Internet gelesen habe.«

Wolfgang stellte sich neben ihn und studierte ebenfalls die Liste. »So was. Du magst nicht glauben, was die Leute in ihrer Freizeit machen. Was ist denn eine *Hodansau12*?«

»Keine Ahnung. Ein Lappenschwein?«

Beide schüttelten ratlos den Kopf, und Richard steckte die Liste und den Bleistift schließlich wieder in die Filmdose.

»Also, wenn das dieser Cache ist, was ist dann die Tupperdose?«, fragte Wolfgang.

Beide blickten ratlos drein und entschlossen sich schließlich, das Versteck noch einmal genauer unter die Lupe zu nehmen.

Richard leuchtete mit der Taschenlampe hinein. Irgendwo ganz hinten wurde der Strahl von etwas reflektiert. Vorsichtig griff er hinein und förderte ein paar kleine bröselige Kristalle zutage.

»Schau dir das an.« Richard hielt Wolfgang die Brösel unter die Nase.

»Naja, ich bin zwar nicht vom Zoll, aber wenn du mich fragst, dann ist das *Crystal Meth*.«

Eine gute halbe Stunde später waren sie am Ossergipfel und marschierten Richtung Biergarten. Richard war ordentlich aus der Puste gekommen. Vielleicht sollte er das mit dem Dienstsport doch mal ernster nehmen und sich nicht immer davor drücken. Dem Wolfgang war kaum etwas anzumerken. Obwohl er doch eine ganz stattliche Bierwampe vor sich her trug. Das machte es für Richard umso peinlicher, dass er sich mit hochrotem Kopf und komplett durchgeschwitzt gerade noch Richtung Gipfel geschleppt hatte. Eigentlich hätte er schon vor zehn Minuten eine Pause gebraucht, aber der Wolfgang war mit einem Elan voranmarschiert, da war an Rast gar nicht zu denken.

Prustend ließ er sich auf die nächste freie Bierbank fallen. Das Interessante am Osser ist, dass mitten durch den Biergarten auf dem Gipfel die deutsch-tschechische Grenze verläuft. Und wenn man ein wenig zu weit vom Wirtshaus weg sitzt, das auf der deutschen Seite steht, dann sitzt man schon in Tschechien. Und so erging es jetzt auch den beiden Polizisten. Das passte aber recht gut, weil auch ihre Bedienung eine Tschechin war.

»Was wollt ihr trinken?«, fragte sie mit stark böhmischem Akzent und ließ das R nur so rollen, dass es wahrscheinlich schon lange im Tal war.

Der Biergarten war zwar nicht brechend voll, aber es waren doch einige Gäste anwesend. Da konnten sie sich natürlich nicht einfach ein Bier genehmigen, waren sie doch mit ihrer Uniform eindeutig als Polizisten identifizierbar. Und Alkohol im Dienst, das geht beim deutschen Steuerzahler nun mal überhaupt nicht.

»Dann bringst du uns zwei a-l-k-o-h-o-l-f-r-e-i-e Weißbier«, bestellte Wolfgang in einer Lautstärke, dass es der ganze Biergarten mitgehört haben musste. Dabei zwinkerte er der Bedienung ganz eindeutig zu.

Die Bedienung blickte ihn etwas irritiert an, zwinkerte dann aber genauso zurück, schrieb etwas auf ihren Block und ging Richtung Wirtshaus.

Richard lehnte sich zurück und genoss die warmen Sonnenstrahlen. Langsam ging auch seine Atemfrequenz wieder auf ein normales Maß zurück.

Ihre Fundstelle hatten sie wieder so hergerichtet, wie sie sie vorgefunden hatten. Jedoch nicht, ohne alles peinlich genau zu fotografieren. Die paar Krümel *Crystal Meth* hatten sie natürlich mitgenommen. Die Tupperdose ließen sie an Ort und Stelle. Es konnte sich schließlich als Vorteil erweisen, wenn die Drogenschmuggler nicht wussten, dass ihr Versteck aufgeflogen war. Kurz hatte Richard überlegt, den Geocache mitzunehmen, hatte sich jedoch dann dafür entschieden, ihn dort zu lassen. Es mochte zwar irgendein Irrer an der Stelle Leute niederschlagen, aber solang der Ort im Internet stand, würde weiter an der Stelle gesucht. Besser, der Cache wäre auffindbar. Je länger jemand dort suchte, umso gefährlicher wurde das Ganze.

Außerdem wäre es ihm wie Diebstahl vorgekommen.

»Und, was meinst du: Warum versteckt jemand Drogen mitten im Wald?«, fragte er Wolfgang, nachdem auch sein Herzschlag langsam wieder normale Werte erreicht hatte.

»Gute Frage. Wahrscheinlich, damit sie bei ihm daheim nicht gefunden werden.«

»Aber das ist mitten im Nirgendwo. Ich schätze, es ist zum nächsten Haus eine Stunde Fußweg, mitten durch den Wald. Das ginge doch bestimmt einfacher.«

»Vielleicht konsumiert der das eben gern im Wald. Wegen freier Natur und so.«

»Das passt aber nicht zu den Drogen. Wenn es Pilze oder so was wären. Oder *Indianer-Tabak*. Aber *Crystal* im Wald? Das nehmen die doch, um stundenlang wach zu bleiben.«

»Ja, dann weiß ich es auch nicht. Da steckst du halt nicht drin in so einem Drogensüchtigen. Wer weiß, was in dem seiner Birne vorgeht, dass er sein Zeug im Wald versteckt.«

»So, da haben wir es.« Die tschechische Bedienung stellte ihnen zwei Weißbierstutzen hin. »Lasst es euch schmecken.«

»Irgendwas stimmt an der Sache nicht«, griff Richard den Faden wieder auf.

»Mag schon sein, aber jetzt trinken wir erst mal einen. Prost!«

Sie stießen an, nahmen einen tiefen Zug und ließen den Geschmack wirken. Wolfgang warf einen langen nachdenklichen Blick auf sein Glas, während Richard sein Gesicht verzog.

Noch einmal nahm Wolfgang einen Schluck, schob ihn im Mund ein paar Mal hin und her und blickte dann grantig in Richtung Bedienung. »Jetzt hat die uns tatsächlich ein Alkoholfreies gebracht.«

KAPITEL 11

Das *Thunders* war früher quasi seine Stammdisco gewesen. Hier war er eigentlich fast jeden Samstag und oft auch donnerstags. Zumindest zu den Zeiten, als noch Disco angesagt war. Zeitweise war von Mittwoch bis Samstag jeden Tag Weggehen angesagt. Im Urlaub kam auch der Dienstag noch dazu. Das war dann härter als Arbeit. Aber es ging eben nicht anders. Mit der Zeit wächst man da aber irgendwie raus, und irgendwann stellt man dann fest, dass nur noch kleine Kinder um einen rum sind. Also so 16- bis 17-Jährige. Und dann hört es sich ganz auf mit Disco. Richard war nun schon mindestens zwei Jahre nicht mehr im *Thunders* gewesen. Entsprechend schockiert war er, was die jetzt als Eintritt nahmen. Das Doppelte von damals. Und damals waren wenigstens noch 50 Cent Verzehr dabei gewesen. Im Moment hatte er eher die Befürchtung, dass er für 50 Cent noch nicht mal aufs Klo durfte.

Dabei war es eigentlich schon damals ein Witz. Eintritt bezahlen, um dann drinnen das restliche Geld für total überteuerte Getränke auf den Kopf zu hauen.

In der Erinnerung war es aber trotz allem eine schöne Zeit gewesen. Richard hatte zur Not auch alleine hingehen können, er traf immer jemanden, den er kannte. Damals war die Disco in drei Areas aufgeteilt gewesen. Ohne Areas ging schon damals gar nix. Ohne verschiedene Areas hieß faktisch: schlimmste Dorfdisco und maximal für Besucher in Stallgewand samt Gummistiefel geeignet. Neben der Hauptarea, dem *Thunders* selbst, war es noch das *Ultra* in dem unbedingt der Abend gestartet werden musste. Zumindest für Richard. Im *Thunders* hielt er sich immer nur vorübergehend und vor allem wegen potenzieller Kontaktaufnahme mit dem weiblichen Geschlecht auf. Das war im *Ultra* eher schwieriger, weil dort ausschließlich Rock gespielt wurde. Da aber die Annäherung an die Mädels eher selten von Erfolg gekrönt war, stand er die meiste Zeit im *Ultra*. Zumindest bis nach Mitternacht, weil dann nur noch extrem harter *Metal* gespielt wurde, und das war nicht sein Ding. Da ging es dann immer rüber in die *Texas-Bar*. Wahrscheinlich war es nicht so ganz einfach, sich irgendwas Kreatives für noch eine Area auszudenken, also stellt man ein paar künstliche Kakteen rein und nennt das ganze eben *Texas-Bar*. Hier durfte man sich auch hinsetzen (im Rest der Disco ging das quasi überhaupt nicht, als Single musste man ja immer auf dem Sprung sein …), vorzugsweise an die Bar. Die Barkeeperin war eine recht hübsche Rothaarige, leider nur mit Mitte 30 viel zu alt fürs Publikum. Das

Problem bei der Bar war, dass es gerade im Winter laufend Luftzug gab, weil gleich nebenan der Notausgang war. Und der wurde immer geöffnet, um Leute rein- und rauszulassen. Diese Leute konnte man in drei Kategorien einteilen:

1. Raucher, die an der frischen Luft rauchen wollten. Naja, sie mussten aufgrund des allgemeinen Rauchverbots ja auch nach draußen. Richard konnte es als Nichtraucher zwar nicht ganz nachvollziehen, aber scheinbar war es weniger schlimm, sich den Arsch abzufrieren, als auf die Zigarette zu verzichten.

2. Stark Alkoholisierte, die entweder auch frische Luft benötigten oder es nicht mehr bis zur Toilette schafften, um sich die Getränke des Abends nochmal durch den Kopf gehen zu lassen.

Und die dritte und wichtigste Gruppe waren 16-jährige Mädels, die nach Mitternacht illegalerweise wieder reingeschmuggelt wurden. Männliche Minderjährige wollten diesen Eingang auch gerne nutzen, hatten aber beim verantwortlichen inoffiziellen Türsteher keine Lobby und kamen daher eher selten rein. Der machte also immer, wenn die Barkeeperin nicht hinschaute, den Notausgang auf. Und weil die dank üppigen Trinkgelds ganz selten hinschaute, war es eine andauernde Abfolge von kalten Luftzügen. Die Security interessierte das eher wenig. Wobei Security auch ein eher hochtrabender Begriff für den damaligen Zustand war. Dass gefühlte Hundertschaften an wandelnden Kleiderschränken in schwarzer Montur und mit Ohrstöpsel für Ordnung sorgten, das kam erst viel später auf. Zu den besten Zeiten war die gesamte Security personifiziert im Harald. Der Harald war circa einen Meter 60 groß und in seiner olivgrünen Bomberjacke fast so breit wie hoch. Die trug er in der Arbeit immer, sommers wie winters. Warum er das tat, wurde besonders klar, wenn man den Harald in seiner Freizeit ohne besagte Jacke sah. Ohne die war er nämlich auf einmal nur noch halb so breit. Fast schon ein richtiges Grischperl. Dementsprechend hielt er sich bei Schlägereien auch eher raus. An sich bestand sein Eingreifen auch maximal darin, die Polizei zu rufen, wenn es mal zu bunt wurde. Ansonsten genoss er es, dass kurz vor 24 Uhr immer eine ganze Menge minderjährige Mädels um ihn herumscharwenzelten, um sich die vorher eingesammelten Ausweise wieder zu holen, und dann, statt den sicheren Nachhauseweg zu wählen, wieder im Partygetümmel zu verschwinden. Dafür musste man sich aber gut mit dem Harald stellen. Weil um ein paar Teenager mit bauchfreien Tops vor die Tür zu setzen, dafür reichte seine körperliche Präsenz schon noch.

Erst später wurde dann die Anzahl der Security-Leute vergrößert und ebenso deren Kompetenz. Was vor allem an der alljährlichen Starkbierzeit lag. Weil immer in der Fastenzeit in einem Wirtshaus ein paar 100 Meter weiter *Bockbierfest* gefeiert wurde. Und natürlich ging alles, was zu später Stunde noch einigermaßen bei Bewusstsein war, in Richtung *Thunders*. Gut, gehen taten einige eher nicht mehr. Teilweise kontrolliert in die grobe Richtung fallen, traf es wohl besser.

Entsprechend lustig war es in den vier Wochen, die das Fest lief, immer. Außer man machte den Fehler, nüchtern dorthin zu gehen. Dann war es eher weniger lustig. Man könnte sagen, es war dann sogar fast schon grausig.

Irgendwann hatten die Betreiber wohl auch die Schnauze voll. Vielleicht haben auch die Putzkräfte einfach nur entnervt aufgegeben, weil in praktisch jeder Ecke und Ritze Erbrochenes lag. Wie gesagt, nüchtern betrachtet, schön war es nicht.

Schließlich wurden professionelle Türsteher engagiert und die wiesen alles über zwei Promille schon am Eingang ab. Damit einher ging eine mengenmäßig beachtliche Umlagerung der Kotze von in der Disco nach vor der Disco. Innendrin war es damit deutlich erträglicher. Irgendwie aber auch ein klein bisschen weniger lustig …

Manchmal fragte sich Richard heute noch, was aus Harald geworden war. Und mit seinem Weggang ging langsam auch Richards Zeit im *Thunders* zu Ende. Irgendwann war noch großer Umbau und Neueröffnung. Wobei das dann schon »Reopening« hieß. Im Grunde blieb das Meiste beim Alten. Ein wenig neue Deko, ein neuer Anstrich. Schmerzlich war jedoch der Verlust der *Texas-Bar*. Die war jetzt der *Sugarsclub*, eine Lounge zum Chillen. Am Ende hieß das: lauter Gymnasiasten und Studenten, die auf irgendwelchen komischen Liegen und Sesseln rumflacken und dabei furchtbare Musik hören. Das Ganze getaucht in eine Beleuchtung, die auch ohne Zufuhr von Alkohol dem Brechreiz förderlich war. Schließlich und endlich war es nicht mehr dasselbe wie früher, und Richard ging irgendwann gar nicht mehr hin. Dazu trug auch bei, dass das die Zeit war, in der er mit der Sandra zusammen war. In einer Beziehung stellte sich zu einem recht frühen Zeitpunkt die Frage, warum man noch in die Disco ging, wenn man schon eine bessere Hälfte hatte. Das war ungefähr so, als wenn der Jäger auf die Jagd ging, während in der Kühltruhe noch fünf Rehe lagen …

Entsprechend verunsichert war er, als er das *Thunders* betrat. Zumindest das mit den 16-jährigen Mädels schien sich nicht geändert zu haben. Wobei die heute nicht mehr wie 16 aussahen. Unter Zuhilfenahme einer so beträchtlichen Menge an Spachtelmasse im Gesicht, dass es jedem Stuckateur die Blässe ins Gesicht treiben würde, wurde auf erwachsen getunt, was nur ging. Das brachte Richard in die schwierige Lage, erst einmal konzentriert das Gesicht studieren zu müssen, bevor er aus Versehen einer Falschen auf den Hintern starrte. Also gab er es lieber gleich auf und holte sich ein *Pils* an der Bar. Er reichte der Dame hinter der Bar einen Fünf-Euro-Schein, und es dauerte eine peinlich lange Weile bis er merkte, dass er vergebens auf Wechselgeld wartete. Also startete er erst mal eine Tour durch die Disco, um sich einen Überblick zu verschaffen. Bis auf ein wenig Deko-Änderung gab es kaum einen Unterschied. Den *Sugarsclub* ließ er so schnell wie möglich links liegen. Zu viel wehmütige Erinnerungen an *Texas* wollte er in jedem Fall vermeiden. Hoffnungsvoll ging er ins *Ultra* und lehnte sich wie früher an die Bar. Nach zwei, drei Songs stellte er jedoch fest, dass dies auch nicht mehr seine Welt war. Es lief nur noch lauter seltsames Alternative-Gedudel. Bei dem Gejaule hätte sich Kurt Cobain aus dem eigenen Grab freigeschaufelt und gleich nochmal selbst erschossen. Also, am besten mit der Arbeit anfangen, dachte Richard sich.

Der Schorsch hatte scheinbar im *Thunders* aufgelegt. Mal sehen, ob er aus dem DJ etwas rausholen konnte. Der stand wie früher schon auf einer erhöhten Plattform in der Mitte der Area. Er war Mitte 20, hatte halblange blonde Haare, Dreitagebart, und aus irgendwelchen unerfindlichen Gründen trug er trotz der allgemeinen Düsternis im Raum eine Sonnenbrille. Vermutlich hatte er Angst, von der billigen Laser-Show blind zu werden. Richard beobachtete ihn eine Weile, während er mehr oder weniger rhythmisch zur Musik mit dem Kopf wackelte und ab und zu ein paar Regler auf seinem Pult hin und her schob. Bei genauem Hinschauen fiel jedoch auf, dass er die Regler gar nicht wirklich verschob. Eigentlich machte er gar nichts, außer seltsam rum-zuzappeln. Ab und an ließ er sich zu einem »Whoaaaa« oder einem »Heeeeey« hinreißen, was vom Publikum ver-halten enthusiastisch aufgenommen wurde. Erst nach eini-ger Zeit bemerkte Richard die Gestalt neben dem DJ, ein recht unscheinbarer Typ mit schwarzem T-Shirt und klei-nem Bierbauch. Plötzlich wurde ihm klar, dass der Kasper mit der Sonnenbrille eigentlich gar nichts machte, außer rumblödeln. Der eigentliche DJ saß recht gelangweilt vor seinem Laptop und wechselte ständig zwischen drei Pro-grammfenstern hin und her. Beim ersten schob er hin und wieder ein paar Musiktitel rauf und runter, beim zweiten schien es sich um die Lichtsteuerung zu handeln, und der dritte hatte einen nicht jugendfreien Inhalt. Dieser schien auch den größten Anteil seiner Aufmerksamkeit zu bean-spruchen.

Von dem Sonnenbrillen-Kasper war wohl nicht viel zu erwarten, also war der andere sein Ziel. Richard stupste ihn an und versuchte, gegen die laute Musik anzuschreien. Das tat er eine ganze Weile erfolglos, während sein Gegenüber immer wieder an seine Ohren tippte, um ihm zu verstehen zu geben, dass er nichts verstand. Oder einfach nur nichts verstehen wollte. Schließlich wurde es ihm zu bunt, und er zog seinen Dienstausweis heraus, den er zur Sicherheit mitgenommen hatte. Schließlich konnte man ja nie wissen.

Der andere studierte ihn kurz, nickte und wandte sich dann dem DJ-Kasper zu, um ihm etwas ins Ohr zu flüs-tern. Der griff zum Mikro und verkündete: »Wir haben hier einen besonderen Musikwunsch für unseren Freund hier. Ein Lied aus seiner Jugend. Yeahhh, Baby!«

Und es erschallte »99 Luftballons« von Nena, was zumin-dest einen Teil des Publikums in Begeisterung versetzen konnte. Nicht jedoch Richard, der mit hochrotem Kopf da stand. »Arschloch«, brüllte er den beiden entgegen, erntete aber nur einen hochgestreckten Daumen und ein hämisches Grinsen dazu. Weil er jetzt auch nicht weiterwusste, verzog er sich in Richtung Bar, um alkoholischen Nachschub zu besorgen und seinen Ärger hinunterzuspülen.

»*Tequila*«, schrie er zu der Bardame hinüber, nachdem er ein paar picklige Jugendliche verscheucht hatte. Die lächelte mitleidig und richtete ein Stamperl mit Zitronenscheibe und Salzstreuer an. Gleich darauf bestellte er ein *Pils*, um den bitteren Geschmack der Zitrone hinunterzuspülen. Weitere fünf Euro später reichte sie ihm die Flasche. »Ärger dich nicht, der Harry kann schon ein rechtes Arschloch sein«, meinte sie gutmütig. »Was wolltest du dir denn für ein Lied wünschen?«

»Nix Lied wünschen. Über den Kerscher Georg wollt ich ihn was fragen.«

Sie blickte ihn kurz mit einer Mischung aus Überraschung und Traurigkeit an, bekam sich aber schnell wieder unter Kontrolle. »Du weißt, dass ihm was passiert ist?«

Er nickte. »Darum geht's ja.«

Sie musterte ihn eine Weile. »Hast du ihn gut gekannt?«

»Mei, was heißt gut gekannt. Ich bin zwei Jahre mit ihm auf die Schule gegangen. Hab ihn eigentlich schon ein paar Jahre nicht mehr gesehen. Bis auf letzte Woche.«

Und dann erzählte er ihr, wie er den Schorsch tot gefunden hatte. Dass er bei der Polizei war, aber nur ein ganz kleiner Dorfpolizist praktisch, wie er sofort nachschob. Und dass ihm die Sache so an die Nieren ging, dass er jetzt so ein bisserl mitermittelte, obwohl er das eigentlich gar nicht durfte. Aus privatem Interesse, weil er ihn eben gekannt hatte.

Die Bardame blickte ihn lange forschend an, offenbar wollte sie herausfinden, ob sie ihm die ganze Story glauben sollte.

Schließlich lächelte sie wieder. »Weißt was, wenn du mir einen *Tequila* ausgibst, dann erzähl ich dir was über den Schorsch.«

Richard lächelte ebenfalls. »Na dann, zwei *Tequila*.«

Beide leckten beinah synchron Salz von der Hand, schütteten den Schnaps hinunter und bissen in die Zitronenscheibe.

»Ich bin übrigens die Rosalie«, meinte sie mit verzogenem Gesicht.

Die Rosalie hatte ihrem Kollegen zu verstehen gegeben, dass sie jetzt Pause machte. So saßen die beiden nun in einer etwas ruhigeren Ecke, und sie erzählte ihm vom Schorsch. Sie hatten sich bei der Arbeit kennengelernt und auf Anhieb gut verstanden. Mit der Zeit waren sie wohl so etwas wie Freunde geworden, meinte sie traurig.

»Hast du was mit ihm gehabt?«, hakte Richard nach.

»Spinnst du?« Sie bekam einen hochroten Kopf, und er hob entschuldigend die Arme.

»Man scheißt ja auch nicht da, wo man frisst«, meinte sie, als sie sich wieder beruhigt hatte.

»Was meinst du?«

»Dass ich mit Arbeitskollegen nichts anfange. Das gibt bloß Ärger, und den kann ich nicht brauchen. Reicht schon, dass ich die ganze Woche arbeite und dann am Samstag noch bis um 5 Uhr in der Früh hier drin stehe.«

»Ach so«, antwortete Richard und nippte an seinem *Pils*. Und so erzählte sie weiter, dass sie in den Pausen immer zusammen rumgehangen hatten. Eigentlich hatte sie ihn nur während der Arbeit im *Thunders* getroffen, aber durch die Pausengespräche hatte sie ein wenig mitbekommen, was er so machte.

»Er hat mir erzählt, dass er in letzter Zeit oft wandern gegangen ist. Das hat mich ziemlich überrascht, weil er eigentlich gar nicht der Typ dazu war, fand ich. Als Naturburschen habe ich ihn mir so gar nicht vorstellen können. Aber er hat gemeint, das täte ihm gut. Frische Luft und viel Zeit zum Nachdenken.«

»Hat er dir erzählt, dass seine Eltern beide gestorben sind?«, frage Richard.

»Ja schon, aber er hat nicht viel davon geredet. Und ich wollte auch nicht nachfragen. Meinst du, dass er deswegen die Zeit zum Nachdenken gebraucht hat?«

»Kann schon sein«, meinte Richard schulterzuckend.

»Wahrscheinlich. Ich war halt überrascht, weil ich ihn nicht so eingeschätzt hätte. Und den Rest seiner Freizeit ist er eigentlich immer beim Meier Anderl rumgehangen. Der hat so eine Werkstatt für Autoschrauber. Das war sozusagen sein Wohnzimmer, hat er gesagt.«

»Hört sich an, also sollte ich da mal vorbeischauen«, meinte Richard.

»Ich weiß zwar nicht, ob du als Bulle da gerne gesehen bist«, meinte sie lachend, »aber wenn dir jemand was über den Schorsch erzählen kann, dann sicher der Meier Anderl. Die beiden müssen richtig dick gewesen sein.«

Es entstand eine Pause, in der keiner der beiden was sagte.

»Ich kann immer noch nicht glauben, dass der Schorsch … nicht mehr da ist.« Rosalie zog geräuschvoll die Nase hoch, und Richard konnte sehen, dass ihr das Wasser in den Augen stand.

»Naja, meine Pause ist um.« Sie richtete sich auf und wandte sich zum Gehen, zögerte aber dann. »Kannst du mir einen Gefallen tun?«

»Sowieso.«

»Wahrscheinlich darfst du das gar nicht, aber kannst du mich auf dem Laufenden halten, wenn du wegen dem Schorsch was rausfindest?«

»Mach ich, versprochen.«

Sie tauschten die Handynummern aus, und Rosalie verabschiedete sich. Richard saß noch eine Weile da und hing seinen Gedanken nach. Als er den letzten Schluck von seiner Bierflasche nahm, fiel ihm ein, dass er nach zwei *Tequila* und zwei *Pils* wohl nicht mehr selber nach Hause fahren konnte. Das war jetzt erst mal ein Problem, weil zu Fuß war es definitiv zu weit. Von den Eltern abholen lassen, war keine Option mehr, seit er über einen eigenen Führerschein verfügte. Taxi ginge zwar auch noch, nachdem er aber schon eine beträchtliche Menge Geld für Eintritt und Getränke losgeworden war, regte sich ein innerer Widerstand in ihm. Dann blieb eigentlich nur noch eines übrig. Er zog sein Handy hervor und schickte die gleiche Nachricht an zwei Nummern. Dann lehnte er sich zurück und wartete. Als sein Handy kaum eine Minute später vibrierte, musste er grinsen. Die Kavallerie war unterwegs.

Zwei Stunden später hockten Haaserer, Foo und er mit einem Bier in der Hand an der Bar. Fahren konnte jetzt keiner mehr. Trotzdem fühlten sie sich alle wohl wie Fische im Wasser. Nach ein paar Bier hatten sie es auch geschafft zu ignorieren, dass sie wohl so ziemlich die Ältesten im Raum waren. Und da brach dann ein wenig die Nostalgie durch. Haaserer erklärte ihnen gerade den neuesten Aufriss-Trick, von dem er gehört hatte. Das Ganze lief auf ein negatives Kompliment hinaus. »Das haben die Player, also quasi die Profi-Aufreißer, in den New Yorker Klubs erfunden. Da machst du ein Kompliment, das aber eigentlich ein bisserl beleidigend ist. Weil dann will sie dir gleich widersprechen. So redet sie also schon mal mit dir und will dir gleich beweisen, dass das, was du ihr gesagt hast, nicht stimmt. Dann hast du praktisch von Anfang an die Oberhand und ganz leichtes Spiel.«

»Hä? Das kapier ich jetzt überhaupt nicht. Du sagst ihr, dass sie hässlich ist, damit sie mit dir ins Bett steigt?«, fragte Richard. »Das funktioniert doch niemals.«

»Doch, doch. Das gehört zum Grundrepertoire von einem Player«, versicherte Haaserer.

»Reden kann man viel, Beweise müssen her«, klopfte Foo auf die Bar.

Haaserer blickte sich um, und tatsächlich, praktisch direkt neben ihm an der Bar stand schon ein blondes Opfer. Sie sah gut aus, sehr gut sogar. Ein bisserl sehr jung vielleicht auch. Die hatte sich wohl um die Ausweiskontrolle herumgedrückt. Dem Haaserer schien das aber egal zu sein. Der Zielsuchmodus war beendet, und für ihn gab es kein Zurück mehr.

»Servus«, begrüßte er sie. Sie sah ihn von oben bis unten an. »Servus«, erwiderte sie, ihr Blick war mehr als skeptisch.

Aber Haaserer ließ sich nicht beirren und setzte umgehend Theorie in Praxis um, während Richard und Foo ihm gespannt zuhörten. »Dein Make-Up gefällt mir, das kaschiert ganz gut, dass du eigentlich eher durchschnittlich ausschaust.«

Foo und Richard zuckten unwillkürlich zusammen. Bei so einem Satz rechneten sie zumindest mit einer Ohrfeige, wenn nicht sogar mit einer ausgewachsenen Schelln. Augenscheinlich war die junge Damen auch kurz in Versuchung, ihm so eine zu verpassen, riss sich aber dann zusammen. »Du hast sie wohl nicht mehr alle!«, rief sie.

»Mei, mein Typ bist du jetzt nicht unbedingt«, machte Haaserer unbeirrt weiter.

Sie stützte die Hände an die Hüften. »Zufällig weiß ich, dass ich gut ausschaue. Sehr gut sogar.«

»So? Wer sagt dir das?«

»Meine beste Freundin zum Beispiel.«

»Das ist doch bestenfalls ein Gefälligkeitsgutachten!«, schrie plötzlich Foo dazwischen.

Richard brach fast zusammen. Die beiden prusteten lautstark los, während dem Haaserer die Gesichtszüge entglitten.

Die junge Dame verdrehte die Augen und entschwand auf nimmer Wiedersehen.

»Ihr seid solche Deppen!«, brüllte Haaserer die beiden an, während die sich noch vor Lachen bogen. »Ich hätt sie schon fast soweit gehabt!«

»Ach, beruhig dich, ich geb dir noch ein Bier aus.« Foo legte ihm beschwichtigend die Hand auf die Schulter. »Mach dir nichts draus, die wär eh zu jung für dich gewesen«, versuchte auch Richard, ihn zu beruhigen.

Schließlich gab Haaserer resigniert auf, als ein neues Bier vor ihm stand.

Es folgte noch eine lange und heitere Manöverkritik, an deren Ende sie sich einig waren, dass der Trick mit den negativen Komplimenten vielleicht in New York funktionieren mochte, in Bad Kötzting wohl aber eher nicht. »Ja, da sind die Mädels bei uns wohl noch nicht soweit …«, meinte der Haaserer nickend.

KAPITEL 12

Am Montagnachmittag schlug Richard bei Andreas Meier auf. Besser gesagt, bei seiner Werkstatt. Am Vormittag hatte er versucht, etwas über ihn rauszufinden. Viel war es nicht gerade. Ein paar kleinere Vergehen wegen illegaler Veränderungen an seinem Kfz. Für einen Autoschrauber nicht wirklich ungewöhnlich. Und er hatte den Führerschein mal vier Wochen wegen Trunkenheit am Steuer abgegeben. Soweit, so gewöhnlich. Also musste sich Richard vor Ort selbst ein Bild machen. Den Wolfgang hatte er im Revier gelassen. Vermutlich lag er bereits in Morpheus Armen. So ganz begeistert war er mit der ganzen Ermittlerei sowieso nicht. Er glaubte immer noch, dass sie nur ausgenutzt werden würden. Mochte schon sein, dachte Richard, aber er machte das hier auch nicht der Karriere wegen.

Außerdem mussten sie sowieso die Autowerkstätten abklappern, ob jemand sein Auto hatte lackieren lassen. So, wie der Schorsch überfahren worden war, musste das Spuren hinterlassen haben. Und der Fahrer würde die höchstwahrscheinlich schleunigst verschwinden lassen wollen. Vielleicht führte sie ein angeblicher Wildschaden auf die richtige Spur.

Die Autowerkstatt bestand im Wesentlichen aus einer Halle mit vier großen Garagentoren. Auf dem gepflasterten Platz davor sammelten sich die verschiedensten Automarken. Wobei die getunten Modelle eine größere Gruppe bildeten. In den Garagen waren bestimmt an die 15 Personen am Werkeln. Wobei nur ein Bruchteil davon wirklich am Arbeiten zu sein schien. Ein guter Teil stand auch nur biertrinkend daneben.

Als sie Richard bemerkten, hielten sie inne, und wer nicht gerade unabkömmlich unter einem Auto lag, der versammelte sich vor der Garage. Die Arme verschränkt, bildeten sie eine Art Front und musterten ihn. Eine gewisse Spannung lag in der Luft.

Richard blieb in sicherer Entfernung erst einmal stehen und stemmte die Arme in die Seiten. Langsam von links nach rechts blickte er jedem in die Augen.

»Wer von euch ist Andreas Meier?«, fragte er schließlich und hoffte, dass er sich möglichst selbstsicher dabei anhörte.

»Wer will das wissen?« Ein bärtiger Mittzwanziger trat aus der Gruppe hervor, sein blauer Overall war ölverschmiert, ebenso seine beiden Hände und Arme bis zu den Ellenbogen.

»Die Polizei.«

»Ja, dass du nicht von der Post bist, haben wir uns schon gedacht.« Verhaltenes Gelächter aus der Gruppe. »Um was geht's denn?«

»Um den Kerscher Georg.«

Der Bärtige musterte ihn kurz und entspannte sich dann sichtlich. »Hab mir schon gedacht, dass ihr bei mir aufkreuzt. Komm rein, im Büro können wir reden.« Er winkte Richard heran, und auch die Gruppe Männer entspannte sich und wandte sich wieder ihrer Beschäftigung zu.

Also folgte er ihm in einen Nebenraum, der als Büro diente.

»Dass ich der Meier Anderl bin, kannst du dir ja wahrscheinlich denken.« Der Bärtige setzte sich hinter einen verschrammten Schreibtisch und bedeutete ihm, sich auf den Stuhl davor zu setzen.

Richard bevorzugte aber, stehen zu bleiben. Er meinte, mal gehört zu haben, dass das bei einem Verhör besser war. Zwecks der Psychologie und so.

»Also haben Sie bereits gehört, dass der Georg Kerscher verstorben ist?«, begann er, während er sich im Büro umblickte. Eine beträchtliche Anzahl von Kalendern mit nackten Frauen bedeckte die Wände.

»Ich bin der Anderl, zu mir brauchst nicht Sie zu sagen. Und ja, ich hab schon gehört, dass sie den Schorsch überfahren haben.«

Richard überlegte kurz, ob er das mit dem Duzen unterbinden sollte, entschied dann aber, dass es wohl einfacher war, wenn er nicht direkt auf Konfrontation ging.

»Hast du ihn gut gekannt, den Schorsch?«, fragte er und fixierte sein Gegenüber mit den Augen. Zum einen, um seine Reaktion auf die Frage zu sehen, zum anderen, weil ihn die ganzen Nackten ganz unnötig aus dem Konzept zu bringen drohten.

»Ja freilich. Er war ja praktisch immer hier.«

»Dann wart ihr also gut befreundet, du und der Schorsch?«

»Mei, was heißt gut befreundet. Kumpel waren wir halt. Er hat eben gern an Autos rumgeschraubt. Und da landet jeder früher oder später bei mir. So wie die anderen, die gerade draußen stehen. Bei mir kann jeder, der sich anständig aufführt, kommen und an seinem Auto rumschrauben. Ich hab ja nur einen Festangestellten. Und damit die mein Werkzeug benutzen dürfen, helfen sie eben auch mal aus, wenn grad viel Arbeit ansteht. Eine Hand wäscht die andere, praktisch.«

»Reiner Freundschaftsdienst ohne Bezahlung?«

»Ja mei«, räusperte er sich und kratzte sich am Hinterkopf. »Wir machen das untereinander schon aus, dass es passt.«

»Dafür, dass ihr euch so gut gekannt habt«, lenkte Richard das Gespräch wieder auf das eigentliche Thema zurück, »hab ich aber das Gefühl, dass du nicht gerade tief erschüttert bist, wenn ich das sagen darf.«

»Mei«, er hob die Arme, »weißt, wir sind hier so was wie ein reiner Männerverein. Da trinkt man zusammen ein Bier auf den Schorsch, aber lässt das nicht so raus. Außerdem, bei den schnellen Kisten, die wir fahren, da derbröselts zwangsläufig ab und zu mal einen. Wahrscheinlich gewöhnt man sich irgendwann dran.«

»Aha«, Richard verschränkte die Arme und schaute ihn skeptisch an.

Eine Weile hielt er ihm stand, bis er entnervt die Arme nach oben warf. »Ja, was soll ich denn machen. Soll ich rumheulen? Davon kommt der Schorsch auch nicht wieder. Glaubst du, das macht mir nichts? Verdammte Scheiße noch mal.« Nach dem Ausbruch sackte er langsam zusammen, ließ den Kopf hängen und schniefte hörbar.

Als er sich wieder etwas beruhigt hatte blickte er durch die Fensterscheibe des Büros und stellte fest, dass er von den anderen neugierig beobachtet wurde. »Habt's ihr Deppen nichts Besseres zu tun«, schrie er und hämmerte gegen das Glas, wodurch sich die Zuhörer peinlich berührt wieder abwandten.

»Irgendeine Ahnung, wer den Schorsch überfahren haben könnte?«, fragte Richard.

»Was weiß denn ich.« Der Meier Anderl war sichtlich mitgenommen, aber zumindest vorübergehend auch durchaus kooperationsbereit, was Richard zu nutzen hoffte. »Irgendein Besoffener oder sonst wer. Mitten in der Nacht auf der Landstraße. Da übersieht man leicht jemanden.«

»Aber der würde dann doch bremsen.«

»Ja, klar würde der bremsen. Aber wenn du den erst

siehst, wenn er genau vor deinem Scheinwerfer steht, dann ist es halt zu spät.«

»Dann wären aber Bremsspuren da. Die gibt es aber nicht.«

Er blickte auf und sah Richard an. Sein Gesicht war käseweiß geworden.

»Willst du sagen, dass ihn einer absichtlich überfahren hat?«

»Die Indizien sprechen dafür«, er zuckte mit den Schultern. »Wir ermitteln auf jeden Fall in alle Richtungen.«

Anderl schüttelte langsam den Kopf. Man konnte förmlich sehen, wie es in ihm arbeitete.

»Fällt dir wer ein, der so was gemacht haben könnte? Irgendwer, mit dem er Streit gehabt hat. Jemand, den er beschissen oder die Freundin ausgespannt hat oder so was?«

»Nein, nein«, er rang sichtlich nach Worten, »weißt, so was machen wir untereinander aus. Da haut man dem anderen mal richtig eine rein. Aber das war es dann auch wieder. Da bringt doch keiner einen um.«

»War vielleicht die Tage jemand da, der eine Delle am Auto reparieren lassen wollte?«, hakte Richard nach. »Irgendwas, das eher so nach Wildschaden aussieht, in der Art.«

»Ja, soll ich jetzt jeden bei der Polizei hinhängen, der einen Hasen überfährt?«

»Willst, dass wir den finden, der den Schorsch überfahren hat, oder nicht?«

»Schon gut«, er hob beschwichtigend die Hände. »Bis jetzt war nichts in der Art da. Bloß einer mit verkratzter Hintertür. Da ist es beim Rangieren angegangen.«

»Wenn einer kommt, wo es verdächtigt ausschaut, rufst mich an«, Richard legte ihm die Visitenkarte auf den Tisch, »und wenn dir sonst noch was einfällt, auch.«

Der Meier Anderl sagte nichts mehr, nickte nur noch. Da offenbar nicht mehr bei ihm rauszufinden war, verließ Richard die Werkstatt.

Zurück im Polizeirevier, setzte sich Richard an seinen Schreibtisch. Vom Wolfgang keine Spur. Wahrscheinlich pennte er immer noch. Naja, auch gut. Er konnte ihm ja noch ein paar Minuten Schlaf gönnen. Etwas Eiliges stand momentan sowieso nicht an, und eine kleine Pause kam ihm gerade recht. Er loggte sich am PC ein und öffnete seine E-Mails. Eine fiel ihm dabei sofort ins Auge. Sie war vom Weidner, dem Kripobeamten, mit dem Betreff »Bericht«. Die Mail hatte keine Anrede, stattdessen stand dort nur »wie besprochen«. Dafür waren einige Anhänge vorhanden. Richard öffnete neugierig den ersten. Es war eine Aufstellung der am Tatort sichergestellten Dinge. In erster Linie viele Fotos, einige mit kleinen Texthinweisen, andere ohne. Er blickte auf die Gesamtseitenzahl und pfiff leise durch die Zähne. Ganze 76 Seiten waren es. Also scrollte er sich durch die Datei und warf ein paar flüchtige Blicke auf die Fotos. Schließlich sollte er später noch genug Zeit haben, sich das Ganze in Ruhe anzusehen, also verschaffte er sich erst mal einen groben Überblick. Hin und wieder las er auch die Texthinweise, wenn er sich auf das dazugehörige Bild keinen Reim machen konnte. Insgesamt schien der Informationsgehalt aber recht überschaubar zu sein, zumindest, wie er es auf die Schnelle beurteilen konnte. Im Grunde wurde bei so was von jedem Ding ein Foto gemacht, dass irgendwie im Zusammenhang mit der Tat stehen konnte oder für den jeweiligen Ort nicht unbedingt gewöhnlich war. Das schloss faktisch so ziemlich alles ein außer Gras, Sträucher und Bäume. Es gab diverse Fotos von Zigarettenkippen und eine unvermeidliche Hinterlassenschaft in Form der Papiertüte eines Fast-Food-Restaurants. Es folgten Fotos von einer Energydrink-Dose und einer gebrannten CD mit der Aufschrift »Best of Amigos«. Die hätte Richard auch aus dem Autofenster geschmissen. Der Texthinweis darunter lautete: »Datenträger geprüft, Inhalt: Volksmusik«.

Welch eine Überraschung, dachte sich Richard und bemitleidete den Kollegen, der das hatte überprüfen müssen. Bei der Spusi hast du es oft auch nicht leicht.

Er scrollte weiter nach unten. Die Hoffnung, etwas Aufschlussreiches zu finden, sank quasi von Seite zu Seite. Gegen Ende wurde es aber dann doch etwas interessanter. Der Schorsch hatte einen Rucksack dabeigehabt. Das hatte er schon am Tatort gesehen, aber nicht weiter darauf geachtet. Da er sich in dem Moment nochmal das Frühstück hatte durch den Kopf gehen lassen, war das auch nicht weiter verwunderlich. Zuerst gab es ein paar Fotos des Rucksacks, wie er in der Wiese neben der Leiche lag. Aber natürlich hatte man auch den Inhalt überprüft. Interessant waren schon mal die drei Spraydosen, die sich darin befanden. Mochte etwa der Schorsch derjenige gewesen sein, der die Mauer vom Aschinger verschönert hatte?

Richard lehnte sich zurück und überlegte. Konnte das hinhauen? Wenn das nichts miteinander zu tun hatte, dann war es schon ein saublöder Zufall. Also öffnete er die Karte auf seinem PC und suchte zuerst den Ort, wo der Schorsch überfahren worden war. Dort setzte er eine Markierung. Danach suchte er das Wirtshaus, in dem er zum letzten Mal gesehen worden war, und dann noch das Zuhause vom Schorsch. Auch hier setzte er eine Markierung. Eine Weile betrachtete er das Ganze, überschlug grob die Entfernungen. Das Haus vom Aschinger wäre ein Umweg gewesen, aber die Strecke hätte er in gut 20 Minuten schaffen können. Vielleicht auch 30 Minuten, wenn man davon ausging, dass er wirklich ziemlich besoffen gewesen war.

Jetzt wäre der genaue Todeszeitpunkt interessant, dachte er sich. Vielleicht war ja in einer der anderen Dateien der Obduktionsbereich drin, das musste er sich auf jeden Fall auch noch ansehen. Aber grob geschätzt müsste der Abstecher zum Aschinger mit Spray-Aktion schon drin gewesen sein.

Und ein Motiv hätte der Schorsch ja auch gehabt. Schließlich wollte der Aschinger seine Großeltern und ihn aus dem Haus werfen. Das würde also passen. Er nahm sich vor, das auf jeden Fall weiter zu verfolgen.

Er scrollte sich weiter durch die Bilder vom Inhalt des Rucksacks. Eine schwarze Mütze, Handschuhe, wenn man es darauf anlegte, könnte man die als Indiz für die Straftat annehmen. Mütze als Tarnung und Handschuhe, damit keine Fingerabdrücke zurückblieben. Auf der anderen Seite, ab und an wurde es nachts schon noch kalt. Da war es auch nicht ungewöhnlich, so was im Rucksack mit sich herumzutragen. Richard kratzte sich am Hinterkopf. Verrannte er sich hier in etwas und interpretierte zu viel hinein? Schon möglich.

Er scrollte weiter, ein paar zusammengeknüllte Taschentücher kamen zum Vorschein. Irgendwie hätte es Richard auch nicht überrascht, ein Bild von einem alten Pausenbrot zu sehen.

Dann blieb sein Blick aber an einem Foto hängen, bei dem er anfangs gar nicht recht wusste, um was es sich handelte. Er legte den Kopf schief, und es wurde ihm klar, dass es eine extreme Nahaufnahme vom untersten Winkel des Rucksacks war. Und was da auf dem groben Stoff lag, hatte er erst vor Kurzem im Original gesehen: mehrere kleine, weiße Kristalle. *Crystal Meth*. Richard wurde etwas flau im Magen. Das überraschte ihn jetzt wirklich, dass der Schorsch Drogen genommen hatte. Und dann auch noch die richtig harten Sachen. Schlagartig wurde ihm bewusst, wie wenig er ihn in Wirklichkeit gekannt hatte. Eigentlich kaum verwunderlich, schließlich hatten sie sich ja schon Jahre nicht mehr gesehen. Aber irgendwie machte man sich doch immer ein Bild von einem Menschen, und das passte gerade nicht zu seinem. Wahrscheinlich neigt man dazu, gerade denjenigen immer positivere Eigenschaften zuzuschreiben, die gerade erst gestorben sind.

Warum also nicht? Der Schorsch hatte sicherlich kein leichtes Leben gehabt. Ehrlicherweise musste man zugeben, dass da auch harte Drogen gut ins Bild passten.

Trotzdem war Richard sehr erschrocken darüber. War das keinem aufgefallen? Gut, bei den Großeltern war das nicht unbedingt ungewöhnlich. Zum einen waren sie nicht mehr die Jüngsten. Zum anderen wurde gerade im Familienkreis bei solchen Sachen nur zu gerne weggeschaut, um die heile Welt nicht zu zerstören. Und dem Meier Anderl traute er zu, dass er ihm davon nichts gesagt hatte, obwohl er es wusste. Weil gerade gut war er gegenüber der Polizei nicht eingestellt. Aber dass die Rosalie nichts davon mitbekommen hatte? Das kam ihm schon seltsam vor. Hatte sie ihn vielleicht schützen wollen? Das musste er sie bei Gelegenheit fragen, auch wenn er sich innerlich dagegen sträubte.

Noch eine ganze Weile stierte er auf den Bildschirm, ohne aber wirklich auf die Fotos zu achten. Es ging ihm gerade zu viel im Kopf herum.

Schließlich riss er sich von den Gedanken los und schloss die Datei. Die ganze Denkerei würde ihn jetzt auch nicht weiterbringen.

Also öffnete er die zweite Datei. Diesmal war es der Obduktionsbericht. Richard schluckte, als er die Tatortbilder wieder zu Gesicht bekam, und sein Magen fuhr Achterbahn. Also beschloss er, sich möglichst schnell durch die Seiten zu arbeiten und sich die Fotos nur mit halbem Auge anzusehen. Bei einem blieb er dann aber doch hängen. Es zeigte die Hände, und die waren eindeutig voll roter Farbe.

Also hat er die Spraydosen benutzt, dachte Richard. Und er würde einen Besen fressen, wenn nicht der Schorsch das »Arschloch« an die Betonwand gesprayt hätte.

Er blätterte eine Seite weiter und wurde käseweiß. Es folgten eine ganze Reihe von Fotos, auf denen die Leiche, jetzt offenbar im Leichenschauhaus, nackt auf einem Metalltisch lag. Nachdem er sich gefangen hatte scrollte er schnellstens weiter. Er sah gar nicht mehr darauf, was auf den Bildern zu sehen war. Er scrollte einfach so lange, bis keine Bilder mehr da waren, sondern nur noch der Bericht der Obduktion.

Das sollte leichter zu verdauen sein als die Fotos, dachte er. Er las sich durch die Zeilen, aber das Meiste war im medizinischen Fachjargon geschrieben und sagte ihm nicht wirklich viel. Zumindest konnte er so viel herauslesen, dass der Schorsch durch »physische Gewalteinwirkung infolge des Zusammenstoßes mit einem Pkw« gestorben war. Also so weit, so gut.

Wirklich neu war das aber auch nicht. Weiter im Text. Das Meiste, das darin stand, war nicht weiter von Belang. Es folgte die Blutanalyse. Ebenfalls lauter Fachausdrücke, die ihm nichts sagten. Er wollte schon aufgeben, als ihm ein Wert ins Auge fiel: Blutalkohol. Und der war nicht von schlechten Eltern. Also soweit stimmte die Aussage vom

Wirt. Vielleicht hatte er sogar etwas untertrieben, wenn man die Werte hier so sah. Er las weiter und blieb dann bei einem Wert hängen, der ihn sehr überraschte.

Eine Weile überlegte er angestrengt. Dann holte er die Visitenkarte vom Weidner aus der Tasche und starrte sie an. Schließlich griff er zum Hörer und wählte die Nummer. Es klingelte ein paarmal, bis sich jemand meldete.

»Weidner«, bellte er mehr ins Telefon, als er es sagte.

»Ähm, ja«, stammelte Richard, etwas verunsichert wegen des rauen Tons, »Sonnleitner hier von der Polizeiinspektion Cham.«

»Ah, unser Sonderermittler«, die Stimme wurde etwas entspannter, »was gibt's? Hast du meine E-Mail bekommen?«

»Ja, deswegen ruf ich an. Ich bin mal so drüber geflogen, und da ist mir etwas aufgefallen.«

»Na, dann schieß mal los.«

»Naja, zum einen sind im Rucksack von dem Opfer Rückstände von Drogen gefunden worden.«

»Hmm«, machte Weidner zustimmend. Es klang so, als wüsste er schon, was kommt. »Und weiter?«

»Aber ich habe jetzt gerade den Bluttest vor mir. Und da ist auch ein Drogentest gemacht worden.«

»Ja?«

»Der ist negativ. Nicht mal die kleinste Spur ist zu finden.«

Weidner lachte. »Ja, das ist mir auch schon aufgefallen. Um ehrlich zu sein, ich war gespannt, wie lange du brauchst, bis du draufkommst.«

»Aber das ist doch komisch. Offenbar hatte er mal Drogen dabei, hat aber keine genommen.«

»Und wie, glaubst du, kann so was sein?«

Richard überlegte. »Ich könnte mir nur vorstellen, dass er die Drogen für jemanden geschmuggelt hat.«

»Das vermuten wir auch. Dein Freund hat offensichtlich was mit Drogen zu tun gehabt. Wahrscheinlich hat er das Zeug vertickt. Oder er war zumindest Mittler dafür. Ist extrem selten, dass die Jungs nicht selber auf dem Stoff sind. Aber manchmal kommt es vor. In der Hinsicht scheint er zumindest was in der Birne gehabt zu haben, dass er das Zeug nicht angefasst hat.«

»Das haut mich jetzt aus den Socken«, sagte Richard ehrlich.

»Tja, so ist das. Also wenn du dich umhörst, achte mal, ob du irgendwelche Zusammenhänge mit Drogen findest. Grade bei *Chrystal* fällt das ja schon auf, wenn das einer eine Zeit lang nimmt. Vielleicht ergibt sich da ja eine Spur.«

»Ja, mach ich«, sagte Richard gedankenverloren. Er bekam kaum noch mit, wie sich Weidner verabschiedete und auflegte. Zu viele Gedanken schwirrten ihm im Kopf rum.

Vor wenigen Augenblicken war er noch erschüttert gewesen, weil er geglaubt hatte, dass der Schorsch Drogen nahm. Jetzt stellte sich raus, dass dem nicht so war. Eigentlich sollte er erleichtert sein, aber die Tatsache, dass er mit dem Zeug gedealt hatte, machte es noch viel schlimmer. Das passte so überhaupt nicht zu dem Bild, dass er vom Schorsch hatte. Und auch nicht zu dem, was ihm die Rosalie über ihn erzählt hatte.

Der Kerscher Schorsch, ein schmutziger Drogendealer. Wenn das ans Licht kam, dann durfte er der Kerscher-Oma nicht mehr unter die Augen treten.

Wie passte das überhaupt zusammen? Wo kam das Zeug her, und wo konnte er es verkauft haben. Vielleicht hatte er es selber produziert. Aber wo? Bei ihm daheim sicher

nicht. Seine Großeltern mochten alt sein, aber ein Drogen-
labor im Keller würde ihnen da schon auffallen. Also wo
sonst? Der einzige Ort, der ihm einfiel, die Werkstatt vom
Meier Anderl. In so einer Garage ließe sich sicherlich so was
verstecken in irgendeinem geheimen Keller oder so. Aber
wie wahrscheinlich war das schon? Der meiste Stoff kam
doch aus Tschechien. Warum selber zusammenpanschen,
wenn es das Zeug hinter der Grenze billigst gab. Aber wie
hatte er es dann rübergeschafft? Die Kollegen von der Bun-
despolizei waren nicht gerade Frischlinge, was den Drogenschmuggel betraf. Es vergingen doch keine drei Tage,
ohne dass man in der Zeitung las, dass wieder irgendeiner
bei einer Grenzkontrolle mit Drogen erwischt wurde. Wie
hatte der Schorsch das dann gemacht? Darüber musste er
genauer nachdenken. Und es konnte wahrscheinlich auch
nicht schaden, wenn er sich beim Meier Anderl noch mal
genauer umsah. So unwahrscheinlich es auch war, dass der
irgendwo in der Werkstatt *Chrystal Meth* in der Badewanne
zusammenbraute.

Und an wen hatte er das Zeug verkauft und vor allem
wo? Als Erstes drängte sich da natürlich das *Thunders* auf.
Vielleicht hatte der Schorsch neben seiner Tätigkeit als DJ
ja noch ein einträglicheres Geschäftsfeld aufgetan. Aber an
die Jungs in der Disco wollte er nicht mehr ran. Das hatte
ja beim letzten Mal schon nichts gebracht. Und wenn es
um Drogen ging, würden sie wahrscheinlich nicht gerade
kooperativer werden.

Vielleicht sollte er die Rosalie fragen. Er war schon dabei,
ihre Nummer zu wählen, hielt dann aber inne. War es wirklich klug, sie damit zu konfrontieren? Und wenn sie selber
mit drin hing? Er überlegte. Wirklich zutrauen tat er ihr das
nicht, aber er hätte es auch dem Schorsch nicht zugetraut.

Zumindest arbeitete sie auch im *Thunders*, und damit war sie eben nicht frei von jedem Verdacht. Es war wohl besser, sie fürs Erste nicht darauf anzusprechen, bis er mehr Informationen hatte. Aber wie sollte er an die kommen? Als verdeckter Ermittler versuchen, in der Disco Drogen zu kaufen, konnte er auf jeden Fall vergessen.

Er überlegte schon, ob er den Foo schicken sollte. Dem würde man es am ehesten abkaufen, dass er Drogen nahm. Wobei er sich nicht ganz sicher war, ob er es vielleicht nicht wirklich tat. Besser, nicht drüber nachdenken, das gäbe bei seinem Beruf bloß unnötige Probleme.

Dann aber fiel ihm etwas anderes ein. Eigentlich saß er ja an der Quelle für Informationen.

»Du, Christina, kannst du mir die Nummer vom Drogendezernat raussuchen?«

»Ja, klar«, sie tippte kurz in ihren Computer und gab ihm dann die Nummer durch.

»Danke!«, rief Richard, während es bereits in der Leitung klingelte. Nach kurzer Zeit nahm eine Dame ab, wahrscheinlich die Sekretärin. Nachdem er ihr sein Anliegen erläutert hatte, verband sie ihn weiter. Diesmal dauerte es schon deutlich länger. In der Warteschleife lief eine furchtbare Fahrstuhlmusik. Gelangweilt lehnte er sich in seinen Schreibtischstuhl zurück und ließ die unvermeidliche Lärmbelästigung über sich ergehen. Er dachte gerade darüber nach, ob »Lucy in the Sky With Diamonds« von den *Beatles* nicht eine tolle Wartemelodie für das Drogendezernat wäre, als sich plötzlich und äußerst forsch jemand meldete.

Richard erschrak richtig und setzte sich so ruckartig auf, dass er fast aus seinem Stuhl gefallen wäre.

»Hallo? HALLO! Ist da wer?«, tönte es ungeduldig aus dem Hörer. »Ja, grüß Gott. Sonnleitner von der Polizeiinspektion Cham. Sind Sie für Drogen zuständig?« Er hatte erst eine Sekunde gebraucht, um sich zu sammeln.

»Ich für Drogen zuständig?«, fragte die raue Stimme, »warum? Willst was kaufen?« Und dann kam ein Reibeisenlachen aus dem Hörer, gefolgt von einem kleinen Hustenanfall. Offenbar ein starker Raucher. Wahrscheinlich war es in seinem Job hilfreich, wenn man selbst Erfahrung mit Suchtmitteln vorweisen konnte.

»Für Drogenvergehen meine ich.« Richard versuchte, sich nicht genervt anzuhören. Auch wenn er nicht scharf darauf war, sich so saudumm anreden zu lassen.

»Ja, da sind wir schon eher dabei. Um was geht's denn?«

»Ich bin gerade an einem Fall dran, und da scheint es Verbindungen mit Drogen zu geben. Und ich müsste wissen, ob ihr irgendwelche Informationen in Zusammenhang mit dem *Thunders* habt.«

»Die Disco in Kötzting?«

»Ja, genau die.«

Es folgte eine kurze Pause, in der Richard meinte, ein Klicken wie von einem Sturmfeuerzeug zu hören.

»Um welche Art von Drogen soll es denn gehen?«

»*Crystal Meth.*«

Sein Gegenüber lachte. »Tut mir leid, das kannst du vergessen. Bei dem Publikum findest du so was nicht. In der Bauerndisco kennt das keiner. Höchstens ein paar der Uropas als Panzerschokolade.« Er lachte wieder rau.

»Im *Thunders* haben wir schon so oft kontrolliert, vor 14 Tagen erst das letzte Mal. Aber mit illegalen Drogen ist da gar nichts geboten. Wenn es ganz hoch kommt, tauchen mal ein oder zwei Joints auf. Aber das ist dann auch schon alles. Da hinten wird sich noch gepflegt mit Bier und Schnaps die Rübe weggeblasen.«

»Ist es also nicht wahrscheinlich, dass irgendwer in der Disco mit härteren Sachen dealt?«, fragte Richard, der seine heiße Spur bereits dahinschwimmen sah.

»Halte ich für ausgeschlossen.«

»Und wo könnte man es sonst in der Gegend an den Mann bringen?«

»Mei, in Cham gibt's ein paar Plätze, an denen man so was angeboten kriegt. Aber die sind kaum der Rede wert.«

»Wieso das?«, fragte Richard erstaunt. Er hatte sich mit dem Thema noch nicht groß beschäftigt, aber er hatte bei der Menge an Meldungen über Drogenmissbrauch schon vermutet, dass es einige große Umschlagplätze geben sollte.

»Das liegt daran, weil ihr so nahe an der Grenze seid. In Tschechien gibt's den Stoff für ein paar Euro. Da fahren die meisten selber rüber, weil es da billiger ist als vom Dealer deines Vertrauens.«

»Aber dann ist doch die Gefahr hoch, dass sie erwischt werden«, warf Richard ein.

»Schon, aber bei denen, die *Crystal* einwerfen, ist es mit dem logischen Denken eh nicht so weit her. Und in der Regel sind die auch knapp bei Kasse. Die Dealer karren das Zeug meistens weiter. Zumindest bis nach Regensburg oder noch weiter. Da sind die Preise auch höher, damit sich die ganze Sache auch rentiert.«

»Okay, das war mir nicht klar.«

»Wissen auch die wenigsten. Also praktisch nur Dealer, Konsumenten und wir. Kann ich dir sonst noch mit irgendwas dienen? Marihuana-Missbrauch hätten wir gerade im Angebot.« Wieder ein raues Lachen, gefolgt von einem Zug an der Zigarette, den man durchs Telefon hören konnte.

»Nein, danke«, antwortete Richard resigniert. Er verabschiedete sich, soweit es durch einen neuerlichen Hustenanfall seines Gesprächspartners möglich war, und legte auf.

KAPITEL 13

Die Ledersessel waren eigentlich ganz bequem. Das ließ einen fast vergessen, dass man grantig war, weil man so lange warten musste. »Man« waren in diesem Fall Richard und Wolfgang. Sie warteten jetzt schon eine halbe Stunde im Vorzimmer vom Aschinger. Ganz freiwillig waren sie nicht da. An sich wollte Richard ihn ja noch wegen der Sache mit dem Schorsch befragen. Weil er aber zum einen jetzt doch die eine oder andere Spur hatte, der er nachgehen hätte können, und weil der Aschinger eben wirklich ein echtes Arschloch war, hätte er die Sache gerne noch etwas vor sich hergeschoben. Da hatte ihnen aber ihr Chef einen Strich durch die Rechnung gemacht. Weil für den war die Sache natürlich von höchster Wichtigkeit. Denn bei so einem wichtigen Mitbürger wie dem Aschinger, da saß ihm natürlich der Landrat im Genick. Es mussten Ergebnisse her. Sie hatten angemahnt, dass aufgrund nicht vorhandener

Hinweise eben diese Ergebnisse erst mal nicht so schnell zu erwarten waren. Da mussten sie wohl oder übel auf *Kommissar Zufall* hoffen. Den Verdacht mit dem Schorsch verschwieg Richard lieber mal.

»Jaja«, hatte ihr Chef gemeint, »das mag schon sein, dass wir nur warten können, bis der unbekannte Täter einen Fehler macht und sich selbst verrät. Aber das müssen wir dem Landrat ja nicht auf die Nase binden. Und dem Aschinger schon zweimal nicht.«

»Und was sollen wir dann tun?«, hatte Richard gefragt.

»Ihr fahrt jetzt zum Aschinger und befragt ihn noch mal.«

»Aber das haben wir doch schon.«

»Papperlapapp. Der soll sehen, dass wir was machen. Nicht, dass er noch meint, die Sache geht uns direkt am Arsch vorbei.«

Richard hatte sich verlegen geräuspert, und Wolfgang hatte demonstrativ in die Ecke geschaut. Ihr Chef war etwas irritiert gewesen.

»Auf jeden Fall fahrt ihr da jetzt hin. Und wenn ihr noch fünfmal hinmüsst, bis wir den Sprayer haben. Ich will mir nicht vom Landrat nachsagen lassen, wir würden uns nicht kümmern. Und kein Wort darüber, dass wir keine Spur haben. Wenn, dann sagt ihr, dass wir ganz viele Hinweise haben, denen wir erst mal nachgehen müssen, und dass das natürlich dauern kann. Verstanden?«

»Verstanden«, hatten die beiden gleichzeitig geantwortet und waren aufgestanden, froh darüber, dass die Ansprache nun endlich vorbei war.

»Und lasst euch einen Termin geben!«, hatte ihnen der Chef nachgeschrien.

Nun saßen sie – ohne Termin – eben schon eine halbe Stunde sinnlos herum. Ab und zu warf ihnen die Sekretärin gegenüber abschätzige Blicke über ihre Brille hinweg zu. Ohne Anmeldung vorbeizukommen und den Chef sprechen zu wollen, das schien bei ihr einem Kapitalverbrechen gleichzukommen. Äußerst pikiert hatte sie beim Aschinger nachgefragt.

»Ja wegen mir«, hatte seine Stimme durch die Sprechanlage geschnarrt. »Aber nicht jetzt, ich hab zu tun. Die sollen eben warten.«

Das schien die Laune der guten Frau nicht gerade zu heben. Hochnäsig deutete sie auf die kleine Sitzecke gegenüber, was wohl heißen sollte, dass es ihnen gnädigst gestattet war, dort zu warten.

Und das taten sie dann auch. Es stellte sich aber als harte Geduldsprobe heraus. Zeitschriften gab es leider keine, um sich die Zeit zu vertreiben. Nur ein paar Imageflyer lagen aus, und die waren auch eher nichtssagend. Viele große Bilder von Menschen, bei denen sich Richard fast sicher war, dass sie nicht in dieser Firma arbeiteten. Dazu ein paar griffige Schlagworte wie »innovativ« und »Teamwork« und »nachhaltig«. Alles so, als ginge es um ein hippes Berliner Start-up und nicht um eine madige Baufirma mitten im bayerischen Wald. Da hatte sich sicherlich eine Werbefirma eine goldene Nase damit verdient.

Aufgrund des etwas dürftigen Informationsgehalts der Broschüre war sie innerhalb einer Minute ausgelesen und konnte nicht als weiterer Zeitvertreib herhalten.

Schließlich schnarrte wieder die Sprechanlage.

»Sind die Polizisten noch da?«, konnten sie die verzerrte Stimme vom Aschinger hören.

Die Sekretärin warf ihnen wieder einen abfälligen Blick zu. »Die Herren sind noch da.«

»Sollen reinkommen.«

Anstatt etwas zu sagen, nickte sie mit dem Kopf lediglich in Richtung Chefbüro.

Die beiden traten ein und mussten sich erst mal orientieren. Das Büro war riesig mit großer Fensterfront in Richtung Firmengelände. Schräg links stand ein übergroßer Schreibtisch, und dahinter thronte der Aschinger. Wobei thronen im Moment wohl das falsche Wort war. Er saß nämlich vornübergebeugt und notierte etwas. Ohne aufzusehen, winkte er sie heran, schrieb aber dabei weiter und nahm sonst keine weitere Notiz von ihnen. Entsprechend zögerlich bewegten sie sich auf den Schreibtisch zu. Richard fragte sich noch, ob er sich setzen durfte, aber da hatte sich Wolfgang schon auf einen der Stühle gepflanzt. Also tat er es ihm gleich.

Der Aschinger beachtete sie immer noch nicht und notierte weiter. Mussten wahrscheinlich mords wichtige Notizen sein. Richard fragte sich schon, ob sie nun wieder eine halbe Stunde warten mussten.

»Und? Wer war es dann?«, fragte der Aschinger endlich, ohne aufzusehen.

Richard und Wolfgang sahen sich an. »Wer war was?«

Der Bauunternehmer hörte zu schreiben auf und blickte dann langsam hoch. Offenbar fiel es ihm gerade schwer, sich zusammenzureißen und nicht loszubrüllen.

»Die Drecksau, die dreckige, die ›Arschloch‹ an meine Mauer geschrieben hat.«

»Ach so, ja, deswegen sind wir hier. Da hätten wir noch ein paar Fragen an Sie.«

»Wollt ihr sagen, dass ihr noch nicht wisst, wer es war?«

»Ach, wir verfolgen aktuell ganz viele verschiedene Spuren«, sagte Richard wie aufgetragen.

»Also mit anderen Worten, ihr habt überhaupt keine Ahnung.«

»Das haben Sie jetzt gesagt.«

»Wenn man nicht alles selber macht«, seufzte der Aschinger. »Also gut, dann stellt eure Fragen.«

Richard öffnete pflichtbewusst sein Notizbuch und zückte einen Kugelschreiber. Er hatte nicht wirklich vor, sich großartige Notizen zu machen. Eigentlich machte er es bloß, weil er glaubte, dass es professionell wirkte.

»Haben Sie irgendwelche Feinde?«, fragte er mit geschäftsmäßigem Ton.

Der Aschinger blickte ihn an und schnaubte dann belustigt. »Das ist ja wie beim Derrick.« Er stand auf, ging zum großen Panoramafenster und starrte hinaus. »Wo soll ich da anfangen.«

»Ja, am besten bei denen, die Ihnen ›Arschloch‹ an die Hausmauer sprayen könnten.«

»Mei, das könnte jeder gewesen sein und keiner.«

»Gut.« Richard blickte demonstrativ in seine nicht vorhandenen Notizen. »Das engt es jetzt nicht unbedingt ein … oder komplett. Je nachdem.«

»Sie wissen schon, was ich meine«, er deutete auf das weitläufige Firmengelände vor seinem Fenster. »Man wird nicht so groß, ohne auch mal anzuecken. Da macht man sich eben auch mal so was wie Feinde, wenn ihr es so nennen wollt. Irgendwer fühlt sich immer auf den Schlips getreten. Die Konkurrenz, wenn man mal einen großen Auftrag an Land zieht. Oder ein Angestellter, den man entlassen musste. Oder ein Kunde, der sich über den Tisch gezogen fühlt. Das Letzte war aber immer, objektiv gesehen, ungerechtfertigt.«

Richard schrieb die Worte Konkurrenz, Angestellter und Kunde in sein Notizbuch und betrachtete sie eine Weile, bis ihm klar wurde, dass ihn das überhaupt nicht weiterbrachte. Da hätte er genauso gut »Menschen« reinschreiben können.

»Das hilft uns jetzt aber nicht wirklich weiter. Da könnte es ja jeder gewesen sein.«

»Eben.«

»Hatten Sie in den letzten paar Wochen einen Streit mit irgendjemandem?«, mischte sich jetzt Wolfgang ein.

»Nicht mehr als normal.«

»Und das heißt?«

»Mei, so ist das nun mal in der Baubranche«, der Aschinger breitete die Arme aus. »Da ist der Ton eben etwas rauer. Da schreit man sich mal gegenseitig an, und dann passt es wieder. Das ist ganz normal.«

»Haben Sie kürzlich einen Mitarbeiter entlassen?«, versuchte es Richard.

»Ach wo. Momentan kann es sich doch keiner leisten, irgendwen rauszuschmeißen. Momentan boomt es wie die Sau. Wenn ich Leute kriegen würde, dann würde ich sofort 20 einstellen. Lieber heute als morgen. Aber du kriegst ja keinen.«

Richard strich die ersten beiden Punkte auf seiner Liste durch. »Irgendwelche unschönen Kundenreklamationen?«

Der Aschinger schüttelte den Kopf. »Ich mache ja praktisch nur noch Großprojekte. Wenn da was nicht passt, dann geht man vor Gericht und nicht in der Nacht mit der Spraydose rum. Das wär ja total sinnlos.«

Richard strich auch noch seinen letzten Punkt durch und klappte sein Notizbuch zu. Da beim Aschinger offenbar nicht viel an Information zur Sache mit dem Graffiti zu holen war, konnte er ihn ebenso gut wegen dem Schorsch ausquetschen.

»Und was ist mit Ihrem neuen Prestigebau? Da läuft es ja auch nicht so ganz reibungslos, wie man hört.«

Der Aschinger drehte sich um und musterte Richard. Die Frage hatte er offenbar nicht erwartet.

»Ach, ihr meint mein neues Bürogebäude.« Er ließ ein fast liebevolles Lächeln erkennen. »Da, schaut es euch an.« Er deutete auf einen Glaskasten neben sich. Darin befand sich ein Modell eines Gebäudes. Richtig professionell gestaltet mit Miniaturbäumen rundherum und kleinen Modellautos und Menschenfiguren. Ein paar der Männchen deuteten auf das Gebäude. Ob sie das taten, weil es ihnen gefiel oder weil sie es so hässlich fanden, ließ sich beim besten Willen nicht beurteilen.

»Ist es nicht eine Schönheit?«, fragte der Aschinger und streichelte zärtlich über das Glas. »Wunderschön modern mit Flachdach. Viel Glas und Beton. Herrlich, oder?«

Brunzengreißlich* und überhaupt nicht in die Landschaft passend, dachte Richard, behielt es aber lieber für sich. Wie wenn man drei Schuhschachteln versetzt übereinander klebt.

»Die Anwohner scheinen das ein wenig anders zu sehen. Da soll es einigen Widerstand geben.«

»Das ist doch der Rede nicht wert. Und was heißt da Anwohner. Da geht es ja gerade mal um ein paar Hanseln.«

»Fünf Privatanwesen und einen Kindergarten.«

»Von denen ich mich mit Vieren schon gütlich einigen konnte. Und die Sache mit dem Kindergarten habe ich auch zur vollsten Zufriedenheit der Gemeinde lösen können.«

»Sehen das die Kinder auch so?«

»Wenn man den Teich trockenlegen will, dann darf man nicht die Frösche fragen, hat mal einer gesagt«, grinste der Aschinger. »Aber ehrlich, den Kindern ist es doch wurscht, wo der Kindergarten ist. Die bekommen einen nagelneuen, und neue Spielgeräte leg ich auch noch drauf. Da lass ich mich nicht lumpen. Und außerdem ist das von der Steuer absetzbar. Und die Eltern, die sich beschweren, dass der

---

* Wörtlich übersetzt Urinierhässlich. Synonym für abgrundtief hässlich.

Kindergarten jetzt so weit außerhalb wäre, das sind doch die, die ihre Schrazen jeden Tag mit dem SUV bis vor die Tür fahren.«

»Und der eine Anwohner, mit dem Sie sich noch nicht geeinigt haben?«

»Das kommt schon noch«, wiegelte er ab.

»Das sieht die Familie Kerscher aber offenbar anders«, sagte Richard herausfordernd.

Der Bauunternehmer bekam einen hochroten Kopf. »Die Saubande will doch nur den Preis hochtreiben«, schrie er. »Aber nicht mit mir! Das sage ich euch. Da müssen die schon früher aufstehen.«

»Haben Sie persönlich mit der Familie gesprochen?«

Der Aschinger winkte ab. »Natürlich war ich selber dort. Mit einem Koffer voller Geld. Wie im Film. Ich hab mir gedacht, das beeindruckt sie, und dann knicken sie schon ein. Aber nichts war es. Die alten Gratler haben mich quasi vom Hof gejagt. Das ist es eben mit alten Leuten. Die werden stur wie die Esel, und dann kannst du nichts mehr machen. Bloß, weil sie schon ihr ganzes Leben in dem Haus wohnen. Die alte Bude möchte ich nicht geschenkt haben! Eine 1A-Wohnung hab ich ihnen angeboten.«

»Dreizimmerwohnung im vierten Stock«, warf Richard ein.

»Ach was«, er fuchtelte mit der Hand als wolle er Fliegen verscheuchen. »Treppensteigen hält fit bis ins hohe Alter. Und so ein großes Haus heißt doch auch bloß viel putzen. Das möchte sich eine alte Dame doch nicht mehr antun.«

»Vor allem dann, wenn sie gerade die Einkäufe vier Treppen hochgetragen hat.«

»Du, werd mir nicht frech, Bürscherl. Dumm anreden brauch ich mich von euch nicht lassen.«

»Also die Familie Kerscher war schon mal nicht gut auf Sie zu sprechen. Wie sah es denn mit dem Enkel aus?«

»Der Hundskrüppl. Von dem hätte ich am ehesten erwartet, dass er vernünftig ist und das Geld nimmt. Der ist noch jung und hätte sich damit etwas aufbauen können. Aber nein, der ist ja der Allerschlimmste von der Bande, der kleine Revoluzzer. Der hat doch seine Großeltern erst so richtig gegen mich aufgestachelt. Namen hat mir der an den Kopf geworfen, die möchte ich hier gar nicht wiederholen. Wenn ich nicht so ein friedlicher Mensch wäre, dann hätte ich ihn angezeigt. Guten Grund dazu hätte ich gehabt.«

»Also mit dem Georg Kerscher waren Sie auch auf Kriegsfuß.«

»Ich glaube, ich habe mich klar genug ausgedrückt, oder?«, schnaubte er und wendete sich mit verschränkten Armen wieder dem Fenster zu.

»Glauben Sie, dass er vielleicht für die Sprüherei verantwortlich sein könnte?«

Der Aschinger überlegte eine Weile. »Kann schon sein. Zutrauen würde ich es der Ratte auf jeden Fall.« Er drehte sich zu den beiden Polizisten um. »Und was macht ihr dann noch hier bei mir? Ihr fahrt jetzt sofort zum Kerscher und nehmt ihn solang in die Mangel, bis er es zugibt.«

»Das dürfte schwierig werden.«

»Wieso?«

»Weil der Georg Kerscher tot ist.«

»Was?« Der Aschinger bekam große Augen. »Wie ist denn das passiert?«

»Haben Sie das nicht in der Zeitung gelesen?«

»Schau ich aus, als hätte ich Zeit zum Zeitunglesen?«, schimpfte er. »Jetzt redet schon aus, was passiert ist.«

»Der Herr Georg Kerscher ist nachts von einem bisher unbekannten Pkw erfasst worden und seinen Verletzungen erlegen«, antwortete Richard geschäftsmäßig. Dafür musste er sich sehr zusammenreißen, aber er hoffte auf eine aufschlussreiche Reaktion des Bauunternehmers.

Der wurde augenblicklich käseweiß im Gesicht. »Wann war das?«, stammelte er.

»In derselben Nacht, in der Ihre Mauer verziert wurde.«

Eine ganze Weile blickte sie der Aschinger erschrocken an.

»Das Ganze scheint Sie sehr mitzunehmen, Herr Aschinger. Kann es sein, dass Sie uns etwas zum Unfall sagen können?«

Sofort fing er sich wieder. »Nein, nein, um Gottes willen. Natürlich nicht. Ich bin bloß erschrocken. Ich meine, ein junger Mann … praktisch in der Blüte seiner Jahre.«

»Das hat sich gerade aber noch ganz anders angehört.«

»Jetzt ist es aber gut«, wehrte der Aschinger ab. Er hatte sich inzwischen wieder ganz im Griff. »Toten soll man nicht schlecht hinterher reden.«

»Und von dem Unfall haben Sie nichts gehört oder gesehen? Ich meine, das war jetzt nicht wirklich weit weg von Ihrem Haus.«

»Ich? Nein, wie sollte ich?«

»Wo waren Sie eigentlich in der betreffenden Nacht?«

Jetzt blickte er sie scharf an. »Bin ich jetzt verdächtig oder was?«

»Reine Routine.« Richard hob abwehrend die Hände hoch.

Der Aschinger schüttelte den Kopf und wandte sich wieder trotzig dem Fenster zu. »Es geht euch zwar überhaupt nichts an, aber wenn ihr es unbedingt wissen müsst: Ich war auf dem Frühjahrsempfang der Bauinnung. Da habe ich jede Menge Zeugen. Unter anderem meinen guten Freund, den Herrn Landrat, wenn euch das etwas sagt. Und gegen 24 Uhr in der Nacht war ich dann daheim. Das kann euch gerne meine Frau bestätigen.«

»Schon gut, schon gut«, meinte Richard. »Wie ich schon sagte, reine Routine.«

»Tragisch, tragisch«, sagte er, wohl mehr zu sich selbst. »Das heißt, wahrscheinlich sollte ich da jetzt mal wieder bei den Großeltern vorbeischauen. Mein Beileid ausrichten und nachfragen, ob sie jetzt nicht doch ihre Meinung geändert hätten.«

Richard starrte ihn ungläubig an. »Halten Sie das nicht für ein wenig pietätlos?«

»Das überlässt du mal schön mir, gell? Aber wahrscheinlich hast du recht. Ich sollte wohl lieber ein paar Wochen warten, bis ein wenig Gras über die Sache gewachsen ist.« Er blickte nachdenklich nach draußen. »Ist sonst noch was, oder hätten wir es dann langsam. Ich hab heute auch noch was anderes zu tun.«

Richard blickte Wolfgang an. Der zuckte mit den Schultern und schüttelte den Kopf.

»Nein, ich denke, wir haben alles, was wir brauchen. Wir melden uns, wenn wir mehr wissen.«

»Jaja«, sagte der Aschinger und machte eine abfällige Geste. Und so verließen die beiden Polizisten das Büro.

»Du hast dich ja ganz schön zurückgehalten«, sagte Richard zu Wolfgang, als sie wieder bei ihrem Dienstwagen angekommen waren. Wolfgang zuckte mit den Achseln. »Mei, so was ist eine gute Übung für dich. Und die Geschichte mit dem Kerscher ist eh deine Sache. Da halte ich mich raus.«

»Kann es vielleicht sein, dass du beim Aschinger mich reden lässt, weil ich dann schuld bin, wenn es Ärger gibt?«

»Nein, aber das ist ein ganz schöner Nebeneffekt«, grinste er. »Du, aber mal was ganz anderes. Es könnte doch wirklich sein, dass der Schorsch der Sprayer war.«

»Ach so«, Richard schlug sich mit der flachen Hand an die Stirn. »Das hab ich ja ganz vergessen, dir zu erzählen. Ich hab den Obduktionsbericht gelesen.«

»Wo hast du den denn her?«, unterbrach ihn Wolfgang.

»Der Weidner hat ihn mir per E-Mail geschickt.«

»Aha«, machte Wolfgang. Er schien sich noch nicht ganz sicher zu sein, was er davon halten sollte.

»Das war doch der Deal, dass er mir Informationen zukommen lässt, wenn ich mich im Gegenzug ein wenig umhöre. Auf jeden Fall waren da auch Fotos, auf denen zu sehen war, was der Schorsch alles dabei hatte. Und du wirst es nicht glauben, in seinem Rucksack waren drei Spraydosen.«

»Das kann aber jetzt kein Zufall mehr sein, oder?«

»Es kommt noch besser. Weil an seinen Händen waren noch ganz deutliche Farbspuren dran. Und jetzt rat mal, welche Farbe es war?«

»Rot?«

»Bingo! Genau die Farbe, in der ›Arschloch‹ an der Wand vom Aschinger gestanden hat.«

»Sauber. Also vor Gericht würde das mit ein bisserl Glück schon reichen.«

»Denke ich auch. Aber ich bin mir nicht sicher, ob wir das wirklich unserem Chef erzählen sollen. Ich meine, der Schorsch ist tot. Belangt kann er eh nicht mehr werden. Also hilft es doch niemandem was, außer dass ihm vielleicht noch im Grab schlecht nachgeredet wird.«

»Hm, gute Frage. Ich denke, wir warten noch ein wenig mit der Entscheidung. Dann haben wir zur Not was in der Hinterhand, wenn der Chef Druck macht.«

»Ja, da hast du wahrscheinlich recht.«

»Und? Stand dann noch irgendwas Interessantes in dem Bericht?«

Richard grinste. »Ich dachte, die ganze Geschichte interessiert dich nicht und du hältst dich raus?«

»Jetzt red nicht dumm daher. Du wirst wohl die Informationen mit deinem Partner teilen.«

»Okay, okay. Ich hab den Bericht bis jetzt auch nur schnell überflogen. Was aber interessant war, in seinem Rucksack wurden Spuren von Drogen entdeckt. Aber der Schorsch selber war absolut sauber. Bei ihm konnten keinerlei Drogen nachgewiesen werden.«

»Und was für Drogen waren das?«

»*Crystal.*«

»Sauber. Dann hat er also gedealt?«

»Möglich. Irgendwie passt das Ganze aber noch nicht zusammen. Da muss ich mich noch mal umhören.«

Wolfgang starrte eine Weile ins Leere. »Du glaubst aber nicht, dass das mit unserer Drogengeschichte am Osser zusammenhängen könnte, oder?«

Richard wollte schon verneinen, zögerte dann aber. »Das wäre schon ein arger Zufall, oder?«

»Schon. Ich weiß auch nicht, wie ich darauf komme. Wahrscheinlich, weil es beides Mal um *Crystal* geht. Aber das ist ja bei uns in der Gegend auch nicht gerade ungewöhnlich.«

»Ja, daran wird es liegen. Obwohl …«

»Obwohl was?«

»Mir fällt bloß ein, dass der Schorsch doch so oft zum

Wandern gegangen ist. Und die Rosalie, also die Kollegin aus der Disco, fand das recht ungewöhnlich.«

»Meinst du, der ist öfter mal am Osser wandern gegangen?«

»Keine Ahnung«, Richard zuckte mit den Schultern. »Wahrscheinlich verrennen wir uns hier in irgendwas, und es ist bloß ein saudummer Zufall. Aber seltsam ist es allemal.«

»Mag schon sein, aber das wird jetzt schwierig herauszufinden sein. Weil fragen können wir den Kerscher jetzt nicht mehr.«

»Wir müssten eben rausfinden, an wen er das Zeug verkauft hat, aber da tappe ich noch absolut im Dunkeln.«

»Oder wir packen es von der anderen Seite her an«, Wolfgang rieb sich das Kinn.

»Wie meinst du das?«

»Nehmen wir mal an, das *Crystal* wird da im Wald nicht gebunkert, sondern das ist so eine Art toter Briefkasten. Irgendwer bringt das Zeug über die grüne Grenze dorthin und versteckt es, damit ein anderer es abholen kann. Das wäre weniger riskant als die üblichen Wege bei den Grenzübergängen. Weil, wann kontrolliert der Zoll schon einen Wanderer, der vom Osser kommt?«

Richard dachte eine Weile darüber nach. »Ja, würde Sinn machen. Aber wie hilft uns das weiter?«

»Wir müssten schauen, wer das Zeug abholt. Hinbringen wird es höchstwahrscheinlich irgendein Tscheche. Weil das Zeug wird ja in aller Regel da drüben produziert. Und das Versteck liegt praktisch direkt an der Grenze. Wir müssten jetzt schauen, ob jemand die Lieferung abholt. Wenn keiner kommt, dann können wir fast sicher davon ausgehen, dass es dein alter Schulfreund war.«

»Moment, es kann aber doch immer noch sein, dass er einen Partner hat, der das Zeug jetzt abholt.«

»Mag schon sein. Aber wenn wir dem auf die Spur kommen, würde es uns auch schon helfen. Weil im Gegensatz zum Kerscher kann uns der noch Fragen beantworten.«

»Auch wieder wahr.«

»Und außerdem sollten wir in der Angelegenheit mit unserem niedergeschlagenen Sachsen respektive Drogenversteck im Wald auch langsam mal was unternehmen. Hab mich eh schon gewundert, dass uns der Chef deswegen noch nicht im Nacken sitzt.«

»Und weißt du auch schon, was wir da machen?«

»Die eine oder andere Idee hätte ich schon. Lass mich noch ein wenig drüber nachdenken.«

»Okay, und ich versuch noch herauszufinden, wo der Schorsch die Drogen losgeworden ist. Vielleicht hilft uns das ja auch weiter.«

»So machen wir es. Und jetzt fahren wir ins Revier. Wird langsam Zeit für Feierabend.«

KAPITEL 14

Der Gang war kein leichter für Richard. Die Leiche vom Schorsch war nun endlich freigegeben worden, sodass die Beerdigung erfolgen konnte. Er hatte eine Weile mit sich gehadert, ob er wirklich hingehen sollte, weil er doch eigentlich seit Jahren keinen Kontakt mit ihm gehabt hatte. Nach langem hin und her rang er sich aber dann doch dazu durch. Es war für die Jahreszeit ungewöhnlich warm geworden. Es waren die Tage, bei denen er sonst mit Wonne bei offenem Seitenfenster und lauter Musik durch die Gegend fuhr und sich auf den Sommer freute. Für eine Beerdigung spottete das Wetter aber jeglicher Beschreibung. Eigentlich stellte man sich ein ordentliches Begräbnis mit starkem Regen vor, und die Hinterbliebenen drängten sich fröstelnd unter schwarzen Regenschirmen um das Grab des Verstorbenen. Oder wenn schon kein Regen drin war, so sollte der Himmel zumindest mit schweren, dunklen Wolken verhangen sein. Petrus schien jedoch heute nicht der Sinn nach der passenden Dramatik des Augenblicks zu stehen, denn er ließ die Sonne dermaßen unpassend vom Himmel strahlen, dass es ein Graus war. Obendrein kam die gesamte Trauergesellschaft in ihrer schwarzen Tracht ordentlich ins Schwitzen. Nun ja, wenn schon kein Regen, dann wurden sie zumindest auch ordentlich nass, wenn auch vor Schweiß, dachte Richard.

Der Pfarrer sprach einige erbauliche Worte über jemanden, den er überhaupt nicht kannte. Was hätte er auch sonst tun sollen. Er bemerkte, dass es immer besonders tragisch sei, wenn ein so junger Mensch aus dem Leben scheiden müsste, doch Gottes Wege seien nun mal unergründlich. Nun sei er zumindest an einem besseren Ort, wieder mit seinen Eltern vereint. Richard schickte ein ehrliches Stoßgebet nach oben, dass er mit der Drogengeschichte auf der falschen Spur war, oder dass sie zumindest so harmlos war, dass der Schorsch nicht im Fegefeuer seine Zeit absitzen musste. Schließlich begab sich der Trauerzug zum Grab. Richard versuchte, möglichst weit hinten stehen zu bleiben, um nicht aufzufallen. So unauffällig wie möglich blickte er sich unter den Anwesenden um. Ganz vorne standen natürlich die Großeltern vom Schorsch als die nächsten Verwandten. Es waren sehr viele Trauergäste anwesend, darunter auch viele junge Menschen. Die meisten wohl Freunde des Verstorbenen. Den einen oder anderen glaubte er, in der Werkstatt vom Meier Anderl gesehen zu haben, und auch die Rosalie war da. Ihre Augen waren ganz verheult. Die meisten der Anwesenden kannte Richard nicht.

Langsam wurde der Sarg in die Grube hinabgelassen. Eine nichtssagende Holzkiste. Nicht, weil es sich um ein billiges Sperrholzmodell handelte, ganz im Gegenteil. Richard hatte nur immer große Probleme damit, sich vorzustellen, dass da jemand darin lag, den er einmal gekannt hatte. Ein Sarg war für ihn immer ein Symbol, ein Schutzschild für die Hinterbliebenen. Man sah den Verstorbenen, und doch sah man ihn nicht. Wie ein Filter legte sich das Holz vor den blassen leblosen Körper und gab den Menschen die Chance, sich den Verstorbenen so vorzustellen, wie es ihnen angenehm war. Auf der einen Seite machte es das leichter, es zu ertragen. Auf der anderen Seite aber auch schwerer, es zu verstehen, dass nun ein Mensch, den man kannte, nicht mehr existiert. Als Richards Großeltern kurz hintereinander verstorben waren, hatte er es nicht wirklich verstehen können. Sie waren immer da gewesen, solang er denken konnte. Dass sie nun nicht mehr da waren, war über seinen Horizont hinausgegangen. Er verstand es nicht, er gewöhnte sich nur irgendwann daran, dass es so war.

Und so fand Georg Kerscher, viel zu früh aus dem Leben geschieden, seine letzte Ruhe im Grab seiner Eltern, die ebenfalls vor ihrer Zeit gestorben waren. Es lag nahe, es als den letzten Akt, den Schlusspunkt einer Tragödie zu sehen. Richard wusste es aber besser. Die Tragödie war nicht ein Punkt, der mit dem Leichenschmaus endete. Es war eine lange, quälende Zeit, die die Großeltern vom Schorsch nun den Rest ihres Lebens ertragen mussten. In dem Wissen, dass sie ihr Kind und sogar ihren Enkel überleben hatten müssen. Das war etwas, das man niemandem wünschte. Sie würden nun den Rest ihrer Zeit absitzen, wissend, dass ihre Familie mit ihnen ein Ende fand. Es war einfach falsch.

Endlich war die Beerdigung vorbei, und Richard beobachtete, wie die Großeltern vom Schorsch noch unendlich viele Beileidsbekundungen über sich ergehen lassen mussten. Etwas erschrocken stellte er fest, dass die Oma ihn bemerkt hatte und auf ihn zukam.

»Mein Beileid«, brummte er, den Blick fest auf seine Schuhe geheftet.

»Danke«, antwortete sie matt. »Schön, dass Sie gekommen sind, aber ist das normal, dass die Polizei kommt, wenn jemand beerdigt wird?«

»Nein, ehrlich gesagt nicht. Ich bin mit dem Georg ein paar Jahre in die Schule gegangen. Und da hielt ich es für angebracht herzukommen.«

»Ach so. Mei, Bub, das ist sehr anständig von dir. Entschuldige, dass ich mich nicht mehr an dich erinnern konnte. Ich werde doch schon alt.«

»Sie müssen sich nicht entschuldigen. Um ehrlich zu sein, waren ich und der Georg nicht wirklich befreundet. Wir waren Klassenkameraden, mehr nicht.«

»Trotzdem schön, dass du da bist.« Sie blickte ihm eingehend in die Augen, bevor sie weitersprach. »Darf ich dich um etwas bitten?«

»Natürlich.«

»Bitte, schau, dass ihr den findet, der meinen Schorsch auf dem Gewissen hat«, sagte sie ernst.

Richard nickte nur. Er hätte auch nicht gewusst, was er darauf hätte sagen sollen. Sie klopfte ihm auf die Schulter, wandte sich ab und ließ ihn etwas unsicher zurück. Unschlüssig blickte er sich um und überlegte, ob es angebracht wäre, wenn er jetzt ginge. Da fiel sein Blick auf Andreas Meier, der weit abseits an einem Seiteneingang des Friedhofs stand. War er bei der Trauerfeier gewesen? Richard konnte sich nicht erinnern, ihn gesehen zu haben. Er sah auch ziemlich unaufgeräumt aus. Das Hemd zerknittert, das schwarze Sakko wirkte etwas deplatziert. Auf Richard machte es den Eindruck, als habe er sich sehr schnell für die Beerdigung umziehen müssen. Hatte er den Termin vielleicht vergessen? Eigentlich seltsam, wenn doch der Schorsch angeblich so ein guter Freund von ihm war. Und es waren auch genug Bekannte aus seiner Garage anwesend, warum gesellte er sich nicht zu denen? Vielleicht war es eher so, dass er auch damit gehadert hatte, ob er herkommen sollte oder nicht. Er überlegte, ob er zu ihm gehen und ihn mal ein wenig aushorchen sollte. Da aber trafen sich ihre Blicke. Täuschte es Richard, oder wirkte er erschrocken? Einige Augenblicke starrten sie sich an, und dann schlüpfte er durch den Seiteneingang nach draußen. Richard zog die Stirn kraus. Das war jetzt aber äußerst seltsam. Sollte er ihm nachgehen? Bevor er eine Entscheidung treffen konnte, wurde er abgelenkt.

»Hi«, hörte er eine leise Stimme von hinten, gefolgt von einem Schnäuzen. Er drehte sich um und sah Rosalie vor sich stehen. Ganz in Schwarz und die Augen rot vom Weinen.

»Oh, hallo«, Richard war ganz überrascht, dass sie ihn ansprach. »Äh, entschuldige. Mein Beileid.«

Sie winkte ab. »Ein Beileid hab ich mir wahrlich nicht verdient. Wenn, dann musst du es den Großeltern wünschen.«

»Schon geschehen.« Sie blickten zu den beiden hinüber, die immer noch warme Worte und Händeschütteln über sich ergehen lassen mussten. »Schlimm, das alles.«

»Hmm«, presste Rosalie heraus und verfiel dann gleich wieder in heftiges Schluchzen, was Richard äußerst verlegen machte.

»Äh, sollen wir vielleicht ein Stückchen gehen?«, fragte er unsicher.

Sie nickte nur, unfähig, mehr zu sagen. Also wanderten sie über den gekiesten Weg zum anderen Ende des Friedhofs. Dort angekommen, fiel Richard Gott sei Dank noch ein, dass er ein Taschentuch einstecken hatte, das er ihr anbieten konnte. Sie nahm es dankend an und tupfte sich die Tränen aus den Augenwinkeln.

»Entschuldige«, brachte sie schließlich hervor. »Ich dumme Kuh muss bei so was immer heulen.«

»Kann es sein«, fragte Richard vorsichtig, »dass du vielleicht doch mehr Gefühle für den Schorsch gehabt hast, als du zugeben wolltest.«

Kopfschüttelnd zuckte sie mit den Schultern. »Ach, keine Ahnung. Man denkt immer, dass man für alles noch ewig viel Zeit hat. Ich meine, wer hätte denn ahnen können, dass er plötzlich …« Sie verstummte.

Richard überlegte. Hatte sie gerade zugegeben, dass etwas zwischen den beiden gelaufen war? Nicht wirklich. Sie hatte es nicht abgestritten, aber eine Antwort hatte er auch nicht erhalten. Irgendwas war auf jeden Fall gewesen. Ob nur von ihrer Seite, das war nicht klar. Er beschloss aber, nicht weiter nachzufragen, sie war ja eh schon fix und fertig.

»Hast du eigentlich den Meier Anderl auf der Beerdigung gesehen?«, fragte er stattdessen, um das Thema zu wechseln.

»Nein, den hab ich nicht gesehen. War der denn da?«

»Ich habe ihn vorhin in einiger Entfernung stehen sehen, und dann ist er auch gleich wieder gegangen. Seltsam, oder?«

»Ach, das wundert mich beim Meier nicht. Da hat doch ein Scheit Holz mehr Gefühl als der. Der weiß gar nicht, was er auf einer Beerdigung machen soll.«

»Okay«, meinte Richard und dachte darüber nach. Gut, so wie er ihn kennengelernt hatte, konnte das schon richtig sein.

»Rosalie?«, rief jemand aus der Ferne. Eine junge blonde Frau winkte ihr.

»Eine Kollegin von mir und Schorsch«, erklärte sie und rief ihr zu: »Komme gleich!«

»Also dann …«

Rosalie blickte kurz zu Boden und ihm dann in die Augen. »Versprichst du mir was?«

»Sicher.«

»Du musst den schnappen, der den Schorsch … du weißt schon.«

Da bist du nicht die Erste heute, dachte Richard, verkniff sich aber, es zu sagen. »Ich tue mein Bestes.«

»Danke«, sagte sie und verschwand zu ihrer Kollegin.

Als sie außer Hörweite war, seufzte Richard. Nur keinen Druck aufbauen, dachte er bei sich.

KAPITEL 15

Eine Nachricht auf dem Handy ließ Richard unsanft erwachen. Er blickte auf die Uhr. 5 Uhr morgens. Wer zur Hölle schrieb ihm denn um diese unchristliche Zeit? Er schlug ein paarmal mit der flachen Hand in Richtung Nachtkästchen, bis er sein Handy zu fassen bekam. Mit einem Auge, das andere schlief noch, blickte er aufs Display. Eine SMS hatte ihn geweckt. Wer schreibt denn heutzutage noch SMS, fragte er sich. Nachdem auch das zweite Auge aufgewacht war, konnte er erkennen, dass die Nachricht vom Wolfgang war. Hätte eigentlich auch klar sein können. Er öffnete sie und musste sie ein paarmal lesen, bis die Buchstaben in seinem verschlafenen Hirn die richtige Reihenfolge einnehmen wollten.

»Hast du deine Wanderstiefel noch?«, stand da.

Die Buchstaben hatten jetzt zwar eine offensichtlich geordnete Position eingenommen, verstehen konnte Richard die Frage dennoch nicht.

»?«, schrieb er deshalb zurück.

Es dauerte eine gefühlte Ewigkeit, bis eine Antwort kam. »Wir gehen heute noch mal auf den Osser.«

Mit einem lauten Stöhnen ließ Richard seinen Kopf wieder ins Kissen fallen. Das durfte doch wohl nicht wahr sein.

Drei Stunden später knotete er gähnend die Schnürsenkel der besagten Wanderstiefel zu. Wieder einmal standen sie am Parkplatz am Fuße des Ossers. Diesmal hatte Richard aber so absolut keinen Bock auf die Schinderei. Sein Kollege hatte ihn viel zu früh aus den Federn geholt. Er war zwar noch eine Stunde liegen geblieben, aber einschlafen hatte er nicht mehr können.

Der Wolfgang dagegen war im Gegensatz dazu quasi das blühende Leben. Schon die Tatsache allein ging Richard so richtig auf den Geist. »Trödel nicht rum, auf geht's!«, drängte er.

Richard schnaubte grantig und zog die Knoten noch mal ordentlich fest. Und dann ging es los. Diesmal war der Wolfgang immer ein gutes Stück voraus, und er trottete missmutig hinterher. Es kam ihm so vor, als wäre der Weg heute doppelt so lang und der Anstieg doppelt so steil. Was eine fehlende Motivation ausmachen konnte. Als sie endlich am Ziel angekommen waren, stellte er nicht ohne Überraschung fest, dass sie deutlich weniger Zeit gebraucht hatten als beim letzten Mal. Eigentlich logisch, schließlich hatten sie den Weg diesmal nicht lange suchen müssen. Wolfgang war am Rande der Lichtung zwischen den Bäumen stehen geblieben und hielt Richard energisch zurück, als er weiter in Richtung Drogenversteck stapfen wollte. »Pscht!«, machte er mit dem Zeigefinger vorm Mund, als Richard ihn gerade anmotzen wollte. »Erst mal die Lage peilen«, flüsterte er. Zwar rollte Richard mit den Augen, aber eigentlich war ihm klar, dass sein Kollege recht hatte. Sie hatten ja keine Ahnung, ob vielleicht der Drogenkurier auch die frühe Stunde nutzte, wenn nur wenige Wanderer unterwegs waren. Da wäre es schon sehr peinlich, wenn sie ihn aus reiner Dummheit auf sich aufmerksam machen würden. Gefühlte fünf Minuten standen sie still da und beobachteten die Lichtung. Schließlich seufzte Wolfgang. »Okay, die Luft scheint rein zu sein. Dann schauen wir mal, ob schon eine neue Lieferung da ist.«

Es kostete sie noch mal ein paar Minuten, das Versteck zu finden. Als sie es endlich wiederentdeckt hatten, mussten sie neidlos anerkennen, dass es verdammt gut verborgen war und sie wirklich großes Glück gehabt hatten, es beim ersten Mal zu finden.

Gespannt blickten beide auf die mit Moos getarnte Klappe, und keiner traute sich so recht, sie zu öffnen. Schließlich stieß Richard Wolfgang mit dem Ellbogen an. »Jetzt mach halt.«

»Jaja.« Er bückte sich und öffnete vorsichtig die Klappe. Dabei machte er sich so breit, dass Richard überhaupt nichts sehen konnte. Er konnte es nur klappern hören und vermutete, dass das Geräusch von der Tupperdose herrührte. Nach einer gefühlten Ewigkeit pfiff Wolfgang durch die Zähne.

»Jetzt mach es doch nicht so spannend«, schimpfte Richard ungeduldig. »Zeig schon her.«

Wolfgang drehte sich mit einem breiten Lächeln im Gesicht um und streckte ihm die geöffnete Dose entgegen. Darin befand sich ein transparenter Plastikbeutel, durch den man die kleinen Kristalle sehen konnte. Und der füllte den Behälter komplett aus. Augenscheinlich hatte es schon ein wenig Mühe gekostet, den Deckel überhaupt noch schließen zu können, wie die Kratzspuren an den Rändern des Beutels zeigten.

»Sauber«, meinte Richard. »Volltreffer, würde ich sagen. Und was machen wir jetzt damit?«

»Das verstecken wir jetzt schön sauber wieder da, wo es war. Und dann schauen wir, wer es abholt.«

»Ja, schön und gut, aber wir können doch hier nicht tagelang campen.«

»Wir nicht«, antwortete Wolfgang und bedeutete Richard mit ausgestrecktem Zeigefinger, dass er abwarten sollte. Er nahm seinen Rucksack vom Rücken und kramte eine Weile umständlich darin herum. Schließlich förderte er einen kleinen Kasten mit Tarnfleckmuster zutage. Richard brauchte eine Weile, bis er in der Mitte die runde Glaslinse entdeckte.

»Eine Wildtierkamera!«

»Richtig. Die verstecken wir, und in einer Woche schauen wir, wer hier war, um das Paket abzuholen.«

Richard nahm ihm die Kamera ab und betrachtete sie von allen Seiten. Es war das erste Mal, dass er so eine in der Hand hatte.

»Wo hast du die denn her?«

»Das ist meine, die hab ich mir mal gekauft. Hast du keine?«

»Für was sollte ich eine brauchen? Warum hast du sie dir denn angeschafft.«

»Naja«, Wolfgang kratzte sich am Hinterkopf und schien noch mit sich zu kämpfen, ob er das wirklich erzählen wollte. »Ich hatte da vor einiger Zeit ein paarmal das Problem, dass mir einer die Luft aus meinen Autoreifen gelassen hat. Ich hab gemeint, dass sich vielleicht irgendwer an mir rächen wollte. Weil, als Polizist machst du dich ja nicht nur beliebt. Da kann es schon mal sein, dass dir einer eins auswischen will. Hat sich dann aber rausgestellt, dass es kein Kunde von mir war.«

»Sondern?«

Wolfgang blickte zu Boden. »Der Thorben war es«, meinte er kleinlaut.

»Der Thorben? Dein Sohn?«, Richard blickte ihn ungläubig an.

»Ja.«

»Aber der ist doch gerade mal neun Jahre alt.«

»Zehn«, korrigierte Wolfgang.

Richard starrte ihn mit großen Augen an.

»Mei, da hat er eben grade eine schwierige Phase durchgemacht. Aber jetzt passt es wieder.«

Mit dem Vornamen würde sein ganzes Leben eine schwierige Phase werden, dachte Richard, behielt es aber lieber für sich.

»Und du meinst, das funktioniert?«, fragte er stattdessen.

»Einwandfrei. Egal, ob Tag oder Nacht, die macht super Fotos und sogar Videos. Ich hab sie die letzten zwei Nächte ausprobiert. Jetzt hab ich eine ganze Reihe Spitzenfotos von der Nachbarskatze. Und das bei dunkelster Nacht. Ich glaub übrigens, dass die läufig ist.«

»Zu viel Information!«

»Jaja, schon gut. Auf jeden Fall funktioniert sie.«

»Aber wenn der Drogenkurier in der Nacht kommt und die Kamera blitzt, dann fliegen wir doch sofort auf. Dann findet er die Kamera und nimmt sie mit.«

»Das ist ja gerade der Clou. Die Kamera blitzt mit Infrarotlicht. Und das sieht man nicht. Da kann er kommen, wann er will. Beim hellsten Tag oder in der stockfinstersten Nacht.«

»Nicht schlecht. Dann würde ich sagen, deponieren wir sie mal.«

Sie mussten eine Weile herumprobieren, bis sie den optimalen Platz gefunden hatten. Schließlich sollte sie ja auch von niemandem gesehen werden. Schließlich fanden sie eine gute Stelle. Ein paar herumliegende alte Äste halfen noch, die Kamera vollends unsichtbar werden zu lassen. Anschließend verschlossen sie das Drogenversteck samt Inhalt und achteten dabei peinlich genau darauf, es wieder so herzurichten, wie sie es vorgefunden hatten. Es sollte ja niemand Verdacht schöpfen.

»So, ich denke, das wäre es«, meinte Richard. »Was meinst du, sollen wir noch mal zum Gipfel rauf, auf eine kleine Erfrischung?« Der kleine Erfolg, dass der tote Briefkasten noch aktiv war, hatte seine Laune wieder deutlich gehoben.

»Nach der Katastrophe beim letzten Mal?« Allein der Gedanke an das alkoholfreie Weißbier ließ ihn das Gesicht verziehen. Wieder öffnete er seinen Rucksack und brachte zwei Flaschen Bier zum Vorschein.

»Ja, da schau her. Herr Gruber, Herr Gruber. Und das im Dienst?«, Richard grinste breit.

»Und schön kalt ist es auch, weil ich noch Kühlakkus dazu gepackt habe.«

»Nicht schlecht, nicht schlecht. Machen wir uns eine auf?«

»Ja, schon, aber nicht hier. Das wäre ja noch schöner, wenn unser Drogenbriefträger genau dann auftaucht, wenn wie uns eine Halbe genehmigen. Ein bisserl abseits beim Raufgehen habe ich eine schöne Stelle gesehen. Da sieht uns keiner, und wir haben unsere Ruhe.«

KAPITEL 16

Richard war einigermaßen überrascht, als er auf seinem Dienstrechner eine neue Mail vom Kripomann Weidner erhielt. Er warf einen verstohlenen Blick um sich herum, ob auch niemand gerade auf seinen Bildschirm schaute. Dann öffnete er die Mail. Die Nachricht war sehr kurz und ohne Begrüßung: »Anbei die Auswertung der Lackspuren am Opfer. Dachte, das könnte dich interessieren.«

Er öffnete den Anhang. Wieder ein ellenlanger Bericht. Richard überflog nur die ersten Zeilen, und ihm schwurbelte bereits der Kopf. Das Ganze strotzte geradezu vor Fachausdrücken, die er nicht einmal hätte aussprechen können. Gefolgt wurde das Ganze von irgendwelchen seltsamen Diagrammen, von denen er keine Ahnung hatte, was sie überhaupt bedeuten sollten. Resigniert scrollte er sich durch den Bericht, bis er auf der letzten Seite das Wort »Fazit« entdeckte.

Gespannt las er und merkte dabei gar nicht, dass er die Worte leise mitmurmelte. »… lassen die an der Kleidung des Opfers gefundenen Spuren den Schluss zu, dass das Fahrzeug die Lackfarbe *Orcaschwarz* aufweist.«

»Was?« Christinas Frage ließ ihn heftig zusammenzucken.

»Was?«, fragte er seinerseits und riss die Augen dabei erschrocken auf.

»Du hast irgendwas vor dich hingemurmelt.« Sie musterte ihn und zog die Stirn in Falten. »Alles in Ordnung mit dir?«

»Ach so, jaja. Alles gut«, antwortete er schnell.

»Kann ich dir bei irgendwas helfen?«

»Nein nein, alles gut«, wiegelte er ab. Dann fiel ihm aber etwas ein. »Obwohl, vielleicht doch. Du kannst doch bestimmt herausfinden, welche Autos mit einem bestimmten Lack bei uns in der Gegend registriert sind?«

»Ja, schon. Warum?«

»Wegen der Sache mit dem Kerscher Schorsch.«

»Ach das, klar. Aber ist das nicht eigentlich die Sache von der Kripo?«

»Ähm, ja, schon.«

»Und warum soll ich das dann machen? Ich mein, es ist nicht so, dass es mir zu viel Arbeit wäre, aber das fällt doch nicht in unsere Zuständigkeit.«

»Äh, ja, normalerweise nicht«, Richard rang nach einer Antwort, »aber die haben mir die Unterlagen geschickt, weil … ja, weil … weil die gerade ein EDV-technisches Problem haben. Und da haben sie mich gebeten, dass ich das auswerten lassen soll.«

Christina musterte ihn eine Weile und schien nicht sicher, ob sie ihm das abkaufen sollte. »Okay, ich kümmere mich nachher darum. Um was für eine Farbe geht es denn?«

Richard versuchte, sich nichts anmerken zu lassen. Innerlich atmete er gerade auf, weil sie es ihm offenbar geglaubt hatte. »Der Lack heißt Orcaschwarz.«

»Okay, das hört sich speziell an. Das sollten nicht zu viele Pkws sein, schätze ich«, sagte sie, während sie sich auf einem kleinen Zettel Notizen machte. »Soll ich die Ergebnisse dann gleich an die Kripo weiterleiten.«

»Um Gottes willen, bloß nicht!«, entfuhr es Richard. Er war dabei deutlich lauter geworden, als er es beabsichtigt hatte.

Christina blickte ihn mit gerunzelter Stirn an.

»Lass nur. Ich leite es dann selber weiter … damit es auch gleich zu den richtigen Leuten kommt. Du weißt ja, wie schnell so was in einer Behörde verloren geht.« Richard lachte angestrengt.

Wieder blickte sie ihn eine Weile forschend an. »Also gut. Ich kümmere mich drum und geb dir Bescheid, wenn ich was habe«, seufzte sie schließlich. »Kann aber eine Weile dauern.«

»Kein Problem«, rief Richard und steckte den Kopf hinter seinen Bildschirm. Es war wohl besser, wenn er sich möglichst ruhig verhielt. Das Blöde war nur, dass er im Moment keine wirkliche Arbeit am PC hatte. Da sie mit ihren Ermittlungen in Sachen Aschinger, respektive Ossi-Maik, gerade keine wirklich neuen Erkenntnisse hatten, gab es auch keinen längeren Bericht zu verfassen. Und die kleinen Standard-Sachen tippten sie nicht selber. Das machte die Christina für sie. Das war zwar normalerweise recht praktisch, aber gerade jetzt hatte er den üblen Verdacht, dass es gerade dieser lästige Papierkram war, der dafür sorgte, dass er auf seine Auswertung warten musste. Aber es blieb ihm nichts anderes übrig, als sich irgendwie zu beschäftigen. Also öffnete er wieder die Datei, die er vom Weidner erhalten hatte, und versuchte, das Ganze noch mal ordentlich zu lesen. Vielleicht gab es ja noch irgendwelche hilfreichen Informationen, die er beim Überfliegen übersehen hatte. Nach zwei Seiten gab er jedoch entnervt auf. Er hatte keine Ahnung, welchen Doktortitel man bräuchte, um diesen Bericht zu verstehen. Er hatte ihn in jedem Fall nicht. Also schloss er die Datei und wandte sich dem Internet zu. Natürlich war ihm nicht erlaubt, darin herumzusurfen, wie er wollte. Aber für Recherchezwecke durfte er es ausdrücklich nutzen. Es war ihm natürlich ausführlichst eingebläut worden, dass alles mitprotokolliert wurde, was er im Internet machte. Und dass jederzeit eine Kontrolle durchgeführt werden konnte. Bei dem, was seine Kollegen öfter mal auf dem Bildschirm hatten, waren ihm aber schon Zweifel gekommen, ob so was wirklich passierte. Trotzdem wollte er lieber nichts riskieren und steuerte die Seiten der lokalen Zeitungen an. Manchmal stieß man auf Sachen, die hilfreich sein konnten. Auch die Polizeiberichte der benachbarten Inspektionen ging er durch. Hier war aber nichts Auffälliges dabei, nur das Übliche. Klar, auch ein paar Trunkenheitsfahrten und zwei, drei Personen, die mit Drogen aufgegriffen wurden. Bei keinem von ihnen ließ sich aber ein Bezug zu seinem Fall herstellen. Irgendwann tauchte Wolfgang auf und setzte sich neben ihn. »Wie schaut es aus?«, fragte er nach einem lang gezogenen Gähnen. »Sollen wir eine Runde drehen?«

Normalerweise wäre das eine willkommene Abwechslung gewesen, aber Richard wollte unbedingt das Ergebnis von Christina haben. Und wenn der Wolfgang eine seiner ausgedehnten Rundfahrten machte, dann kamen sie immer erst kurz vor Feierabend zurück. Und dann wäre die Sache für heute vorbei. Außerdem hatte er Angst, dass die Auswertung bei der Kripo landete, wenn er nicht da war. Oder noch schlimmer, dass sein Chef was davon mitkriegte. Also schilderte er Wolfgang die Situation so leise wie möglich. Der zuckte nach einer Weile mit den Schultern. »Meinetwegen.«

Dass er nun neben Richard saß und Löcher in die Luft starrte, machte die ganze Warterei noch unangenehmer, als sie eh schon war. Er bereute seine Entscheidung bereits und starrte umso angestrengter in seinen Bildschirm hinein. Scheinbar unendlich langsam floss die Zeit dahin. Richard beobachtete mit einer Mischung aus Ekel und Interesse

Wolfgang dabei, wie er mit einer aufgebogenen Büroklammer seine Fingernägel säuberte, als ihn ein Schatten aufblicken ließ. Es war Christina, die vor ihnen stand. »Da, deine Auswertung.« Sie hielt ihm einen Ausdruck entgegen. »Wie ich mir schon gedacht habe, ist die Farbe ein wenig außergewöhnlich. Sind aber trotzdem zwei Seiten rausgekommen.«

Richard nahm die Blätter entgegen. Tatsächlich waren es zwei Seiten, eng beschrieben mit Autokennzeichen und dahinter die Namen und Adressen der Fahrzeughalter. Er kam schon ins Schwitzen, wenn er nur daran dachte, dass sie bei all denen vorbeifahren mussten.

»Schau mal auf der zweiten Seite, der siebte von oben«, sagte Christina, und ihre Stimme hatte etwas Geheimnisvolles. »Der könnte euch bekannt vorkommen.«

Schnell griff sich Richard die Seite und zählte die Positionen ab. Dann bekam er große Augen, und sein Mund stand offen.

»Was ist denn los?«, fragte Wolfgang ungeduldig, weil er die Liste von seinem Platz aus nicht lesen konnte.

Wortlos hielt ihm Richard das Blatt entgegen. Auch er zählte die Positionen ab und las dann laut vor. »CHA–WA 100 … Winfried Aschinger.«

Eine Weile starrten sie sich nur an und sagten kein Wort. Christina blickte von einem zum anderen und schien ganz zufrieden mit sich zu sein. Offenbar hatte sie die beiden sprachlos gemacht.

»Meinst du …?«, stammelte Richard schließlich.

»Kann das sein, dass …?«, fing Wolfgang an, ohne den Satz zu vollenden.

»Es kann doch nicht … oder?«

»Jungs«, unterbrach sie Christina, »es kann sein, vielleicht aber auch nicht. Soweit ich das sehe, müsst ihr am

Ende sowieso bei jedem vorbeifahren, der auf der Liste steht. Da sollte die Reihenfolge wahrscheinlich ziemlich egal sein, oder?«

Richard dachte darüber nach. Natürlich hatte sie recht. Dass der Aschinger nicht ganz sauber war, da war er sich sicher. Dass er zu Mord und Totschlag fähig war, würde er ihm auch zutrauen. Aber immerhin war er Polizist und durfte niemanden nur deshalb verdächtigen, weil er ihn nicht leiden konnte. Aber wie Christina schon sagte, hinfahren würden sie sowieso müssen. Das war zwar etwas heikel, falls sich der Aschinger beschweren würde. Auf der anderen Seite konnten sie sich dann aber immer noch rausreden, dass sie ihn zuerst kontrolliert hatten, damit jeder Verdacht gegen einen so verdienten Bürger sofort im Keim erstickt wurde. Ja, das hörte sich doch gar nicht schlecht an, dachte er.

Ob der Aschinger auch wirklich derjenige war, der den Schorsch überfahren hatte? Richard konnte es im Moment überhaupt nicht sagen. Ihm schwurbelte noch der Kopf.

»Also?« Christinas Frage riss ihn aus seinen Gedanken. Er blickte Wolfgang an.

»Packen wir es?«, fragte er.

»Packen wir es«, antwortete der, und sie schnappten sich die Dienstjacken und -mützen und fuhren los.

Gute 20 Minuten später standen sie wiederum vor der pikiert dreinschauenden Vorzimmerdame und bestanden darauf, zum Chef vorgelassen zu werden. Beide stützten sich dabei mit den Armen auf ihrem Schreibtisch ab und versuchten, sie aus so kurzer Distanz wie möglich mit den Augen zu fixieren, um ihrer Bitte Nachdruck zu verleihen.

Schließlich drückte sie eine Taste auf dem Telefon, das vor ihr stand, und sprach hinein. »Herr Aschinger, die zwei

Herren von der Polizei sind wieder da und möchten mit Ihnen sprechen.«

Es kam nicht sofort eine Antwort aus dem Apparat. Dafür glaubten sie, ein paar Flüche durch die geschlossene Tür gehört zu haben.

»Sollen reinkommen«, krächzte schließlich die Antwort aus der Freisprecheinrichtung.

Richard stieß die Tür schwungvoll auf, und die beiden schritten so breitbeinig wie möglich in das Büro. Sie hatten im Auto verabredet, dass es nicht schaden könnte, wenn sie einen auf dicke Hose machen würden. Vielleicht ließ sich der Aschinger ja davon ein wenig einschüchtern, falls er wirklich Dreck am Stecken hatte. Der fragte sich beim Anblick der beiden aber wohl eher, ob ihre Gangart darauf hindeutete, dass sie die Toilette nicht rechtzeitig erreicht hatten.

»Und, habt ihr jetzt endlich den Schmierfink, der meine Mauer verunstaltet hat?«, fragte er ohne Begrüßung. Zumindest hatte er auf das Spielchen vom letzten Mal verzichtet und sie nicht erst fünf Minuten demütig warten lassen.

Richard wollte schon reflexartig sagen, dass sie momentan ganz vielen ganz heißen Spuren nachgingen. Er konnte sich aber noch rechtzeitig bremsen. Sonst wären sie nämlich gleich mal wieder in die Defensive geraten, und das galt es diesmal unbedingt zu vermeiden.

»Diesmal kommen wir in einem ganz anderen Auftrag«, sagte er stattdessen. »Auf Sie ist ein schwarzer Audi mit dem Kennzeichen CHA-WA 100 gemeldet?«

Der Aschinger antwortete nicht sofort, sondern musterte beide mit zusammengekniffenen Augen. Richard beobachtete ihn genau, aber er musste zugestehen, dass er ein verdammt gutes Pokerface hatte. Davon abgesehen, dass er mit der Antwort zögerte, konnte er keinerlei Gefühlsregung bei ihm erkennen.

»Was geht euch das an?«, fragte er schließlich gereizt.

»Bitte, beantworten Sie einfach unsere Frage«, sprang Wolfgang ein, und Richard freute sich innerlich über so viel Abgebrühtheit.

»Ja, Sakrament noch mal, das ist eines meiner Autos. Was ist denn damit los? Ist der TÜV abgelaufen oder was?« Beim letzten Satz stieß er ein trockenes Lachen aus, das Richard eine Spur zu bemüht vorkam.

»Dürften wir den Wagen sehen?«, fragte Richard bestimmt, die letzte Bemerkung absichtlich ignorierend.

»Ja, wegen mir schon«, antwortete der Bauunternehmer mit großer Gelassenheit. Ob gespielt oder echt, vermochte Richard nicht zu sagen.

»Gut, dann führen Sie uns bitte umgehend zu dem Wagen.«

»Ja, *umgehend* wird ein bisserl schwierig werden«, antwortete der Aschinger und verschränkte die Arme. »Und ich bin mir auch nicht sicher, ob ihr das so ohne Weiteres könnt.«

»Und warum, wenn ich fragen darf, sollten wir das nicht können?«

»Mei, ich weiß halt nicht, ob eure Zuständigkeit auch bis nach Italien reicht.«

Hilfesuchend blickte Richard Wolfgang an, aber der blickte ebenfalls ratlos drein. Der Aschinger dagegen setzte ein breites Grinsen auf, als er erklärte: »Der Wagen steht aktuell am Gardasee, bei meinem Ferienhaus dort.«

Damit hatten sie nun wirklich nicht gerechnet.

»Und wie kommt es, dass Ihr Auto in Italien steht, Sie aber hier vor uns sitzen?«, fragte Richard, sichtlich überrascht.

»Nach der Geschichte mit meiner Hausmauer hab ich mir gedacht, ich gönne mir ein paar Tage Entspannung, und bin kurz entschlossen runtergefahren. Wie es aber der Teufel wollte, war gleich am Tag darauf ein wichtiger Notfall in der Firma. Das war so dringend, dass ich mit dem Flugzeug zurückgeflogen bin, weil es so pressiert hat. Und darum steht mein Audi noch am Gardasee, bis ich Zeit habe, dass ich ihn wieder hole.«

Richard fluchte innerlich. Wieder steckten sie in einer Sackgasse und kamen nicht weiter. Da wäre es ihm noch lieber gewesen, wenn sie das Auto in absolut tadellosem Zustand vorgefunden hätten. Dann wären sie wenigstens sicher gewesen, dass es der Aschinger nicht gewesen war. So hingen sie wieder in der Luft und wussten nicht, ob er es war oder nicht. Aber die ganze Sache musste sich doch beweisen lassen, oder?

»Können Sie das irgendwie beweisen?«

»Ja, fahrt doch runter und schaut nach!«, lachte der Baulöwe. »Ein bisserl Sonne würde euch nicht schaden.«

»Sie werden verstehen, dass wir Ihre Angaben überprüfen müssen«, sagte Wolfgang matt und bedeutete Richard mit einem Nicken zu gehen.

Mit hängenden Köpfen hatten sie das Büro fast schon verlassen, als der Aschinger ihnen nachrief.

»Warum wollt ihr eigentlich mein Auto überprüfen?«

Richard drehte sich um und sah ihn an. Richtig, darüber hatten sie ja gar nicht gesprochen.

»Ein Pkw mit der Farbe wie Ihres hat den Georg Kerscher überfahren«, antwortete er schließlich.

Der Aschinger wurde auf einen Schlag käseweiß. Sichtlich geschockt ließ er sich in seinen Bürostuhl fallen, sein Blick ging ins Leere. Richard und Wolfgang wandten sich ihm wieder zu und blickten ihn neugierig an. Die Reaktion war äußerst interessant. Es dauerte eine ganze Weile, bis der Bauunternehmer sich wieder gefangen hatte. Er zog ein Stofftuch aus seiner Tasche und tupfte den Schweiß von seiner hohen Stirn. Dann wurde ihm erst bewusst, dass die beiden Polizisten noch vor ihm standen. Schnell griff er zum Telefonhörer und sprach hastig hinein.

»Frau Müller, suchen Sie bitte sofort meine Flugdaten heraus und händigen sie den beiden Herren umgehend aus … ja, genau, der Flug vom Gardasee … ja, und bitte, beeilen Sie sich.«

Er legte auf und wandte sich wieder den beiden Beamten zu. »Hättet ihr mir gleich gesagt, dass es um einen Mord geht, dann hätte ich nicht so ein Kasperltheater gemacht.« Er klang dabei sehr betreten. »Meine Sekretärin sucht euch die Unterlagen raus. Damit dürfte die Sache erledigt sein, oder?«

»Bis auf Weiteres«, meinte Richard und ließ ihn dabei nicht aus den Augen. Es kam ihm so vor, als hätte der Aschinger erleichtert aufgeatmet, aber er war sich nicht sicher.

Sie verließen das Büro und bezogen erwartungsvoll Stellung am Schreibtisch der Vorzimmerdame. Diese schien sichtlich genervt zu sein. Leise murmelte sie vor sich hin, warum denn das jetzt so unglaublich dringend sein sollte. Sie beugte sich tief über den Bildschirm und blickte auf und ab. Schließlich fixierte sie einen Punkt auf dem Monitor und schob die Brille, die ihr auf der Nase nach unten gerutscht war, zurück vor die Augen. »Da haben wir es ja.« Es folgten ein paar wilde Klicks mit der Maus, und schon surrte der Drucker neben ihr. »Hier haben Sie die Bestätigung des Flugs von Verona nach München. Erste Klasse. Möchten Sie vielleicht noch die Mietwagenbuchung haben?« Ihr Tonfall ließ keine Zweifel offen, dass sie es als eine absolute Beleidigung empfunden hätte, wenn sie ja gesagt hätten.

»Nein, danke. Ich denke, das reicht uns vollkommen«, sagte Richard deswegen schnell.

Aus dem Büro vom Aschinger drang gedämpftes Geschrei. Er konnte kaum etwas verstehen, hatte aber den Eindruck, als würde der Bauunternehmer gerade lautstark mit jemandem telefonieren. Er überlegte, ob er nicht an der Tür lauschen konnte. Der Blick der Sekretärin, die ihn mit zusammengekniffenen Augen fixierte, veranlasste ihn aber dazu, jegliche Überlegung in diese Richtung fallen zu lassen. Wahrscheinlich würde sie sich in seinem Arm verbeißen, wenn er es versuchen würde.

Er blickte Wolfgang an, und der zuckte mit den Schultern. Also verabschiedeten sie sich und verließen das Gebäude.

Sie waren schon einige 100 Meter weit gefahren, bis Richard das Schweigen brach.

»Jetzt sind wir keinen Schritt weiter als vorher.«

»Ja, weil das blöde Auto ausgerechnet am Gardasee stehen muss.«

»Komisch ist das schon, oder?«

Wolfgang zuckte nur mit den Schultern.

»Glaubst du, wir sollten das überprüfen lassen?«

Sein Kollege schnaubte. »Das möchte ich sehen, wie du unserem Chef erklärst, dass wir eine Dienstreise an den Gardasee machen müssen. Und bei den Italienern anfragen, ist auch für die Katz. Da kannst du zu Fuß übern Brenner runter laufen, selber nachschauen und wieder heimgehen und hast noch keine Antwort von denen.«

Richard dachte darüber nach. Wahrscheinlich hatte er recht.

»Ist dir aufgefallen, wie er reagiert hat, als wir ihm gesagt haben, dass es um den Unfall mit dem Schorsch gegangen ist?«

»Das hätte ein Blinder gesehen. Ich möchte dich ja ungern bei der ganzen Sache noch bestärken. Aber dass irgendwas an dem Fall gewaltig stinkt, ist schon offensichtlich.«

»Und hast du gehört, wie wir draußen bei der Tippse waren? Der hat doch irgendjemanden am Telefon angeschrien. Glaubst du, das könnte was damit zu tun haben?«

»Kann sein, kann auch nicht sein. Verstanden habe ich auf jeden Fall kein einziges Wort. Der kann ja sonst wen wegen sonst was anbrüllen. Wahrscheinlich macht er das dreimal täglich vor dem Frühstück. Beweisen tut das überhaupt nichts.«

»Da haben wir jetzt den Salat. Theoretisch könnte er es gewesen sein, der den Schorsch überfahren hat. Nach Italien ist er erst nach dem Unfall gefahren, weil wir haben ihn ja am Tag danach persönlich angetroffen.«

»Theoretisch ja, aber praktisch kommen wir nicht an sein Auto, um ihm was nachweisen zu können.«

»Und in der Zwischenzeit kann er mit dem Auto sonst was anstellen, bis keine Beweise mehr vorhanden sind.« Dann kam ihm ein Gedanke, und mit finsterer Miene fügte er hinzu: »Und wenn es ganz blöd läuft, haben wir ihn gerade selbst gewarnt.«

»Verdammter Mist«, schimpfte Wolfgang. »Da könntest du recht haben. Soweit hab ich noch gar nicht gedacht.«

Eine Weile schwiegen sie, und in Richards Magen zog sich alles zusammen.

»Und jetzt?«, fragte er schließlich niedergeschlagen.

»Jetzt? Jetzt können wir nur noch die anderen Wagen überprüfen und hoffen, dass wir da den richtigen finden.

Weil, wenn es wirklich der Aschinger war, dann stehen wir nackig bis auf die Unterhosen da.«

KAPITEL 17

Ein paar Tage später. Die Mittagspause war gerade vorüber, und Richard machte sich auf die Suche nach Wolfgang. Als er ihn nicht an seinem üblichen Platz antraf, fragte er Christina, wo er abgeblieben war.

Sie blickte verstohlen zum Büro des Chefs, und erst als sie sich versichert hatte, dass der nicht mithörte, flüsterte sie: »Ich glaube, der muss wieder ein wenig Schlaf nachholen.«

»Aha.« Richard schürzte die Lippen. Wahrscheinlich lag er wieder in einer der Zellen. Er überlegte kurz, ob er ihn aufwecken sollte, verwarf aber den Gedanken gleich wieder. Die letzten Tage hatten sie damit verbracht, die Fahrzeughalter von der Liste abzuklappern. Bisher ohne Erfolg. Ein oder zwei könnte er eigentlich auch alleine machen, für so was wurde nicht die gesamte Manpower benötigt. Sollte der Wolfgang sich ruhig ausschlafen, und er konnte mal wieder eine ruhige Fahrt alleine machen. Also schnappte er sich seine Dienstjacke, teilte Christina mit, was er vorhatte, und verabschiedete sich. Im Wagen schnappte er sich die Liste und fuhr mit dem Finger zum nächsten Punkt, den sie noch nicht abgehakt hatten: Harald Lemberger. Es handelte sich um einen Kleinwagen. Richard zuckte mit den Schultern. Sein Gefühl sagte ihm, dass es wahrscheinlich nicht das gesuchte Auto war, aber wer konnte das schon wissen. Und schließlich war es seine Pflicht, allen Hinweisen gewissenhaft nachzugehen. Der betreffende Fahrzeughalter wohnte eine gute halbe Stunde vom Revier entfernt. Das kam Richard gerade recht, weil so eine kleine Ausfahrt ganz in Ruhe hatte auch etwas Schönes. Da konnte man mal so richtig nachdenken.

Als er angekommen war, hatte sich die Sache mit dem Nachdenken als nicht so zielführend herausgestellt. Er hatte über eine Lösung für den Fall gegrübelt, falls sie wirklich nicht das Unfallfahrzeug ermitteln konnten. Aber seine Gedanken waren immer nur im Kreis gelaufen, ohne eine Antwort zu finden. Mit einem Seufzen parkte er vor der Einfahrt und stellte den Motor ab. Dann überprüfte er noch mal zur Sicherheit die Adresse auf seiner Liste. Ja, hier war er richtig. Mal sehen, ob er auch jemanden antreffen würde. Untertags war das gar nicht so einfach, weil die meisten Leute natürlich in der Arbeit waren. Oder aber stinksauer, weil sie gerade von der Nachtschicht kamen und eigentlich schlafen wollten. Aber ankündigen konnten sie ihre Besuche ja auch schlecht. Da würde ein potenzieller Verbrecher gleich versuchen, alle Beweismittel zu vernichten. Also musste er auf sein Glück hoffen.

Er schlenderte zur Haustür und klingelte. Nach einer Weile öffnete eine Frau mittleren Alters die Tür. Sie sah ihn etwas irritiert an. Das taten die meisten, wenn man als Polizist ohne Vorankündigung vor der Tür stand. Richard hatte sich schon daran gewöhnt.

»Grüß Gott«, sagte sie etwas unsicher. »Kann ich Ihnen helfen?«

»Sonnleitner von der Polizeiinspektion Cham«, sagte Richard knapp und zeigte seinen Dienstausweis vor. »Ist der Herr Harald Lemberger zu sprechen?«

»Nein, der ist in der Arbeit. Was wollen Sie denn von ihm?«

»Sind Sie seine Frau?«

»Ja?«, es war sowohl Antwort als auch Frage zugleich.

»Wir ermitteln in einem Unfall mit Fahrerflucht und deshalb müssen wir alle Fahrzeuge mit einem bestimmten Lack begutachten. Ihnen gehört doch der Pkw mit dem Kennzeichen CHA-JL 37?«

»Ja, der gehört unserer Tochter. Aber was denn für ein Unfall?«

»Ich versichere Ihnen, es ist reine Routine«, wiegelte Richard ab. »Sind die Frau Tochter und der Wagen da?«

»Äh, ja und nein«, sie wandte sich in die Wohnung und rief: »Jenny? Jenny! Kommst du bitte mal runter.«

Es dauerte eine ganze Weile, bis eine junge Frau an der Tür erschien. Sie trug ein sehr pinkes Basecap und ein ebenso pinkes Top dazu. Der Jeansrock war etwas ungünstig kurz, weil er den Blick auf eher breite Oberschenkel zuließ. Ihre mit starkem Lidschatten geschminkten Augen sahen Richard nicht an, sondern waren starr auf ihr Handy gerichtet, in das sie mit beiden Daumen eintippte. Richard war immer wieder fasziniert, mit welcher Geschwindigkeit die Teenager auf so einem Touchscreen Texte tippen konnten.

»Was'n los?«, fragte sie, ohne aufzusehen.

»Jennifer«, sagte ihre Mutter tadelnd, »die Polizei will dein Auto sehen.«

Endlich blickte das Mädchen auf, und Richard konnte

nicht sagen, was größer aufgerissener war: der Mund oder die Augen. »Voll krass, wieso das denn?«

»Wie ich Ihrer Mutter schon erklärt habe, ermitteln wir wegen einem Unfall und müssen alle Pkws mit einer bestimmten Lackfarbe kontrollieren.« Richard blickte sie von oben bis unten an. Irgendwie sah sie noch sehr jung aus. »Äh, darf ich Sie nach dem Alter fragen?«

»17«, kam die Antwort.

»Unsere Jennifer«, die Mutter legte die Hände auf die Schultern ihrer Tochter, »hat einen verfrühten Führerschein, und wir machen begleitendes Fahren. Wegen der Sicherheit, Sie wissen schon.«

»Ah ja.« Richard schwante, dass ihn sein Gefühl nicht getrogen hatte und dass er umsonst hier war. »Dürfte ich den Wagen mal sehen?«

»Ja, das ist so eine Sache«, begann die Mutter. »Das Auto ist zu Zeit in Reparatur.«

Da wurde Richard hellhörig. »Und weswegen, wenn man fragen darf?«

»Weil, beim Bremsen, da hat es immer so gemacht: CHHHHHHHH«, antwortete die Tochter. Das Geräusch, das sie von sich gab, war furchterregend.

»Aha«, antwortete Richard. Also wahrscheinlich nur Bremsenverschleiß. Kurz hatte er schon etwas Hoffnung bekommen. »Und wo ist es in Reparatur?«

»Beim Meier Andy«, antwortete Jennifer. »Der macht voll die krassen Tuningsachen. Total Hammer.«

»Sie meint bei *KFZ Meier* in …«, fing die Mutter an, aber Richard unterbrach sie.

»Jaja, schon gut. Die Adresse kenne ich. Sie werden verstehen, dass ich mir den Wagen dort ansehen muss. Aber wie gesagt, es handelt sich um reine Routine.«

Damit verabschiedete er sich und stieg wieder in den Dienstwagen. Kurz dachte er darüber nach, ob die Spur etwas taugte. War die Jennifer vielleicht in der Nacht mal unerlaubt alleine gefahren? Möglich, aber nicht sehr wahrscheinlich. Dafür schien sie in der Familie zu gut behütet zu sein. Und dass der Vater oder die Mutter danebensaßen, während sie jemanden auf der Straße umnietete, konnte er sich auch nicht vorstellen. Naja, zumindest nicht, dass sie nachher Fahrerflucht begehen würden. Aber dass das Auto beim Meier zu Reparatur stand, war schon ein interessanter Zufall. Eigentlich ganz hilfreich, dann hatte er einen Grund, dort noch mal vorbeizufahren. Der Typ war ihm immer noch irgendwie verdächtig. Auch wenn er nicht genau sagen konnte, weswegen. Am besten, er fuhr gleich mal hin.

Er startete den Motor und fuhr los. Gute 20 Minuten später kam er an und parkte an der Seite der Werkstatt, sodass man ihn von dort nicht gleich kommen sah. Vielleicht war es gar nicht schlecht, wenn er ohne großes Aufsehen plötzlich dastand, dachte er sich. Und er sollte tatsächlich recht behalten. Denn als er um die Ecke bog, stand da der Andreas Meier und neben ihm ausgerechnet der Aschinger. Schnell stahl sich Richard in den Schatten der Halle, damit er nicht sofort entdeckt wurde. Die beiden diskutierten miteinander, offensichtlich sehr intensiv. Aber sie sprachen mit gedämpften Stimmen, sodass er nichts verstehen konnte. Beide hatten einen hochroten Kopf, und der Bauunternehmer schwitzte sehr stark. Es hätte ein Blinder erkannt, dass die beiden sehr erregt waren. Richard spitzte die Ohren, aber er konnte überhaupt nichts verstehen. Also half nur, näher heran zu gehen, auch wenn er dadurch riskierte, entdeckt zu werden. Also ging er langsam auf sie zu, so leise wie möglich, aber auch darauf bedacht, nicht zu offensichtlich zu schleichen. Falls er entdeckt würde, wollte er eben nicht den Eindruck erwecken, die beiden zu belauschen. Weit kam er nicht, bis er vom Meier Anderl bemerkt wurde. Der bekam große Augen und unterbrach sein Gegenüber mit einem Zischlaut. Der hatte sich wohl gerade so richtig in Rage geredet. »Was ist denn los«, konnte Richard ihn scharf fragen hören. Der Meier nickte in seine Richtung, und der Aschinger bekam ebenfalls große Augen.

»Grüß Gott, die Herren«, grüßte Richard und versuchte dabei, möglichst unbekümmert zu klingen. »So ein Zufall, dass ich Sie beide treffe. Ich wusste gar nicht, dass Sie sich kennen.«

»Äh, ja … der Meier Anderl … der macht manchmal ein paar kleinere Reparaturen für mich«, antwortete der Bauunternehmer schnell.

»Und für den Fuhrpark von der Firma«, ergänzte der Mechaniker.

»Ja, genau. Wenn es bei der Vertragswerkstatt zu lange dauert, dann greifen wir gerne auf eine freie Werkstatt zurück.« Der Bauunternehmer blickte auf seine Armbanduhr. »Ja, ich muss dann auch los.« Er ging zu seinem Wagen, bevor er einstieg, deutete er mit dem Finger auf den Meier und sagte: »Und wir zwei sprechen uns noch.« Er warf ihm noch einen bösen Blick zu und fuhr dann mit quietschenden Reifen davon.

»Probleme?«, fragte Richard, als das Auto um die Ecke verschwunden war.

»Ach was«, winkte der Meier Anderl ab und fragte dann schroff: »Was willst du denn?«

»Äh, ich bin wegen dem Wagen von Frau Jennifer Lemberger da. Der müsste doch hier zur Reparatur sein, oder?«

»Ja schon, aber was geht das die Polizei an?«

»Wir haben beim Schorsch Lackspuren sichergestellt, und deshalb überprüfen wir alle Pkws mit derselben Lackierung.«

»Aha, und dann habt ihr nichts Besseres zu tun, als der arbeitenden Bevölkerung auf den Sack zu gehen?«

»Herr Meier«, sagte Richard ernst, denn langsam riss ihm der Geduldsfaden, »wir reden hier von Totschlag, ja vielleicht sogar Mord am Schorsch, der ja angeblich einer Ihrer besten Freunde gewesen sein soll. Ein wenig mehr Kooperation würde ich mir da schon erwarten.« Er hielt es für angebracht, ins förmliche Sie zu wechseln, um mehr Autorität auszustrahlen.

»Ja, ist schon gut«, antwortete der kleinlaut. »Ich bin ja auch noch ganz durch den Wind wegen der Sache. Aber … glaubt ihr von der Polizei wirklich, dass es ein Mord war?«

»Wir glauben überhaupt nichts, wir ermitteln die Wahrheit. Fakt ist, dass der Schorsch überfahren worden ist, ob mit Absicht oder nicht. Auf jeden Fall ist jemand daran schuld. Und ich bleibe so lange an der Sache dran, bis wir wissen, wer das ist. Und dann wissen wir auch, ob es Mord war oder Totschlag. Also?«

»Also was?«

»Das Auto …«

»Ach so, ja. Da hinten«, meinte der Meier und wirkte zerstreut. »Aber am Lack haben wir nichts gemacht. Nur an den Bremsen.«

»Ich sehe ihn mir trotzdem an«, sagte Richard bestimmt und stapfte in die Werkstatt. Der Meier folgte ihm auf dem Fuß. Richard orientierte sich innen kurz. Irritierte Blicke von den anwesenden Mechanikern trafen ihn, die er aber ignorierte. Schließlich entschied er sich, in den hinteren Bereich der Halle zu gehen, wurde aber vom Meier Andy aufgehalten.

»Halt, Stopp! Das Auto von der Jenny steht da drüben«, rief der ihm aufgeregt hinterher. Richard drehte sich um, blickte dann noch mal in die Richtung, in die er gehen hatte wollen. Die Tatsache, dass er so aufgeregt zurückgerufen wurde, fand er irgendwie verdächtig und reizte ihn, einfach weiterzugehen. Auf der anderen Seite, was sollte er schon machen. Einen Durchsuchungsbefehl hatte er nicht, und ohne den konnte er nicht einfach beliebig in der Werkstatt herumschnüffeln. Also gab er es auf und folgte dem Meier Anderl.

Dass der Wagen von der Jenny nicht das Unfallfahrzeug war, wurde Richard schon nach wenigen Blicken klar. Er war von allen Seiten sehr gleichmäßig dreckig und der Dreck auch nicht sonderlich frisch. Nein es waren eher verschiedene Schichten von Schmutz. Es war also offensichtlich, dass er nicht kürzlich lackiert worden war.

»Also, wie ich gesagt habe«, der Meier nickte in Richtung des Wagens, »wir haben nur die Bremsen repariert. Sonst nichts.«

»Sie wissen, dass Sie uns informieren müssen, sobald ein Pkw mit einem verdächtigen Schaden bei Ihnen aufkreuzt«, fragte Richard streng.

»Ja, Himmelherrgottnochmal, wie oft muss ich es denn noch sagen. Klar weiß ich das.«

Da er nichts anderes erwartet hatte, war Richard auch nicht groß enttäuscht darüber, dass es sich nicht um den Unfallwagen handelte. Es breitete sich nur wieder das unwohle Gefühl in der Magengegend aus, weil er daran denken musste, dass wahrscheinlich nur das Auto vom Aschinger als verdächtig übrig blieb. Und an das kamen sie nicht ran. Apropos Aschinger, fiel ihm ein.

»Sagen Sie mal, Herr Meier, was haben Sie denn mit dem Herrn Aschinger vorhin diskutiert?«

Die Augen vom Meier Anderl verengten sich zu Schlitzen, und er verschränkte die Arme vorm Körper. »Ich wüsste nicht, was dich das angeht.«

»Haben Sie etwas zu verheimlichen?«, konterte Richard.

Sein Gegenüber trat jetzt ganz nah an ihn heran, sodass sich ihre Nasenspitzen beinahe berührten, und starrte ihm geradewegs in die Augen.

»Jetzt hör mir mal genau zu«, knurrte er. »Was ich mit meinen Kunden bespreche, geht, verdammt noch mal, nur mich etwas an und sonst niemanden. Verstanden?«

Richard musste dem Drang widerstehen zurückzuweichen. Sein ganzer Körper wollte eigentlich auf Fluchtreaktion umschalten, aber irgendwie schaffte er es, sich zusammenzureißen und dem Blick standzuhalten. Dann bemerkte er jedoch aus den Augenwinkeln, dass sich die anderen Mechaniker langsam auf sie zubewegten. Er blickte sich um, ja tatsächlich, offenbar hatten sie mitbekommen, dass sich da etwas zusammenbraute. Und sie sahen auch nicht gerade freundlich drein. Einer ließ wiederholt einen sehr schweren Schraubenschlüssel in seine Handfläche fallen. Die Sache sah nicht gerade gut für Richard aus. Jetzt konnte er nur noch den Rückzug antreten oder schwere Geschütze auffahren.

»Herr Meier«, begann er, seine Stimme war aber laut genug, dass alle ihn hören konnten. »Ich weiß nicht, wie oft ich noch darauf hinweisen muss, dass es um Ihren Freund, den Schorsch, geht. Also rate ich Ihnen dringend, dass Sie Ihre offensichtliche Aversion gegen die Polizei mal beiseitelassen und mit mir kooperieren. Andernfalls müssen wir andere Saiten aufziehen.«

»Willst du mir drohen, oder was?«

Richard versuchte, seinen Blick möglichst unbekümmert zu erwidern. Dann wandte er sich ab, aber so langsam, dass es nicht wie eine Flucht wirkte. Er machte ein paar Schritte in der Werkstatt und ließ seinen Blick schweifen. »Die Felgen da, sind die eingetragen?«, fragte er schließlich.

Der Meier Anderl sah ihn verständnislos an, aber mit Genugtuung registrierte Richard, dass einer der Anwesenden betreten den Blick senkte. Also hieß es jetzt weitermachen.

»Die Auspuffanlage da hinten ist auch nicht original. Gibt es dafür eine Schallprüfung?«

»Die machen wir noch …«, begann einer der Mechaniker als Rechtfertigung.

»Und wie schaut es aus? Bei allen ein Warndreieck drin? Und der Verbandskasten? Wie schaut es mit dem Ablaufdatum aus?«

»Jetzt hör mir mal zu, Bulle«, rief der Meier. »Soweit ich das sehe, bist du allein, und wir sind sieben. Ich würde das Maul nicht so weit aufreißen. Zumindest wenn du weißt, was gut für dich ist.«

Jetzt war es Richard, der auf ihn zuschritt und erst ganz knapp vor ihm stehen blieb.

»Was wollt ihr denn machen? Ihr könnt schon versuchen, mich einzuschüchtern. Oder ihr könnt handgreiflich werden. Meinetwegen, vielleicht glaubt ihr ja, dass ihr da ohne große Strafe wieder rauskommt. Kann schon sein. Aber was glaubst du, was mit deiner Werkstatt los ist, wenn wir jeden zweiten Tag eine Verkehrskontrolle machen?«

»Was soll jetzt der Scheiß?«, knurrte er, aber Richard konnte eine Spur von Unsicherheit heraushören.

»Du hast es also noch nicht kapiert, oder? An deiner Werkstatt geht genau eine Straße vorbei. Und jetzt stell dir mal vor, auf jeder Seite steht ein Polizeiauto und kontrolliert jeden, der bei dir rausfährt. Ich glaube nicht, dass das deinem Geschäft sehr zuträglich ist. Die ganzen Tuningsachen kannst du dann wahrscheinlich erst mal vergessen. Dann ist wahrscheinlich nicht viel mehr als Bremsbeläge tauschen drin.«

»Hey, Mann, willst du mich erpressen, oder was?«

»Wie man in den Wald hineinschreit …«, kommentierte Richard. »Also, wie schaut es aus?«

Der Meier Anderl seufzte. Immer noch sichtlich verärgert gab er seinen Kumpanen zu verstehen, dass sie sich wieder an ihre Arbeit verziehen sollten.

»Der Aschinger«, begann er dann etwas kleinlaut, »hat sich beschwert.«

»Und wegen was, wenn man fragen darf?«

»Ja, es gab da so eine Unstimmigkeit bei der Rechnung.«

»Berechtigterweise?«, hakte Richard nach.

»Ja mei, ich muss auch meine Auslagen bezahlen. Und ich hab mir gedacht, der Aschinger hat die Kohle und schaut nicht so genau hin.«

»Und deswegen habt ihr euch gestritten?«

»Ja, wegen was denn sonst?«, fragte der Meier gereizt.

Richard blickte ihn forschend an. Er war sich nicht sicher, ob er ihm die Geschichte abkaufen sollte. Irgendetwas war seltsam. Lag es daran, dass er zugeben musste, bei einer Rechnung beschissen zu haben? Oder log er ihm etwas vor? Richard konnte es beim besten Willen nicht sagen. Aber er musste es wohl auf sich beruhen lassen.

»Na also«, sagte er deshalb. »War das jetzt so schwer?«

»Sonst noch was?«, blaffte er statt einer Antwort.

»Fürs Erste nicht. Ich hoffe, dass wir uns das Theater beim nächsten Mal sparen können.«

»Ich hoffe, dass es kein nächstes Mal gibt.«

»Das werden wir sehen«, erwiderte Richard und wandte sich zum Gehen. »Auf Wiedersehen.«

»Hoffentlich nicht«, wurde ihm nachgerufen.

Richard versuchte, möglichst cool aus der Garage zu schlendern. Wegen der vielen bösen Blicke, die ihn im Vorbeigehen trafen, war er innerlich alles andere als ruhig. Er musste sich sehr zusammenreißen, das Gebäude nicht fluchtartig zu verlassen. Er bog um die Ecke und setzte sich in seinen Polizeiwagen. Erst als er sicher war, nicht beobachtet zu werden, atmete er erleichtert aus. Das hätte ganz schön in die Hose gehen können. Vielleicht wäre es doch besser gewesen, den Wolfgang mitzunehmen.

KAPITEL 18

Der dritte Aufstieg war Richard Gott sei Dank erspart geblieben. Wolfgang hatte ihm verkündet, dass es nun Zeit wäre, seine Wildkamera wieder einzuholen. Weil, wenn inzwischen keiner dort gewesen war, dann hatte es sich wahrscheinlich erledigt. Sprich, dann war der Schorsch ein Einzeltäter oder hatte seinen mutmaßlichen Komplizen nicht in den Übergabeort eingeweiht. Natürlich konnte es auch sein, dass sie den Lieferanten auf der Kamera hatten. Viel bringen würde das aber wahrscheinlich nicht. Mutmaßlich war das ein Tscheche oder zumindest wohnhaft in Tschechien. Dann würden sie das Material den Kollegen jenseits der Grenze übergeben und nachher nie wieder etwas davon hören.

Also blieb nur die Hoffnung, dass der Schorsch einen Komplizen hatte, der ihnen dann bestenfalls noch in die Fotofalle gelaufen war.

Richard hatte natürlich angeboten, ihn beim Holen der Kamera zu begleiten. Er war aber gar nicht enttäuscht, als Wolfgang abwinkte.

»Du, da mach ich am Wochenende einen Ausflug mit der Familie. Das Wetter soll einigermaßen schön bleiben, und es ist eh immer so ein Drama, wenn die Kinder am Sonntag nichts zu tun haben. Nach einem ordentlichen Wandertag schlafen sie mir in der Nacht wenigsten schnell ein. Und wenn sie hören, dass wir einen Verbrecher suchen, ist es bestimmt recht spannend für sie«, erklärte er.

Dementsprechend konnte Richard seine Wanderstiefel diesmal im Schrank stehen lassen und sein freies Wochenende genießen. Was er leider nicht bedacht hatte, war, dass er bereits sonntagmittags wie auf heißen Kohlen saß. Da ihnen langsam, aber sicher die Optionen ausgingen, den Mörder vom Schorsch zu finden, klammerte er sich an jeden Strohhalm. Und einer davon war die Wildkamera vom Wolfgang.

Am Montag war Richard schon 20 Minuten früher im Revier als sonst, weil er es vor lauter Neugierde nicht mehr aushielt. Leider erging es dem Wolfgang offensichtlich nicht so, denn er ließ auf sich warten. Nervös wippte Richard auf seinem Bürostuhl herum und starrte alle paar Sekunden auf die Uhr. So kurz vor knapp erschien er doch sonst nie zur Arbeit. Und tatsächlich: Genau eine Minute vor Dienstbeginn tauchte er auf und stempelte ein. Mit einem müden

Gruß schlurfte er vorbei in Richtung Umkleide. Richard sah ihm mit großen Augen nach und konnte es nicht fassen. Ihm war schon klar, dass er ein ganzes Wochenende auf diese verdammten Fotos wartete? Nach unfassbar langer Zeit schleppte sich Wolfgang schließlich zurück ins Büro, jetzt in Uniform, und ließ sich mit einem Seufzen auf seinen Stuhl fallen.

»Und?«, fragte Richard ungeduldig.

»Ach, mir tut alles weh«, stöhnte Wolfgang und fasste sich an den Rücken. »Schlepp du mal den Proviant für eine Großfamilie den Berg rauf. Und alle 100 Meter schreit ein anderes Kind, weil es nicht mehr laufen kann. Und das kannst du dann auch noch tragen, bis nach den nächsten 100 Metern das nächste Kind noch schlimmer jammert.«

»Ich mein nicht deinen Ausflug, sondern die Wildkamera«, zischte Richard.

»Ach so, das …« Wolfgang blickte äußerst umständlich erst links an seinem Stuhl nach unten, dann rechts, da ihm offenbar jede Bewegung Schmerzen bereitete. »Mei, ich glaub, die hab ich in der Umkleide vergessen.«

Mit einem lauten Stöhnen wollte er sich aufrichten, wurde aber von Richard zurückgehalten.

»Lass nur, ich hol sie«, bot Richard an. Bis der Wolfgang in seinem aktuellen Zustand hin und zurück schlurfte, wäre er ja schon pensionsberechtigt.

»Ach, danke dir. Sie ist in einer weißen Stofftasche, die müsste da irgendwo rumliegen«, rief Wolfgang ihm nach.

Schnell wie der Blitz war Richard in der Umkleide und blickte sich auf der Suche nach der Tasche um. Da lag sie, genau neben dem ominösen Paar roter Turnschuhe. Unwillkürlich hielt er die Luft an, während er sich die Henkel der Tasche angelte. Und schon war er zurück an seinem Schreibtisch. Erfreut stellte er fest, dass Wolfgang nicht nur an die Kamera gedacht hatte, sondern auch an das Verbindungskabel zum PC. Schnell stöpselte er beide zusammen, schaltete die Kamera ein und wartete auf das Geräusch, dass beide verbunden waren. Leider erklang dieses nicht. Richard runzelte die Stirn. Er öffnete den Dateiexplorer, aber die Kamera wurde nicht angezeigt. Seltsam. Also entfernte er das Kabel noch einmal und steckte es dann wieder ein, peinlich genau darauf achtend, dass es an beiden Seiten auch wirklich sauber angeschlossen war. Aber es änderte nichts daran, immer noch konnte er am PC nicht auf die Kamera zugreifen. Also prüfte er diese noch, aber sie war definitiv eingeschaltet. Eine Weile sah er ratlos drein, aber dann fiel es ihm wie Schuppen von den Augen. Er konnte an seinem PC ja überhaupt nichts anschließen. Die USB-Anschlüsse waren natürlich vorhanden, aber gesperrt. Zur Sicherheit, damit nicht irgendein Vollidiot einen Speicherstick anschloss, der von einem Computervirus befallen war. Und gerade in diesem Moment war dieser Vollidiot er selber. Das hatte er total vergessen, weil er ja in der Arbeit in aller Regel nicht mit Speichermedien hantierte. Verdammter Mist, dachte er, jetzt musste er wieder den ganzen Tag warten und die Kamera heute Abend zu Hause auswerten. Noch mal neun Stunden. Es war nicht zum Aushalten. Doch dann fiel ihm ein, dass er ja gar nicht warten musste. Die Sache mit den Drogen war ja eine offizielle Ermittlung, mit der sie betraut waren. Vor lauter Geheimniskrämerei konnte er schon gar nicht mehr unterscheiden zwischen offizieller Arbeit und geheimer Ermittlung. Er musste die Kamera ja nur der Christina in die Hand drücken, und die würde ihm, natürlich nach sorgfältiger Prüfung auf Schadsoftware, die Dateien auf seinen Rechner spielen. Das machte das Ganze doch um einiges einfacher.

»Du, Christina?«, rief er. »Könntest du mir bitte die Dateien von der Kamera runterziehen.«

Sie blickte ihn fragend an und kam dann auf ihrem Schreibtischstuhl herübergerollt. Neugierig griff sie sich die Kamera und beäugte sie von allen Seiten.

»Das ist aber keine Dienstausstattung, oder?«, fragte sie.

»Nein, nein. Die gehört dem Wolfgang.« Der nickte bestätigend, während er sich mit schmerzverzerrtem Gesicht seinen unteren Rücken massierte.

»Und was soll da drauf sein?«

»Wenn wir Glück haben, derjenige, der unserem ostdeutschen Freund eins über die Rübe gezogen hat.«

»Ach, die Sache mit dem tätlichen Angriff im Wald in Verbindung mit den Drogen?«, Christina war sichtlich Feuer und Flamme.

»Ja, genau«, bestätigte Richard.

»Und da habt ihr die Kamera auf die Lauer gelegt, falls noch mal wer wegen den Drogen kommt? Keine schlechte Idee.«

»Jaja, super Idee«, sagte Richard ungeduldig. »Kannst du mir jetzt die Dateien runterziehen?«

»Ach so, ja, sorry. Mach ich sofort.« Mit Schwung rollte sie zu ihrem Schreibtisch zurück und stöpselte die Kamera in ihren Rechner. Sie hatte als Einzige die Berechtigung, so was zu machen. Eine Woche Schulung, in der man lernt, wie man einen USB-Stecker richtig rum in die Buchse steckt, hatte sie mal erzählt.

»Was machen Sie sofort?« Richard blickte sich um. Es war der Chef, der mit einer Tasse Kaffee in der Hand im Türrahmen zu seinem Büro stand und offenbar nur den letzten Teil des Gesprächs mitgehört hatte.

Richard war fast am Verzweifeln, aber er riss sich zusammen und erklärte seinem Chef die ganze Geschichte noch einmal. Diesmal dauerte es noch länger als bei der Christina, weil er ihm alles haarklein erklären musste. Inklusive was eine Wildtierkamera ist und wie sie funktioniert.

»Aha«, er nahm einen Schluck Kaffee und überlegte. »Das ist eigentlich gar keine schlechte Idee. Wissen Sie was, Sonnleitner. Wenn das klappt, dann schaffen wir uns solche Kameras für die Dienststelle an.«

»Äh, Chef?«, fragte Christina, »kann ich dann?« Sie wedelte mit der Kamera.

»Ach so, ja freilich. Ich dachte, Sie wären schon dabei.«

»Nein, solang Sie das nicht freigeben …«

»Ja, dann bitte, Christina. Hiermit freigegeben«, sagte er generös.

Richard wollte die Hände über dem Kopf zusammenschlagen, riss sich aber lieber zusammen. Er linste zum Bildschirm von der Christina hinüber. Offenbar ließ sie ein Antivirusprogramm drüber laufen. Es schien eine halbe Ewigkeit zu dauern. Schließlich erschien ein grüner Haken.

»Schaut gut aus«, kommentierte Christina. Sie stöberte ein wenig im Dateiordner herum. »Sind ein paar Videos drauf. Ich kopiere sie auf deinen Rechner, Richard.«

Innerhalb der nächsten paar Minuten erschien eine Videodatei nach der anderen in seinem Ordner. Er wollte gerade die erste öffnen, als Christina links neben ihm in die Hocke ging. Er blickte sie fragend an.

»Ja, ich will das auch sehen«, antwortete sie auf die stumme Frage. Von rechts drückte sich Wolfgang an ihn. »Ich auch.«

Richard fühlte sich richtiggehend eingezwängt, und dann schnaufte ihm noch jemand unangenehm von hinten ans rechte Ohr. Er drehte sich um, da stand sein Chef, tief gebeugt, um auf den Bildschirm zu sehen.

»Ja, worauf warten Sie denn, Sonnleitner. Los geht's. Sind Sie denn gar nicht neugierig?«

Richard seufzte. Dann klickte er die unterste Datei an, weil das vermutlich die älteste war. Er benötigte einen Augenblick, um zu erkennen, was auf dem Bild zu sehen war. Wie für die Nachtsicht üblich, war das Bild nur schwarz-weiß gehalten. Richard runzelte die Stirn und legte den Kopf schief. Das war doch nicht im Wald, oder? Zu sehen war ein Auto, und das stand auch nicht zwischen Bäumen, sondern auf einem gepflasterten Platz. Er wollte schon fragen, was das sollte, als plötzlich Bewegung ins Bild kam. Von rechts trat eine Gestalt zum Auto. Beim genauen Betrachten war es ein Kind, nicht sonderlich alt. Erstaunt beobachteten sie, wie es sich an den Reifen zu schaffen machte.

»Oh, äh, 'tschuldigung«, sagte Wolfgang. »Das ist alt, das gehört nicht dazu.« Alle sahen ihn fragend an. »Richard, wärst du so gut, und nimmst das nächste Video.«

Kopfschüttelnd schloss er die Datei und öffnete die nächste. Diesmal war kein Auto mehr zu sehen, sondern wirklich Wald. Ja, das musste die richtige Stelle sein. Nach wenigen Sekunden hoppelte etwas durchs Bild.

»Oh süß«, flötete Christina, »ein Häschen.«

»Das nächste, Sonnleitner«, bat der Chef.

»Ui, ein Fuchs.« Wolfgang deutete auf den Bildschirm. Also auch wieder schließen und das nächste.

»Ein Reh.«

»Noch mal Hase.«

»Wahnsinn, ein Dachs. Was da so alles rumläuft im Wald.«

Genervt schloss Richard eine Datei nach der anderen. Schließlich war er bei der letzten angelangt. Richard musste erst mal tief durchatmen. Wenn jetzt auch wieder nur ein Wildtier durchs Bild hüpfte, dann war es das gewesen. Mit einem leisen Seufzen öffnete er die Datei. Dieses Mal war überhaupt nichts zu sehen außer Wald. Er fragte sich schon, warum die Kamera überhaupt ausgelöst hatte, als er rechts unten einen seltsamen weißen Fleck entdeckte. Hatte der sich bewegt? Alle zusammen neigten die Köpfe näher an den Bildschirm.

»Was ist denn das da?«, fragte der Chef und deutete mit dem Finger auf die rechte untere Bildschirmecke, was einen wunderschönen fettigen Fingerabdruck hinterließ.

»Sieht aus, als würde da wer stehen und warten«, meinte Christina mit zusammengekniffenen Augen. »Ja, genau. Seht ihr? Er bewegt sich immer wieder ein bisschen. Sieht fast so aus, als wäre er unschlüssig, ob er weiter gehen soll oder nicht.«

Eine ganze Weile ging das so. Die Gestalt drehte den Kopf hin und her und wippte immer mal wieder vor und zurück. Schließlich wagte sie sich weiter ins Bild. Sehr vorsichtig und auf jeden Schritt achtend. Nun war auch mehr zu erkennen. Man sah ihn oder sie von hinten. Er, Richard nahm einfach mal aufgrund der Statur an, dass es ein Er war, hatte einen Kapuzenpullover an, die Kapuze über den Kopf gezogen. Zusätzlich trug er ein Basecap. Offenbar war er darauf bedacht, nicht erkannt zu werden. Ob er ahnte, dass er gefilmt wurde? Wohl eher nicht, denn er sah sich immer wieder in alle Richtungen um, dabei aber nicht in Richtung Kamera. Wovor hatte er wohl Angst? Dann fiel es Richard ein. Er war ja wahrscheinlich schon einmal überrascht worden, und zwar vom Maik aus dem Osten. Darum war er so vorsichtig, er musste befürchten, dass wieder irgendein Geocacher ihn bei seiner Tätigkeit störte.

»Warum habt ihr denn die Kamera so blöd positioniert?«, fragte Christina. »Man sieht ihn ja bloß von hinten.«

Mist, dachte Richard, sie hatte recht. Sie waren so darauf bedacht gewesen, dass die Kamera das Drogenversteck erfasst, dass sie gar nicht daran gedacht hatten, dass sie ja das Gesicht vom Kurier haben mussten.

»Ach, der dreht sich schon noch mal um«, winkte Wolfgang ärgerlich ab.

Schließlich war er beim Versteck angekommen und machte sich daran zu schaffen. Überraschenderweise ging er aber nicht gerade zimperlich damit um.

»Was macht der denn da?«, fragte der Chef erstaunt. Tatsächlich, nachdem er die mit Moos beklebte Platte abgenommen hatte zerbrach er sie an seinem Knie. Dann trat er mit dem Fuß in die Richtung, in der das Versteck sein musste.

»Der zerstört es!«, rief Christina. Richard war erst einmal sprachlos. Damit hatte er nicht gerechnet.

»Warum macht er denn das?«, fragte der Chef entgeistert.

»Wahrscheinlich hält er das Versteck nicht mehr für sicher und will alle Spuren beseitigen«, mutmaßte Christina. »Hoffentlich dreht er sich noch mal um und schaut in die Kamera, eine zweite Chance bekommt ihr nicht mehr.«

Sie hatte recht. Es würde nichts mehr bringen, die Kamera noch mal dort hinzuhängen. Der tote Briefkasten war jetzt absolut tot. Wahrscheinlich gab es eine neue Übergabestelle, aber die zu finden, wäre ein Ding der Unmöglichkeit. Sie hatten diese ja nur durch Zufall gefunden. Wenn sie ihn jetzt nicht ins Bild bekamen, dann war es das. Verdammt, dreh dich um, brüllte Richard den Bildschirm in Gedanken an. Er konnte es schier nicht aushalten. Eine gefühlte Ewigkeit machte sich die Gestalt an dem Versteck zu schaffen, ohne in Richtung Kamera zu sehen.

»Jetzt«, rief Christina aufgeregt, »jetzt dreht er sich um.«
Tatsächlich, wie in Zeitlupe drehte er sich um. Alle Mus-

keln in Richards Körper waren zum Zerreißen gespannt. Die Gestalt wandte sich um und das Gesicht zeigte gleich genau in Richtung Kamera.

»Was zum Teufel …«, rief Richard fassungslos. Wo das Gesicht hätte sein sollen, war nur ein riesiger weißer Fleck zu sehen.

»Verdammt, der hat eine Stirnlampe an«, erkannte Christina als Erste. »Da kann man klar kein Gesicht erkennen.«

Richard hätte am liebsten den Bildschirm gepackt und quer durch den Raum geworfen. Das durfte doch nicht wahr sein!

Christina lehnte sich zurück und verschränkte die Arme. »Das könnt ihr vergessen, solang er die nicht abschaltet, ist außer dem Lichtschein nichts zu sehen.«

Und so war es wirklich. Die Gestalt bewegte sich aus dem Bild, ohne auch nur den geringsten Hinweis zu hinterlassen, um wen es sich handelte.

»Naja«, der Chef rieb sich die Nase. »Da müssen wir mal schauen, ob sich die Anschaffung von solchen Wildkameras wirklich lohnt.« Kopfschüttelnd ging er zurück in sein Büro.

Auch Wolfgang wandte sich grunzend ab.

Richard blickte fassungslos und mit offenem Mund auf den Bildschirm, der nun schwarz war, weil das Video zu Ende war.

»Aber …«, stammelte er. Mehr brachte er nicht heraus.

»Wart mal.« Christina versuchte, optimistisch zu klingen, es gelang ihr aber nicht sonderlich gut. »Lass uns das noch mal ansehen, vielleicht ist uns ja was entgangen.«

Sie griff sich die Maus und startete den Film neu. An ein paar Stellen drückte sie auf Pause, um das Standbild zu betrachten. »Hm, also aus der Kleidung können wir nicht viel schließen. Ein schwarzer oder grauer Kapuzenpulli ohne Aufdruck und Jeans.« Sie ließ das Video weiterlaufen, stoppte dann wieder, kurz bevor sich die Gestalt in Richtung Kamera drehte. »Nee, ich hatte gehofft, man könnte wenigstens das Profil sehen, aber das ist auch nur ein verwaschener Fleck.« Also ließ sie es noch bis zum Ende durchlaufen, bis der Bildschirm schwarz wurde.

»Okay, ich fürchte, damit können wir wirklich nichts anfangen«, seufzte sie und legte Richard tröstend die Hand auf die Schulter. »Mach dir nichts draus. Die Idee find ich super. Es hat eben nicht sein sollen.«

Sie stand auf, ging zu ihrem Schreibtisch zurück und ließ Richard alleine zurück. Der starrte immer noch mit offenem Mund auf den schwarzen Bildschirm.

KAPITEL 19

Richard stieg in den Streifenwagen und reichte die beiden in Alufolie eingewickelten Leberkässemmeln an Wolfgang weiter.

Während der den Wagen startete und losfuhr, war schon fast eine halbe Semmel mit einem Bissen verschwunden.

»Manchmal versteh ich wirklich nicht, wie du jeden Tag Leberkäs essen kannst. Hängt dir das nicht zum Hals raus?«

»Man gewöhnt sich dran.« Es war ein kleines Wunder, dass beim Reden kein Stückchen aus seinem Mund fiel. Aber Verschwendung von Essen war nicht die Sache vom Wolfgang. »Und du? Keine Brotzeit heute?«

»Hab mir bloß zwei *Hanuta* geholt«, Richard deutete auf die beiden in Goldpapier eingewickelten Schokoladenwaffeln, die er auf dem Armaturenbrett abgelegt hatte. »Nach dem Reinfall mit der Kamera brauch ich Schokolade zum seelischen Wiederaufbau.«

»Weißt du eigentlich, warum das *Hanuta* heißt?« Die erste Leberkässemmel war bereits verschwunden, und er machte sich an die zweite.

»Keine Ahnung. Aber du wirst mich gleich erleuchten.«

»Das ist die Abkürzung für Hasel-Nuss-Schnitte.«

Richard dachte eine Weile darüber nach. »Aber dann müsste es ja *Ha-Nu-Schni* heißen, oder?«

Der Kauvorgang endete abrupt. »Da hast jetzt du wieder recht. Warum heißt das dann nicht *Hanuschni*? So was Blödes.«

»Wahrscheinlich, weil sich *Hanuta* besser anhört. *Hanuschni* hört sich schon irgendwie bescheuert an. Aus dem Grund gibt es ja auch eine Mutter-Kind-Gruppe aber keine Vater-Kind-Gruppe.«

»Das versteh ich jetzt nicht.« Der Leberkäse drohte, kalt zu werden, was für sich schon ein sehr seltenes Ereignis darstellte.

»Na, Mutter-Kind-Gruppe wird ja mit *Muki* abgekürzt.«

»Ja, meine Frau sagt auch immer, dass sie in die *Muki* geht. Stimmt.«

»Und wie würde dann Vater-Kind-Gruppe abgekürzt?«

»Hm«, Wolfgang hatte den Kauvorgang wieder eingeleitet, »das wäre dann die *Vaki*.«

»Und das sagst du jetzt dreimal schnell hintereinander.«

»*Vaki, Vaki, Vaki.*«

»Und?«

Wolfgang dachte kauend darüber nach. »Hört sich irgendwie unanständig an. Fast schon versaut.«

»Und darum keine *Hanuschni* und keine Vater-Kind-Gruppe.«

Richards Handy vibrierte. Er zog es aus der Tasche und staunte nicht schlecht, dass es eine Nachricht von der Rosalie war. »Können wir uns treffen?«, lautete sie. Er überlegte kurz und schrieb dann zurück: »Habe gerade Dienst. Ist es wegen Schorsch?«

Eine ganze Weile bekam er keine Antwort. Ein wenig kam er bereits ins Schwitzen und überlegte fieberhaft, ob er etwas Falsches geschrieben hatte. Dann endlich folgte ein einzelnes Wort. »Ja.«

»Du, ich muss schnell weg«, wandte er sich an Wolfgang. »Ich habe da vielleicht eine Spur wegen dem Kerscher Schorsch.« Wolfgang schnaubte abfällig. »Magst du dir das mit dem Ermitteln nicht aus dem Kopf schlagen. Das bringt doch eh nichts.«

»Jetzt lass mich halt. Bringst du mich auf die Wache? Ich glaub, es ist besser, wenn ich in Zivil bin.«

Wolfgang schüttelte den Kopf, bog aber auch gleich zum Wenden ab. Unterwegs schrieb er Rosalie zurück, und schnell hatten sie sich verabredet. Sie schlug einen kleinen Park nahe am Fluss Regen als Treffpunkt vor.

Wenig später trafen sie auf der Polizeiwache ein, und Richard sprintete mit einem knappen »Hi« an der Christina vorbei Richtung Umkleide. Sie blickte ihm einigermaßen verwundert nach. Wolfgang folgte wesentlich gemächlicher, aber kaum hatte er sich an die Theke gelehnt, kam

Richard auch schon wieder aus der Umkleide, jetzt mit Kapuzenpulli und Jeans. Und schon war er wieder durch die Tür verschwunden.

»Was ist denn bei euch los?«, fragte Christina.

»Der Richard muss zum Arzt«, log er. Das hatten sie vorher so vereinbart.

»Wolfgang, kommt du?«, rief Richard von draußen rein. »Es pressiert!«

Christina sah ihn fragend an, aber er zuckte nur mit den Schultern. Dann aber hatte er einen grandiosen Einfall. »Der Richard hat da so ein Problem … unten rum«, raunte er verschwörerisch und deutete auf seinen Genitalbereich. Die Christina machte große Augen. Wolfgang legte den Finger vor den Mund, um ihr zu bedeuten, dass sie nicht groß drüber reden sollte. Sie nickte schnell, und Wolfgang ging ebenfalls nach draußen. Das war eine spitzen Idee, dachte er sich. So würden sie sich sicherlich lästige Nachfragen ersparen.

Wenig später stieg Richard aus dem Polizeiwagen aus und sah die Rosalie bereits von Weitem auf einer Bank sitzen und auf den Regen blicken. Er bedeutete Wolfgang weiterzufahren, er würde sich melden, wenn er ihn wieder abholen sollte. Kopfschüttelnd brauste der davon. Etwas nervös ging Richard zu ihr. Verlegen begrüßten sie sich. Rosalie schien sehr niedergeschlagen zu sein. Richard setzte sich neben sie, und eine Zeit lang starrten sie nur auf den Fluss und sagten gar nichts. Schließlich war es Rosalie, die das Schweigen brach. »Weißt du, ich war nicht ganz ehrlich wegen mir und dem Schorsch. Wir hatten in letzter Zeit schon was miteinander.«

»Wart ihr ein Paar?«, fragte Richard nach. Wirklich überrascht war er eigentlich nicht.

»Ja, nein … Ich weiß nicht. Nicht so richtig. Es hat sich halt mal so ergeben. Und dann noch ein paarmal. Ich meine, wir hatten uns schon richtig gern. Aber wir haben nie darüber geredet, wie es mit uns weitergehen soll. Vielleicht hätten wir was Festes zusammen gehabt. Wir waren noch ganz am Anfang. Ich dachte …«, sie fing an zu schluchzen, »ich dachte eben, wir haben doch alle Zeit der Welt. Warum was überstürzen.«

Richard ließ ihr einen Moment, um sich wieder zu beruhigen. »Darf ich fragen, warum du mir das erst jetzt erzählst?«

Sie blickte ihm in die Augen. Offenbar rang sie mit sich, ob sie es ihm wirklich sagen sollte. Schließlich presste sie die Lippen zusammen und sah auf den Boden. »Ich habe gestern einen Schwangerschaftstest gemacht«, sagte sie leise.

Jetzt war Richard aber wirklich von den Socken. Fieberhaft überlegte er, was er darauf sagen sollte. »Oje«, war das Einzige, was er herausbrachte.

»Das kannst du laut sagen.«

»Und du meinst, dass es vom Schorsch ist?«, fragte Richard vorsichtig.

»Ja, was glaubst du denn, was ich für eine bin? Klar ist es vom Schorsch, du Heini.«

»Entschuldige. War nicht so gemeint. Ich glaube, ich muss das jetzt erst mal verarbeiten.«

»Ja, was meinst du, wie es mir geht.«

Sie versuchte, sich zurückzuhalten, aber schließlich brach sie in Tränen aus. Richard wurde es richtig unwohl zumute. Die Gesamtsituation machte ihm gerade richtig zu schaffen. Weil er glaubte, irgendetwas tun zu müssen, legte er ihr zögernd seine Hand auf den Rücken. Sie stieß sie nicht weg. Also zumindest das hatte er nicht falsch gemacht. Langsam hörte sie zu weinen auf.

»Brauchst du ein Taschentuch?«, fragte er, weil ihm sonst auch nichts einfiel.

»Ja«, sie blickte ihn mit verheulten Augen an.

Hektisch kramte er in seinen Taschen herum. »Scheiße, ich hab gar keines dabei.«

Sie blickte ihn entgeistert an und prustete plötzlich los. »Du bist mir so ein Held.«

Richard beschloss, fürs Erste nichts mehr zu sagen.

Sie lehnte sich leicht an ihn, und wieder starrten sie einfach auf das vorbeifließende Wasser.

»Ich dachte«, sagte sie nach einer Weile, »du solltest es einfach wissen.«

»Danke. Es ist sowieso besser, wenn man so was sagt. Weil früher oder später kommt es eh raus. Und dann hat man erst mal ein Problem, weil sich die Polizei fragt, warum man etwas verschwiegen hat.«

»Ehrlich gesagt, hab ich mich schon gewundert, warum ihr nicht von selber drauf gekommen seid, dass ich was mit dem Schorsch hatte. Ich dachte, ihr würdet gleich sein Handy auswerten. Da sollten ein paar Nachrichten drauf sein, die ich ihm geschrieben habe. Die waren eigentlich recht eindeutig.«

Richard fiel es plötzlich wie Schuppen von den Augen. Ruckartig setzte er sich auf. Das Handy. Sie hatten bei der Leiche kein Handy gefunden.

»Was ist denn los?«, fragte sie ihn.

»Ach, mir ist bloß was eingefallen«, antwortete Richard nervös. Er konnte ihr schlecht sagen, dass sie so blöd gewesen waren und nicht nach einem Handy gesucht hatten.

»Du willst mir aber jetzt nicht erzählen, dass ihr sein Handy nicht habt.«

»Schon, schon«, wiegelte er ab. »Aber das dauert immer seine Zeit. Das kriegen dann die Experten wegen Entsperren und so … und gelöschte Daten wieder Herstellen … ja und auf jeden Fall dauert das immer ewig lang. Weil die auch total überlastet sind.«

»Ach so«, sie überlegte kurz. »Du, könntest du noch ein wenig hier bleiben? Ich weiß gerade nicht, wohin, und möchte nicht allein sein.«

»Ja, okay«, antwortete Richard, nicht so ganz sicher, ob es wirklich okay war.

Sie lehnte den Kopf an seine Schulter. Zuerst war es ihm unangenehm, aber kurze Zeit später entspannte er sich, und so schauten sie einige Zeit zu, wie der Regen an ihnen vorbeifloss und die Enten vorbeischwammen.

»Grüß dich, Richard.«

Wo kam das jetzt her? Richard blickte auf und sah eine junge Frau an ihnen vorbeigehen, ihm zunickend. War das nicht eine Freundin von der Sandra? Die Melanie? War das jetzt gut oder schlecht? Er vermutete, dass sie gleich die Sandra anrufen würde, und das passte ihm so gar nicht. Warum, konnte er selbst nicht sagen. Irgendwie hatte er das Gefühl, dass dabei ein rechter Mist rauskommen würde. Gerade, dass sie nicht das Handy rausgeholt hatte, um ihn zu fotografieren.

Rosalie merkte offenbar, wie er sich anspannte. »Musst jetzt weg, oder?«

»Ja, ich denk schon. Eigentlich habe ich ja noch Dienst. Kommst du klar?«

Sie zuckte mit den Schultern. »Muss ich ja wohl, oder?«

»Wenn was ist, ruf mich einfach an.«

»Werd dran denken.«

Sie verabschiedeten sich, und Richard holte im Weggehen sein Handy heraus, um Wolfgang anzurufen. Dann fiel ihm noch etwas ein.

»Du, Rosalie?«

»Ja?«

»Könntest du mir die Handynummer vom Schorsch geben?«

»Ich dachte, ihr habt sein Handy?«

»Ja schon«, er kratzte sich verlegen am Hinterkopf, »aber weißt du, wenn man die Nummer hat, dann geht's leichter.«

»Mit dem Entsperren und Daten wieder Herstellen?«, fragte sie skeptisch.

»Ja genau.«

Kopfschüttelnd holte sie ihr Handy heraus, und wenige Augenblicke später hatte er die Nummer auf seinem Handy.

KAPITEL 20

»So eine Scheiße, wie konnten wir das nur übersehen«, schimpfte Richard an seinem Schreibtisch. Gemeinsam mit dem Wolfgang saß er vor dem PC, und beide waren ordentlich angesäuert über ihre eigene Dummheit. »Wer geht denn heute schon ohne Handy aus dem Haus. Da hätten wir doch dran denken müssen.«

Richard durchsuchte ein paar Dateien, und schließlich wurde er fündig. Die Fotos von allem, was der Schorsch zum Zeitpunkt seines Todes in den Taschen hatte. Ein Handy war nicht dabei. Er klickte ein paar Mal weiter. Auch bei den Beweisstücken vom Tatort war kein Telefon dabei.

»Vielleicht hat er es zu Hause gelassen«, meinte Wolfgang.

»Okay«, erwiderte Richard säuerlich, »das mag für dich möglich sein, aber vertraue meinem Urteil: Ohne Handy geht meine Generation nicht aus dem Haus.«

Wolfgang schürzte die Lippen und überlegte. »Und wenn der Akku leer ist?«

Richard wollte ihm widersprechen, stellte dann aber fest, dass das ganz plausibel klang. »Punkt für dich. Rufen wir bei seiner Oma an?«

Minuten später hatten sie die Kerscher-Oma am Rohr und erklärten ihr, was sie suchten. Sie versprach ihnen, sich sofort im Zimmer vom Schorsch umzusehen, und dass sie gleich zurückrufen würde.

Also warteten sie. Nervös saßen sie am Schreibtisch und fixierten das Telefon. Eine gefühlte Ewigkeit später kam der Rückruf. »Nein, Handy ist keines da«, teilte die Kerscher-Oma mit. »Ladegerät habe ich gefunden, aber kein Telefon.«

Sie bedankten sich artig und legten auf.

»Scheiße, verdammte. Das wäre es jetzt gewesen«, schimpfte Richard. Also stierten sie weiter grantig in die Gegend.

»Und wenn er es im Wirtshaus verloren hat?«, hatte er plötzlich einen Geistesblitz. »Laut den Zeugen war er doch ziemlich angetrunken, als er von dort losgegangen ist.«

Also nächster erwartungsvoller Anruf, nun beim Wirt. Diesmal kam die Ernüchterung deutlich schneller.

»Ja glaubts ihr Gratler, dass ich so einen Saustall beieinander habe, dass mir nicht mal auffällt, wenn einer sein Handy bei mir liegen lässt?«, schrie der ins Telefon, nachdem sie mehrmals nachgefragt hatten, ob er nicht doch noch genau nachschauen könnte, und legte auf.

»Nächste heiße Spur für den Arsch.«

Erst ein Räusperer von der Christina riss sie aus ihren düsteren Gedanken. Vor lauter Grant hatten sie gar nicht bemerkt, dass sie sich umgedreht hatte und sie mit verschränkten Armen anstarrte.

»Sagt einmal, ihr Anfänger, habt ihr schon einmal was von Handyortung gehört?«

Richard und Wolfgang lehnten sich erwartungsvoll nach vorne. »Kannst du das?«

Sie wandte sich kopfschüttelnd ihrem Bildschirm zu und murmelte etwas davon, dass sie total unterschätzt wurde.

»Handynummer?«

»Welche?«, fragte Richard.

»Die von eurem Opfer, du Blindgänger.«

Augenblicke später drehte sie sich zur Seite und gab den Blick auf ihren Bildschirm frei. Der zeigte eine Karte mit einem penetrant blinkenden blauen Punkt.

Die beiden starrten ungläubig darauf. »Und da ist das Handy?«, fragte Richard verdutzt.

»Das Handy ist gerade ausgeschaltet. Aber das ist der Standpunkt, an dem es zuletzt im Netz war. Das war, Moment …«, sie las die Daten vom Bildschirm, »… genau einen Tag nach dem tödlichen Unfall.«

Richard und Wolfgang verließen ruckartig ihren Schreibtisch und drängten sich vor Christinas Bildschirm. Die konnte gerade noch mit ihrem Bürostuhl zur Seite rollen. Andernfalls wäre sie unsanft zur Seite geschubst worden.

»Und wo ist das jetzt?«, fragte Wolfgang nach einer Weile. Richard griff nach der Maus und zoomte ein wenig aus der Karte heraus, bis sie einen besseren Überblick hatten.

»Schau mal, ungefähr hier war der Unfall«, Richard deutete auf den entsprechenden Punkt am Bildschirm, »und hier ist das Handy. Das werden gute zwei, drei Kilometer sein.«

»Also, ich habe schon gesehen, dass bei einem Unfall Teile weit weg geschleudert werden. Aber das ist jetzt schon ein wenig arg weit.«

»Vielleicht hat es jemand vom Tatort mitgehen lassen, ihr Schlaumeier?«, meinte Christina, die sich grummelnd in ihrem Stuhl zurückgelehnt hatte. »Vielleicht sogar der Unfallverursacher?«

Wolfgang und Richard sahen sich an. »Und wo das Handy ist …«

»… ist auch der Mörder!«

So schnell es ging, waren sie zum Wagen gestürmt. Nicht jedoch ohne der Christina überschwänglich zu versichern, dass sie die Allerbeste sei. Das zauberte ihr ein versöhnliches Lächeln auf die Lippen.

Während Richard sich anschnallte, war er etwas verwirrt. Christina hatte ihn beim Rausgehen zurückgehalten und gefragt, ob bei ihm alles in Ordnung sei.

»Äh, ja?«

»Dann ist es ja gut. Weißt du, mein Freund hatte da auch mal so ein Problem. Das ist eigentlich gar nichts Peinliches.«

Als Richard noch überlegen wollte, worum es gerade überhaupt ging, schrie Wolfgang von draußen.

»Kommst jetzt, oder was!«

Bevor er sich groß den Kopf zerbrechen konnte, brauste Wolfgang mit Vollgas los, und Richard beschloss, sich jetzt erst mal auf das Handy zu konzentrieren.

Wenig später standen sie vor dem Haus, in dem das Handy vom Schorsch sein musste. Da es relativ frei stand, gab es kaum Zweifel, dass sie an der richtigen Adresse waren. Es war ein scheinbar relativ frisch renoviertes Einfamilienhaus. Die Garage war offen, und davor standen zwei Autos, ein Familienvan und ein Kleinwagen.

»Komm, wir schauen uns erst mal die Autos an, bevor wir klingeln«, raunte Wolfgang verschwörerisch. So schlichen sie um die beiden Vehikel herum, konnten aber keinen Hinweis auf einen kürzlichen Unfall entdecken. Da sie auch nicht gerade blitzsauber waren, schien es unwahrscheinlich, dass sie kürzlich neu lackiert worden waren. Und die Lackfarbe passte ebenfalls nicht.

Richard blickte zur Garage. Da hatten nur die beiden Autos Platz, eher unwahrscheinlich, dass es noch ein drittes gab, das gerade nicht da war.

Mit deutlich gedämpftem Enthusiasmus beschlossen sie zu klingeln. Eine Frau, vermutlich in den 40ern öffnete und blickte sie leicht erschrocken an.

»Grüß Gott. Es ist doch nichts passiert?«

»Nein, nein«, wiegelte Wolfgang ab. Etwas betreten blickten sie herum und schalten sich beide innerlich, dass sie sich nicht vorher abgesprochen hatten, wie sie vorgehen sollten. Aber jetzt war es schon zu spät. Also improvisieren.

»Sagen Sie, sind das Ihre Autos?« Richard deutete auf die parkenden Wagen.

»Ja«, sagte sie zögerlich, aber dann hellte sich ihre Miene auf. »Ist mein Mann etwa mal wieder zu schnell gefahren?«

»Nein, nein. Das müsste schon arg schnell sein, damit wir persönlich kommen. Haben Sie sonst noch irgendwelche Fahrzeuge?«

»Nein. Das heißt doch, unser Bub, der Jonas, hat noch ein Mofa.«

Neugierig kam nun auch der Herr des Hauses an die Tür. »Was ist denn los?«, fragte er, nachdem er gegrüßt hatte.

»Haben Sie von dem tödlichen Unfall gehört, der kürzlich in der Nähe passiert ist?«, versuchte es Richard mit einem Frontalangriff.

»Ja, ganz schlimm«, antwortete die Frau. »Wenn ich mir vorstelle, dass so was unserem Jonas passieren könnte. Nicht auszudenken.«

»Wo waren Sie beide in der Nacht, in der der Unfall passiert ist?«

Der Mann schob sich schützend vor seine Frau, die große Augen bekam.

»Verdächtigen Sie uns?«, fragte er schroff.

»Bitte antworten Sie nur auf unsere Frage.«

»In Berlin waren wir für zwei Tage«, antwortete die Frau eifrig. »Moment mal, an dem Tag waren wir im Musical. Ich hab die Karten noch. Wollen Sie die sehen?«

»Passt schon«, winkte Richard ab. Also keine heiße Spur. »Waren sonst irgendwelche Familienmitglieder zum betreffenden Zeitpunkt zu Hause?«

»Bloß der Jonas, aber das war ja mitten in der Nacht. Da war er bestimmt schon daheim im Bett. Ah, da kommt er eh gerade. Dann können Sie ihn gleich selber fragen.«

Tatsächlich kam mit einem nervtötendem Geräusch ein kleines Mofa um die Ecke gebogen. Der jugendliche Fahrer rollte in die Hofeinfahrt. Als er jedoch die beiden Polizisten stehen sah, zuckte er heftig zusammen, wendete umständlich und fuhr davon.

Nach einer Schrecksekunde stürmten auch Wolfgang und Richard zu ihrem Polizeiauto und setzten ihm mit quietschenden Reifen nach, während ihnen die Frau hysterisch irgendetwas Unverständliches hinterher schrie.

Es dauerte nur Augenblicke, bis sie das Mofa eingeholt hatten. Da es offenbar maximal 25 Stundenkilometer in der Spitze schaffte, war dies auch nicht weiter verwunderlich. Wolfgang musste sogar sehr scharf abbremsen, um es nicht von der Straße zu fegen. Und so »rasten« sie mit 25 über die schmale Landstraße. Ein Mofa und hintendrein die Polizei mit Blaulicht und Martinshorn.

»Jetzt sperr ihm halt den Weg ab!«, schrie Richard Wolfgang an, mit der absurden Situation sichtlich überfordert.

»Ja, wie denn«, schimpfte der. »Der fährt genau in der Mitte, und auf dem geschissenen schmalen Wegerl komm ich nicht an ihm vorbei.«

Und so jagten sie noch eine Weile im ersten Gang dem Mofa hinterher. Als Richard schon überlegte, ob er vielleicht mit der Kelle nach ihm werfen sollte, kam ihnen letztendlich das Schicksal zu Hilfe. In Form eines leeren Mofatanks. Die Maschine stotterte und kann schnell zum Stehen. Der Fahrer versuchte noch verzweifelt, den Motor wieder zu starten, als die beiden schon angestürmt kamen und ihn packten.

»So, Bürscherl, jetzt geh her«, rief Wolfgang euphorisch, während er ihn zu Boden rang. Eine Weile wehrte er sich und schrie recht. Aber schließlich sah er ein, dass es zwecklos war, und beruhigte sich. Sie nahmen ihm den Helm ab, und zum Vorschein kam ein dürrer, pickeliger Teenager.

»Und jetzt erzähl uns mal, was du angestellt hast, dass du vor der Polizei abhaust.«

»Ich sag gar nichts«, antwortete er widerspenstig, und seine Stimme überschlug sich dabei. Ob der Aufregung geschuldet oder dem Stimmbruch, war nicht eindeutig zu ermitteln.

»So? Kann es vielleicht sein, dass du ein Handy hast, das dir nicht gehört?«, fragte Richard, der inzwischen eins und eins zusammengezählt hatte. Das Mofa war offensichtlich nicht frisiert, und mit der Schüssel hätte er den Schorsch auch nicht überfahren können. Da hätte es mehr Schaden genommen als das Opfer. Also blieb nur, dass er dem Schorsch das Handy geklaut hatte.

Der Jonas versuchte, sich kurz gegen sie zu stemmen, merkte aber, dass sie ihn zu fest im Griff hatten.

»Ja«, brummte er erschlaffend in seinen nicht vorhandenen Bart. Da sie offenbar nicht mehr befürchten mussten, dass er abhauen würde, ließen sie ihn los und stellten sich mit verschränkten Armen vor ihm auf.

»Dann erzähl mal.«

»Ja mei«, druckste er herum. »Ich bin in der Nacht heimgefahren, und da ist der Typ auf der Straße gelegen.«

»Und statt ihm zu helfen, klaust du ihm noch sein Handy, oder was?«, schrie ihn Richard ziemlich aufgebracht an.

»Der war ja schon mausetot. Was hätt ich denn machen sollen?«

»Notarzt rufen? Oder Polizei vielleicht?«

»Ja, das wollt ich ja auch zuerst, aber …«, stockte er.

»Was aber?«

»Wir, also ich und ein paar Freunde, haben vorher am Bushäusl ein paar Bier getrunken.«

»Und wie viel sind ein paar Bier?«

Jonas blickte schuldbewusst auf seine Hände und hielt dann drei Finger hoch. Kurze Zeit verharrte er so, dann hob er noch den vierten Finger. Und schließlich noch den fünften.

»Na bravo!«, schimpfte jetzt Wolfgang. »Unterlassene Hilfeleistung, damit keiner draufkommt, dass du rotzbesoffen mit dem Mofa durch die Gegend gurkst.«

»Es hätt doch eh nichts mehr gebracht«, wehrte Jonas ab. »Der war mausetot. Und schon ganz kalt.«

»Und dann durchsuchst du noch seine Taschen oder was?«

»Nein. Ich hab das Handy liegen sehen. Das ist neben ihm im Gras gelegen. Ich weiß ja auch nicht, warum. Auf jeden Fall hab ich es schnell eingesteckt und bin dann heim.«

»Und wo ist es jetzt?«

Widerwillig kramte Jonas in seiner Jacke und zog es schließlich hervor. So schnell konnte er nicht schauen, hatte es Richard ihm bereits aus den Fingern gerissen.

Er drückte auf den Knopf, und der Sperrbildschirm leuchtete auf.

»Das ist ja eingeschaltet«, wunderte er sich.

»Warum haben wir dann den Standort nicht mehr feststellen können?«, fragte Wolfgang. »Die letzte Ortung war doch einen Tag nach dem Unfall.«

»Ich hab die SIM-Karte rausgenommen«, erklärte Jonas. »Also am nächsten Tag in der Früh hab ich das Handy eingeschaltet, ob es überhaupt noch geht. Aber dann ist mir eingefallen, dass ja jemand anrufen könnte. Was hätt ich denn da sagen sollen? Also habe ich die Karte rausgenommen.«

»Und was wolltest du damit machen? Telefonieren ging ja nicht.«

»Ich hab doch selber ein Handy. Verscherbeln wollt ich es«, gab er kleinlaut zu.

»Und? Noch keinen Käufer gefunden oder was?«

»Wollt keiner haben. Ich kann es nicht entsperren, weil ich den Code nicht habe. Und so wollt es keiner. Die haben alle gesagt, da können sie nichts anfangen damit. Und wenn sie in den Laden gehen zum Entsperren, dann checkt doch jeder, dass es geklaut ist.«

Richard sah kopfschüttelnd auf ihn hinab. »Du bist mir so ein Aushilfsgangster. Da kommt ja einiges zusammen. Wolfgang, was meinst du?«

»Trunkenheit am Steuer, äh, Lenker mein ich, Diebstahl aus niederen Beweggründen«, zählte der an den Fingern an, »Hehlerei, und, am schlimmsten von allem, unterlassene Hilfeleistung mit Todesfolge.«

»Nein, der war doch schon tot«, schrie Jonas verzweifelt.

»Das ist dem Richter scheißegal. Einfach liegenlassen und nicht den Notarzt rufen, ist unterlassene Hilfeleistung. Und dann besitzt du die Dreistigkeit und beklaust den sogar noch. Das setzt doch allem noch die Krone auf!«

»Da kannst du von Glück sagen, dass du noch keine 18 bist«, meinte Richard. »Aber Jugendarrest gibt das auf jeden Fall.«

»Nein, bittschön nicht! Das war doch bloß, weil ich betrunken war. Ich hab halt nicht mehr gewusst, was ich getan hab.«

Wolfgang und Richard blickten eine Weile böse auf ihn herab. Schließlich sahen sie sich an und waren sich wortlos einig, dass es jetzt Zeit war, ihn von der Angel zu lassen.

»Also, du Saubub,« sagte Wolfgang. »Das Handy nehmen jetzt wir. Bis auf Weiteres unternehmen wir erst mal nichts. Aber wenn wir dich jemals bei der geringsten Scheiße erwischen, dann setzt es was. Verstanden?«

Jonas hatte den Kopf immer noch schuldbewusst gesenkt und nickte langsam.

»Kannst du uns wenigstens eine Hilfe sein?«, fragte Richard eindringlich. »Hast du in der Nacht irgendjemanden gesehen, oder ist dir irgendetwas Ungewöhnliches aufgefallen?«

Langsames Kopfschütteln. Richard fluchte innerlich, wieder kein heiße Spur.

Plötzlich durchfuhr es ihn wie ein Blitz. »Stopp mal, die SIM-Karte?«

Jonas kramte in seinen Hosentaschen herum und förderte neben einigen Fusseln die kleine Plastikkarte mit dem goldenen Chip hervor.

Richard rollte mit den Augen, nahm sie mit spitzen Fingern an sich und pustete erst mal drüber, um den Schmutz zu entfernen.

»Na gut, dann ab mit dir«, wandte er sich wieder streng an den Jungen. »Und erklär mal deinen Eltern, warum du vor der Polizei abgehauen bist.«

Die Augen vom Jonas wurden auf einmal groß, und plötzlich war er käseweiß. Offenbar war ihm jetzt erst bewusst geworden, was ihn zu Hause erwartete.

Die beiden Polizisten stiegen schnell in ihr Auto. Nicht, dass er noch auf die Idee kam, sie anzubetteln, sie mögen ihn doch bitte in Handschellen abführen. Das wäre ihm wohl ihm Moment lieber gewesen, als seinen Eltern unter die Augen zu treten.

»So ein Volldepp«, schimpfte Wolfgang, während er losfuhr. »Was ist das nur für eine Jugend heutzutage.«

»Furchtbar«, pflichtete Richard ihm bei. »Und gesehen hat er auch nichts, was uns weiterbringt.«

»Aber wenigstens haben wir jetzt das Handy.«

»Stimmt.« Richards Laune stieg schlagartig. Er holte es aus seiner Jackentasche in der er es verstaut hatte.

»Code eingeben«, stand auf dem Display.

»Mist, ist mit einem Code geschützt. Sechs Zeichen.«

»Hm, Geburtstag vielleicht?«, riet Wolfgang.

»Gute Idee«, meinte Richard. Er überlegte kurz, die Geburtsdaten hatte er in der Akte gelesen. Er konnte sich sogar daran erinnern. Sorgfältig tippte er die Ziffern ein. Das Handy vibrierte widerwillig und weigerte sich weiterhin, seine Geheimnisse preiszugeben. »Mist verdammter!«

»Was machen wir da jetzt?«, fragte Wolfgang. »Wenn wir alle Kombinationen rumprobieren, dann sitzen wir bis zur Rente noch da.«

»Nein, das geht wirklich nicht. So ein Scheiß. Jetzt haben wir endlich das verfluchte Handy, und dann kommen wir nicht rein!«

»Und wenn wir es der Spurensicherung geben? Die werden doch Experten für so was haben.«

Richard dachte darüber nach, schüttelte dann aber den Kopf. »Das dauert wahrscheinlich auch bis kurz vor der Rente. Du weißt doch, mit was für einer Geschwindigkeit die Jungs arbeiten. Außerdem würd ich es lieber selbst rausbekommen. Nach dem Aufwand, den wir gehabt haben, um es zu bekommen.«

»Lässt dich das Jagdfieber nicht mehr los, oder?«

»Jetzt sind wir schon so weit gekommen. Würdest du nicht auch lieber den Mörder selber fangen, als bloß danebenstehen, wenn der Weidner und der Amberger ihn einkassieren?«

Wolfgang zuckte mit den Schultern, wirkte aber schon nicht mehr so ablehnend wie vorher. »Dann müssen wir uns aber überlegen, wie wir in das blöde Handy reinkommen. Meinst du, seine Oma könnte da was wissen?«

»Für recht wahrscheinlich halte ich das nicht. Aber ich

weiß auch nichts Besseres. Fahren wir halt hin. Vielleicht haben wir Glück. Oder möglicherweise finden wir in seinem Zimmer irgendwas, das uns hilft.«

Also machten sie sich auf den Weg zum Kerscher-Haus. Die Kerscher-Oma war daheim. Der Opa saß beim Doktor im Wartezimmer, das würde sicher eine Weile dauern.

Nein, sie habe keine Ahnung, wie man in das Handy hineinkommt, antwortete sie auf die Frage der beiden. Und der Opa sicher auch nicht. Sie langten das neumodische Glump nicht an.

»Können wir uns im Schorsch seinem Zimmer ein wenig umschauen? Vielleicht finden wir da ja einen Hinweis«, fragte Richard.

»Ja, freilich«, antwortete die Oma. »Wenn es was hilft.«

Zusammen betraten sie das Zimmer. Eine typische Junggesellen-Bude, fand Richard. Bett, Couch, Fernseher und ein kleiner Schreibtisch. Wo man auch hinschaute, stapelten sich CDs und Schallplatten. Der Schorsch schien sein Hobby als DJ sehr ernst genommen zu haben. Der zugegebenermaßen überschaubare Raum zwischen den Tonträgern war mit Klamotten und sonstigem Zeug gefüllt. Bei genauerem Hinsehen konnte man jedoch kleine Fußpfade von der Tür zu den wichtigsten Einrichtungsgegenständen wahrnehmen.

»Es tut mir leid«, die Oma wirkte ziemlich betreten. »Ich hab es noch nicht über mich gebracht, sein Zimmer aufzuräumen.«

»Das ist absolut in Ordnung, Frau Kerscher. Für uns ist es sowieso besser, wenn alles im ursprünglichen Zustand ist. Wegen der Spuren, verstehen Sie?«, versuchte Richard, sie aufzumuntern. Als er sich das Chaos weiter besah, glaubte er allerdings selbst nicht mehr dran.

Die alte Frau wurde schon wieder ganz emotional, als sie das Zimmer betrachtete, und sie schniefte hörbar. Also baten er und Wolfgang darum, sie in Ruhe den Raum durchsuchen zu lassen. Das sei wahrscheinlich für alle das Beste.

»Ja, wahrscheinlich«, sie schnäuzte in ihr Taschentuch und verschwand ohne ein weiteres Wort in Richtung Küche.

So standen die beiden nun allein im Zimmer, hatten die Hände in die Seiten gestemmt. Sie blickten auf das Chaos, und es kostete Einiges an Überwindung, endlich mit dem Suchen anzufangen.

»Okay, du das Bett und ich den Schreibtisch«, bestimmte Wolfgang schließlich.

»Warum ausgerechnet ich das Bett?«

»Weil eine ganze Menge Leute wichtige Sachen in oder unter dem Bett verstecken. Außerdem«, er deutete auf die unzähligen Papierstapel auf dem Schreibtisch, »magst du lieber tauschen?«

Richard seufzte und kämpfte sich zum Bett vor.

Er gab sich wirklich Mühe, jede noch so unauffällige Ritze zu untersuchen. Außer sehr vielen Staubflusen konnte er aber nur wenig finden. Das Beste, das er zutage fördern konnte, waren einige Nackedei-Heftchen. Die neuesten davon waren aber auch schon ein paar Jahre alt. Also offensichtlich eher spätpubertäre Relikte. Richard beschloss, sich diese lieber nicht näher anzusehen.

Als er alles gründlich untersucht hatte, setzte er sich aufs Bett und sah sich um. Hier war auf jeden Fall nichts zu holen. Während er noch überlegte, wo er am besten weitersuchen sollte, blieb sein Blick auf Wolfgang hängen. Der saß zurückgelehnt auf dem Schreibtischstuhl und besah sich gemächlich jedes Schnipselchen Papier, das er finden konnte. Besonders weit schien er noch nicht gekommen zu sein.

»Schau doch mal unter der Schreibtischunterlage nach«, schlug Richard vor.

Er hob sie hoch, wodurch die darauf liegenden Gegenstände scheppernd umfielen. Tatsächlich befanden sich einige Zettel darunter. Wolfgang studierte sie kurz und pfiff dann durch die Zähne.

»Hast du was?«, Richard hatte die Frage kaum ausgesprochen, da stand er schon neben dem Schreibtisch und blickte neugierig auf die Fundstücke. Er erkannte Briefe von der Bank mit Zugangsdaten für Onlinebanking, von der *Telekom* für Internetzugang und so weiter. Schließlich fischte Wolfgang einen kleinen, blauen quadratischen Zettel aus dem Haufen mit den Überschrift: Passwörter.

»Bingo«, Wolfgang strahlte von Ohr zu Ohr, und Richard ebenso.

Der Zettel enthielt eine Liste von Geräten und Benutzerkonten und dahinter mehr oder weniger sinnvolle Kombinationen von Zahlen und Buchstaben. Irgendwo in der Mitte stand, wonach sie gesucht hatten: Handy. Und dahinter stand »Frag Rosi«.

»Frag Rosi?«, meinte Wolfgang verwundert, »ich dachte wir brauchen sechs Zahlen?«

»Brauchen wir auch«, Richard runzelte die Stirn. Er holte das gesperrte Handy heraus und tippte eine Weile darauf herum. »Ich kann hier auch überhaupt keine Buchstaben eingeben. Nur Ziffern.«

»Kennen wir irgendeine Rosi, die was wissen könnte?«

»Keine Ahnung. Ich frag mal seine Oma.« Er öffnete die Tür und rief in Richtung Küche: »Frau Kerscher, kennen Sie eine Rosi?«

Die alte Dame trat in den Türrahmen und blickte ihn fra-

gend an, während sie sich die Hände mit einem Geschirr-
tuch abtrocknete.

»Da fällt mir jetzt nur die Rosi Mittermaier ein.«

»Die Skifahrerin?«

»Ja, genau.«

»Kennen Sie die persönlich?«

»Ich? Nein, woher denn?«

»Hat sie der Schorsch gekannt?«

»Ach geh, den hat doch Sport überhaupt nicht interessiert. Woher sollte er die denn gekannt haben.«

»Ich meine, kennen sie irgendeine Rosi, die der Schorsch
persönlich gekannt hat?«

»Mei, die Tremml Rosi. Die hat früher so einen Kramer-
laden gehabt. Da hat er sich oft mal für einen Euro Gum-
mibärchen und so was gekauft.«

»Könnte die etwas über sein Handy wissen?«

»Um Gottes willen nein, die ist ja schon zehn Jahre tot.«

»Okay, ich frage jetzt präzise: Gibt es eine Rosi im
Bekanntenkreis vom Schorsch, die etwas über sein Handy
gewusst haben könnte?«

»Ihr fragt's mich Sachen. Nein, da kenn ich niemanden.«

»Trotzdem danke.« Richard schloss die Tür und atmete
erst einmal tief durch. »Also, so kommen wir nicht weiter.«

Sie überlegten eine Weile still.

»Vielleicht meint er die Rosalie«, fiel Richard schließlich
ein, »aber warum sollte sie das Passwort für sein Handy
kennen?«

Wolfgang zuckte mit den Schultern. »Weißt du was Besseres? Einen Versuch wäre es wert.«

Richard schürzte die Lippen. Zu verlieren war zumindest
nichts, auch wenn es ihm eher unwahrscheinlich vorkam. Er
holte sein eigenes Handy hervor und wählte die Nummer.

»Servus. Weißt du was Neues?«, fragte sie ihn direkt, als sie ranging.

»Noch nicht wirklich. Aber du könntest uns helfen. Weißt du das Passwort für das Handy vom Schorsch?«

»Was habt ihr denn für Experten, wenn die nicht mal in ein stinknormales Handy reinkommen?«

»Du, so was wird im Fernsehen immer total übertrieben«, log Richard, »da geht das immer ganz einfach. Aber im echten Leben ist das ein riesen Akt. Da haben sich schon ganz andere die Zähne dran ausgebissen.«

»Aha«, meinte sie nur. Schwang da etwa Sarkasmus mit? »Du, aber da kann ich dir nicht helfen. Soweit waren wir noch nicht, dass er mir seine Passwörter gegeben hat. Wie kommst du überhaupt darauf?«

»Wir haben einen Zettel gefunden. Und auf dem steht ›Passwort Handy: Frag Rosi‹.«

»Ja, mich kann er damit nicht meinen. Weil ich hasse das total, wenn mich einer Rosi nennt. Das war in der Schule schon so schlimm. Da haben sie immer gesungen ›Rosi hat ein Telefon‹. Das hat der Schorsch auf jeden Fall gewusst, dass er mich nicht so nennen darf.«

»Aber wer ist dann die Rosi?«, fragte Richard, fast schon verzweifelt, weil er so kurz vorm Ziel die Sackgasse schon sehen konnte.

»Ja, ich sicher nicht. Und ich wüsste auch sonst keine. Da kann ich dir nicht helfen.«

»Ja gut, trotzdem danke.« Er legte auf. Enttäuscht wollte er Wolfgang schon vorschlagen, für heute aufzugeben, als ihm eine Idee kam. Sein Blick fiel auf die zahlreichen CDs und Schallplatten. Konnte es das sein?

»Du, Wolfgang?«

»Ja?«

»Und wenn er keine echte Rosi meint, sondern dass es ein Code ist?«

»Jetzt komm ich nicht mehr mit. Was für ein Code soll das sein?«

»Schau dich mal um. Der Schorsch war offensichtlich ein Musikfan. Der hat doch auch als DJ gearbeitet.«

»Ja, und wie hilft uns das weiter?«

»Also, ich kenne genau ein Lied, in dem eine Nummer eine wichtige Rolle spielt.«

Wolfgang sah ihn stirnrunzelnd an, aber nach kurzer Zeit hellten sich seine Gesichtszüge auf.

»Die Rosi hat ein Telefon …«, begann er zu singen.

»… auch ich hab ihre Nummer schon …«, sang Richard weiter.

»… unter 32168 herrscht Konjunktur die ganze Nacht!«, vollendeten sie den Refrain schließlich beide im Duett.

»Glaubst du, das ist es?«, fragte Richard unsicher.

»Frag nicht lange, probiere es!«, drängte Wolfgang.

Mit zitternden Fingern tippte er die Nummer ein. »Ach, scheiße. Das ist eine Ziffer zu wenig.«

»Moment, 32-16-8. Vielleicht hat er einfach hinten eine Null angehängt. Oder vielleicht 32-16-08. Das ginge doch auch, oder?«

Richard versuchte es mit einer Null am Ende, weil der Rest ja schon eingegeben war. Das Handy vibrierte widerwillig und gab sein Geheimnis nicht preis. Also versuchte er es noch einmal. Er merkte, wie er zu schwitzen anfing, und mochte kaum hinsehen, während er 32-60-08 eintippte.

Er erwartete ein erneutes Vibrieren, aber stattdessen hellte sich der Bildschirm auf, und das Handy war frei. Etwas ungläubig wischte er ein wenig auf dem Display herum, alles funktionierte. Probeweise öffnete er den Kalender. Funktionierte. Dann die Nachrichten. Ging ebenfalls. Er wollte schon zum Jubeln ansetzten, wurde aber von Wolfgang, der ihm über die Schulter geblickt hatte, zurückgehalten. Einen Finger hielt er nach oben gestreckt vor den Mund und mit der anderen Hand deutete er in Richtung Kerscher-Oma. Richard verstand. Es wäre nicht gerade sehr pietätvoll gewesen, jetzt in Jubelstürme auszubrechen. Der Wolfgang grinste aber auch breit.

Also verabschiedeten sie sich sehr eilig und verdrückten sich schleunigst zu ihrem Dienstauto. Lediglich ein paar Passanten sahen ihnen fragend nach. Das war aber auch nicht weiter verwunderlich. Schließlich sah man nicht alle Tage ein Polizeiauto, das mit geöffneten Fenstern vorbeibraust und die Insassen singen lautstark: »Skandal, im Sperrbezirk, Skandaaa-aal, Skandal um Rosi!«

KAPITEL 21

Es hatte eine ganze Weile gedauert, bis sie sich wieder beruhigt hatten. Eigentlich wäre der Freudentaumel schon eine halbe Stunde früher fast beendet gewesen. Aber dann hatte sich Richard »Skandal im Sperrbezirk« auf sein Handy runtergeladen. Einen Euro 49 hatte ihn das gekostet, es war ihm im Moment aber herzlich egal. Und so drehten sie, von Neuem befeuert, noch ein paar Stadtrunden mit offenem Fenster. Wahrscheinlich war es ihr Glück, dass der Handylautsprecher nicht allzu laut war. Und auf der Musikanlage des Autos konnte er es nicht abspielen, da wohl an der Sonderausstattung gespart worden war. Gut, es war ja auch ein Streifenwagen und kein Partymobil. Aufgrund der doch eher überschaubaren Lautstärke zogen sie aber zumindest kein größeres Aufsehen mehr auf sich.

Als sich dann der Akku von Richards Handy schon bedenklich geleert hatte, beschlossen sie, dass es nun genug sei, und steuerten ihr ruhiges Plätzchen beim Kreuzweg an. Auf der Bank sitzend, holte Richard das Handy vom Schorsch heraus und starrte es unentschlossen an.

»Auf was wartest du denn?«, fragte ihn Wolfgang.

»Ich weiß auch nicht«, seufzte Richard. »Und wenn nichts drauf ist, was uns weiterhilft? Schön langsam gehen uns die Optionen aus.«

Wolfgang lachte versonnen. »Also, ehrlich gesagt sind uns die Optionen schon ein paarmal ausgegangen. Und trotzdem sitzen wir hier.«

»Ja, hast schon recht. Ich hab bloß ein wenig Angst, weil ich mich so drüber gefreut habe, dass wir das Handy gefunden haben. Das wäre doch saublöd, wenn alles umsonst gewesen ist.«

Sein Kollege zuckte mit den Schultern. »Berufsrisiko.«

Mit einem tiefen Seufzer überwand sich Richard und entsperrte das Gerät. Es kamen verschiedene Apps zum Vorschein. Womit sollte er anfangen? Nach kurzem Hin und Her entschloss er sich, die Nachrichten zu öffnen. Als Erstes öffnete er den Chat mit der Rosalie. Warum, konnte er selber nicht sagen. Er hatte ihn aus einem Reflex heraus geöffnet. Wahrscheinlich deswegen, weil es auf den ersten Blick der einzige Gesprächspartner war, den er kannte.

Er überflog die letzten Nachrichten, und nach kurzer Zeit lief er rot an. Also eine schnelle Affäre war das auf keinen Fall gewesen. Eigentlich hätte vor dem Öffnen des Chats ein Warnhinweis kommen müssen, weil das Lesen unbedingt die Volljährigkeit erforderte. Schnell schloss Richard ihn wieder und schämte sich ein wenig dafür, zuallererst in den intimsten Geschichten rumgelesen zu haben. Ob er der Rosalie beim nächsten Mal noch in die Augen blicken konnte? Bei dem, was er da gelesen hatte, würde es nicht einfach werden.

Also ging er lieber die anderen Chatverläufe durch. Die meisten Kontakte kannte er nicht. Erst weiter unten stieß er mit dem Meier Anderl wieder auf einen bekannten Namen. Hier war der Gesprächsverlauf deutlich züchtiger als der mit der Rosalie. Man könnte fast sagen, er war das genaue Gegenteil. Wo der Schorsch mit seiner Flamme heiße Details ausgetauscht hatte, war er geradezu in poetische Ausführlichkeit verfallen. Mit dem Meier Anderl dagegen war die Kommunikation deutlich straffer. Mehr als zwei Wörter enthielten nur wenige Nachrichten. Und der Informationsgehalt war ebenso dürftig. Meist ging es darum, sich für bestimmte Uhrzeiten zu verabreden, oder dass einer der beiden irgendetwas mitbringen sollte. Meistens Bier. Also auch keine heiße Spur.

Mit wenig Hoffnung überflog Richard die übrigen Chats, und seine Befürchtungen bewahrheiteten sich. Keines der virtuellen Gespräche der letzten Wochen vor seinem Tod schien auf irgendeinen Streit oder Ähnliches hinzudeuten. Lauter recht kurze Nachrichten, in denen er sich mit

Freunden austauschte. Irgendwelche Leute, die etwas von ihm brauchten oder von denen er etwas brauchte. Alles mit zwei, drei Nachrichten erledigt. Dazu kamen noch die unvermeidlichen Chatgruppen mit Massen an vermeintlich witzigen Fotos und Videos. Also eindeutig Fehlanzeige.

Richard beschloss, mit den E-Mails weiterzumachen. Aber auch hier stellte er schnell fest, dass sich darin kein hilfreicher Hinweis versteckte. Nur Bestätigungen von Onlineshops für bestellte Ware, eine riesige Menge an Werbung und eine noch größere Menge an Spams. Das Interessanteste war eine Bestätigungsmail für eine Kinoreservierung. Zwei Plätze für einen Liebesfilm. Das dürfte also wieder mit der Rosalie zu tun haben. Richard musste schnell die Gedanken an die gelesenen Nachrichten unterdrücken, um nicht gleich wieder rot zu werden.

»Ja, so wird das nichts«, sagte Wolfgang, der ihm die ganze Zeit von der Seite zugeschaut hatte. »Schau mal bei den Fotos. Vielleicht ist da was dabei.«

Richard hoffte inständig, dass die Liebesbekundungen nicht von allzu intimen Fotos begleitet wurden, und machte sich innerlich bereit, die Augen schnell zusammenzukneifen. Nur für den Fall, dass etwas Derartiges zum Vorschein kommt.

Seine Angst sollte sich diesmal nicht bestätigen. Es gab auch Fotos von der Rosalie, im Gegensatz zum Geschriebenen waren diese jedoch geradezu harmlos. Das Meiste waren irgendwelche Selfies der beiden, die offenbar in verschiedenen Restaurants gemacht worden waren. Eines wohl im Kino, wie Richard an den Sitzen im Hintergrund erkannte. Also war zumindest eine Theorie bestätigt, wenn auch die denkbar unwichtigste. Ansonsten Fotos von Autoteilen, Fotos von Berggipfeln und so weiter. Richard wollte schon aufgeben, als Wolfgang auf das neueste der Bilder deutete. »Und was ist das?«

Richard hatte es gar nicht beachtet, weil es einfach nur schwarz war. Als er aber genauer hinsah, stellte er fest, dass es sich nicht um ein Foto handelte, sondern um ein Video. Er tippte darauf, um es zu starten. Zuerst war nur ein schwarzer Bildschirm zu sehen. Dann kamen ein paar unscharfe Lichter zum Vorschein. Das Ganze war furchtbar verwackelt. Nach kurzer Zeit hatte sich die Kamera aber offenbar auf die schlechten Lichtverhältnisse eingestellt, und es wurde etwas erkennbar. Auch die Hand, die das Handy führte, schien langsam ruhiger zu werden. Es war offensichtlich in der Nacht aufgenommen worden, man konnte Straßenlaternen sehen und die mehr schlecht als recht von ihnen ausgeleuchtete Szenerie. Mit viel Anstrengung konnte Richard schließlich eine Betonwand erkennen. Auf dieser waren rote Buchstaben gesprüht. Richard konnte sie zwar nicht entziffern, das war aber auch gar nicht nötig. Er wusste, dass da in großen Buchstaben »Arschloch« stand. Also hatten sie zumindest diese Geschichte eindeutig aufgeklärt. Vermutet hatten sie ja schon, dass der Schorsch der Sprayer war, aber nun hielten sie praktisch den wasserdichten Beweis in Händen. Dann wackelte das Bild wieder, und eine Stimme war zu hören. Schnell machte Richard lauter, und man konnte jemanden hören, der so etwas wie »ah Scheiße, ich mach ja ein Video« murmelte. Er hätte zwar nicht schwören können, dass es die Stimme von Schorsch war, aber die Tatsache, dass ein deutliches Lallen zu vernehmen war, konnte zumindest als starkes Indiz dafür gewertet werden.

Wie es schien, hatte Schorsch ein Foto machen wollen, hatte aber offenbar in seinem Rausch aus Versehen ein

Video aufgenommen. Man konnte erahnen, dass er gerade versuchte, das zu ändern, als sich die Szenerie plötzlich änderte. Ein lautes Quietschen war zu hören, und die Kamera schwenkte in eine andere Richtung. Sie stellte sich dabei gerade noch rechtzeitig scharf, um einen schwarzen Audi zu zeigen, der mit quietschenden Reifen um die Ecke schoss und schließlich in einem Gartenzaun einschlug. Der Zaun war den beiden Polizisten wohlbekannt. Ebenso wie die Person, welche die Fahrertür des Autos öffnete und erst mal auf den Boden stürzte. Trotz schlechtem Licht bestand kein Zweifel daran, wer da vergeblich versuchte, sich aufzurichten. Die kleine untersetzte Gestalt, der weiße Haarkranz: der Aschinger wie er leibte und lebte. In dem Fall war er jedoch so rotzbesoffen, dass er sich am Rasen festhalten musste, um nicht von der Erde zu fallen.

Schon kam eine zweite Gestalt mit wehendem Bademantel angerannt. Es war der Nachbar, seines Zeichens Besitzer des unglücklichen Zaunes, der offenbar gerade aus dem Schlaf gerissen worden war. Wild gestikulierend zeterte er los, wobei kaum ein Wort zu verstehen war. Wahrscheinlich war das auch besser so. Im Gegensatz dazu war die Antwort vom Aschinger so klar zu verstehen wie nur gerade möglich. Der hatte es nämlich zumindest geschafft, dass er auf seinem Hintern zu sitzen gekommen war, und brüllte mit lauter und herrischer Stimme: »Ach, leck mich doch am Arsch mit deinem Dreckszaun!«

Das zeigte Wirkung, und der Nachbar verstummte augenblicklich. Etwas unschlüssig blickte er um sich und untersuchte dann die Trümmer, die einstmals sein Grundstück eingegrenzt hatten.

Währenddessen schien sich der Aschinger langsam, aber sicher zu erholen. Wahrscheinlich hatte er sich erst einmal vergewissern müssen, dass das Essen des Abends nicht versehentlich den Haupteingang mit dem Ausgang verwechselte. Schließlich rappelte er sich zumindest auf alle viere, und sein Gesicht zeigte nun direkt in Richtung Kameralinse. Schnell zoomte der Schorsch auf, und das Gesicht war nun ganz klar erkennbar.

»So Aschinger, du Arschloch. Jetzt hab ich dich«, hörte man ihn murmeln.

Da veränderte sich aber plötzlich der Gesichtsausdruck des Baulöwen. Er reckte den Kopf nach vorne und kniff die Augen zusammen. Hatte er das gehört? Jetzt blickte er schnurgerade in die Kamera und riss die Augen auf.

»Ja, was machst du Dreckhammel denn da? Hörst du sofort mit der Filmerei auf!«, schrie er.

Blitzschnell änderte sich das Bild. Zuerst war Gras zu sehen und dann nur noch unscharfe Formen. Offenbar nahm der Schorsch gerade Reißaus, hatte aber den Film nicht beendet.

Leiser aber immer noch deutlich war das Geschrei zu vernehmen: »Na warte, dich erwisch ich. Und dann gnade dir Gott! Ich bring dich um!«

Fassungslos starrten Wolfgang und Richard auf den Handybildschirm, der immer noch verwaschene Bilder der Flucht zeigte. Dann schließlich wurde das Bild wieder ruhiger. Es zeigte wieder Gras und in der unteren rechten Hälfte etwas, das Jeansstoff sein konnte. Im Hintergrund war schweres Atmen zu hören. Scheinbar hatte er gestoppt, stützte sich mit den Händen auf die Oberschenkel und verschnaufte. Dann wurde es wieder wackliger und änderte plötzlich die Perspektive. Offenbar hatte er nun auf die Porträtkamera des Handys gewechselt, denn es war nun sein Gesicht zu sehen. Stark verschwitzt und immer noch schwer atmend, aber mit einem breiten Grinsen. »So, Aschinger«, presste er heraus. »Jetzt hab ich dich bei den Eiern.«

Damit endete das Video.

Die beiden Polizisten starrten das Handy an. Es zeigte nur noch einen schwarzen Bildschirm mit dem Play-Symbol in der Mitte. Richard verspürte gerade keinerlei Drang, es nochmal abzuspielen. Er hatte alle Hände voll damit zu tun, das Gesehene zu verarbeiten.

Es war Wolfgang, der das Schweigen schließlich brach. »Also jetzt bin ich baff.«

Richard blies die Backen auf und schüttelte den Kopf, unfähig, darauf eine adäquate Antwort zu geben.

»Okay, dann gehen wir die Sache Schritt für Schritt an.« Wolfgang hatte seine Stimme sicherlich sehr selbstsicher und professionell klingen lassen wollen. Gelungen war es ihm nicht. »Was haben wir da gerade gesehen?«

»Also, ich glaube, was wir gesehen haben, ist klar. Probleme machen mir eher die Konsequenzen daraus.«

»Gut, gut. Also der Reihe nach. Wir haben den Beweis, dass der Kerscher die Mauer vom Aschinger besprüht hat. Das ist an sich keine große Überraschung mehr.«

»Neu ist, dass der Aschinger den Zaun umgefahren hat. Und zwar stockbesoffen.«

»Ja, mag sein. Das kostet ihn wahrscheinlich ein paar Wochen den Führerschein. Zumindest, wenn die Sache ans Licht kommt.«

»Wie meinst du das?«

»Naja, wenn unser Chef die Geschichte nicht unter den Tisch kehrt.«

»Mag sein. Aber … offenbar hat er den Schorsch gesehen.«

»Willst du sagen, dass wirklich er ihn überfahren hat?«

»Keine Ahnung. Immerhin hat er ihn ja gesehen.«

»Er hat jemanden gesehen. Ob er ihn erkannt hat, in der Nacht mit einen riesen Rausch im Gesicht, das steht auf einem ganz anderen Blatt.«

»Gedroht hat er ihm, dass er ihn umbringt.«

»Ja, vielleicht schon, aber so was sagt man bei uns schnell mal, ohne dass man es so meint.«

»Und wenn er es ernst gemeint hat?«

Wolfgang schürzte die Lippen. Trotz aller Gegenargumente, die er vorbrachte, schien er doch Zweifel zu haben.

»Sein Auto hat die Lackfarbe, die an der Leiche festgestellt wurde. Und genau dieses Auto ist ganz zufällig in Italien stehen geblieben, damit wir nicht rankommen.« Zählte Richard auf. »Dann hat der Aschinger den Täter quasi auf frischer Tat ertappt, ob er ihn nun erkannt hat oder nicht. Außerdem war er rotzbesoffen, und da kann man im Affekt schon mal austicken.«

»Ja, stimmt alles. Aber was sollen wir jetzt machen?«

»Verhaften!«

Wolfgang winkte ab. »Mit der Geschichte brauchst nicht zum Chef gehen. Das zerreißt dir jeder Anwalt in der Luft. Wir bräuchten einen endgültigen Beweis.«

»Und an den kommen wir nicht ran, weil er am Gardasee steht«, seufzte er.

Beide verschränkten die Arme und starrten ratlos vor sich hin.

»Und wenn wir ihn unter Druck setzen?«, fragte Richard.

»Wie willst du das machen?«

»Wir nehmen ihn mit aufs Revier und konfrontieren ihn mit allem, was wir wissen. Dass das für eine Anzeige nicht reicht, müssen wir ihm ja nicht auf die Nase binden.«

Wolfgang dachte darüber nach. »Meinst du, dass er einknickt?«

»Naja, als wir ihm gesagt haben, dass wir bei der Leiche Lackspuren gefunden haben, ist er käseweiß geworden.«

»Und du meinst, er ist so nervös, dass er sich verrät.«

»Könnte doch sein. Oder vielleicht drückt ihn auch das schlechte Gewissen. Das hört man auch oft, dass sich Mörder jahrelang selbst quälen und am Ende sogar froh sind, wenn sie erwischt werden. Ich meine, gerade, wenn er es im Affekt gemacht hat, könnte das doch schon sein, oder?«

»Ja, da könntest du unter Umständen recht haben«, meinte Wolfgang nachdenklich. »Aber ich weiß nicht, ob uns der Chef das durchziehen lässt.«

»Dann müssen wir es eben machen, wenn er nicht da ist. Damit er uns keinen Strich durch die Rechnung macht.«

»Hm. Also ab morgen ist er drei Tage lang auf Tagung. Da könnte es schon hinhauen.«

»Na also, das würde doch passen. Was meinst du? Ziehen wir es durch?«

»Ich weiß nicht recht …«, versuchte sein Kollege auszuweichen.

»Glaubst du, der Aschinger könnte es gewesen sein?«

»Naja … ehrlich gesagt, inzwischen schon. Bei allem, was wir rausgefunden haben. Und gerade bei den Lackspuren … Ein komischer Zufall wäre das schon, wenn er es nicht gewesen wäre.«

»Also. Dann ist es doch auch unsere Pflicht, der Sache auf den Grund zu gehen, oder?«

»Eigentlich wäre es die Pflicht von der Kripo …«

»Und dann ernten die die Lorbeeren für unsere Arbeit. Genau, wie du gesagt hast.«

»Ja schon, aber …«

»Was aber?«

»Herrgottsakra, du hast ja recht. Also gut, ich bin dabei. Dann nehmen wir uns den Aschinger mal richtig zur Brust, und zwar bei uns im Revier. Da haben wir dann Heimvorteil. Vielleicht kommt ja wirklich was raus.«

»Also dann, holen wir ihn uns morgen.«

»Ja, wegen mir. Und wie holen wir ihn uns?«

Richard überlegte. Dann holte er sein Handy aus der Tasche, suchte die Telefonnummer der *Firma Aschinger* im Internet heraus und wählte sie.

Er ließ es lange läuten. Da es beinahe 18 Uhr war, wunderte es ihn nicht weiter, dass so kurz vor Feierabend niemand mehr ans Telefon gehen wollte. Da er aber nicht aufgab und es weiter klingeln ließ, nahm irgendwann doch jemand ab. Hörbar genervt meldete sich ein Mitarbeiter. Richard bat darum, mit dem Herrn Aschinger verbunden zu werden.

»Jetzt noch?«, es klang wie ein Vorwurf. »Ich weiß nicht, ob der Chef heute noch da ist. Moment, ich verbinde Sie mal zu seiner Sekretärin.«

Er kam in die Warteschleife. In drei Sprachen wurde ihm erklärt, dass er am Apparat bleiben sollte. Die penetrante Musik, die dabei im Hintergrund lief, schien eher eine Aufforderung zu sein, sofort aufzulegen. Endlich nahm jemand ab.

»*Firma Aschinger*, Chefsekretariat«, meldete sich eine Frauenstimme, nicht weniger genervt.

»Ja, grüß Gott. Sonnleitner von der Polizeiinspektion Cham. Könnte ich bitte den Herrn Aschinger sprechen.«

»Der ist heute nicht mehr im Büro«, antwortete die Sekretärin hochnäsig. Genau darauf hatte Richard aber gehofft.

»Ach so, klar, ist ja auch schon spät. Bis wann wäre er denn morgen zu erreichen?«

»Der Herr Aschinger pflegt um 8 Uhr im Büro zu erscheinen.«

Richard bedankte sich für die Auskunft und legte auf.

»Und jetzt?«, fragte Wolfgang.

»Und jetzt fangen wir ihn morgen auf dem Weg ins Büro ab.«

KAPITEL 22

Fast wäre die ganze Sache ins Wasser gefallen. Um 7 Uhr waren Wolfgang und Richard komplett startklar gewesen. Allerdings war ihr Chef wider Erwarten im Büro erschienen. Weil er noch ein paar Dinge zu erledigen hatte, bevor er auf die Tagung fuhr. Und dann schenkte er sich erst einmal gemütlich einen Kaffee ein und plauderte mit der Christina. Richard wurde fast wahnsinnig. Wenn sie mit dem Aschinger auf der Wache aufkreuzten, solang der Chef noch da war, konnten sie die ganze Sache gleich vergessen. Weil bestenfalls wäre er sofort mit Kaffee und Gebäck umsorgt worden. Und jegliche Chance, Druck aufzubauen, wäre im Keim erstickt worden. Im schlechtesten Fall hätten die beiden sofort den Einlauf ihres Lebens kassiert, und der

Aschinger wäre nach fünf Minuten wieder draußen gewesen. Das heißt, wenn er das Gebäude hätte verlassen können, während ihm der Dienststellenleiter bis zum Anschlag im Gesäß steckte ...

Richard hatte seinen Plan für heute schon fast abgehakt, als der Chef dann doch mal auf seine Armbanduhr blickte. »Um Gottes willen, jetzt muss ich mich aber beeilen. Sonst komme ich noch zu spät.«

In einem Zug leerte er seine Tasse aus, knallte sie auf die Theke und rauschte mit wehenden Fahnen ab. Schnell rollten Richard und Wolfgang mit ihren Bürostühlen in Richtung Fenster, um sicherzugehen, dass er wirklich abfuhr.

Christina, die seufzend die leere Tasse nahm und sie in Richtung Küche trug, blickte sie fragend an. »Alles in Ordnung bei euch?«

»Gleich.« Richard wedelte mit dem Arm. Die Autotür wurde zugeschlagen, der Motor gestartet. Was, zur Hölle, dauerte jetzt so lange? Ah, wahrscheinlich musste er noch das Navi programmieren. Dann endlich, die Rückfahrleuchten blitzten auf, und weg war er.

Kaum war das Auto aus ihrem Blickfeld verschwunden, schlüpften die beiden Polizisten in ihre Dienstjacken und waren auch schon zur Tür draußen. Christina sah ihnen nach und seufzte ein zweites Mal. Dann blickte sie etwas angeekelt den Boden der Tasse an und brachte sie kopfschüttelnd in die Küche.

Wolfgang gab so richtig Gas, dass Richard es vorzog, sich am Griff über der Beifahrertür festzuhalten. Knapp einen Kilometer vor dem Gebäude der *Firma Aschinger* hielten sie an. Die Stelle hatten sie sich gestern Abend noch ausgesucht. Hier musste der Aschinger vorbeikommen, zumindest, wenn er von daheim kam. Und die Straße war hier gerade und gut übersichtlich, sodass sie ihn frühzeitig kommen sehen konnten. Die beiden streiften ihre neongelben Schutzwesten über. Wolfgang öffnete den Kofferraum, nahm sich selbst die Warnkelle und drückte Richard das Warndreieck in die Hand. »Da, du bist noch jung, läufst schnell vor und stellst es auf«, meinte er.

Widerwillig tat Richard wie gesagt und stellte das Dreieck beim übernächsten Straßenpfosten auf. Hin wie zurück lief er so schnell er konnte, weil er Angst hatte, dass der Bauunternehmer ihnen auskommen würde. Als er wieder beim Wolfgang ankam, war er ganz schön außer Atem. Aber zumindest war nun alles vorbereitet für ihre besondere Verkehrskontrolle. Besonders deswegen, weil sie auf ein einziges Auto ausgerichtet war. Und so standen sie an der Straße und winkten Pkw für Pkw durch. Die Fahrer blickten sie verständlicherweise verwundert an, weil sie ja nicht erkennen konnten, warum die beiden Polizisten hier auf der Straße standen. Und alle fuhren im Schneckentempo an ihnen vorbei. Wolfgang fuchtelte aufgeregt mit seiner Kelle, um sie dazu zu bringen, dass sie schneller fuhren, damit sie nicht noch ein Stau verursachten. Leider erreichte er damit das genaue Gegenteil, und ein paar Autos blieben sogar stehen, ließen die Seitenscheibe herunterfahren und fragten, warum sie angehalten wurden.

»Wir haben Sie überhaupt nicht angehalten. Und jetzt fahr weiter, aber flott«, rief Wolfgang wütend. Richard beobachtete das Ganze mit wachsender Sorge. Er hatte sich auf dem Bürgersteig postiert, um nach dem Aschinger Ausschau zu halten. Wenn sie jetzt aber mit ihrer Aktion einen Verkehrsstau provozierten, nahm der vielleicht einen anderen Weg. Also beschloss er, mit etwas eindeutigeren Signalen als Wolfgang die Pkws ebenfalls zum Weiterfahren zu bewegen. Schließlich bekamen sie es einigermaßen in den Griff, und der Verkehr floss mit zumindest akzeptabler Geschwindigkeit an ihnen vorbei. Vor lauter Winken und Handwedeln hätte Richard aber fast sein eigentliches Ziel übersehen. Gerade noch rechtzeitig bemerkte er den großen Mercedes Geländewagen. Das Kennzeichen lautete CHA–WA 500. Eindeutiger Volltreffer. Gestern Abend hatten sie noch gecheckt, welche Kraftfahrzeuge noch auf den Aschinger zugelassen waren, damit sie überhaupt eine Chance hatten, ihn im Verkehrschaos zu finden. Die Autonummer gab ihm die letzte Sicherheit.

Mit einem Pfiff warnte er Wolfgang. Der blickte ihn fragend an, verstand aber sofort, dass es nun Zeit für seinen Einsatz war. Er reckte den Kopf und nickte kurz, als er den Mercedes gesehen hatte. Dann spannte er sich an und brachte seine Kelle in Position. Der Aschinger wollte schon mit dem restlichen Verkehrsfluss an ihnen vorbeifahren, Wolfgang machte ihm mit heftigem Kellenwedeln klar, dass er sofort stehen zu bleiben hatte. Die Reifen quietschten, so hart musste er abbremsen. Richard zog schon den Kopf ein, aber Gott sei Dank konnte das Fahrzeug dahinter noch rechtzeitig ausscheren, um einen Aufprall zu verhindern. Das hätte ihnen gerade noch gefehlt.

Die Scheibe des Mercedes glitt herunter. »Was wollt ihr denn?«, schnauzte der Bauunternehmer heraus. Er war sichtlich gereizt.

»Allgemeine Verkehrskontrolle …«, begann Wolfgang und tat dann so, als wäre er ganz überrascht, wen er da vor sich hatte. »Ah, der Herr Aschinger. Das ist ja ein Zufall.«

»Scheiß auf Zufall«, antwortete der forsch. »Sagt mir, was ihr wollt, und lasst mich gefälligst weiterfahren. Mir pressiert es.«

»Wie gesagt, allgemeine Kontrolle zur Verkehrssicherheit. Aber wenn wir Sie gerade da haben … Du, Richard …«, rief er seinen Kollegen herbei. »Du, Richard, den Herrn Aschinger müssen wir doch eh noch befragen oder?«

»Ja, genau«, pflichtete er Wolfgang bei. »Wenn wir es genau nehmen, ist es sogar sehr dringend und duldet überhaupt keinen Aufschub.«

»Stimmt. Herr Aschinger, wären Sie so freundlich, uns aufs Revier zu begleiten?«

»Ich, aufs Revier?« Damit hatten sie ihn offenbar eiskalt erwischt. Im Moment schien er gar nicht zu wissen, ob er eher erstaunt oder wütend sein sollte.

»Ja, sicherlich. Da redet es sich doch besser als hier auf der lauten Straße.«

»Und um was geht's?«

»Wie Sie sich vorstellen können, haben wir noch Fragen wegen dem tödlichen Unfall mit dem Herrn Kerscher. Da war ja noch die Frage mit Ihrem Wagen offen, den wir noch nicht prüfen konnten.«

»Ich hab euch doch schon gesagt, dass der am Gardasee …«

»Am Gardasee steht, genau«, unterbrach ihn Richard. Jetzt nur nicht die Zügel aus der Hand geben. »Die Angelegenheit würden wir im Revier gerne noch etwas vertiefen.«

»Dann lasst euch einen Termin geben«, wehrte Aschinger ab und machte sich daran, wieder weiterzufahren. »Ich hab jetzt keine Zeit für den Schmarrn.«

»Herr Aschinger«, Richard stellte sich so vor den Wagen, dass er nicht weiterfahren konnte, ohne ihn überfahren zu müssen, »wir haben ganz neue Erkenntnisse. Zum Beispiel, dass Sie in der betreffenden Nacht nicht mehr ganz nüchtern waren.«

Das saß. Der Baulöwe wurde mit einem Schlag weiß im Gesicht. »Woher ...«, stammelte er.

»Ich denke, das bespricht sich besser auf dem Revier als hier auf der Straße, wo es womöglich noch jeder mithören kann. Nicht wahr?«

Sein Blick huschte schnell zwischen den beiden Polizisten hin und her. Fieberhaft rang er um eine Antwort. Schließlich sagte er nur resigniert: »Soll ich euch nachfahren?«

»Ich denke, am besten fahren Sie gleich mit uns mit«, meinte Richard betont ruhig. Er hoffte, dass ihn eine Fahrt auf der Rückbank des Polizeiautos weiter einschüchtern würde. Dass er sich so quasi schon ein wenig wie hinter Gittern fühlte. »Lassen Sie Ihren Wagen doch einfach hier stehen.«

Er atmete mehrmals hörbar ein und aus, stellte dann den Motor ab und stieg aus. Sie geleiteten ihn zu ihrem Wagen und setzten ihn auf die Rückbank. Auf der ganzen Fahrt wurde kein Wort gesprochen. Am Revier angekommen, schleusten sie ihn so schnell und unauffällig wie möglich ins Verhörzimmer. Christina sah sie mit großen Augen an. Sie hatte noch etwas gefragt, aber Richard konnte es nicht verstehen, weil er schnell die Tür geschlossen hatte.

Den Aschinger boten sie den einzelnen Stuhl an und setzten sich ihm gegenüber. Zwischen ihnen ein kleiner, stabiler Tisch mit einer großen Metallöse darauf. Die diente zum einen dazu, jemanden mit Handschellen an den Tisch zu ketten. Und ein wenig auch zur Einschüchterung.

»So, Herr Aschinger«, Richard blickte ihm tief in die Augen und machte eine Pause, »jetzt erzählen Sie uns mal, wie das an dem Abend abgelaufen ist, an dem der Georg Kerscher gestorben ist.«

»Nichts ist abgelaufen«, schimpfte der. »Ich bin heimgefahren, hab mich ins Bett gelegt und aus.«

»Geht es auch ein bisschen ausführlicher?«

»Soll ich euch noch erzählen, ob ich meine Alte gevögelt habe, oder was?«

»Herr Aschinger, Sie wissen genau, was wir meinen. Was hatten Sie denn an dem Abend getrunken?«

Er schüttelte schnell den Kopf. »Mei, vielleicht hab ich ein wenig mehr getrunken als erlaubt …«

»Wir haben eindeutige Beweise, dass Sie stark alkoholisiert gefahren sind.«

»Wer sagt das? Mein Nachbar, der Schlauberger? Na warte. Den verklag ich, bis er nicht mehr weiß, ob er Männlein oder Weiblein ist.«

»Jetzt erst einmal ganz ruhig«, beschwichtigte Richard ihn. »Ihr Nachbar hat überhaupt nichts gesagt. Und wahrscheinlich wird er auch nichts sagen, solang sein neuer Zaun nicht steht.«

Der Aschinger glich von einer Sekunde auf die andere einer reifen Tomate. »Was soll denn das heißen, Kreuzdonnerwetter? Wollt ihr mir was anhängen? Euch verklag ich auch, bis euch Hören und Sehen vergeht. Das gibt ein Disziplinarverfahren, das sich gewaschen hat …«

»Wollen Sie denn überhaupt nicht erfahren, woher wir das alles wissen?«, unterbrach ihn Richard.

Der Bauunternehmer verstummte. Er blickte die beiden schweigend an, die Arme abwehrend vor der Brust verschränkt. In seinen Augen konnte man jedoch sehen, dass er zwischen Neugier und Ablehnung hin und her gerissen war.

Also beschloss Richard, seinen Trumpf aus der Tasche zu ziehen. Oder in diesem Fall besser gesagt das Handy. Schnell hatte er das Video geöffnet, legte das Gerät auf den

Tisch und schob es vor den Aschinger. Dann tippte er mit dem Finger auf das Display, um die Aufnahme abzuspielen.

Nun saßen Wolfgang und Richard locker zurückgelehnt und mit verschränkten Armen da und beobachteten jede noch so kleine Regung ihres Gegenübers, während der den Film ansah. Dessen Gesicht verfärbte sich langsam, aber sicher immer mehr in Richtung Dunkelrot.

Bevor der Film endete, griff sich Richard das Handy. Denn da war zu sehen, dass der Schorsch der Filmer gewesen war, und die beiden Polizisten hielten es für taktisch klüger, dass der Verdächtige das noch nicht gleich wusste. Eventuell fühlte er sich mehr unter Druck, wenn er fürchten musste, dass er von einem dritten Beteiligten gesehen worden war. Weil vom Schorsch hatte er ja an sich nichts mehr zu befürchten.

Der Aschinger richtete seinen Blick aber immer noch starr auf die Stelle, auf der das Smartphone gerade gelegen hatte. Langsam nahm sein Gesicht wieder eine normale Färbung an. Ein schlechtes Zeichen?

Nach einer gefühlten Ewigkeit schnaubte er abfällig. »Soso, dann hat mich also diese Drecksau, die meine Wand vollgesprüht hat, auch noch gefilmt.«

»So scheint es«, sagte Richard vorsichtig. Irgendwie hörte sich das Ganze gefährlich an.

»Dann habt ihr also den gefunden, der das war. Und gleich auch noch das perfekte Beweismittel dazu. Respekt.«

»Ja Herrgott noch mal«, platzte es jetzt aus Wolfgang heraus. »Machen Sie sich denn gar keine Gedanken darum, dass wir den eindeutigen Beweis haben, dass Sie sturzbetrunken durch die Gegend fahren.«

Der Bauunternehmer lachte humorlos. »Ach, was soll es. Wenn es hart kommt, dann geb ich für vier Wochen meinen

Lappen ab. Das kratzt mich doch nicht. Dann zahl ich eben einen, der mich rumfährt. Ich hab genug Deppen angestellt, die man für sonst nichts brauchen kann. Aber den, der das gefilmt hat, den kaufe ich mir. Und dann zieht ihn mein Anwalt aus, nackig bis auf die Unterhose.«

»Sie wollen also leugnen, dass Sie nach dem, was auf dem Video passiert ist, nochmal eingestiegen und weitergefahren sind?«

Er blickte sie verständnislos an. »Warum soll ich noch mal gefahren sein? Ich war ja daheim. Ich hab mein Auto noch in die Auffahrt gestellt und bin dann ins Bett.«

»Sie behaupten also«, Richards Stimme wurde scharf, weil er wusste, dass es jetzt darauf ankam, »dass Sie den Filmer dieses Videos nicht erkannt haben. Und Sie ihm nicht nachgefahren sind und ihn vor lauter Wut und Suff überfahren haben?«

Jetzt wurde der Aschinger käseweiß, und an seinen Augen war zu sehen, dass nun der Groschen gefallen war. »Wer hat das Video gemacht?«, stammelte er.

»Ja, dreimal dürfen Sie raten«, schrie Richard fast schon.

Erst langsam, dann immer schneller und energischer schüttelte der Bauunternehmer den Kopf. »Nein, nein. Das … das bin ich nicht gewesen. Ich weiß nicht, wer ihn überfahren hat. Ich bin daheim im Bett gelegen.«

»Und warum hat dann Ihr Auto genau die Lackfarbe, die wir am Opfer gefunden haben? Und warum ist dieses Auto gerade jetzt überraschend in Italien?« Richard klopfte bei jedem Punkt mit der Faust auf den Tisch. »Geben Sie es doch zu!«

»Ja Herrgottsakrament noch mal«, schrie jetzt der Aschinger. »Wenn ich es aber nicht war. Ich sag euch doch, dass ich im Bett war und meinen Rausch ausgeschlafen hab.«

Richard wollte gerade zum Konter ausholen, als plötzlich die Tür aufgerissen wurde. Im Türrahmen stand ein großer Mann um die 50. Er trug einen äußerst feinen Anzug und hatte eine teuer aussehende Ledertasche in der Hand. Schnell blickte er sich im Raum um und fixierte dann die beiden Polizisten mit funkelnden Augen.

»Darf man fragen, was hier los ist?« Seine Stimme war tief und drohend.

»Mein Gott, Ewald, Gott sei Dank bist du endlich da«, jammerte der Bauunternehmer, fast wie ein Kind, das von den anderen geärgert wurde und nun seine Mama aufkreuzen sah.

Richards Schultern sanken nach unten, und er wusste, dass die Sache nun gelaufen war. Sie hatten es nicht geschafft, ihn zum Reden zu bringen. Und nun, da offensichtlich sein Anwalt da war, würden sie auch nichts mehr aus ihm herausbekommen. Dass er auftauchen würde, damit hatten sie gerechnet. Wahrscheinlich hatte der Aschinger ihm unterwegs mit dem Handy geschrieben. Zum Anrufen hatten sie ihm keine Zeit gelassen. Sein Recht war es natürlich, den Anwalt zu verständigen. Sie hatten nur gehofft, mehr Zeit zur Verfügung zu haben, bis er eintraf.

Das würde Ärger geben, so viel war klar.

»Ich frage Sie noch einmal: Was ist hier los?«, fragte dieser herrisch. »Was legen Sie meinem Mandanten zur Last?« Ohne die Antwort abzuwarten, wandte er sich an den Baulöwen. »Haben sie dich irgendwie unter Druck gesetzt?«

»Du glaubst es nicht, was die mir vorwerfen. Die behaupten doch tatsächlich, ich hätte jemanden umgebracht.«

Der Anwalt wandte sich den Polizisten zu und blickte sie streng an.

»Meine Herren, Sie wollen wirklich behaupten, dass dieser Mann, die Friedlichkeit in Person, in der Lage wäre, irgendjemandem auch nur das Geringste zuleide zu tun? Ich kenne meinen Mandanten nun schon seit Jahren und kann Ihnen versichern, dass Sie sich völlig verrannt haben. Wenn wir schon mal dabei sind, darf ich den Haftbefehl für Herrn Aschinger sehen.«

Betreten blickten Wolfgang und Richard zu Boden.

»Aha, das dachte ich mir«, fuhr der Anwalt fort. »Wollen Sie mir jetzt erzählen, dass Sie meinen Mandanten ohne jegliche rechtliche Grundlage hier festhalten.«

»Der Herr Aschinger ist freiwillig mit uns mitgekommen«, brummte Wolfgang.

»Von Freiwilligkeit kann keine Rede sein, wenn Sie psychischen Druck auf meinen Mandanten ausüben. Wenn Sie als Polizisten entsprechend auftreten, dann ist doch jeder eingeschüchtert und tut, was Sie ihm sagen. So was ist Missbrauch der Staatsgewalt.«

»Es besteht ein dringender Tatverdacht gegen …«, begann Richard, wurde aber sofort unterbrochen.

»Papperlapapp, wenn ein dringender Tatverdacht besteht, dann möchte ich das schriftlich vom Staatsanwalt haben. Ich frage Sie noch einmal, können Sie ein entsprechendes Dokument vorlegen?«

Langsam schüttelten sie den Kopf.

»Dann, meine Herren, werde ich Sie nun mit Herrn Aschinger verlassen. Aber ich verspreche Ihnen, Sie werden von mir hören. Diese Sache wird ein Nachspiel haben. Darauf können Sie sich verlassen. Komm, Winfried. Ich fahre dich.«

Er legte die Hand auf die Schulter vom Aschinger, und sie verließen den Verhörraum. Beim Hinausgehen setzte der schon an, etwas zu sagen, wurde aber von seinem Anwalt unterbrochen.

»Lass dich nicht hinreißen, Winfried«, hörte Richard ihn murmeln. »Die zwei kriegen wir dran, aber nur, wenn du es mir jetzt nicht mit einer Beamtenbeleidigung verhagelst.«

Und so rauschten sie zur Tür des Reviers hinaus, ohne ein Wort des Abschieds. Christina war aufgestanden, rätselnd, was hier vorging.

»Was war denn das?«, fragte sie, als Wolfgang und Richard wie zwei begossene Pudel aus dem Verhörraum kamen.

»Das«, brummte Wolfgang, »das war eine riesengroße Scheiße.«

»Was für eine riesengroße Scheiße veranstaltet ihr hier eigentlich?« Das Gesicht vom Chef war zinnoberrot. Die Spucke flog quer durch den Raum, so schrie er, und winzige Schaumbläschen bildeten sich um seinen Mund. Zweifellos war er noch im letzten Winkel der Wache gut zu verstehen. Wahrscheinlich zog gerade jeder Anwesende instinktiv den Kopf ein, auch wenn die Schimpftirade nicht ihm galt.

Richard und Wolfgang galt sie jedoch schon. Sie wussten, dass den Kopf einziehen ihnen nichts nutzen würde. Also ließen sie ihn hängen.

»Seid ihr total hirnverbrannt? So saudumm kann doch niemand sein, gottverdammte Scheiße noch mal. Ihr seid doch dümmer als 100 Meter Feldweg. Ja hat man euch denn total ins Hirn geschissen, oder was? Ich glaub ich spinn. Da fahr ich einmal auf Tagung, und dann so was. Kann man euch denn keine fünf Minuten allein lassen?«

Das Ganze ging nun schon eine Viertelstunde so, und dabei hatte er noch nicht einmal angesprochen, warum sie eine Standpauke erhielten. Nötig war es eigentlich auch nicht. Die beiden wussten nur zu gut, worum es ging. Die

Suppe hatten sie sich selber eingebrockt, und jetzt ging es ans Auslöffeln.

»So eine Scheißaktion. Ihr könnt doch nicht einfach dem Aschinger ans Bein pissen.« Langsam wurde es also doch noch sachlich. »Der ruft sofort bei seinem guten Freund, dem Landrat, an. Und der ruft mich auf meiner Tagung an und schreit durchs Telefon, dass es alle mitbekommen. Glaubt ihr, ich mag mich zusammenscheißen lassen? Ob ich meinen Laden nicht im Griff habe, hat er gefragt. Ob ich denn nicht mal weiß, was meine 08/15-Streifenpolizisten abziehen. Ja, gottverdammte Scheiße, einen Scheißdreck weiß ich. Weil ihr zwei Volldeppen die ganze Sache hinter meinem Rücken abzieht. Und mich ins offene Messer laufen lasst. Was der Anwalt vom Aschinger noch so alles vorhat, da möchte ich lieber nicht darüber nachdenken. Da könnt ihr von Glück reden, wenn ihr morgen noch euren Job habt.« Zum ersten Mal machte er eine Pause und blickte sie an.

»Jetzt schaut mich nicht an wie zwei Schulbuben, die beim Rauchen auf dem Klo erwischt worden sind. Was habt ihr euch bei der Scheiße gedacht?«

»Wir haben starke Indizien, die darauf hinweisen, dass der Herr Aschinger in die Sache mit dem Überfahrenen verwickelt war«, murmelte Richard.

»Eure scheiß Indizien könnt ihr euch sonst wo hinstecken. Damit wischt sich sein Rechtsanwalt höchstens den Arsch ab.«

»Ja, drum haben wir gedacht, wenn wir den Aschinger ein wenig unter Druck setzen, dann packt er schon aus.«

»Ihr zwei Vollpfeifen! So was überlässt man den Profis. Wenn ihr einen Verdacht habt, dann kommt ihr zu mir. Und ich entscheide, ob da was dran ist oder nicht. Und wenn was dran ist, dann überlass ich das auch nicht euch zwei Deppen. Dann macht das die Kripo. Die sind für so was ausgebildet.«

Richard wollte einwerfen, dass ihn der Weidner von der Kripo überhaupt erst zu der ganzen Sache ermutigt hatte, behielt es aber lieber für sich. Schließlich hatte er ihm hoch und heilig versprechen müssen, das Ganze nicht seinem Chef zu erzählen. Wenn er ihn jetzt mit hineinzog, dann konnte er sich gleich auf den nächsten Einlauf gefasst machen. Und wahrscheinlich hätte der Weidner ihre Befragung auch nicht gutgeheißen, wenn er ihn vorher eingeweiht hätte. Ehrlicherweise musste man ja zugeben, dass das wirklich dessen Aufgabe gewesen wäre.

Ihr Chef schwieg einen Augenblick. Offenbar war zumindest die größte Wut wieder verflogen. Er musterte die beiden eingehend, während sie versuchten, seinen Blicken so gut wie möglich auszuweichen.

»Sonnleitner, dass das Ganze eine scheiß Aktion war, muss ich wohl nicht noch betonen«, fuhr er mit etwas ruhigerer Stimme fort. »Und ich gehe mal davon aus, dass das Ganze auf Ihrem Mist gewachsen ist. Sie haben das Opfer gekannt, oder?«

Richard starrte auf den Boden und nickte.

»Mein Gott, ich kann ja verstehen, dass da die Pferde mit einem durchgehen. Aber nichtsdestotrotz haben Sie es maßlos übertrieben. Und das wissen Sie haargenau. Sonst hättet ihr es nicht hinter meinem Rücken gemacht. Und das ist es, was mir am allermeisten stinkt. Dass ihr genau gewusst habt, in welche Scheiße ihr euch da reinreitet und mich noch mit dazu, verdammt noch mal.«

Er wandte sich Wolfgang zu. »Aber du, Wolfgang, von dir bin ich am meisten enttäuscht. Dass unser Jungspund über die Stränge schlägt, das verstehe ich ja noch. Aber du? Wolfgang, wie lange kennen wir uns jetzt? Zumindest von dir hätte ich mehr erwartet. Mehr Vernunft und Verantwortungsgefühl. Und dass ausgerechnet du nicht vorher zu mir kommst.« Er schüttelte verständnislos den Kopf. »Nun, meine Herren, dass die ganze Sache noch ein rechtliches Nachspiel für euch haben könnte, brauche ich wohl nicht zu sagen. Und ihr braucht nicht glauben, dass ich mich da vor euch stelle. Die Scheiße habt ihr euch selber eingebrockt, die werdet ihr auch selber auslöffeln. Aber selbst, wenn ihr Glück habt, und die Sache glimpflich für euch ausgeht, dann lasst euch gesagt sein, so leicht kommt ihr mir nicht davon. Für euch zwei lass ich mir einen Strafdienst einfallen, wie ihr ihn noch nicht gesehen habt. Darauf könnt ihr euch verlassen. Und bis auf Weiteres habt ihr erst mal Innendienst, bis ich mir was überlegt habe. Jeder Außeneinsatz muss bis auf Weiteres von mir abgesegnet werden, ist das klar?«

Die beiden nickten schweigend.

»Ob das klar ist?!«, schrie er.

»Ja, Chef«, brummten beide gleichzeitig.

»Im Revier könnt ihr zumindest keine Scheiße mehr bauen. Und der Fall Kerscher ist für euch beide geschlossen. Ihr haltet euch da raus, komme, was wolle. Überlasst den Job denen, die dafür bezahlt werden. Ich will nicht, dass ihr auch nur ansatzweise irgendwas in der Richtung macht. Und, gottverdammt noch mal, ihr haltet euch bis auf alle Ewigkeit vom Aschinger fern. Ist das klar?«

»Ja, Chef.«

»Wenn ihr dem noch einmal in die Quere kommt, dann werdet ihr von mir höchstpersönlich zu Politessen degradiert. Und das auf Lebenszeit. So, und jetzt schleicht euch, damit ich mir eine Strafe für euch einfallen lassen kann.«

Immer noch den Blick auf den Boden geheftet und mit hängenden Schultern, verließen sie das Büro.

Der Rest des Tages war eine einzige Quälerei. Nicht, weil sie einen Haufen Arbeit aufgebrummt bekommen hatten. Genau das Gegenteil war der Fall. Sie hatten im Innendienst faktisch überhaupt nichts zu tun. Berichte waren keine zu schreiben, und den Rest erledigte ja die Christina. So saßen sie stundenlang vor ihrem Schreibtisch ohne sinnvolle Beschäftigung. Gleichzeitig wagte es auch niemand zu sprechen, außer es war unbedingt erforderlich. Klar hatte die ganze Mannschaft mitbekommen, welchen Anschiss sie vom Chef erhalten hatten. Entsprechend herrschte gedrückte Stimmung und betretenes Schweigen. Richard hätte sich noch mal die Obduktionsberichte vom Schorsch vornehmen können, traute sich aber nicht. Er glaubte zwar nicht, dass sein Chef von seinem Büro aus Zugriff auf seinen Bildschirm hatte und sehen konnte, was er da machte, aber ganz sicher war er sich nicht. Gerade jetzt wollte er das Risiko nicht eingehen.

Er wusste nicht, was das Schlimmere war. Die Reue, es so richtig versaut zu haben, oder die Angst, dass jetzt der Mord am Schorsch, wenn es denn einer war, nie aufgeklärt werden würde. Und wenn doch, dass er nichts dazu beitragen konnte. Dazu kam diese grausame Beschäftigungslosigkeit. Keine Chance, sich abzulenken. Und über allem schwebte die Angst, was sein Chef sich alles als Strafe für sie einfallen lassen würde.

Außerdem schämte er sich vor Wolfgang, weil er ihn in alles hineingezogen hatte. Klar hatte der freiwillig mitgemacht, aber auch nur, weil er so lange auf ihn eingeredet hatte. Wenn es wirklich auf ein Disziplinarverfahren rauslaufen würde, dann wäre er am Ende sogar noch dafür verantwortlich, wenn der Wolfgang arbeitslos dastehen würde. Und das mit Frau und Kindern.

Richard versuchte, die negativen Gedanken abzuschütteln, aber es wollte ihm einfach nicht gelingen. Seine ganze Gefühlslage machte ihn gerade richtiggehend wahnsinnig. Es fühlte sich so an, als würden sämtliche Organe in seinem Brustkorb gerade zusammengedrückt. Und er hatte keine Möglichkeit, etwas dagegen zu machen. Am liebsten hätte er gleich seinen Freunden, dem Foo und dem Haaserer, geschrieben. Aber er traute sich nicht, sein Privathandy hervorzuholen. Auf jeden Fall würde er die beiden nach Feierabend zusammentrommeln. Die Sache musste er sich von der Seele reden. Und eine gehörige Menge Alkohol konnte dabei auch nicht schaden.

KAPITEL 23

»Ihr seid absolut die Geilsten!« Foo musste sich vor lauter Lachen den Bauch halten, und Haaserer bekam sich überhaupt nicht mehr ein. Richard warf den beiden giftige Blicke zu. Da erzählte er im Vertrauen seine Leidensgeschichte und wurde zu allem Überfluss noch ausgelacht.

Schöne Freunde. Er griff nach seinem Weißbier und nahm einen großen Schluck.

Langsam beruhigten sich die beiden wieder.

»Sorry«, sagte Haaserer, der sich Tränen aus den Augen wischen musste. »Aber die Aktion war echt Hammer. Schade, dass es nicht funktioniert hat. Sonst wärt ihr jetzt die Kings.«

»Das hätte noch nicht mal in *Police Academy* funktioniert«, warf Foo ein. Richard sah ihn böse an, was er nur mit einem Schulterzucken quittierte.

»Das würd ich jetzt nicht sagen. Vielleicht wenn der Anwalt später gekommen wäre … Wer weiß?«, meinte Haaserer. »Aber vielleicht hat es auch nicht funktioniert, weil der Aschinger unschuldig ist. Hast du darüber schon mal nachgedacht?«

Richard stützte den Kopf auf seine Hände. »Ach, keine Ahnung. Ich weiß nicht mehr, was ich glauben soll. Irgendwie hat alles zusammengepasst. Aber das spielt jetzt eh keine Rolle mehr.«

»Warum?«

»Weil uns explizit verboten worden ist, weiter an dem Fall zu arbeiten.«

»Das ist allerdings Mist«, kommentierte Foo.

»Naja«, versuchte Haaserer, ihn aufzumuntern. »Vielleicht ist es ja gar nicht so schlimm, wie es gerade aussieht. Lass einfach ein bisschen Gras über die Sache wachsen. Umhören kannst du dich ja trotzdem noch. Euer Chef kriegt doch nicht mit, was ihr den ganzen Tag macht. Vom Aschinger solltet ihr euch allerdings erst mal fernhalten.«

»Das auf jeden Fall.« Richard leerte sein Weißbier und gab der Bedienung ein Zeichen, dass sie ihm noch eines bringen sollte. »Die Frage ist aber, ob wir in nächster Zeit überhaupt dazukommen, heimlich an dem Fall zu arbeiten.

Uns ist schon angedroht worden, dass uns ein paar saftige Strafaufgaben erwarten.«

»Und was sollen das für Strafen sein?«, fragte Haaserer.

»Das mag ich mir lieber gar nicht ausmalen …«

»Wenn er euch dazu zwingt, im Politessen-Kostüm ein paar Knöllchen zur verteilen, dann möchte ich davon ein Foto haben«, lachte Foo.

»Du, so ein sexy Cop-Kostüm mit kurzem Rock würde dem Richard bestimmt nicht schlecht stehen«, stimmte Haaserer mit ein. »Bloß bei der Oberweite hapert's ein wenig. Aber die Beine dazu hat er. Rasieren müsste er sie vielleicht.«

»Ihr könnt mich mal«, brummte Richard und nahm sein frisches Bier in Empfang, das er gleich wieder zu einem Viertel leerte.

»Ach, komm, ist doch nur Spaß«, beschwichtigte Haaserer ihn. »So schlimm wird es schon nicht werden.«

Richard wollte etwas erwidern, wurde jedoch vom Vibrieren seines Handys unterbrochen. Er nahm es heraus, blickte aufs Display und musste erst mal schlucken. Eine Nachricht von Sandra. Mist, das konnte er jetzt überhaupt nicht gebrauchen. Kurz spielte er mit dem Gedanken, das Handy einfach wieder wegzustecken und die Nachricht zu ignorieren. Schließlich siegte aber doch seine Neugier. Es wurde ihm heiß und kalt, als er sie öffnete.

»Oh verdammte Scheiße.«

»Was denn?«, fragte Haaserer neugierig.

»Das geht dich nichts an«, knurrte Richard.

»Geh, was bist du denn so zickig?«, fragte Foo.

»Ach, lasst mir meine Ruhe«, murrte Richard resigniert.

»Das haben wir gleich«, meinte Haaserer, und noch bevor Richard reagieren konnte, hatte er ihm das Handy aus den Fingern gefischt.

»Hey«, rief er wütend und wollte es sich zurückholen, wurde allerdings von Foo zurückgehalten.

»Sodala, was haben wir denn da?« Haaserer studierte das Display. »Ja, da schau her, eine Nachricht von der lieben Sandra!«

»Gib das her!« Richard versuchte weiter, es wieder in seine Finger zu bekommen, hatte aber keine Chance gegen Foo.

»Was schreibt sie denn, die liebe Sandra?«, fragte der.

»Treffen möchte sie sich mit dem Richard. Oho, sogar zum Essen, und das schon nächste Woche am Mittwoch.«

Foo pfiff durch die Zähne. »Da schau her, Herr Preiselbeer. Wenn da mal nichts im Busch ist.«

»Hmm«, machte Haaserer. »Und Richard, wie schaut es aus. Gehst mit der lieben Sandra zum Essen?«

»Nur über meine Leiche«, brummte er.

»Geh, sei doch nicht so«, tadelte Haaserer. »Richard, glaub mir, das ist eine ganz gute Gelegenheit.«

»Für was?«

»Ja, wie du uns gerade selber dargelegt hast, läuft es in der Arbeit nicht gerade rund für dich. Und wenn das geschäftliche mal nicht so läuft, dann konzentriert man sich halt mehr auf die privaten Beziehungen.«

»Pech in der Arbeit, Glück in der Liebe«, kommentierte Foo.

»Aber nicht mit der Sandra, die Sache ist gegessen.«

Haaserer blickte ihn streng an. »Es tut mir leid, dir das sagen zu müssen, mein Freund, aber du bist aktuell nicht in der Situation, allzu wählerisch sein zu können.«

»Was soll denn das heißen?«

»Ach, lassen wir das. Was machst du jetzt mit der Sandra?«

»Ich geh da nicht hin«, sagte Richard bestimmt.

»Hast du keine Zeit am Mittwoch?«

»Das schon, aber ich mag nicht.«

»Na dann!« Schneller, als Richard reagieren konnte, hob Haaserer sein Handy wieder hoch und sprach laut mit, während er tippte. »Hallo Sandra, sehr gerne. Wir sehen uns am Mittwoch. Ich freue mich schon.«

Richard riss ihm das Handy aus der Hand, aber da hörte er schon das Geräusch der abgesendeten Nachricht. Fassungslos starrte er auf das Display. Die Nachricht war weg, dann erschien das Zeichen, dass sie angekommen war, und nur einen Wimpernschlag später, dass sie auch gelesen worden war. Das war's, löschen ging nicht mehr.

»Du bist so eine blöde Sau«, knurrte er.

»Gern geschehen!« Haaserer grinste übers ganze Gesicht.

Bevor Richard etwas erwidern konnte, zirpte sein Handy wieder. Er las die neue Nachricht, stöhnte und vergrub den Kopf in den Händen.

»Was hat sie denn geschrieben?«, fragte Haaserer neugierig.

Richard hielt ihm einfach das Handy hin, ohne aufzublicken. Jetzt spielte es ohnehin keine Rolle mehr.

»Ui, Foo, schau. Zum *Giovanni* will sie mit ihm gehen. Richtig schön romantisch zum Italiener, gell?«

»Und zwei Kuss-Smileys drunter, nicht schlecht.«

Richard stöhnte wieder.

»Ach, komm, Richard«, Haaserer klopfte ihm auf die Schulter. »Da geht was, glaub mir. Du wirst mir noch auf Knien danken.«

KAPITEL 24

Eigentlich wäre es der optimale Freitag gewesen. Am Wochenende war dienstfrei, also mal zwei Tage Ruhe von der Arbeit. Normalerweise ein Tag, den man auf einer Arschbacke absitzt und sich auf die freien Tage freut. An diesem hatte Richard aber ein richtig mieses Gefühl, denn heute stand der erste Strafdienst an. Und wenn man dem Chef glauben durfte, war es bei Weitem nicht der letzte. Er und Wolfgang standen im Stadtpark. Es hatte gerade erst zu regnen aufgehört, und alles war nass, die Luft unangenehm feucht. Ein Wetter, das man am liebsten aus einem gut geheizten Raum durchs Fenster beobachtete. Optimalerweise mit einem heißen Kaffee in der Hand. Leider war ihnen das nicht vergönnt. Stattdessen standen sie mit einer Gruppe Menschen unter den Bäumen. Von denen fielen immer wieder eiskalte dicke Wassertropfen auf sie, die vorzugsweise genau ins Genick trafen. Der Mann, um den sie sich versammelt hatten, stellte sich als Heiko vor. Er mochte Mitte 30 sein, sah aber gut zehn Jahre älter aus. Im Gesicht trug er einen Vollbart und auf der Nase eine altmodisch wirkende Nickelbrille. Die Haare hatten sicherlich einen Versuch, sie zu kämmen, über sich ergehen lassen. Recht erfolgreich schien dieser aber nicht verlaufen zu sein. Eine neongelbe Warnweste überdeckte seinen groben Strickpullover, die Füße steckten in Wandersandalen, die den Blick auf graue Socken freigaben.

»So, liebe Freunde«, begann er, und es wirkte ein wenig so, als würde er in Zeitlupe sprechen. »Es freut mich, dass ich heute so viele von euch begrüßen darf. Und ganz besonders freut es mich, dass wir diesmal sogar Unterstützung von der Polizeidienststelle Cham bekommen. Schön, dass du da bist, Wolfgang, und auch schön, dass du hier bist, Richard.« Als sie sich vorhin bei ihm gemeldet hatten, war er sofort zum Du übergegangen, als wäre es das Selbstverständlichste auf der Welt.

»Gerade heute können wir euch gut gebrauchen, weil sich in letzter Zeit so viel Müll und Unrat in unserem schönen Stadtpark angesammelt hat. Ja, ich muss fast sagen, da waren richtige Saubären am Werk. Bitte entschuldigt meine Ausdrucksweise, aber wenn ich so was sehe, da könnte ich aus der Haut fahren.« Mit dem Arm deutete er auf die Wiese hinter sich. Für Richard sah es ganz normal aus. Ein paar Papierfetzen hier und da, ein paar leere Bierflaschen, und neben der Sitzbank zwei, drei Pizzakartons. Was man eben so in einem öffentlichen Park erwartete. Den Heiko schüttelte es fast vor Abscheu. »Ja, liebe Freunde. Ich würde sagen, machen wir uns gleich ans Werk, weil der frühe Vogel fängt den Wurm.«

Langsam zerstreute sich die Gruppe in alle Richtungen des Parks und fing an, den Müll aufzusammeln. Richard und Wolfgang wussten nicht recht, wo sie beginnen sollten, also blieben sie gleich an Ort und Stelle. Da sie recht früh eingetroffen waren, hatten sie noch jeweils einen der Stöcke mit Nagel unten dran abgreifen können, von denen es nicht genug für alle zu geben schien. So sparten sie sich wenigstens das Bücken. Schweigend trotteten sie nebeneinander her, piksten auf, was sie fanden, und entsorgten es in dem blauen Plastikmüllsack, den sie hinter sich her schleiften. Seit sie von ihrem Chef zusammengeputzt worden waren, hatten sie noch nicht miteinander über die ganze Sache gesprochen. Richard brannte es schon sehr auf dem Herzen, aber er traute sich nicht recht, es anzusprechen.

»Wolfgang?«, begann er.

»Hm?«, brummte der nur.

»Es tut mir leid.«

»Was denn?«, fragte er beiläufig, Richard hatte aber den Eindruck, dass er genau wusste, was er meinte.

»Mei, die ganze Sache halt. Weil ich doch unbedingt den Mörder vom Schorsch finden wollte …«

»Ist schon recht«, meinte Wolfgang. Es klang müde und resigniert.

Richard seufzte. »Ich hätte dich nicht in die ganze Sache reinziehen dürfen.«

»Ach was. Ich bin ja selber schuld. Ich hätte ja nicht mitmachen müssen. Mir stinkt bloß …«, er zögerte, »ach, ist ja jetzt auch wurscht.«

»Was denn?«

»Ach, bloß weil … Mir stinkts, weil ich selber nicht gemerkt habe, dass wir es übertreiben. Ich mein, schließlich bin ich der Ältere von uns beiden. Und … ich hab schon öfter mal Anschiss bekommen. Aber so weit, dass ich einen Eintrag in die Akte bekomme, hab ich es noch nicht geschafft. Ich hätte nicht gedacht, dass es noch mal soweit kommt.«

Richard fühlte sich noch mieser als vorher. »Glaubst du, dass wir ein Disziplinarverfahren bekommen?«

Wolfgang zuckte bloß mit den Schultern.

»Und dass sie uns am Ende noch rauswerfen?«

»Ach was, nichts wird so heiß gegessen, wie es gekocht wird«, meinte Wolfgang. Es sollte beruhigend klingen, Richard war sich aber nicht sicher, ob Wolfgang selbst davon überzeugt war.

So schlurften sie weiter über die Wiese und hingen finsteren Gedanken nach. Der Unrat war doch mehr, als Richard zu Anfang bemerkt hatte. Die ganze Sache artete in richtige Arbeit aus. Nach zwei Stunden kam Heiko mit einer Thermoskanne an und ein Kollege von ihm mit einer großen Plastikbox mit Tassen. Richards Befürchtungen, irgendeinen obskuren Tee vorgesetzt zu bekommen, bewahrheiteten sich zum Glück nicht. In der Tasse landete tatsächlich Kaffee. »So, die Pause habt ihr euch verdient.« Heiko schenkte jedem ein freundliches Lächeln, während er das schwarze Gebräu in die Tassen pumpte. »Aber nicht zu lange rasten, gell?«

Also setzten sie sich auf die nächste Parkbank und tranken ihren Kaffee. Es war nicht unbedingt der beste, den Richard je bekommen hatte, aber zumindest war er heiß und stark. Es war immer noch unangenehm feucht überall, aber mit dem heißen Getränk, das durch die Speiseröhre in den Magen hinunter rann, war es zumindest einigermaßen erträglich.

Es wollte sich gerade eine gewisse Gemütlichkeit einstellen, als sie ein lautes Räuspern hinter ihnen aufschrecken ließ. Da stand ihr Chef, noch geschniegelter als sonst in seiner Polizeiuniform, und sah sie missbilligend an. Richard spuckte vor Schreck den letzten Schluck Kaffee wieder in den Becher.

»Ich habe euch nicht zum Kaffeesaufen hierher geschickt«, sagte er knapp.

»Aber Chef, wir machen gerade zum ersten Mal kurz Pause …«, verteidigte sich Wolfgang.

Glücklicherweise kam Heiko ihnen zu Hilfe.

»Ahhhh, Herr Polizeidirektor«, er grinste von Ohr zu Ohr, »da haben Sie mir ja wirklich Ihre fleißigsten Männer geschickt.«

»Soso«, ihr Chef reckte sichtlich geschmeichelt den Kopf nach oben, »dann haben sich die zwei also ihre Pause verdient?«

»Wahrlich, wahrlich, Herr Polizeirat. Die zwei können richtig mit anpacken. Nicht wahr, meine Hübschen?«

Bei den »Hübschen« verschluckte sich Richard so richtig und musste ausgiebig husten. Wolfgang klopfte ihm mitfühlend auf den Rücken.

»Na, das hört man gern«, ihr Chef räusperte sich noch einmal. »Äh, wie sieht es aus, können wir gleich?«

»Natürlich, natürlich Herr Oberkommissar. Schauen Sie, da drüben wäre doch ein schönes Plätzchen.«

Richard blickte die beiden abwechselnd an, rätselnd, was gerade vor sich ging. Endlich trat ein kleiner Mann hinter ihrem Chef hervor. Vielleicht einen Meter 50 groß und glatzköpfig, war er zuerst gar nicht zu sehen gewesen. Als Richard die Kamera in seiner Hand entdeckte, wurde ihm klar, was los war. Offensichtlich war das Müllsammeln nicht genug Strafe. Nein, dazu gab es noch ein schönes Foto für die Zeitung. Damit ihr Chef gut dastand und sie wie die Deppen. Eines musste man ihm lassen: Das mit der Bestrafung hatte er offenbar drauf.

Der Fotograf verzog das Gesicht. »Also da hinten ist Scheiße. Da haben wir ganz schlechtes Licht.«

»Ach so, ja, klar.« Heiko rümpfte die Nase und sah sich um. »Ja, dann vielleicht da drüben, bei dem Brunnen.«

»Ja, wenn Sie meinen.« Der Fotograf zuckte mit den Schultern.

»Sie machen das schon«, bestimmte der Chef, griff Wolfgang und Richard bei den Schultern und drückte sie sanft aber bestimmt in Richtung Brunnen.

Und so standen sie in der Gruppe zusammen. Heiko und der Chef freudestrahlend, während die Mundwinkel von Richard und Wolfgang kaum über die Horizontale hinaus kamen.

Der Fotograf drückte ein paarmal ab, blickte auf das Display der Kamera und schüttelte den Kopf. Dann schoss er noch ein paar Fotos, bei denen er sich seltsam verrenkte, besah sich wiederum das Ergebnis und schüttelte wieder den Kopf. »Gut, das sollte es gewesen sein«, meinte er anschließend. »Das ist dann morgen in der Zeitung. Spätestens übermorgen.«

Ihr Chef hob drohend den Zeigefinger. »Aber Sie mailen mir vorher den Bericht zur Freigabe, verstanden? Nicht, dass Sie mir *irgendetwas* reinschreiben.«

»Jaja, klar. Also ich muss dann los.« Und weg war das Männlein. Heiko erklärte ihrem Chef überschwänglich, wie dankbar er für die Hilfe der zwei Kollegen sei. Und natürlich auch für die Berichterstattung in der Presse. Weil schließlich war es doch ganz wichtig, dass die Leute für ihre Umwelt sensibilisiert wurden, nicht wahr? Wäre er nicht von einem der anderen Müllsammler gerufen worden, er hätte wohl noch eine halbe Stunde so weiter geredet. Er bedankte sich nochmals und trabte davon.

Auch Richard und Wolfgang wollten sich klammheimlich aus dem Staub machen, wurden aber sofort gebremst.

»Stopp, meine Herren. Erst mal schön hiergeblieben. Sie haben also schon einmal einen Einblick erhalten, wozu Ihr Fehlverhalten führt. Aber glauben Sie nicht, dass das schon alles war. Ich habe mir noch ein paar schöne Einsätze für euch zwei überlegt. Aber es freut mich zu hören, dass ihr eure Aufgabe ernst nehmt.« Er besah sich die beiden von oben bis unten, bis sein Blick an den mit Nägeln bestückten Stöcken hängen blieb, die sie in der Hand hielten. Ehe sie sich versahen, hatte er sie ihnen abgenommen und drückte sie zwei jugendlichen Helfern in die Hand, die gerade vorbeischlenderten. »Hier, Jungs. Die könnt ihr sicherlich besser gebrauchen als meine Kollegen. Polizisten sind körperlich fit und können sich noch bücken.«

Die beiden nahmen die Stöcke grinsend an und blickten sich beim Weggehen immer wieder verstohlen lachend um.

»Gut, meine Herren«, verkündete der Chef schließlich. »Ich muss wieder los. Ich denke, Sie dürften bis pünktlich 17 Uhr hier fertig werden. Dass mir ja keine Überstunden aufgeschrieben werden, gell.«

Er entfernte sich ein paar Schritte, drehte sich dann aber noch mal um. »Ach, bevor ich es vergesse …« Er griff in seine Tasche und holte ein Bonbon hervor. Vor ihren Augen wickelte er es aus, steckte es in seinen Mund und warf das Papier vor sich auf den Boden. »Ihr habt da noch was liegen gelassen.« Drehte sich um und ging davon.

Richard und Wolfgang sahen ihm mit offenem Mund nach. »So viel Abgebrühtheit hätte ich ihm nicht zugetraut«, sagte Richard, als er außer Hörweite war.

»Das hebst du auf«, meinte Wolfgang nur.

»Warum ich?«

»Weil du uns das eingebrockt hast.«

»He, Jungs!«, rief Heiko hinter ihnen. Sie drehten sich um und sahen ihn freudestrahlend auf sie zulaufen. »Seid doch bitte so lieb und kümmert euch noch um die Hundehäufchen.«

»Um was?«, echoten Richard und Wolfgang gleichzeitig.

»Um das Hunde-Ah-Ah. Wenn der Park wieder vom Müll befreit ist und die Kinder spielen können, dann wollen wir doch nicht, dass sie in eine kleine Tretmine hineintapsen, oder?«

Sie starrten ihn nur mit großen Augen an, aber er ließ sich überhaupt nicht beirren, sondern zog kleine Tüten aus der Tasche.

»Hier, für jeden von euch«, verteilte er sie zu gleichen Teilen an beide. »Das sind umweltfreundliche Papiertüten. Damit geht's nicht ganz so leicht, wie mit den Plastiktüten, und ein bisserl feucht geht es manchmal auch durch. Aber wir wollen doch das böse, böse Plastik, soweit es geht, vermeiden, nicht wahr?«

Sprachlos betrachteten sie die braunen Tüten.

»Dann kann es ja losgehen«, plapperte Heiko einfach weiter. »Am besten fangt ihr da hinten an. Da habe ich vorhin einige Häufchen gesehen. Und stinken tut es da. Naja, ihr macht das schon.« Er klopfte ihnen aufmunternd auf die Schulter, und weg war er.

KAPITEL 25

»Ist doch ein schönes Bild von dir.« Haaserer hielt ihm das Handydisplay genau vor die Nase.

»Super Bild«, knurrte Richard und nippte an seinem Weißbier. Das Handy stieß er dabei mit dem Weißbierglas zur Seite. Sie saßen in ihrem Lieblingscafé, und Richard war gerade so richtig genervt.

»Ich wusste gar nicht, dass du so auf Umweltschutz stehst«, fügte Foo grinsend hinzu.

Die beiden amüsierten sich jetzt schon seit einer Viertelstunde über den Zeitungsbericht zu seiner unfreiwilligen Müllsammelaktion. Natürlich war der Artikel auch auf der Internetseite der Zeitung zu finden. Und genau den hatte Haaserer auf dem Handy.

»Schade, dass ihr keine grüne Uniform mehr habt wie früher. Das würde doch super zu eurer Öko-Einstellung passen.«

»Jetzt hört schon auf, mich dauernd zu verarschen«, schimpfte Richard. »Ihr wisst genau, dass ich das nur der Sache mit dem Aschinger zu verdanken habe. Und wenn ich das nicht bald wieder gut machen kann, dann bleibt so was meine Hauptbeschäftigung.«

»Meinst du nicht, dass es dein Chef damit gut sein lässt?«, fragte Foo.

»Das kannst du vergessen«, brummte Richard. »Nichts Konkretes hat er noch nicht gesagt, aber er hat definitiv noch was Gemeines auf Lager. Da bin ich mir sicher.«

»Und was willst du dagegen machen?«, fragte Haaserer.

»Keine Ahnung«, seufzte Richard. »Es müsste eben was Außergewöhnliches sein. Irgendeine wirklich heiße Spur wegen dem Schorsch. Oder irgendwas wegen der Drogengeschichte.«

»Drogengeschichte?« Foo war ganz aufmerksam geworden.

»Ja, wo der Ossi doch niedergeschlagen wurde. Und der Schorsch hing da ja auch mit drin. Wenn ich da was hätte, das würde schon helfen. Aber ich darf mich ja in nichts mehr einmischen, was mit dem Unfall zu tun hat.«

»Hm«, überlegte Foo. »Aber die Sache mit dem erschlagenen Ossi …«

»Niedergeschlagen«, verbesserte Richard.

»Ja, schon recht. Auf jeden Fall hat das ja erst mal nichts mit dem Schorsch zu tun. Jedenfalls nicht direkt, oder?«

Richard dachte darüber nach. »Ja, ich denke schon. Zumindest waren es am Anfang zwei unterschiedliche Fälle. Bis wir rausbekommen haben, dass der Schorsch offenbar darin verwickelt war.«

»Also dürftest du an der Sache jederzeit arbeiten, ohne dass dein Chef was dagegen haben könnte.«

»Ja, theoretisch schon. Aber da sind wir in einer Sackgasse. Das mit der Wildkamera ist ja leider in die Hose gegangen. Ich hab mal drüber nachgedacht, ob ich vielleicht im *Thunders* noch was rausfinden könnte, weil der Schorsch doch da gearbeitet hat. Aber der Typ von der Drogenfahndung meint, da läuft nichts mit Drogen.«

»*Thunders*?«, jetzt war es der Haaserer, der äußerst aufmerksam wurde. Er und Foo sahen sich an und schienen wortlos miteinander zu kommunizieren. Richard fragte sich schon, was da gerade bei ihnen passierte.

»Richard, weißt du was?«, eröffnete ihm schließlich Haaserer, »ich glaube, die Spur solltest du verfolgen. Und wir helfen dir dabei!«

»Hä?«

»Ja, genau. Wir drei gehen heute noch ins *Thunders*. Ich höre mich mal bei den weiblichen Angestellten ein wenig um, und Foo tritt als potenzieller Drogenkäufer auf. Undercover quasi. Das passt doch perfekt.« Haaserer frohlockte richtiggehend, und Foo nickte zustimmend.

»Ach was«, winkte Richard ab. »Das bringt doch eh nichts.«

»Richard«, tadelte Haaserer ihn, »ich mache mir wirklich Sorgen um dich. Wir geben dir einen Grund, es mal wieder so richtig in der Disco krachen zu lassen, und du lehnst ab.«

»Ich glaube, ich werde zu alt für den Scheiß.«

Haaserer schüttelte den Kopf. »Richard, ich bin ehrlich enttäuscht von dir.«

»Außerdem«, sprang ihm Foo bei, »hast du doch selber gesagt, dass du irgendwas Vorzeigbares brauchst, damit du bei deinem Chef wieder gut dastehst, oder?«

»Ja, schon«, gab er widerwillig zu.

»Na also. Und ist es dann nicht sinnvoll, alles zu versuchen, und wenn die Chance auch noch so gering ist?«

Richard verzog das Gesicht.

»Oder soll ich dir noch ein paar Papiertüten für Hundehäufchen besorgen?«

»Schon gut, schon gut«, wehrte Richard ab. »Ihr habt mich überzeugt. Dann versuchen wir es halt.«

Eine Stunde später bezahlten sie den Eintritt für das *Thunders*. Besser gesagt, Richard bezahlte. Wenn sie ihn schon quasi ehrenamtlich bei seiner Arbeit unterstützten, dann konnte er doch wenigstens für die Spesen aufkommen, hatten seine beiden Kumpel gemeint.

»Lass dir eine Quittung geben, dann zahlt es dein Chef«, meinte Haaserer. Richard blickte unschlüssig den Kassierer an. Über dessen Kopf schwebte ein metaphorisches Fragezeichen. Also verzichtete er auf die Nachfrage. Wahrscheinlich konnte er das Wort Quittung nicht mal schreiben.

Kaum waren sie drinnen, entschwebte Haaserer bereits. »Ich geh dann mal die Mädels checken!«, rief er und war verschwunden. »Und ich check die Drogen«, ließ Foo verlauten und war ebenfalls weg.

»Haltet euch bitte zurück«, rief Richard ihnen nach, aber es war wohl vergeblich. Er blickte in Richtung Bar und seufzte. Um das, was er jetzt erledigen musste, kam er nicht herum, aber er hätte es gerne noch eine Weile vor sich her geschoben. Na gut, dachte er, jetzt ist genauso gut wie jeder andere Zeitpunkt. Also setzte er sich auf den freien Barhocker. Rosalie begrüßte ihn mit einem Lächeln. Er versuchte, es zu erwidern, aber es wollte ihm nicht so recht gelingen.

»Mieser Tag?«, fragte sie.

Richard nickte.

»Ein Bier?«

Richard nickte wieder. Sie reichte ihm eine Flasche.

»Und? Hast du was Neues rausgefunden?« Sie erwähnte nicht den Namen Schorsch, weil sie nicht wissen konnte, wer mithörte, und Richard wusste auch so, um was es ging.

Etwas unentschlossen nippte er an seinem Bier, schließlich schüttelte er mit gesenktem Blick den Kopf.

»Oh«, sagte Rosalie nur.

Und dann erzählte er ihr alles. Wie sie über die Lackspuren auf den Aschinger gekommen waren. Und wie sie das Handy vom Schorsch gefunden hatten. Sie schien nicht wirklich überrascht zu sein, dass er sie wegen dem Handy angelogen hatte. Wie sie schließlich den Aschinger verhört hatten, was so richtig nach hinten losgegangen war. Er erzählte von dem Einlauf, den ihnen ihr Chef verpasst hatte. Und er erzählte, dass ihm strengstens untersagt worden war, noch irgendetwas in der Sache zu unternehmen.

»Rosalie«, sagte Richard schließlich, »es tut mir leid. Ich hab es in den Sand gesetzt. Wenn ich ehrlich bin, ich glaube nicht mehr, dass wir den kriegen, der den Schorsch auf dem Gewissen hat.«

Rosalie sah ihn eine Weile nur an. Dann wischte sie sich eine Träne aus dem Auge. »Ist schon gut.« Sie legte ihre Hand auf seine Schulter. »Du hast getan, was du konntest.«

Richard fühlte sich noch ein bisschen schlechter. Er wusste nicht, was er darauf sagen sollte, also nickte er nur und nippte noch mal an seinem Bier.

Schließlich verabschiedete er sich. Was hätte er ihr noch erzählen sollen? Also machte er sich auf die Suche nach seinen Freunden. Als Erstes fand er Haaserer. Der saß gut versteckt in einer Ecke, ebenfalls ein Bier in der Hand, und schaute grimmig drein. Richard setzte sich neben ihn, sie stießen an und nahmen einen tiefen Schluck. Eine Weile blickten sie schweigend auf die Tanzfläche. Viel los war auf dieser nicht gerade. Und auch das, was sich dort befand, lohnte nicht wirklich einen längeren Blick.

»Kein Erfolg?«, fragte Richard schließlich.

»Ach, lass mir meine Ruhe«, maulte Haaserer nur.

Richard zuckte mit den Schultern. »Hast du den Foo gesehen?«

»Nein, du?«

Richard schüttelte den Kopf. »Schauen wir mal, wo er ist?«

»Wegen mir.«

Also machten sie sich wiederum auf die Suche. Diesmal war es aber ungleich schwieriger, denn Foo schien wie vom Erdboden verschluckt zu sein. Nun war er ja eigentlich mit seinen langen Zottelhaaren nicht unbedingt sehr unauffällig. Aber auch nach drei Runden durchs *Thunders* blieb er verschwunden. Es war die Idee vom Haaserer, draußen nach ihm zu suchen. Also ließen sie sich an der Kasse Stempel auf die Hand geben, damit sie später wieder reinkommen konnten, und gingen an die frische Luft. In einer schummrigen Ecke wurden sie letztendlich fündig. Zuerst sahen sie den roten Punkt einer glimmenden Zigarette, und als sich ihre Augen an die Düsternis gewöhnt hatten, kam das

Gesicht vom Foo dahinter zum Vorschein. Beim Näherkommen roch Richard schon, dass es sich nicht um eine normale Zigarette handeln konnte.

»Servus«, grüßte Foo und hustete ein paar Mal, was ihn gleich darauf zum Kichern brachte.

»Herrgott, Foo«, zischte Richard. »Du solltest doch nach *Crystal* fragen. Nicht nach *Marihuana*.«

»Hab ich doch«, beschwichtigte Foo. »Aber eines muss ich deinen Drogen-Kollegen lassen, ihre Informationen sind absolut richtig. Du findest im ganzen *Thunders* kein Gramm davon. Auch kein *Ecstasy* oder so was.«

»Und warum musstest du dann Gras kaufen?«

»Ich hab doch überhaupt kein Gras gekauft«, antwortete Foo und schien sich keiner Schuld bewusst zu sein.

»Und was ist dann das?« Richard deutete wütend auf den Joint. Foo betrachtete ihn, als sähe er ihn gerade zum ersten Mal.

»Den hab ich nicht gekauft. Das ist mein eigener, den habe ich von daheim mitgebracht. Magst du mal ziehen?«

Bevor Richard etwas antworten konnte, hatte Haaserer sich den Joint geangelt und zog daran. Gleich darauf erlitt er einen heftigen Hustenanfall. Kein Wunder, war er doch ansonsten strikter Nichtraucher.

»Scheiß Zeug«, stieß er keuchend hervor. Foo zuckte nur mit den Schultern und nahm einen tiefen Zug.

KAPITEL 26

Das *Bockbierfest* in Kötzting war schon seit Jahrzehnten vor allem bei den Jugendlichen im Landkreis sehr beliebt. Dabei führte das ausgeschenkte Starkbier mit bewundernswerter Regelmäßigkeit zur absoluten Selbstüberschätzung der Trinkenden. Kein Wunder, hatte es doch den doppelten Alkoholgehalt von normalem Bier. In Massen strömten die Halbwüchsigen in die Festhalle und gaben sich der alkoholgeförderten Ekstase hin. Nach dem Genuss von zwei oder mehr Maß Bockbier schwebten die meisten in der schmalen Grauzone zwischen Vollsuff und Alkoholvergiftung. Filmriss und Verlust der Muttersprache gerne inbegriffen. Der gegrölte Gesang zahlloser Schlager und sich erbrechende 16-jährige Mädchen, denen von ihren Freundinnen die Haare aus dem Gesicht gehalten wurden, all das machte es sehr schwer, es nüchtern zu ertragen. Dazu die Ausdünstungen von Hunderten jugendlichen Betrunkenen, abgerundet durch den Geruch einer ordentlichen Hendlbraterei. Wehe dem, der Fahrer sein musste. Und zu späterer Stunde torkelten die Gäste nach dem Ende des Ausschanks nicht etwa bierselig nach Hause, sondern stürzten sich mit Hingabe noch in sämtliche Nachtlokale der Stadt, um dort auch gerne mal in finsteren Ecken weitere Haufen von Erbrochenem zu hinterlassen. Im Großen und Ganzen zusammengefasst, war das *Bockbierfest* widerlich, ekelhaft … oder mit anderen Worten: legendär!

Richard hatte jedes Jahr, wenn es irgendwie möglich war, daran teilgenommen und es genossen.

Auch dieses Jahr nahm er daran teil, nur diesmal nicht freiwillig und definitiv ohne es zu genießen. Normalerweise hielt sich die Polizei bei der Veranstaltung so weit wie möglich heraus. Eigentlich kamen sie nur, wenn es gar nicht anders möglich war. Seit es vor einigen Jahren zu einer recht unschönen Massenschlägerei gekommen war, hatte es ein ordentliches Upgrade für die eingesetzte Security gegeben. Vorher hatte diese vor allem aus Personen bestanden, deren Eignung darauf hinauslief, dass sie am meisten Alkohol vertrugen. Somit waren sie zu fortgeschrittener Stunde noch am ehesten ansprechbar beziehungsweise handlungsfähig gewesen. Nach besagtem Ereignis waren aber plötzlich andere Eignungen mehr gefragt. Zum Beispiel eine Ausbildung zum Türsteher und eine gewisse optische Ähnlichkeit mit einem Kleiderschrank. Damit hatten die Kollegen von der Polizeiinspektion Bad Kötzting noch mehr ihre Ruhe als vorher. Im Regelfall reichte es, wenn sie zu früher Stunde vorbeischauten, um nach dem Rechten zu sehen. Arbeit hatten sie nur, wenn wirklich mal einer so richtig randalierte, was aufgrund der konsumierten Menge an Alkohol eher selten vorkam. Die Beamten aus Cham hatten mit der ganzen Sache im Grunde überhaupt nichts zu tun. Normalerweise zumindest, hätte ihr Chef sich nicht eingebildet, dass Richard und Wolfgang dieses Jahr mal als tatkräftige Unterstützung für die Security aushelfen sollten. Natürlich war auch das wieder Teil ihrer nicht enden wollenden Bestrafung. Und diesmal war sie ganz besonders bitter. Richard hätte lieber noch eine Woche lang Hundehäufchen mit der bloßen Hand aufgesammelt, als das Fest nüchtern und im Dienst zu erleben. Während ihrer regelmäßigen Patrouillen durch die Festhalle erfuhren sie am eigenen Leib, warum sich die Polizei schon seit jeher bei solchen Veranstaltungen dezent im Hintergrund gehalten hatte. Zwei uniformierte Beamte, die durch eine riesige Menge von Betrunkenen marschierten, bekamen jede Menge an unflätigen Bemerkungen ab. Mit steigendem Alkoholpegel sank nun mal naturgemäß die Hemmschwelle. Natürlich taten die beiden gut daran, die unschönen Zurufe zu ignorieren. Beim einen oder anderen, der sie so richtig blöd angequatscht hatte, hätten sie gute Lust gehabt, ihn mal von der Bank zu zerren und vor die Tür zu setzen. Das hätte aber auch mal schnell in eine kleine bis mittelgroße Handgreiflichkeit ausarten können. Und das galt es auf jeden Fall zu verhindern. Zumal sie dann genau im Zentrum der Schlägerei gewesen wären. Also bissen sie die Zähne zusammen und ließen es über sich ergehen. Sooft es möglich war, hielten sie sich daher im Freien vor der Festhalle auf. Da war auch die Luft deutlich besser. Dauerhaft konnten sie nicht draußen bleiben, weil ihr Chef den Chef der Security geimpft hatte, dass sie ja ihren Anteil an der Arbeit zu machen hatten. Und dazu gehört nun mal, regelmäßig am Ort des Geschehens Präsenz zu zeigen.

Sie waren gerade wieder draußen angekommen und sogen gierig die frische Luft ein, als ein älterer Herr vor ihnen stehen blieb. Sowohl das Alter als auch sein sehr teuer aussehendes Trachtengewand schien so überhaupt nicht zur Umgebung zu passen. Richard brauchte eine ganze Weile, um zu erkennen, dass es der Rechtsanwalt vom Aschinger war. Der hatte ihnen gerade noch gefehlt.

»Ja, meine Herren, was für eine Überraschung, Sie hier zu treffen«, begrüßte er sie. Sein Tonfall ließ vermuten, dass es nicht wirklich überraschend für ihn war. »Sehr schön, da kann ich mir ja den Weg zu Ihrem Revier sparen.«

»Was wollen Sie denn?«, fragte Wolfgang kurz angebunden.

»Ach, ich wollte nur ein wenig mit Ihnen plaudern«, sagte der Anwalt möglichst beiläufig. »Es steht ja immer noch diese unschöne Sache mit Ihren völlig aus dem Ruder gelaufenen Ermittlungen gegen meinen Mandanten im Raum.«

»Ja und?«, raunzte Richard. Die aufgeblasene Art machte ihn richtiggehend wütend.

»Nun, der Herr Aschinger ist natürlich sehr ungehalten darüber. Und er erwägt immer noch, Beschwerde gegen Sie einzulegen. Und ich muss Ihnen sicherlich nicht erläutern, was das für Sie heißt. So ein Disziplinarverfahren, da ist nicht mit zu spaßen.« Er machte eine kunstvolle Pause. »Nun ist es aber so, dass ich persönlich ein großer Freund der Polizei bin. Und ich würde meinen Mandanten gerne dazu überreden, von der ganzen Sache abzusehen.«

»Und weiter?«, Richard gefiel überhaupt nicht, in welche Richtung sich das Gespräch entwickelte.

»Sie verstehen sicherlich, dass ich dem Herrn Aschinger einen guten Grund liefern müsste, damit er auf die Beschwerde verzichtet. Verständlicherweise sitzt seine Wut darüber sehr tief.«

»Und der wäre?«

»Nun, da gibt es noch dieses äußerst unseriöse Video, das meinen Mandanten in einem … nun sagen wir, etwas ungünstigen Licht erscheinen lässt. Natürlich könnte ein geneigter Betrachter bei diesen – absolut aus dem Zusammenhang gerissenen – Filmaufnahmen ein vollkommen falsches Bild von Herrn Aschinger bekommen. Und das möchte ich einem so angesehenen Bürger mit einem so ausgezeichneten Leumund gerne ersparen. Wie ich höre, ist besagtes Filmmaterial ausschließlich in Ihren Händen und noch nicht in die allgemeine Beweisaufnahme übergegangen?«

»Ja«, knurrte Wolfgang nur.

»Nun, dann würde ich mich so weit aus dem Fenster lehnen und Ihnen die Zusage im Namen meines Mandanten geben, dass er von einer Beschwerde absieht, wenn Sie im Gegenzug auf die Veröffentlichung des besagten Videos verzichten. Verstehen wir uns?«

Richard sah Wolfgang an, der seufzte und zuckte resigniert mit den Schultern. Was blieb ihnen denn anderes übrig?

»Meine Herren, ich werte das als ein Ja«, fuhr der Anwalt fort. »Es freut mich immer, wenn ich so unkomplizierte Lösungen finden kann.« Mit gesenkter Stimme fügte er hinzu: »Natürlich verstehen Sie, dass dieses Gespräch vollkommen inoffiziell war?«

Die beiden nickten.

»Wie schön!«, sagte er wieder lauter. »Dann wünsche ich Ihnen noch einen schönen Abend ohne Zwischenfälle.« Und schon war er weg und zu einer wartenden Gruppe ebenfalls älterer Herren in feinem Zwirn zurückgekehrt. Die gingen natürlich nicht in die Festhalle zum gemeinen Pöbel, sondern in das benachbarte Wirtshaus.

»So ein verdammter Sauhund!«, schrie Richard, als er außer Hörweite war.

Wolfgang winkte ab. »Ach, lass gut sein. Sei froh, dass wir zumindest aus der Nummer raus sind. Reicht schon, wenn uns unser Chef in die Pfanne haut.«

»Ja, stimmt schon. Aber jetzt kommt der Aschinger auch noch ungeschoren mit allem davon!«

»Nimm es nicht so schwer.« Wolfgang legte ihm beschwichtigend die Hand auf die Schulter.

»Ach, Scheiße, Mann.« Richard trat gegen einen Pfosten und vergrub die Hände niedergeschlagen in den Hosentaschen. »Es ist zum Kotzen. Ich könnte drauf wetten, dass der Aschinger den Schorsch auf dem Gewissen hat, und wir haben keine Chance, es zu beweisen. Und dann kommt er sogar noch damit davon, dass er vor aller Augen besoffen durch die Gegend fährt. Das ist doch nicht fair.«

»Das Leben ist kein Wunschkonzert«, meinte Wolfgang schulterzuckend.

»Äh, sorry …?« Die Stimme kam zaghaft von hinten. Richard drehte sich um und blickte auf einen pickligen Teenager, der sie sehr unsicher anschaute.

»Sie, Herr Polizist, ich glaube, du wirst da hinten gebraucht.« Offenbar hatte er zumindest die erste Maß schon hinter sich, und Richard war versucht, sich den Ausweis zeigen zu lassen. 16 Jahre war das Bürschchen doch nie im Leben alt. Aber vielleicht sollte er sich lieber anhören, was los war. »Was ist denn da hinten?«

»Ja, da ist so ein besoffener Typ, und der labert eine Blonde blöd von der Seite an.«

Wolfgang und Richard blickten sich an. Da mussten sie sich maximal zehn Sekunden umschauen, um so was zu sehen. Schön war es nicht, aber bei der Kombination aus Testosteron und Alkohol, die hier in der Luft lag, war es nun mal die Natur der Dinge, dass die Jungs in der Hinsicht über die Stränge schlugen.

»Na gut, zeig es uns mal«, meinte Wolfgang nach einem Seufzen. Wahrscheinlich war es sinnlos, aber wie hieß es so schön? Dein Freund und Helfer. Und es war ja gerade heute ihr Job, nach dem Rechten zu sehen. Das Bürschchen führte sie um die Ecke der Festhalle. Ein gepflasterter Weg verlief zwischen der Halle und einem kleinen Bach. Da es hier nicht ganz so hell erleuchtet war wie vorne, versammelten sich immer wieder Einzelne, um frische Luft zu schnappen, in Ruhe eine zu rauchen oder um einfach nur ihren Rausch in den Bach zu kotzen. Manchmal wurde das schummrige Licht aber auch für eher zwischenmenschliche Bedürfnisse genutzt. Als sie um die Ecke bogen, merkten sie schon, dass die Angelegenheit wohl doch nicht so nebensächlich war wie vermutet.

»Lass mich in Ruhe, du Drecksau«, schrie eine schrille Frauenstimme und ließ die beiden ihren Schritt deutlich beschleunigen. Tatsächlich war die der Stimme zugehörige Dame – oder besser gesagt das Mädchen – schon in arger Bedrängnis. Ein offensichtlich stark angetrunkener Typ in Tracht und Lederhose zerrte an ihr und versuchte offenkundig, ihr an die Wäsche zu gehen.

»Ich schnapp mir ihn, und du passt auf sie auf«, sagte Wolfgang knapp, und schon hatte er dem Typen mit geübtem Griff den Arm so nach oben gedreht, dass er sich nicht mehr rühren konnte. Das hinderte ihn jedoch nicht daran, vor Schmerzen lauf aufzuschreien. Richard tat er aber keinesfalls leid. Sicherlich war der Griff äußerst schmerzhaft, aber nur solang man sich zur Wehr setzte. In dem Sinne war er also selber schuld, und außerdem hatte er sich ein wenig Schmerz ganz offenkundig verdient. Richard brachte derweil die junge Dame mit sanftem und dennoch festem Griff aus der Gefahrenzone.

»Alles in Ordnung?«, fragte er sie.

Sie hatte die Arme um sich geschlungen und schniefte mit Tränen in den Augen: »Ja, ich glaub schon.«

»Hat er Sie irgendwo verletzt?«, hakte Richard nach.

Sie blickte an sich nach unten. Das Dirndl war ein wenig ramponiert, aber sonst schien sie okay zu sein. Entsprechend schüttelte sie den Kopf.

Ihr Widersacher hatte die Gegenwehr noch nicht aufgegeben und landete deswegen mit der Backe unsanft an der Hauswand. »Ahhhhhh«, schrie er. »Du verdammte Bullensau, lass mich los.«

»Das kannst du dir abschminken«, antwortete Wolfgang. Er kam zwar ganz schön ins Schwitzen, aber Richard glaubte, auch eine gewisse Genugtuung in seinen Augen zu sehen. Sie waren zwar nicht solche Polizisten, denen einer abging, wenn sie Gewalt anwenden durften, aber bei gewissen Kunden hatten sie eben auch kein Mitleid. Besonders, wenn sie sich an jungen Mädchen vergreifen wollten, die sich nicht wehren konnten.

Schließlich hatte der Tumult auch die restliche Security alarmiert. Fünf Kleiderschränke kamen im Laufschritt um die Ecke getrabt und konnten sich ein Grinsen nicht verkneifen, als sie die Situation erkannten. Einer von ihnen fragte Wolfgang, ob er ihm seinen Kunden abnehmen sollte, was er dankbar annahm.

»Saubere Arbeit, Jungs«, meinte der Chef der Security, der ebenfalls Teil der Gruppe war. »Ich habe schon eure Kollegen verständigt, dass sie den jungen Herrn in Gewahrsam nehmen.«

Der wurde gerade von einem der wandelnden Kleiderschränke in Richtung Hauptstraße bugsiert, den Kopf nach unten gedrückt und die Arme nach hinten hochgebogen. Seine Schimpftirade hörte nicht auf, aber dem professionellen Griff hatte er nichts entgegenzusetzen.

»Schön, den Profis bei der Arbeit zusehen zu dürfen«, grinste das Oberhaupt der Sicherheitsleute.

»Immer gern«, antwortete Wolfgang und rückte die Uniform zurecht.

»Ich denke, den Rest des Abends könnt ihr es ruhig angehen lassen«, raunte er ihnen mit etwas leiserer Stimme zu.

»Wir kümmern uns um alles, und eurem Chef erzähl ich, dass ihr blitzsaubere Arbeit abgeliefert habt.«

Mit einem stillen Gruß verabschiedete er sich und schlenderte wieder Richtung Festhalle.

»Ich brauch jetzt erst mal was zu trinken«, meinte Wolfgang. »Kümmerst du dich noch um sie?«

»Ja, klar. Ich komm dann nach«, antwortete Richard. »Bestell mir ein kaltes Wasser mit.«

Wolfgang nickte und verschwand. Richard drehte sich zu seinem Schützling um. »So, junge Dame. Alles in Ordnung?«

Sie sah ihn mit großen Augen an. Wahrscheinlich der Schock. Wenn er es aber so recht betrachtete, waren es sehr große und sehr glasige Augen, die ihn da anblickten. Sie setzte an, etwas zu erwidern. Aber stattdessen erbrach sie sich vor ihm. Richard wich schnell einen Schritt zurück, um nicht vom Schwall getroffen zu werden. Die Menge an Mageninhalt war durchaus erstaunlich.

»Oha«, tönte es von seiner rechten Seite.

»Nicht schlecht«, hörte er es von links.

Er blickte nach rechts, da stand Foo und betrachtete das Mädel mit anerkennendem Nicken.

Er blickte nach links. Dann nach links unten, da stand der Haaserer und grinste schief. »Magst du uns deiner Freundin nicht vorstellen?«

»Was, zum Teufel, macht ihr zwei hier?«, fragte Richard aufgebracht. Sonst freute er sich, die beiden zu sehen, aber gerade in dieser Situation konnte er sie gar nicht gebrauchen.

»Brauchst nicht so dumm zu schauen. Bis jetzt waren wir noch jedes Jahr auf dem *Bockbierfest*. Und bloß, weil du mal arbeiten musst, heißt das noch lange nicht, dass wir nicht ohne dich her dürfen.«

»Richtig«, pflichtete Foo bei und steckte sich nebenbei eine Zigarette an.

»Ja, schon klar«, wehrte Richard ab. Insgeheim passte es ihm gar nicht, dass die beiden ohne ihn loszogen. Aber das konnte er ja schlecht sagen. »Ich meine, genau hier. Schließlich ist das ein polizeilicher Einsatz.«

»Mei, wir wollten eben Servus sagen«, meinte Haaserer ungerührt. »Weil vorhin haben wir dich auch nur vorbeigehen sehen.«

»Seid ihr schon länger da? Ich hab euch überhaupt nicht gesehen.«

»Eben deswegen. Wir haben uns gedacht, wenn er uns nicht findet, dann gehen wir eben zu ihm. Und weil du ja offenbar im Einsatz bist, wollten wir schauen, ob wir dir vielleicht helfen können.«

»Zivilcourage, quasi«, warf Foo ein.

»Genau«, pflichtete Haaserer bei. »Und wir wollten fragen, ob du nachher vielleicht noch eine Maß mittrinken magst.«

»Spinnt ihr, ich bin schließlich im Dienst.«

»Ach so, ja, stimmt«, lachte Haaserer. »Hat dich dein Chef noch auf dem Kieker, oder?«

Richard zuckte nur mit den Schultern.

»Ausgerechnet heute wollte ich dir einen ausgeben«, behauptete Foo.

»Du mir einen ausgeben? Das kannst du deiner Oma erzählen.«

»Na, dann eben nicht«, grinste er.

»Sehr witzig«, antwortete Richard. »Ich glaube, es ist besser, wenn ihr euch schleicht. Ich hab hier schließlich noch etwas zu tun.«

»Und was genau?«

»Ich muss mich um die junge Dame hier kümmern.« Er drehte sich zu ihr um, aber die stand nicht mehr da. Richard konnte sie nicht gleich sehen, weil es hier neben der Halle doch eher düster war. Panik stieg bereits in ihm auf, doch dann entdeckte er sie doch. Sie hatte sich auf die Böschung zum Bach gesetzt, gerade etwas außerhalb des Lichtkegels der Laterne. Jetzt war ihr Dirndl wohl vollends versaut. Alkoholbedingt störte sie das gerade aber offensichtlich herzlich wenig. Sie hatte im Moment wohl genug damit zu tun, frische Luft in sich hinein zu saugen, um den Schwindel aus ihrem Kopf zu vertreiben.

»Oje«, Richard kratzte sich am Kopf. »Wie bring ich die jetzt da weg?«

»Geh, Richard, das können wir doch machen«, meinte der Haaserer.

»Ehrlich?«

»Na klar, du kannst dich voll auf uns verlassen.«

»100-prozentig«, pflichtete Foo ihm bei.

Schon waren die beiden bei ihr, hievten sie unter sichtlicher Anstrengung hoch und nahmen sie zwischen sich.

Nach ein paar Schritten zog sie ihre Beine zumindest hinterher, sodass sie nicht das ganze Gewicht tragen mussten.

»So, meine Hübsche, dann bringen wir dich mal schön heim ins Bett«, redete Haaserer auf sie ein. »Wo kommst du denn her?«

»Haaserer …«, begann Richard mit drohendem Ton.

»Geh, Richard, was denkst du denn von mir. Du kennst mich doch«, verteidigte der sich.

»Eben deswegen.«

»Richard«, sie blieben vor ihm stehen, »manchmal bin ich richtig enttäuscht von dir. Was du für eine Meinung von mir hast.«

»Vorsicht, mein Freund. Wenn ich mitkriege, dass du sie einmal falsch anfasst, dann wird's zwischen uns auch noch dienstlich.«

»Lieber Richard, ich schwöre hoch und heilig, dass ich sie niemals unsittlich berühren werde, zumindest heute nicht mehr und danach auch nur dann, wenn sie unbedingt mag …«

»Foo, ihr setzt sie ins nächste Taxi und schaut, dass sie nach Hause gebracht wird. Kann ich mich drauf verlassen?«

»Sowieso«, presste der hervor. Zum einen wegen dem Gewicht, zum anderen, weil er seine Zigarette im Mundwinkel klemmen hatte.

Der Haaserer schnaubte noch einmal abfällig über das fehlende Vertrauen ihm gegenüber, und sie humpelten zu dritt davon. Richard besah sich den Haufen Erbrochenes vor sich, danach seine Schuhe. Seufzend ging er zum Eingang der Festhalle. Dort wartete Wolfgang schon auf ihn und hielt ihm eine Flasche Wasser entgegen.

»Danke«, entgegnete Richard. »Aber ich brauche jetzt erst mal ein Wasser, um mir die Schuhe abzuwischen.«

KAPITEL 27

Richard saß in seinem Auto. Genauer gesagt in seinem Privatwagen. Er saß schon seit einer Minute hier mit abgestelltem Motor und scheiterte daran auszusteigen. Er war so nervös, dass er richtiggehend Bauchschmerzen hatte. Heute war der Abend. Er hatte es die letzten Tage überraschend gut geschafft, es zu verdrängen, aber jetzt war es soweit. Und jetzt kam all die Nervosität geballt auf ihn zu. Er sollte jetzt wirklich aussteigen. Sandra wartete mit absoluter Sicherheit schon am Eingang. Sie war immer pünktlich, egal, was geschah. Und sie hasste es, wenn andere unpünktlich waren. Deshalb wäre es jetzt auch wirklich sehr an der Zeit auszusteigen. Na gut, sie konnte nicht sehen, dass er um die Ecke eingeparkt hatte. Genauso wenig wie er sehen konnte, ob sie vor der Tür der Pizzeria stand. Aber er wusste, dass sie da war. Also stieß er einen langen Seufzer aus und stieg dann aus seinem Wagen. Als er um die Ecke bog, stand da Sandra, genauso wie er es vorausgesehen hatte.

»Hi«, begrüßte sie ihn mit einem Lächeln.

»Servus«, brummte er nur.

»Gehen wir rein?«, fragte sie überflüssigerweise.

Er nickte nur, und sie betraten das Lokal. Drinnen wies ihnen der Kellner einen Platz zu. Ein schöner kleiner Tisch für zwei Personen, das Licht ein wenig schummrig, eine einzelne Kerze verbreitete sanfte Wärme. Fast perfekt, könnte man sagen. Richard hasste es.

Der Kellner überreichte ihnen die Speisekarten und ließ sie alleine. Richard war ganz froh, dass er sich erst mal hinter der Karte verstecken konnte.

»Hm, was nehme ich denn?«, fragte sich Sandra laut. »Die Nudeln sehen gar nicht schlecht aus. Ich glaube, die nehme ich. Und was nimmst du?«

»Pizza *Regina*«, antwortete Richard knapp.

»Du änderst dich auch nicht mehr«, lachte Sandra. Gut, was seine Essgewohnheiten anging, da war Richard wirklich konsequent, das musste er zugeben.

»Ja mei, da kann man eben nichts falsch machen«, versuchte er, sich zu verteidigen.

»Ach, ist doch schön zu sehen, dass du immer noch derselbe bist!«

Schön, dass er derselbe war? Was waren denn das für neue Töne? Sonst war er ihr immer zu langweilig gewesen, zu vorhersehbar. Und jetzt auf einmal war das gut? Richard wollte schon fragen, ob das ihr Ernst sei, aber sie schenkte ihm ein geradezu bezauberndes Lächeln. Und obwohl er es nicht wollte, musste er ebenfalls lächeln.

»Also gut, dann können wir ja bestellen, oder?«, fragte sie.

Richard nickte. Er winkte den Kellner heran, und sie bestellten. Der Kellner warf mit irgendwelchen italienischen Worten um sich, die ebenso gut auch »Leck mich« bedeuten hätten können und verschwand in Richtung Küche.

»Und?«, Sandra stützte sich auf die Ellbogen und blickte ihn an. »Wie geht's dir?«

Beschissen, wollte Richard sagen, in der Arbeit geht es gerade richtig den Bach runter, und ich wäre gerade überall anders lieber als hier.

»Gut«, sagte er und hätte sich am liebsten selbst in den Hintern beißen können.

»Schaust auch gut aus«, beschied sie.

Okay, dachte Richard. Was läuft hier? Versteckte Kamera oder so was?

»Danke, du auch«, murmelte er. Sein Gehirn drohte inzwischen einen Generalstreik an, falls der Mund noch mal etwas anderes sagte als vereinbart.

»Danke!« Sie strahlte ihn an.

Es entstand eine peinliche Pause, aus der sie Gott sei Dank der Kellner rettete, indem er die Getränke brachte. Richard trank gleich mal das halbe Glas leer.

»Und, wie läuft es in der Arbeit?«, nahm Sandra den Faden wieder auf.

»Mei, es läuft halt.«

»So schlimm?«, fragte sie lächelnd.

»Naja, so im Großen und Ganzen passt es schon. Ich hatte letzte Woche ein wenig Pech. Da gab es Ärger.«

»Erzähl«, forderte sie ihn auf.

»Ach, reden wir nicht drüber«, wiegelte Richard ab. »Wie ist es denn mit deiner Schule gelaufen? Abschluss bekommen?« Peinlicherweise wurde ihm bewusst, dass er überhaupt keine Ahnung hatte, für was sie eigentlich auf die Schule gegangen war. Hatte sie ihm das überhaupt erzählt? Wahrscheinlich schon und er hatte bloß nicht zugehört.

»Ja, Abschluss hab ich. Ich meine, ich war jetzt nicht unbedingt die Klassenbeste, aber die Noten waren gut.«

»Dann hat es sich ja gelohnt.«

»Naja …«

»Das hört sich aber nicht sehr begeistert an«, hakte Richard nach.

»Mei, irgendwie hab ich im Nachhinein festgestellt, dass Schule doch nicht so ganz das Richtige für mich ist. Gut, ein bisserl mehr Gehalt bekomm ich jetzt schon als vorher. Aber dafür hab ich eben ein Jahr lang überhaupt nichts verdient.«

Ihre Ehrlichkeit überraschte Richard. Noch mehr überraschte ihn, dass er ihr nicht »ich habe es dir gesagt« an den

Schädel warf. Es kam ihm kurz in den Sinn, aber irgendwie hatte er Mitleid mit ihr.

»Naja, man muss es eben erst machen, um es zu wissen«, meinte er.

»Ja, stimmt. Wenn ich die Entscheidung noch mal treffen müsste, würde ich es wahrscheinlich nicht mehr machen. Und auf jeden Fall werde ich nicht mit der Schule weitermachen.«

»Ach, das ginge noch weiter?«

»Ja klar, ich könnte jetzt an der Uni studieren. Aber ehrlich gesagt, da ist mir dann Geld verdienen doch lieber.«

»Naja, so als Student … jeden Tag bis Mittag schlafen, das hätte doch was.«

Sandra lachte, und auf einmal fühlte es sich für Richard an wie früher. Um ganz ehrlich zu sein, fühlte es sich sogar gut an.

Sie redeten und redeten. Sie erzählte von ihrer Schule und von ihren unmöglichen Mitbewohnern in der WG. Er erzählte von seiner Arbeit und was so alles mit Foo und Haaserer passiert war. Das bestellte Essen kam, sie aßen und redeten weiter. Danach bestellten sie sich noch etwas zu trinken, und die Zeit verging wie im Flug.

Irgendwann sah Richard auf die Uhr und stellte überrascht fest, dass es bereits 23 Uhr war. Er blickte sich um, und erst jetzt wurde ihm klar, dass sie die Letzten im Lokal waren. Gut, abgesehen vom Kellner, der böse Blicke in ihre Richtung warf. Offenbar wollte er Feierabend machen.

»Oh«, Sandra hatte ihn ebenfalls gesehen, »ich glaube, wir sollten langsam zahlen.«

Richard winkte den Kellner heran. Der rollte mit den Augen, als wollte er sagen »na endlich«. Trotz kurzem Protest von Sandra übernahm Richard die Rechnung. Das

Trinkgeld fiel etwas größer aus als üblich, nicht, weil er Sandra beeindrucken wollte, sondern weil ihn der Kellner so missbilligend ansah.

Und so zogen sie sich an und gingen hinaus in die Nacht.

»Der hat uns vielleicht bös angeschaut«, kicherte Sandra, während Richard sie zu ihrem Auto begleitete.

Sie schloss es auf, drehte sich um und blickte ihm tief in die Augen. »Also dann. Gute Nacht.«

Sie blickten sich weiter an, aber sie stieg nicht ein. Warum nicht? Sie stand nur so da und starrte. Er fragte sich, ob er sich einfach umdrehen und gehen sollte, aber irgendwie war er wie hypnotisiert. Und sie starrte einfach weiter. Schließlich gab Richard sich einen Ruck. Er beugte sich nach vorne, um Sandra zu küssen. Doch sie wich zurück.

»Äh, Richard, was soll das?«, fragte sie ihn nervös.

Richard wurde es heiß und kalt. »Ähhh …«, mehr brachte er nicht heraus.

Sie verschränkte die Arme und sah ihn streng an. »Richard, ich dachte, wir könnten hier herkommen als Freunde. Ich bin jetzt echt enttäuscht, dass du das ausnutzen willst.«

»Aber ich dachte …« Richard stockte wieder. Was dachte er eigentlich? Offensichtlich das Falsche. Wieder einmal. Langsam entwickelte sich das zu einem Muster.

»Richard«, Sandra seufzte, »tut mir leid, falls ich dir irgendwie falsche Signale gegeben habe. Ich dachte, du wärst drüber weg, aber offensichtlich ist dem nicht so. Ich glaub, es ist besser, wenn ich jetzt fahre.«

Sie stieg ein und weg war sie. Eiskalt. Da war sie wieder gewesen, die Sandra, wie er sie in Erinnerung hatte. Und er stand da, mit offenem Mund und sah zu, wie sich die Rücklichter ihres Autos entfernten.

Richard hatte heute etwas gelernt: Es gab gewisse Konstanten in seinem Leben. Eine davon war, dass ihm Sandra das Herz brach, immer dann, wenn er es am wenigsten erwartete. Eine andere Konstante war, dass er sich auf Foo und Haaserer verlassen konnte, wann immer er sie brauchte. Ein Anruf bei Haaserer reichte. Der alarmierte trotz vorgerückter Stunde umgehend Foo, und keine 25 Minuten später standen die beiden vor Richard.

»Mei, Richard«, Haaserer streichelte ihm die Schulter, »das tut mir echt leid für dich. Aber, um ehrlich zu sein, hab ich es kommen sehen.«

»Du hast was?«, schrie Richard ihn an. »Wer hat mir denn die ganze Scheiße überhaupt erst eingebrockt?«

»Richard, ich verstehe, dass es dir gerade nicht gut geht, aber bitte lass es nicht an mir aus«, tadelte er.

Richard schüttelte den Kopf. Währenddessen stand Foo, die Arme in die Seite gestützt, vor dem Italiener und betrachtete die inzwischen verschlossene Tür. »Hm, eine Pizza wäre jetzt schon was«, murmelte er.

Haaserer drehte sich ruckartig um. »Pizza?«

»Ja, aber der Laden hat schon zu.« Foo streckte die Arme entschuldigend aus.

»Äh, Leute. Euch ist schon klar, warum ihr hier seid?« Richard fühlte sich gerade im falschen Film.

»Also, Richard, jetzt sei doch nicht so egoistisch«, schimpfte Haaserer. Er drehte sich wieder um und blickte die geschlossene Tür an. »Wo kriegen wir um die Zeit noch eine Pizza her?«

»Hm.« Foo überlegte. »Ich glaub, der *Pizzagrill* hat noch offen.«

»Super!«, jubelte Haaserer. »Los, Richard, wir besorgen dir jetzt erst mal eine Pizza, dann geht's dir gleich wieder besser.«

»Ich habe erst vor einer Stunde eine Pizza gegessen«, wandte Richard matt ein.

»Die haben auch Döner«, meinte Foo.

Richard schüttelte den Kopf. »Ich will sagen, ich habe bereits gegessen und bin satt.«

»Dann besorgen wir dir eine Flasche Wein, die kannst du jetzt vertragen«, beschloss Haaserer. »Also, auf geht's!«

Seine beiden Kumpel waren schon am Auto, aber Richard zögerte noch. So hatte er sich seelischen Beistand nicht vorgestellt. Auf der anderen Seite, was blieb ihm jetzt übrig? Er könnte einfach nach Hause fahren, da wäre er aber dann auch nur allein. Und Alkohol schien ihm aktuell gar keine so schlechte Option zu sein.

»Also, was ist jetzt?«, rief ihm Haaserer ungeduldig zu.

Richard seufzte, gab sich dann einen Ruck und stieg ins Auto.

Der *Pizzagrill* war jetzt nicht unbedingt die erste Adresse für kulinarisches Vergnügen. Er hatte aber zwei entscheidende Vorteile: Man kam verdammt schnell an sein Essen, und vor allem hatte er noch bis spät in die Nacht geöffnet. Also hatten sie sich mit Pizza und einer Weinflasche eindecken können, und weil der Stadtpark nicht weit entfernt war, beschlossen sie, es sich dort gemütlich zu machen. Mitten in der Nacht war hier natürlich nichts los, und sie konnten sich in Ruhe die beste Bank aussuchen. Foo und Haaserer machten sich umgehend über ihre Pizzas her, die vor Fett nur so trieften. Richard stieß bei seiner Weinflasche auf ein unerwartetes Hindernis. Aufgrund der allgemeinen Qualität vom *Pizzagrill* hatten sie erwartet, eine Flasche mit Schraubverschluss zu bekommen. Beim Entfernen des Schutzpapiers stellte Richard allerdings überrascht fest, dass beim Wein offenbar die

Standards etwas höher lagen. Zumindest verfügte die Flasche über einen Korken.

»Äh, habt ihr einen Korkenzieher dabei?«, fragte er in die Runde. Die beiden blickten erstaunt auf die Flasche und schüttelten dann den Kopf. Es entspann sich eine angeregte Diskussion, wie sie nun an den Inhalt der Flasche kommen könnten. Schließlich beendete Foo diese, indem er sich die Flasche schnappte und den Korken mit dem Daumen einfach in die Flasche drückte.

»Gern geschehen«, meinte er und gab sie Richard zurück. Der betrachtete die Spuren am Flaschenhals, die Foo mit seinen fettigen Fingern hinterlassen hatte. Dann zuckte er mit den Schultern und gönnte sich einen Schluck. Ganz einfach war es nicht, weil der Korken immer wieder in seine ursprüngliche Position rutschen wollte und Richard mehrmals ansetzen musste, bis er seinen ersten Durst gestillt hatte. Er ließ den Geschmack im Mund nachwirken. Der große Weinkenner war er nicht, aber er hatte auf jeden Fall schon bessere getrunken. Nun, für den Moment war er auf jeden Fall ausreichend.

Eine Weile herrschte Schweigen, abgesehen von Haaserers Schmatzen, der seine Pizza mit Heißhunger hinunterschlang.

»Und?«, fragte schließlich Foo, als er fertig gegessen hatte, »Scheiße, oder?«

»Hmm«, machte Richard nur und nahm noch einen Schluck aus der Flasche.

»Ist nicht so gelaufen, wie du es wolltest.« Es war keine Frage von Foo, sondern eine Feststellung.

»Keine Ahnung. Ich weiß ja nicht mal, was ich wollte. Eigentlich hab ich ja gar nicht daran gedacht, wieder mit der Sandra zusammenzukommen. Aber als wir dann da gesessen sind und geredet haben …«

»Sind alte Gefühle wieder hochgekommen«, vervollständigte Haaserer.

»Ja, irgendwie schon. Auf einmal hat es sich so angefühlt wie früher, als wir zusammen waren. Ich dachte eigentlich, dass es gut gelaufen ist. Sie war deutlich netter zu mir als damals. Wir haben viel gelacht.«

»Und was ist schief gelaufen?«

»Ehrlich gesagt, keine Ahnung. Wir sind raus, stehen vor ihrem Auto, und sie sieht mich an und macht nichts. Schaut mich nur an. Irgendwie überkommt es mich, und ich denke, sie will, dass ich sie küsse. Aber da ist sie zurück wie der Teufel vor dem Weihwasser. Ich kapier es einfach nicht.«

»Ja, die Frauen«, meinte Haaserer und streckte sich. »Da wirst du nicht schlau draus.«

»Wenn du eine Frau verstehst, dann bist du selber eine«, pflichtete Foo bei.

»Keine Ahnung. Bin ich wirklich so danebengelegen? Ich dachte wirklich, sie flirtet die ganze Zeit mit mir. Und auf einen Schlag ist sie wieder …«

»Ist sie wieder die Sandra, die du kennst?«, fragte Foo.

Richard dachte darüber nach. »Ja, eigentlich schon.«

Foo schürzte die Lippen. »Richard, ich sag dir jetzt mal was. Die Sandra ist nicht gut für dich. Das war sie nicht, als ihr zusammen wart, und jetzt ist sie es noch weniger. Egal, was Haaserer sagt.«

»Was hab ich denn gesagt?«, empörte sich der.

»Ist schon gut. Fakt ist, die Sandra nützt dich nur aus. Die hat jetzt abgecheckt, ob mit dir noch was geht. Sie wickelt dich um den Finger, und dann lässt sie dich eiskalt abblitzen. Pass auf, beim nächsten Mal ist sie wieder zuckersüß. Und wer weiß, vielleicht fängt sie sogar wieder was mit dir an. Aber nur so lang, bis was Besseres daherkommt.«

Richard staunte. Sowohl über die Klarheit von Foos Logik als auch darüber, weil er schon lange keine so ausführliche Ansage von ihm gehört hatte.

»Wenn ich ehrlich bin, ich wollte ja auch eigentlich nichts mehr mit ihr. Aber ich mag auch nicht mehr allein sein«, sagte Richard. Es fiel ihm nicht leicht, das zu sagen. Auch wenn die beiden seine besten Freunde waren, hatte er nur selten so offen über seine Gefühle gesprochen.

»Besser allein als mit der Sandra«, beschied Foo. »Mit der wirst du auch nicht glücklich.«

Richard nickte.

Haaserer hatte Foos Ansprache mit betretenem Schweigen verfolgt. »Du, Richard. Ganz unschuldig bin ich an der Sache wohl auch nicht. Ich hab dir doch erst den Floh ins Ohr gesetzt, dass das mit der Sandra wieder was werden könnte. Ich hätte es eigentlich besser wissen müssen. Tut mir leid.«

Richard klopfte ihm auf die Schulter und lächelte. »Passt schon.« Er nahm einen ordentlichen Schluck aus der Weinflasche und hielt sie den beiden hin. »Wollt ihr auch was?«

»Ich hab schon gedacht, du fragst nie.« Haaserer riss ihm die Flasche aus der Hand und trank gierig. »Auf die Pizza hab ich einen Durst, das kann ich dir gar nicht sagen.«

Eine Weile saßen sie still da und tranken Wein. Schließlich war es Haaserer, der die Stille brach. »Du, sag mal, Herr Polizist. Du hast jetzt bestimmt die halbe Flasche allein getrunken. Verträgt sich das schon mit deinem Dienst morgen?«

Richard stieß auf. »An sich nicht, aber da ich Nachtschicht habe, sollte das kein Problem sein.«

»Du hast es gut«, stöhnte Haaserer. »Und ich muss wieder um 6 Uhr raus.«

»Wer kann, der kann«, brummte Richard.

»Apropos, wer kann. Eines muss ich dir lassen.« Haaserer deutete mit dem ausgestreckten Arm auf die nähere Umgebung. »Sauber aufgeräumt habt ihr. Gar nicht schlecht.«

»Jetzt, wo du es sagst«, pflichtete Foo ihm bei.

»Gell? Du, ich bin schon am Überlegen, ob ich einfach meinen Pizzakarton in kleine Stücke reißen und in der Gegend verteilen soll. Damit es nicht ganz so geschleckt aussieht.«

»Du, untersteh dich!«, rief Richard mit warnendem Unterton.

KAPITEL 28

Die Nachtschicht war, wie zu erwarten, ruhig. Einerseits war das gut, weil wenn mitten in der Nacht etwas passierte, dann war das selten was Gutes. Auf der anderen Seite war es aber auch stinklangweilig, wenn es nichts zu tun gab. Dann blieb nichts anderes übrig, als die Stunden abzusitzen. Wolfgang löste das Problem auf die ihm ganz eigene Art und hatte sich irgendwohin zum Pennen verzogen. Wohin, wusste er nicht. Der Chef war immer noch der Ansicht, dass die Bestrafungen bisher noch nicht ausreichten. Deshalb hatte er die nicht genutzten Gefangenenzellen wieder zusperren lassen. Damit traf er den Wolfgang natürlich an seiner empfindlichsten Stelle. Also hatte er sich wieder einmal ein neues Plätzchen zum Schlafen suchen müssen. Wo das war, hatte Richard noch nicht rausgefunden.

Im Revier war es sehr ruhig. Momentan war nur die Christina da, die heute ebenfalls Nachtschicht hatte. Sie tippte aber unentwegt Berichte in ihren Computer. In der Nachtschicht konnte sie endlich mal in Ruhe ihre Arbeit fertigmachen, meinte sie immer. Da wurde sie nicht dauernd unterbrochen. Gut für sie, eher schlecht für Richard, weil er niemanden hatte, um sich zu unterhalten. So war das leise Klappern ihrer Tastatur das einzige Geräusch auf der Wache. Vielleicht abgesehen von dem Surren der Neonröhre über Richard.

Er hatte bereits drei Kaffee getrunken und war daraufhin schon fünfmal aufs Klo gerannt. Das eine begünstigte das andere. Er besorgte sich die vierte Tasse und fragte sich gerade, als er sich damit an seinen Schreibtisch setzte, wie er den Rest der Schicht verbringen sollte.

Entsprechend überrascht war er, als plötzlich sein Telefon klingelte. Während es die ersten beiden Male läutete, starrte er es nur groß an. Wer rief denn mitten in der Nacht an? Vor allem auf seiner Durchwahl. Auch Christina hatte ihre Arbeit unterbrochen und blickte neugierig zu ihm herüber. Schließlich löste er sich aus seiner Überraschung, räusperte sich und nahm den Hörer ab.

»Polizeiinspektion Cham, Richard Sonnleitner«, meldete er sich. Am anderen Ende der Leitung war erst einmal nur ein raues Husten zu hören. Richard musste den Hörer ein paar Zentimeter von seinem Ohr weghalten, so laut war es.

»Ah, heute auch Nachtschicht?«, war schließlich eine Reibeisenstimme zu hören. »Das trifft sich gut.«

Richard runzelte die Stirn. Er kannte die Stimme, aber woher? Dann fiel es ihm ein. Das war der Kollege vom Drogendezernat, der mit dem offensichtlichen Nikotinproblem.

»Der Kollege von den Drogen«, grüßte Richard, weil er sich an keinen Namen erinnern konnte. Hatte er den beim letzten Mal überhaupt genannt? »Wie kann ich helfen?«

»Helfen? Wir hätten da ein paar Kilo Koks, die noch weggeschnupft werden müssen.« Wieder das raue Lachen, gefolgt von einem erneuten Hustenanfall. »Nein, Schmarrn. Alter Drogendezernatwitz. Ich wollte dich eigentlich bloß auf dem Laufenden halten, weil du doch wegen *Crystal* nachgefragt hast.«

»So?«, fragte Richard erstaunt. Er hatte nicht damit gerechnet, dass sich der Kollege an seine Nachfrage erinnerte, geschweige denn, dass er ihn über Neuigkeiten informieren würde.

»Ja, wir haben da eine neue Spur bei euch in der Richtung.« Eine kurze Unterbrechung folgte, in der das Klicken eines Sturmfeuerzeugs zu hören war. »In Regensburg hat ein Drogenhund bei einem Auto angeschlagen. Das war ein ganz komischer Zufall. Der Hund war gerade auf dem Weg zu einem Einsatz, und dann bleibt er auf einmal bei einem Auto stehen. Die Kollegen haben erst gedacht, dass es ein Fehlalarm ist. Aber der Hund war so auf das Auto fixiert, dass sie der Sache nachgegangen sind. Sie haben den Fahrzeughalter ausfindig gemacht und das Auto durchsucht. Dabei haben sie aber erst mal gar nichts gefunden. Weil sich der Hund aber gar nicht mehr eingekriegt hat und der Besitzer des Fahrzeugs immer nervöser geworden ist, haben sie es in unsere Werkstatt geschafft. Da hat es Stunden gedauert, und das Auto wurde fast komplett zerlegt, aber schließlich haben sie es gefunden: kiloweise *Crystal Meth*. Das Zeug war richtiggehend ins Auto eingearbeitet. Also nicht bloß unter ein paar Zierblenden, die man mit fünf Schrauben wegnehmen kann. Da müssen Profis am Werk gewesen sein. Das hätte bei einer normalen Durchsuchung niemals irgendwer gefunden. Ohne den Hund wäre das Zeug schon auf der Straße.«

»Okay, und wie kommt ihr darauf, dass es was mit Cham zu tun hat?«, fragte Richard.

»Darauf wollte ich gerade kommen. Der Halter des Fahrzeugs schweigt wie ein Grab. Aufgrund der Menge der geschmuggelten Drogen konnten wir aber ein Bewegungsprofil seines Handys anfordern. Und da hat sich gezeigt, dass er grob alle zwei Wochen in Richtung Cham unterwegs war. Und deshalb haben wir eine Autowerkstatt in Verdacht.«

»Welche?«, fragte Richard, der aber bereits ahnte, wer gemeint war.

»Äh, wart mal. Da muss ich nachschauen.« Ein Rascheln von Blättern war zu hören. »Verdammt, wo steht es denn? Ich hab es doch gerade noch irgendwo hier gelesen. Irgendwas mit M. Müller oder …«

»Meier? Meier Andreas?«, Richard hatte sich kerzengerade aufgesetzt.

»Ja genau! Meier Andreas. Kennst du den?«

»Ich hatte in letzter Zeit ein, zweimal mit ihm zu tun«, antwortete Richard.

»Wegen Drogen?«

»Nein, ein Freund von ihm ist vor Kurzem tödlich verunglückt. Und da haben wir ihm mal auf den Zahn gefühlt.«

»Aha«, er räusperte sich. »Aber Hinweise, dass er was mit dem *Crystal* am Hut hat, habt ihr keine gefunden.«

»Wir haben auch nicht danach gesucht«, antwortete Richard etwas geistesabwesend, weil in seinem Kopf gerade die Zahnräder zu rattern anfingen.

»Ja, schon klar. Naja, wir werden uns den Laden wohl in den nächsten Wochen mal vornehmen. Ich brauche ja wohl nicht zu sagen, dass der Meier das nicht mitkriegen darf, oder?«

»Nein, schon klar. Von uns hört er nichts.«

»Okay. Wenn dir noch irgendwas einfällt, dann ruf mich an. Servus.« Und schon hatte er eingehängt. Richard fragte sich, wen er denn anrufen sollte, er hatte ja noch nicht mal einen Namen. Er legte den Hörer auf und lehnte sich zurück.

Dann war also der Meier Anderl der Komplize vom Schorsch. Da hätte er auch selber draufkommen können. Schließlich war Schorsch laut Rosalie ja laufend bei ihm in der Werkstatt rumgehangen. Und ganz sauber war er Richard auch nicht vorgekommen. Vielleicht war er ja das auf dem Video der Wildtierkamera gewesen. Aber half ihm das jetzt etwas? Hinfahren und ihm die Werkstatt durchsuchen, konnte er auf jeden Fall nicht. Die Kollegen von der Drogenermittlung wahrscheinlich schon. Dann würden die ihn hochnehmen, und Wolfgang und er hatten keine Chance mehr, die Drogensache aufzuklären. Mist verdammter. Bei der Sache mit dem Schorsch hatten sie es so richtig vergeigt. Und jetzt wurde ihnen im Fall des niedergeschlagenen Ossis auch noch von den Kollegen der Rang abgelaufen. Richard fluchte innerlich, weil er nichts dagegen machen konnte. Oder doch? Er blickte auf die Uhr, sein Dienst dauerte noch ein paar Stunden. Wenn er jetzt zur Werkstatt vom Meier Anderl fuhr, um sich ein wenig umzusehen? Viel bringen würde es wahrscheinlich nicht, weil er ja schlecht dort einbrechen konnte. Auf der anderen Seite, was hatte er schon zu verlieren? Ob er jetzt die Zeit hier totschlug oder eine Dienstfahrt machte, um nach dem Rechten zu sehen, war doch auch egal. Es bekam ja keiner mit, wohin er fuhr. Und falls doch, konnte er ja immer noch sagen, dass er einer Spur wegen dem Drogenschmuggel nachging. Das war ja nicht mal gelogen.

Erleichtert, weil er eine mehr oder minder sinnvolle Beschäftigung gefunden hatte, sprang er voller Tatendrang auf und griff nach seiner Dienstjacke.

»Du, Christina, wo ist denn eigentlich der Wolfgang?«, fragte er.

»Keine Ahnung, den habe ich schon zwei Stunden nicht mehr gesehen.«

Richard überlegte. Wahrscheinlich war es besser, wenn er nicht dabei war. Er hatte ihn so oder so schon zu tief in die Scheiße mit hineingeritten. Wenn er wegen der Sache auch wieder beim Chef landete, dann brauchte er wenigstens kein schlechtes Gewissen wegen Wolfgang zu haben.

»Ich mach mal eine Fahrt durch die Stadt und sehe nach dem Rechten. Wenn was ist, kannst du mich ja über Funk rufen.«

»Okay?« Christina sah ihn fragend an, beließ es aber dann dabei. Sie schien zu ahnen, dass er etwas nicht so ganz Vorschriftsmäßiges vorhatte, war aber wohl der Meinung, dass es besser war, wenn sie nicht nachhakte.

Also verließ Richard die Wache, stieg ins Auto und fuhr davon. Die Straßen waren um die Zeit vollkommen leer, und die monotone Fahrerei machte ihn müde. Als er angekommen war, achtete er wieder darauf, ein gutes Stück von der Werkstatt entfernt zu parken. Er wollte ja nicht auffallen. Dann griff er sich die Taschenlampe und machte sich auf den Weg. Die Nacht war sehr still, und der Mond schien hell genug, sodass Richard seine Lampe nicht einschalten musste, um genug zu sehen. Das kam ihm ganz gelegen, weil ihn der Lichtkegel sehr schnell verraten hätte. Falls wirklich irgendjemand in der Nachbarschaft jetzt wach war, würde es sehr verdächtig aussehen, wenn einer mitten in der Nacht mit Taschenlampe rumschlich. Und dass jemand die Polizei rief, konnte er überhaupt nicht gebrauchen. Zuerst beobachtete er die Werkstatt aus sicherer Entfernung, um sicherzugehen, dass sich dort nichts rührte. Es bewegte sich nichts und es brannte auch nirgends Licht. Über den großen Garagentoren konnte er Scheinwerfer mit Bewegungsmeldern erkennen. Er näherte sich also von der Seite und blieb ganz nah am Gebäude. Tatsächlich hatte er Glück, und die Bewegungsmelder bemerkten ihn nicht. Schließlich kam er an einem Fenster an und spähte hinein. Es war überhaupt nichts zu sehen. Vorsichtig knipste er die Taschenlampe an und leuchtete hinein. Viel brachte es nicht, denn er sah nur das, was er bereits kannte. Schließlich war er ja schon zweimal drinnen gewesen. Was mache ich hier überhaupt, fragte er sich enttäuscht und schlich missmutig weiter. Am besten, er machte eine Runde um das Gebäude und verzog sich dann wieder. Schließlich kam Richard an einer Tür vorbei, und ohne groß darüber nachzudenken, drückte er den Griff herunter. Seine Überraschung war grenzenlos, als sie sich öffnete. Wie versteinert stand er vor der offenen Tür. Sollte er hineingehen? Er fühlte einen inneren Drang, es zu tun, zögerte aber. Was er hier vorhatte, war absolut illegal und das wusste er. Wenn ihn jemand erwischte, dann hatte er sich so richtig in die Scheiße geritten. Aber wann würde sich ihm noch mal so eine Chance bieten? Nach langem Hin und Her gab er seinem Drang nach. Falls er wirklich erwischt wurde, konnte er immer noch behaupten, zufällig beim Vorbeifahren die offene Tür gesehen zu haben. Dann wäre es seine Pflicht gewesen, nach dem Rechten zu sehen. Dass er es war, der die Tür geöffnet hatte, musste ja keiner wissen. Also schlüpfte er hinein und schaltete seine Taschenlampe an. Dabei achtete er darauf, den Lichtkegel so nahe wie möglich am Boden zu halten. Er wollte doch nicht entdeckt werden. Unschlüssig sah er sich in der Werkstatt um. Wo sollte er anfangen? Hier vorne, wo praktisch jeder rein und raus spazieren konnte, wie er wollte, war sicher nichts zu finden. Richard erinnerte sich, wie er beim letzten Mal in den hinteren Teil der Werkstatt hatte gehen wollen und vom Meier zurückgepfiffen worden war. Ob das was zu bedeuten hatte? Nun, immerhin wäre es ein guter Anfang für die Suche. Also bewegte er sich, so leise wie möglich, nach hinten. Dieser Teil der Halle war auf allen Seiten durch eine Betonwand begrenzt, der Eingang mit einer großen Plane verhängt. Soweit Richard sich erinnerte, waren auf der Seite des Gebäudes auch keine Fenster. Also schlüpfte er unter der Plane durch und konnte den Lichtkegel der Taschenlampe herumschwenken, ohne sich zu verraten. Gerade wollte er sich einen Überblick verschaffen, als er ein leises Rascheln der Plane hinter sich hörte. Er wollte sich noch umdrehen, als ein Schmerz an seinem Hinterkopf regelrecht explodierte. Irgendetwas musste ihn hart getroffen haben. Vor seinen Augen blitzte es hell auf, und dann versank die Welt in Dunkelheit, während er nach vorne kippte.

KAPITEL 29

Nur Fetzen drangen in seine Wahrnehmung. Kurze Zeit ein blendendes Licht. Er spürte, dass sein Körper bewegt wurde, ohne Einfluss darauf nehmen zu können. Dann wieder Dunkelheit. Die Dunkelheit war angenehm. Mit der Helligkeit kehrte der Schmerz zurück. Der Dämmerzustand war ihm willkommen. Irgendwann, es musste eine Ewigkeit vergangen sein, wich aber die Dunkelheit zurück, und die Helligkeit wurde mehr und mehr. Und mit ihr der Schmerz. Am schlimmsten waren die Kopfschmerzen. Richard wollte sich an die Stirn fassen, aber seine Arme gehorchten nicht. Stattdessen wurde der Schmerz an den Handgelenken stärker. Zögerlich öffnete er die Augen. Alles drehte sich. Er konnte nicht erkennen, wo er war. Richard wollte sich die Augen reiben, aber wieder konnte er die Arme nicht bewegen. Er kippte den Kopf zur Seite, um nach ihnen zu sehen. Sie verschwanden seitlich hinter der Stuhllehne. Also saß er auf einem Stuhl. Sein Bewusstsein war immer noch vernebelt, und er konnte sich beim besten Willen nicht erklären, wo er sich befand und wie er hierhin gekommen war. Also erst noch einmal ein Versuch mit den Armen. Doch, sie bewegten sich, jedoch nicht so, wie er es wollte. Etwas Raues war an seinen Handgelenken, und das verursachte Schmerzen. Richard tastete mit den Fingern danach. Es fühlte sich faserig an. Ein Strick? So fest, dass er bei jeder Bewegung auf der Haut scheuerte. Er blickte nach unten. Auch an seinen Beinen befanden sich Stricke. Er war also gefesselt. Ergab das irgendeinen Sinn? Richard konnte sich nicht erinnern. Er ließ den Blick um sich herum schweifen. Immer noch drehte sich alles und es war schwer, etwas zu erkennen. Nur langsam verfestigte sich die Welt um ihn herum, und dann schien sie auch die Schnauze voll davon zu haben, sich ständig um ihn herumzudrehen. Das Erste, das Richard klar erkennen konnte, waren die Lampen. Einfache Feuchtraumlampen mit flimmernden Neonröhren darin. Der Raum, den sie beleuchteten, sah recht wüst aus. Überall stand Gerümpel herum. Eine seltsame Mischung aus uralten, mit Spinnweben behangenen landwirtschaftlichen Gerätschaften und nicht so alt aussehenden Autoteilen. Sein Blick fiel auf die zahlreichen Fenster. Zuerst dachte er, es müsse immer noch Nacht sein, da nichts als Schwärze durch sie zu sehen war. Dann aber erkannte er, dass sie mit schwarzer Plane beklebt waren. Es könnte also auch schon helllichter Tag sein. Wie lange war er eigentlich weggetreten gewesen? Was, zur Hölle, war hier überhaupt los. Die Kopfschmerzen kamen mit einem Stich zurück, und Richard stöhnte auf. Mit den Schmerzen kehrten aber auch einzelne Erinnerungsfetzen zurück. Wie er in die Werkstatt eingedrungen war, wie er in den hinteren Bereich gegangen war. Und dann? Dann war die Erinnerung weg. Nein, halt, er konnte sich noch an den Schlag erinnern. Ja, es musste ein Schlag gewesen sein. Er war also erwischt worden. Mist, verdammter. Wahrscheinlich hatte man ihn für einen Einbrecher gehalten und gefesselt, bis die Polizei kam. Na, das konnte ja heiter werden. Aber halt, er hatte doch immer noch seine Uniform an. Wie konnte man ihn dann für einen Einbrecher halten? Und das war doch niemals die Werkstatt vom Meier Anderl. Es sah eher aus wie ein alter Stall. Der nächste stechende Schmerz ließ ihn zusammenzucken. Wieder ein paar Fetzen Erinnerung. Irgendjemand musste ihn getragen haben. Und dann abgelegt. Eine harte, enge Fläche. Vielleicht ein Kofferraum? Ein surrendes

Geräusch drang in sein Bewusstsein. Was war das? Es klang aggressiv, kurz, abgehackt. Irgendetwas Maschinelles. Ein Bohrer oder vielleicht ein Akkuschrauber? Richard blickte in die Richtung, aus der das Geräusch kam. Ein verschwommener roter Fleck. Konnte das ein Auto sein? Und stand da jemand davor? Seine Augen sahen immer noch alles doppelt. Er kniff sie zusammen, schüttelte den Kopf, um den Schwindel zu vertreiben. Langsam fügten sich die beiden Bilder zu einem zusammen. Ja, da stand jemand. Mit dem Rücken zu ihm und über das Auto gebeugt. Wieder das scharfe Surren. Er schraubte eindeutig an dem Auto herum. Langsam wurde Richard bewusst, dass er so richtig in der Klemme saß. Was sollte er tun? Auf jeden Fall musste er hier raus. Was auch immer das Ganze zu bedeuten hatte, es konnte nichts Gutes sein. Also zerrte er mit Händen und Füßen an den Fesseln. Nichts passierte. Wobei *nichts* falsch war. Es passierte schon etwas. Zum Beispiel höllische Schmerzen an seinen Handgelenken. Richard spürte eine warme Flüssigkeit an seinen Fingern herunterlaufen. In diesem Augenblick wurde ihm klar, dass es sein Blut war. Er hatte sich die Haut durchgescheuert. Panik stieg in ihm auf. Vor lauter Verzweiflung zerrte er wieder an seinen Fesseln. Der erneute Schmerz zwang ihn aber schnell zur Vernunft. Er schloss die Augen und konzentrierte sich darauf, ein paarmal ruhig durchzuatmen. Langsam zählte er bis zehn. Ja, jetzt war es besser. Also, zuerst nachdenken und Lage analysieren. Wie war er hierhergekommen? Keine Ahnung. Das konnte aber auch erst mal warten. Er musste weg von hier, so viel war sicher. An den Fesseln zerren, war keine gute Idee, das hatte er schon herausgefunden. Was konnte er sonst noch tun? Langsam tastete er mit den Fingern herum, der Radius war dabei sehr begrenzt. Außer dem hinteren Teil der Stuhllehne bekam er nichts zu fassen.

Lag um ihn herum etwas, dass er benutzen konnte, um freizukommen? Er blickte sich um. Links hinter ihm stand eine alte verrostete Egge, vielleicht einen Meter entfernt. Vielleicht konnte er an den abstehenden Spitzen seine Fesseln durchschneiden? Das würde sicher eine Ewigkeit dauern und höllische Schmerzen verursachen. Aber hatte er sonst eine Möglichkeit? Ihm fiel nichts ein, also musste er es versuchen. Das stellte ihn jedoch vor ein neues Problem: Wie sollte er zu der Egge kommen? Versuchsweise ruckte er mit seinem ganzen Körpergewicht zur Seite. Der Stuhl bewegte sich tatsächlich ein kleines Stückchen in die gewünschte Richtung. Das war gut. Weniger gut war das quietschende Geräusch der Stuhlbeine, die über den Boden rutschten. Hatte man ihn bemerkt? Nein, scheinbar nicht. Er hatte es geschafft, den Stuhl genau zu dem Zeitpunkt zu verrücken, als der Schrauber wieder aufheulte. So viel Glück würde er wohl nicht den ganzen Weg bis zur Egge haben. Trotzdem musste er es versuchen. Also rückte er noch einmal. Und noch einmal. Jedes Mal quietschten die Stuhlbeine auf dem Boden, sodass Richard dabei immer unwillkürlich zusammenzuckte. Aber er war noch nicht bemerkt worden. Offensichtlich war sein Gefängniswärter so in die Arbeit vertieft, dass er ihn nicht hörte. Das ließ ein klein wenig Hoffnung in Richard aufkeimen. Und er war inzwischen schon recht nahe an die rostigen Spitzen herangekommen. Vielleicht noch zwei oder drei Mal rücken, und er wäre da und konnte sich an den Fesseln zu schaffen machen. Also noch mal rutschen. Doch diesmal verließ ihn das Glück. Der andere sah auf. Er hatte ihn gehört. »Du Drecksau!«, brüllte er und blitzschnell war er bei ihm. Unterwegs hatte er sich einen riesigen Schraubenschlüssel gepackt, bestimmt 40 oder 50 Zentimeter lang. Drohend hielt er ihn hoch, bereit, ihn mit voller Wucht Richard auf den Kopf zu schlagen, das Gesicht wutverzerrt. Erst jetzt konnte Richard ihn erkennen, es war der Meier Anderl. Er hatte vor lauter Kopfschmerzen noch nicht einmal darüber nachgedacht, wer ihn hier gefangen hielt. Jetzt, wo er ihn sah, war er allerdings auch nicht überrascht. Langsam fügten sich die Puzzleteile zusammen und formten ein Bild von dem, was passiert war. Der Meier hatte Richard in der Werkstatt erwischt und niedergeschlagen. Anschließend hatte er ihn hierher gebracht, wo auch immer das war, und an den Stuhl gefesselt.

Jetzt stand er vor ihm, den Schraubenschlüssel immer noch drohend erhoben, offenbar unschlüssig, ob er zuschlagen sollte oder nicht. Richard hatte instinktiv den Kopf eingezogen und die Augen zusammengekniffen, wartete auf den Schlag. Als er nicht kam, blinzelte er vorsichtig. Langsam ließ Anderl den Schlüssel sinken. Statt mit voller Kraft zuzuschlagen, klopfte er ihm unsanft auf die Schulter, was schon schmerzhaft genug war und ausreichte, einen ordentlichen blauen Fleck zu hinterlassen.

»Du Dreckhammel glaubst also, du kannst in meiner Werkstatt rumschnüffeln«, zischte er wütend.

»Ich bin zufällig vorbeigefahren und hab gesehen, dass die Tür offensteht. Da wollte ich nur nach dem Rechten sehen«, versuchte sich Richard zu verteidigen.

»Das kannst du deiner Oma erzählen.« Noch ein Schlag mit dem Schraubenschlüssel gegen die Brust nahm Richard die Luft. »Rumgeschnüffelt hast du bei mir.«

»Aber deswegen kannst du mich nicht hier fesseln«, presste Richard heraus, nach Atem ringend. »Weißt du, was das heißt, einen Polizisten zu entführen?«

»Glaubst du, ich habe Angst vor dir?«, schrie er ihn an. »Ich hab schon zwei umgebracht, da kommts auf dich Deppen auch nicht mehr an.«

In Richards Hirn ratterte es. Zwei? Dass er den Schorsch auf dem Gewissen hatte, dämmerte ihm schon, auch wenn ihm noch nicht klar war, warum. Aber wer war der Zweite? Der Meier Anderl lief jetzt vor ihm auf und ab, den Kopf rot und das Gesicht vor Wut verzerrt. Er knurrte dabei fast wie ein Tier. Dann schlug er den Schraubenschlüssel mit voller Wucht gegen eine nahestehende Blechtonne. Der Krach war ohrenbetäubend und ließ Richard zusammenzucken.

»Warum musst du Wichser dich auch noch einmischen?«, brüllte Anderl ihn an. Richard war zwar kein Experte in Geißelsituationen, aber er wusste, dass sein Entführer sich gerade in einer psychischen Ausnahmesituation wie aus dem Bilderbuch befand. Momentan war er zu allem fähig, also auch, ihm aus lauter Wut den Schädel zu Matsch zu schlagen. Mit rationalen Argumenten würde er kaum etwas ausrichten. Er musste auf Zeit spielen. Hoffen, dass sich der Anderl beruhigte und dann vielleicht vernünftig mit sich reden ließ. Oder dass jemand den Lärm, den er verursachte, hörte und eingriff.

»Also hast du den Schorsch überfahren«, sagte Richard mit so fester Stimme, wie es ihm möglich war.

»Ja, was glaubst du denn? Wenn mich der Wichser hinhängen will. Wo er doch genauso bei der ganzen Scheiße mitgemacht hat.«

»Also habt ihr beide Drogen geschmuggelt«, stellte Richard fest. Er musste ihn am Reden halten. Zeit gewinnen. Für was auch immer.

»Das war ein todsicheres Ding. Der Schorsch holt die Drogen bei seinen Wanderungen ab, und ich verbaue sie in den Autos, die dann nach Regensburg und München und sonst wo hin fahren. Keine Sau wäre uns draufgekommen. Im Leben nicht.«

»Und was ist schiefgelaufen?«, fragte Richard, so behutsam er konnte.

»Schiefgelaufen?«, schrie Anderl. »Der Schorsch ist schiefgelaufen, die blöde Sau. Mitten in der Nacht treffe ich ihn auf der Straße. Da sagt er, dass er aussteigen will. Weil er jetzt das Geld nicht mehr nötig hat. Weil jetzt eh bald alles in trockenen Tüchern ist.«

»Was hat er damit gemeint?«

»Keine Ahnung!« Anderl warf die Hände in die Luft. »Hat irgendwas gefaselt, dass er jetzt den Aschinger am Sack hat. Und dass er ihm jetzt ein sauberes Haus aus den Rippen leiert für seine Oma.«

Richard dachte nach. Es musste um das Video gehen, das er vom besoffenen Aschinger gemacht hatte. Wahrscheinlich wollte er ihn damit erpressen, damit seine Großeltern ein neues Haus bekamen. Das war wohl auch der ursprüngliche Grund, warum er die Drogenschmuggelei angefangen hatte. Um Geld dafür zusammenzubekommen. Nobles Ziel, aber beschissene Ausführung.

»Aber warum hast du ihn dann umgebracht? Es hätte sich doch bestimmt jemand anderes gefunden, der die Drogen holt.«

»Hinhängen wollte er mich, die Drecksau, wenn ich ihn nicht in Ruhe lasse. Dabei wollt ich ihn doch nur ein bisserl unter Druck setzen, damit er weitermacht. Aber er tickt gleich aus, sagt, er geht zur Polizei und lässt alles auffliegen. Meinen Lieferanten in der Tschechei, meine Abnehmer und mich. Ich Depp hab ihm ja noch alles haarklein erzählt. Weil ich gemeint habe, dass er mein Freund ist.«

»Aber dann wäre er ja auch aufgeflogen?«, fragte Richard. Immer weiter am Reden halten. Es wunderte ihn selbst, dass Anderl ihm das alles erzählte.

»Das war ihm wurscht. Er hat gesagt, er hat nichts zu verlieren, und die paar Jahre im Knast sitzt er auf einer Arschbacke ab, solang seine Großeltern versorgt sind. Er hat mich angeschrien, wenn ich mir jemals nur das Geringste ihm gegenüber erlaube, dann lässt er die Bombe platzen. Ich wäre im Leben nicht mehr sicher gewesen. Der hätte mich doch aus einer Laune heraus einfahren lassen.«

»Und darum hast du ihn überfahren …«

»Ja, verdammte Scheiße nochmal«, brüllte er, nur um im nächsten Augenblick fast wehmütig zu werden. »Was hätte ich denn machen sollen? Ich hab mich schon im Knast gesehen. Und dann seh ich ihn vor mir auf der Straße davongehen. Genau in der Mitte der Straße. Und dann dreht er sich um und zeigt mir den Mittelfinger.«

»Und dann?«

»Dann hab ich Gas gegeben. Wie von selber. Erster Gang rein und Vollgas.« Anderl erzählte es mit einer angsteinflößenden Ruhe, die Augen in die Ferne gerichtet. Wahrscheinlich durchlebte er den geschilderten Augenblick gerade innerlich noch einmal. »Er war schon ein ganzes Stückerl voraus, da hab ich richtig Geschwindigkeit draufbekommen. Das hat einen richtigen Schlag gegeben, fast wie wenn du ein Reh überfährst. Aber dem Aschinger seine Kiste ist ja ein riesen Schiff. Drinnen merkt man das gar nicht so. Ich bin auch nicht stehen geblieben. Bin direkt hierher gefahren. Wo hätt ich auch sonst hin sollen. Ich musste das Auto ja irgendwohin bringen, wo es keiner finden konnte.«

Jetzt war Richard vollends verwirrt. Das Auto vom Aschinger? Sie hatten es ja schon die ganze Zeit als Tatfahrzeug in Verdacht, und so erklärte sich auch, warum es nicht auffindbar war. Aber warum hatte Anderl das Auto gefahren?

»Dem Aschinger sein Auto?«

»Ja, ja«, antwortete Anderl geistesabwesend. »Der hat mich mitten in der Nacht angerufen. Er hat besoffen einen Unfall gebaut, und ich sollte das Auto unauffällig verschwinden lassen und so reparieren, dass es keiner mitkriegt. Das hab ich schon ein paarmal für ihn gemacht, wenn was nicht ganz sauber gelaufen ist.«

Okay, langsam passte alles zusammen. Richard hätte sich eigentlich denken können, dass der Aschinger mit der geschrotteten Karre nicht nach Italien gefahren war. Aber selbst wenn er drauf gekommen wäre, hätten sie das Auto ja auch nicht gefunden. Jetzt stellte sich noch eine Frage.

»Und der Zweite, den du umgebracht hast?«

»Ach, keine Ahnung«, antwortete Anderl. Die Ruhe, die er jetzt bekam, machte Richard sogar noch mehr Angst als vorher das Gebrüll. »Irgendein Typ, ich hab nicht mal sein Gesicht gesehen. Ich wollte unser Drogenversteck ein letztes Mal ausräumen, und da seh ich den rumschleichen und suchen.«

Der Maik! Richard fiel es wie Schuppen von den Augen.

»Keine Ahnung, wie der auf unser Versteck gekommen ist. Auf jeden Fall hat er da eine ganze Weile rumgeschnüffelt. Ich hab ihn aus der Ferne beobachtet. Und dann bückt er sich genau da, wo wir unser Zeug deponiert hatten. Da bin ich hin und hab ihm einen Ast drübergezogen. Ich hab mir dann das *Crystal* geschnappt und bin gleich weg. Weil ich mir gedacht hab, wenn der Typ von der Drogenfahndung ist, dann ist er bestimmt nicht allein da.«

»Da kann ich dich beruhigen«, sagte Richard. »Der Typ war nicht vom Drogendezernat, sondern ein Geocacher. Und er hat es auch überlebt.«

»Oh, okay«, meinte Anderl. Es schien ihn nicht wirklich zu interessieren. Er war wohl noch ganz in der Erinnerung gefangen. Richard überlegte fieberhaft, wie es jetzt weitergehen sollte. Er hatte zwar gehofft, dass sich Anderl beruhigen würde, aber *diese* Ruhe gefiel ihm ganz und gar nicht. Fliehen war jetzt auf jeden Fall keine Option mehr. Also musste er ihn dazu bringen, ihn freizulassen.

»Anderl«, sagte er behutsam um ihn ins Hier und Jetzt zurückzubringen. »Wie denkst du, soll es jetzt weitergehen?«

Er erntete nur einen verständnislosen Blick.

»Ich denke, du solltest dich stellen. Schau, den Maik, also den im Wald, hast du nicht ernsthaft verletzt. Und beim Schorsch ... mei, das war im Affekt.«

Die Augen vom Anderl verengten sich zu Schlitzen. Überhaupt nicht gut, dachte Richard. »Und was soll ich mit dir machen? Soll ich dich losbinden? Damit du mich hier mit Handschellen rausbringst?«

»Anderl, sei doch vernünftig«, versuchte Richard, ihn zu beruhigen. »Du machst es doch nur schlimmer, wenn du mich hier festhältst. Ich meine, ich bin Polizist. Nach mir wird man suchen. Und das Polizeiauto vor deiner Werkstatt ist bestimmt schon jemandem aufgefallen ...«

Anderl schnaubte. »Du meinst *das* Polizeiauto?« Er nickte in die andere Ecke des Raums. Dort stand sein Streifenwagen. Der war Richard bisher vor lauter Schwindel noch nicht aufgefallen.

»Den hat garantiert keiner gesehen, mitten in der Nacht. Und hier bekommt keiner mit, mit welchem Auto ich ein und aus fahre.«

Richard fluchte innerlich, doch dann kam ihm eine Idee. »Anderl, das hat doch keinen Sinn. Jedes Polizeiauto kann per GPS geortet werden.« Ehrlich gesagt hatte er keine Ahnung, ob das stimmte. Aber konnte doch gut sein, oder?

Anderl bekam große Augen. Offenbar hatte er es gefressen. Er blickte erst Richard an, dann den Streifenwagen und dann wieder Richard.

»Komm, lass es gut sein«, versuchte Richard, weiter auf ihn einzuwirken. »Ich lege auch ein gutes Wort für dich ein.«

»Nein«, sagte Anderl kopfschüttelnd. »NEIN!«, brüllte er dann, »wenn du glaubst, ich gehe in den Knast, dann hast du dich geschnitten. Von mir aus finden sie dein scheiß Auto, aber von dir finden sie nichts mehr, das garantier ich dir. Ich hau ab, Kohle hab ich genug.« Er stellte sich gerade vor Richard und baute sich auf. »Aber dich Wichser kann ich nicht brauchen.« Wie wild schrie er auf und riss den Schraubenschlüssel hoch, um zuzuschlagen.

Richard zuckte zusammen. Zurückweichen konnte er nicht, also machte er sich so klein wie möglich und schloss die Augen vor dem drohenden Schlag. Das war es also, war alles, was er noch denken konnte. Er hörte das dumpfe Aufschlagen von Metall auf einen Körper. Seltsamerweise spürte er keinen Schmerz. War es so, wenn man starb? Nein, irgendetwas stimmte nicht. Er hätte doch den Schlag spüren müssen. Vorsichtig blinzelte er. Die Welt war noch da. Er öffnete die Augen. Vor ihm stand Anderl, aber er sah irgendwie seltsam aus. Die beiden Pupillen blickten in unterschiedliche Richtungen, und aus seinem offenen Mund lief Speichel heraus. Im nächsten Augenblick kippte er zur Seite. Hinter ihm stand eine Gestalt, die Richard nur zu gut kannte.

»Wolfgang!«

Richard konnte es kaum fassen, aber tatsächlich stand da sein Kollege, einen Radmutternschlüssel in der Hand und mit einem ebenso erschrockenen Blick im Gesicht wie er selbst.

»Was, zur Hölle, machst du denn hier?«, rief Richard entgeistert.

»Ja, dich retten offenbar.«

»Äh, ja. Super. Danke. Aber ich meine, wie hast du mich denn gefunden?«

»Da war nichts zu finden. Ich bin aufgewacht, und da seh ich dich und den Typen hier, wie ihr redet. Und wie ich merke, dass das Ganze in die Hose geht, hab ich mir das Teil hier geschnappt und ihm damit eins drüber gezogen.«

»Wie, du bist aufgewacht? Du hast hier geschlafen?« Richard konnte es nicht fassen.

»Nein, natürlich nicht hier. In unserem Auto auf der Rücksitzbank.«

»*Was*?«

»Ja, weil doch unser Chef die Zellen mal wieder zugesperrt hat. Da hab ich mir eine Decke geholt und mich auf der Rücksitzbank zusammengerollt.«

»Du meinst, du hast die ganze Zeit im Auto gepennt und hast überhaupt nichts mitgekriegt?« Richard wusste ja, dass Wolfgang einen gesegneten Schlaf hatte, aber das sprengte doch jeden Rahmen.

»Naja«, meinte Wolfgang etwas betreten. »Ich hab ja so schon einen guten Schlaf. Und die Dinger sind wirklich super …« Er griff in seine Hosentasche und förderte zwei kleine gelbe Kegel zutage. Erst nach mehrmaligem Zwinkern erkannte Richard, dass es sich um Ohrenstöpsel handelte. »Da sind die Teile, die wir zum Schießtraining haben, ein Scheißdreck dagegen.«

»Ja, aber dass dich keiner bemerkt hat? Du schnarchst doch sonst wie ein Walross.«

»Du, seit ich abgenommen habe, ist das mit dem Schnarchen gar nicht mehr so wild.«

»Wo, zur Hölle, hast du denn abgenommen?«, rief Richard fassungslos.

»Also bitteschön«, sagte Wolfgang beleidigt und zog demonstrativ den Bauch ein. »Das sieht man doch.«

»Ach, schon gut. Entschuldige. Aber machst du mich jetzt bitte los?«

»Ach so. Ja, klar. Sorry.«

Schnell hatte Wolfgang sein Taschenmesser gezückt und die Stricke an Richards Armen und Beinen durchgeschnitten. Der rieb sich die schmerzenden Stellen an den Handgelenken, während Wolfgang keine Zeit verlor und dem bewusstlosen Anderl die Handschellen anlegte. Zur Sicherheit wollte er ihm auch noch die Beine fesseln, leider hatte er aber die Stricke so zerschnitten, dass sie nicht mehr dafür taugten. Stattdessen fand Richard einige Kabelbinder, die sich hervorragend eigneten.

Kurze Zeit später betrachteten sie ihr fertig verschnürtes Werk. Offenbar hatte Wolfgang ihn ordentlich ausgeknockt, er würde also wohl noch eine ganze Weile schlafen.

»Hast du eigentlich irgendeine Ahnung, wo wir hier überhaupt sind?«, fragte Wolfgang schließlich.

»Nein. Ich hab auf dem Weg hierher genauso gepennt wie du«, antwortete Richard und betastete vorsichtig die Beule an seinem Hinterkopf.

Sie blickten sich unschlüssig um. Soweit es Richard beurteilen konnte, befanden sie sich in einem alten Kuhstall, der zu einer improvisierten Werkstatt umgebaut worden war. Es standen drei Autos darin. Zum einen ihr Polizeiwagen, ein teilweise zerlegter alter Ford und ein SUV. Dasselbe Modell, das sie beim Aschinger vergeblich gesucht hatten. Wortlos ging Richard um den Wagen herum und entdeckte an der Vorderfront, was er vermutet hatte: einen ordentlichen Blechschaden. Er ging in die Knie, um die Sache näher in Augenschein zu nehmen.

»Siehst du das?«, fragte er Wolfgang, der neben ihm ebenfalls in die Hocke gegangen war, und deutete auf eine bestimmte Stelle.

»Hmm«, nickte Wolfgang. »Eingetrocknetes Blut.«

»Hier die Mordwaffe, dort liegt der Mörder dazu. Ich denke, wir haben alles, was wir brauchen«, grinste Richard.

»Schaut ganz so aus«, antwortete Wolfgang, ebenfalls breit grinsend.

»Dann bleibt eigentlich nur noch eine Frage offen.«

»Welche?«

Richard sah ihn von oben bis unten an. »Im Ernst: Wann hast du denn abgenommen?«

»Also, jetzt darfst du aber aufhören«, rief Wolfgang mit gespielter Empörung. »Das sieht doch ein Blinder …«

KAPITEL 30

Kurze Zeit später hatten sie eines der Tore geöffnet und festgestellt, dass es immer noch dunkel war. Ein flüchtiger Blick in die Umgebung ließ den Schluss zu, dass sie sich auf einem alleinstehenden alten Bauernhof befanden, der offensichtlich verlassen war. Mithilfe von Wolfgangs Handy konnten sie dann schließlich ihren genauen Standort feststellen. Während der sich auf dem Revier meldete, erforschte Richard noch ein wenig die Umgebung. Tatsächlich war der Hof perfekt geeignet für das, was der Anderl hier betrieben hatte. Er lag wirklich abgelegen. Das nächste Haus befand sich hinter dem Hügel über ihnen, und von der Straße war der Hof nicht einsehbar. Hier fiel es auch keinem auf, wenn mitten in der Nacht ein Auto reinfuhr. Richard war versucht, der Aussage Glauben zu schenken, dass ihn hier so schnell keiner gefunden hätte. Er versuchte, das seltsame Gefühl, das sich bei diesen Gedanken in seinem Magen ausbreitete, zu ignorieren, und ging zu dem alten Wohnhaus. Ein kurzer Blick durch das Fenster reichte. Er konnte zwar aufgrund der Dunkelheit nicht viel erkennen, es genügte aber, um sicher zu sein, dass hier schon lange niemand mehr wohnte. Schließlich schlenderte er den Hügel hoch, um sich einen Überblick zu verschaffen. Oben angekommen merkte er, dass langsam der Morgen dämmerte. Erst jetzt wurde ihm bewusst, wie erschöpft er war. Also setzte er sich kurz entschlossen auf die Wiese und blickte in die Richtung, wo Osten sein musste, weil sich dort gerade der Sonnenaufgang ankündigte.

Kurze Zeit später stieß auch Wolfgang zu ihm. »Stell dir vor, die haben uns noch nicht mal vermisst«, sagte er verschmitzt. »Ich glaube, ich habe der Christina einen ganz schönen Schrecken eingejagt, als ich ihr erzählt hab, was los ist.«

Richard lachte leise. »Da siehst du es mal, auf die Polizei ist einfach kein Verlass.« Er bedeutete Wolfgang, sich neben ihn zu setzen. Der ließ sich fallen und reichte ihm eine Flasche Bier.

»Wo hast du die denn her?«, fragte Richard erstaunt.

»Hast du schon mal eine Autowerkstatt gesehen, in der kein Bier rumsteht?«

»Ach so.« Richard betrachtete die Flasche peinlich berührt. »Äh, hättest du zufällig einen Flaschenöffner dabei?«

Wolfgang rollte mit den Augen. »Die Jugend von heute ...« Er nahm ihm die Flasche wieder ab, zückte sein Taschenmesser und hatte sie umgehend zischend geöffnet.

Richard nahm das Bier dankend an. Sie stießen an, und während sie den ersten Schluck nahmen, blinzelten die ersten Sonnenstrahlen über den Horizont.

»Ein bisserl früh für Bier, oder«, meinte Richard.

»Zum Feierabend darf man ein Bier trinken«, sagte Wolfgang bestimmt. »Und wenn der Feierabend erst um 5 Uhr in der Früh ist, dann ist das doch nicht unsere Schuld.«

»Da hast du auch wieder recht«, meinte Richard lachend, und zu seinem Erstaunen schmeckte es ihm trotz der unpassenden Stunde ganz gut.

So saßen sie eine Weile beieinander und versuchten, die letzten offenen Fäden zu einem Gesamtbild zu verweben.

»Also«, rekapitulierte Wolfgang, »der Schorsch und der Meier schmuggeln zusammen Drogen. Der eine holt sie aus einem Versteck im Wald, wo sie wahrscheinlich der tschechische Produzent versteckt. Die bringt er dann in die Werkstatt, wo der andere sie so in die Autos einbaut, dass es zumindest bei einer normalen Verkehrskontrolle nicht auffällt.«

»Naja, nicht in seine Werkstatt. Da wären sie zu leicht aufgeflogen, bei der Menge an Leuten, die da ständig ein und aus gehen«, wandte Richard ein. »Ich denke, dass er es hier gemacht hat. In dem alten Stall ist ja offensichtlich alles vorhanden, was man braucht. Und er liegt so abgelegen, dass es keiner mitbekommt. Die Fenster sind alle abgeklebt, sodass niemand, der zufällig vorbeikommt, ein Licht sieht, und jeder hält es für einen alten verlassenen Hof.«

»Fragt sich nur, wie er auf den Hof gekommen ist.«

»Ich denke, dass er ihn mal geerbt hat von irgendeiner Oma oder Tante oder so. Da müssen wir die Christina nur einen Blick ins Grundbuch werfen lassen.«

»Ja, stimmt. Und wie ist es jetzt zu dem Mord gekommen?«

»Da wird die Geschichte haarig«, meinte Richard. »Alles muss sich in der einen Nacht abgespielt haben. Der Schorsch beschließt, sich an der Hauswand vom Aschinger zu verewigen, und säuft sich offenbar vorher gehörig Mut an. Nach vollendeter Tat wird er zufällig Zeuge, wie der im Vollsuff den Zaun vom Nachbarn über den Haufen fährt.«

»Wie wir in dem Handyvideo quasi mit eigenen Augen gesehen haben«, warf Wolfgang ein.

»Genau. Und mit genau dem Video wollte der Schorsch den Aschinger erpressen, damit für seine Großeltern ein ordentliches neues Haus rausspringt.«

»Ein bisserl dünn für Erpressung, findest du nicht?«, meinte Wolfgang.

»Mag schon sein. Aber in dem Moment hat er es bestimmt für eine super Idee gehalten. Zum einen war er sicherlich noch besoffen und außerdem voll mit Adrenalin vom Weglaufen.«

»Auch wieder richtig.«

»Und wer weiß, ein wenig was hätte er dem Aschinger bestimmt noch abschwatzen können, wenn auch nicht unbedingt gleich eine Luxusvilla. Den Nachbarn hat er ja auch mit einem nagelneuen Zaun ruhiggestellt. Das alles hätte wahrscheinlich auch funktioniert, hätte der Aschinger nicht ausgerechnet den Meier Anderl angerufen, weil der immer seine inoffiziellen Reparaturen gemacht hat. Der Anderl fährt also hin und holt das eingedellte Auto ab, um es still und heimlich zu reparieren. Soll ja keiner mitkriegen, was der Herr Bauunternehmer so alles anstellt. Und bei der Fahrt zu seiner geheimen Werkstatt trifft er auf den Schorsch, der nach Hause läuft. Der, offensichtlich immer noch euphorisch, teilt ihm gleich mal mit, dass er in Zukunft für keine Drogenkurierdienste mehr zur Verfügung steht. Der Anderl setzt ihn unter Druck, aber das kratzt ihn nicht. Im Gegenteil: Der Schorsch droht ihm sogar noch, ihn auffliegen zu lassen, sogar wenn er dann selber einsitzen muss.«

»Das versteh ich nicht«, warf Wolfgang ein. »Warum sollte er ihn auffliegen lassen, wenn er selber mit drinhängt.«

»Mei, zum einen war er wohl ebenso erregt wie besoffen. Da sagt man schon mal etwas, das man später bereut. Zum anderen glaube ich, dass er wirklich hauptsächlich wegen seinen Großeltern besorgt war. Und jetzt, wo er sie gut versorgt glaubte, hätte er auch eine Gefängnisstrafe in Kauf genommen. Vielleicht ging es ihm auch darum, reinen Tisch zu machen. Oder Buße zu tun, wie es unser Herr Pfarrer sagen würde.«

»Möglich«, meinte Wolfgang.

»Auf jeden Fall«, fuhr Richard fort, »hat der Anderl jetzt rotgesehen. Plötzlich hatte er einen Mitwisser, dem er nicht mehr vertrauen konnte. Der ihn jederzeit hinhängen konnte. Ab nun hätte er mit der permanenten Angst leben müssen, dass ihn jemand verpfeift. Und da sieht er ihn davongehen, gerade noch sein bester Freund, jetzt auf einmal eine ständige Gefahr. Und zu allem Überfluss dreht er sich noch einmal um und zeigt ihm den Stinkefinger. Da ist ihm offenbar eine Sicherung durchgebrannt …«

»… und er gibt Vollgas«, ergänzte Wolfgang.

»Hmm«, nickte Richard. »Und das war es dann. Zumindest für den Schorsch. Das Auto vom Aschinger bringt er hierher, wo es bis auf Weiteres sicher ist. Dem teilt er wahrscheinlich mit, dass sein Wagen erst mal für eine Weile verschwinden muss, und damit kommt die Geschichte mit der Italienfahrt ins Spiel.«

»Du meinst, der Aschinger hat von der ganzen Sache gewusst?«, fragte Wolfgang.

»Hm, ich denke, eher nicht. Dafür war der zu überrascht, als wir ihm mitgeteilt haben, dass es sein Auto gewesen sein könnte, das den Unfall verursacht hat.«

»Stimmt«, pflichtete Wolfgang ihm bei. »Dann war er wahrscheinlich gar nicht am Gardasee.«

»Du vergisst das Flugticket, dass uns seine Sekretärin gezeigt hat. Offenbar hat ihn der Anderl so bedrängt, dass er sich ein wasserfestes Alibi für sich und das Auto besorgt hat. Vielleicht ist er mit dem Zug runtergefahren. Das wäre ihm nicht nachzuweisen. Und mit dem Flugzeug zurück, weil da lässt sich beweisen, dass er in Italien war. Dass der ganze Brimbori nicht wegen seiner Alkoholfahrt war, sondern wegen dem Schorsch, da haben erst wir ihn drauf gebracht. Drum hat er wahrscheinlich auch mit dem Anderl gestritten, als ich ihn zufällig dort getroffen hab.«

»Dann hätte er den Anderl aber auch einfach hinhängen können, um sich selbst zu entlasten«, warf Wolfgang ein.

»Fragt sich, wozu«, meinte Richard. »Dann hätte er seinen Unfall mit dem Gartenzaun ja auch zugeben müssen. Und jetzt, wo wir das Ganze aufgedeckt haben, kann er immer noch ganz bequem behaupten, er hätte von dem

Mord am Schorsch nichts gewusst. Beweisen können wir es ihm ja nicht. Wenn er den Anderl angezeigt hätte, dann wäre er in jedem Fall auch selber dran gewesen. Wenn der aber mit der ganzen Sache ungeschoren davongekommen wäre, dann wäre der Aschinger auch fein raus gewesen.«

»Auch wieder richtig.«

»Du, und außerdem hat der Anderl zugegeben, dass er es war, der unseren Freund aus dem Osten niedergeschlagen hat.«

»Den Maik? Den mit den zwei scharfen Geräten?«

»Ja, genau den. Der Anderl wollte gerade das Drogenversteck ausräumen, als der Maik dort seinen Schatz gesucht hat. Und fast hätte er das *Crystal* gefunden. Aber da hat ihm der Anderl vorher eins mit einem Ast übergezogen. Der hat sogar gemeint, dass er ihn umgebracht hat.«

»Sauber, dann haben wir ja damit gleich zwei Fälle abgeschlossen«, freute sich Wolfgang. »Aber eines ist mir noch nicht klar. Wie bist du eigentlich auf die Idee gekommen, mitten in der Nacht zum Meier seiner Werkstatt zu fahren?«

Richard erzählte ihm die Geschichte, wie er den Anruf von der Drogenermittlung erhalten hatte, und was dann alles passiert war. Sie redeten noch eine ganze Weile, bis weit entfernt eine ganze Phalanx an Blaulichtern sichtbar wurde.

»Ah, schau. Die Kavallerie ist auch schon da«, deutete Wolfgang in die Richtung. Als die blinkenden Lichter näherkamen, war zu erkennen, dass es nicht nur Polizeifahrzeuge waren, sondern auch ein Krankenwagen und zwei oder drei Feuerwehrautos. »Ui, die fahren ja alles auf, was da ist.« Sie nahmen die letzten Schlucke aus der Flasche und machten sich gemütlich auf den Weg zurück auf den verlassenen Bauernhof.

Dort war ein ganzer Fuhrpark an Polizeifahrzeugen quietschend zum Stehen gekommen. Autos, Busse, Motorräder, alles, was über mindestens zwei Räder, Blaulicht und blaue Lackierung verfügte, schien jetzt hier zu sein. Türen wurden hektisch aufgerissen, und Polizisten in Schutzwesten und mit der Waffe im Anschlag schwärmten aus. Die Jungs von der Feuerwehr stellten ihre Löschfahrzeuge auch mitten in den Hof, ließen es aber eher langsam angehen. Wohl wissend, dass sie absolut sinnlos in aller Herrgottsfrühe aus den Federn gerissen worden waren, lehnten sie gähnend an ihren Karossen und beobachteten belustigt das Geschehen.

Der Chef traf erst ein paar Augenblicke später ein. Bei der schieren Anzahl an Einsatzfahrzeugen hatten natürlich nicht alle im Hof des ehemaligen landwirtschaftlichen Anwesens Platz. Deswegen stauten sie sich bis fast zur Abzweigung an der Hauptstraße zurück. Er musste also zu seiner Verärgerung einen Fußmarsch in Kauf nehmen, was ihm seinen dramatischen Auftritt komplett versaute.

»Lage!«, bellte er, als er endlich angekommen war.

Ein Polizist, ganz außer Atem, nahm Haltung vor ihm an. »Eine gefesselte Person bewusstlos aufgefunden und gesichert sowie drei Fahrzeuge festgestellt. Eines davon ein Polizeiwagen. Von den Kollegen fehlt noch jede Spur.« Danach musste er tief Luft holen. Kein Wunder, hatte er doch alles angelegt, was der Polizeifundus an Schutzausrüstung hergab: schusssichere Weste, Handschuhe und Helm. Allein die Weste wog gute drei Kilo.

Der Chef verengte die Augen zu Schlitzen und ließ den Blick durch die Umgebung schweifen. Da bogen Wolfgang und Richard um die Ecke. Genauer betrachtet, schlenderten sie eher und konnten sich ein siegessicheres Grinsen nicht verkneifen.

Als ihr Chef sie kommen sah, stieß er den Kollegen vor sich unsanft zur Seite und ging mit großen Schritten auf sie zu. »Was höre ich da?«, rief er. »Meine zwei besten Männer haben den gesuchten Mörder aufgespürt und im Alleingang dingfest gemacht?«

Richard glaubte, sich verhört zu haben. Seine besten Männer? Und auf einmal war es doch Mord, wo es doch vorher ein sicherer Unfall war? Schon war er bei ihnen und klopfte ihnen heftig auf die Schultern.

»Chef«, meldete Wolfgang. »Wir konnten den Herrn Andreas Meier eindeutig des Mordes an Georg Kerscher überführen. Der Mörder liegt zusammengeschnürt neben der Mordwaffe, Marke Audi, in dem alten Stall da drüben.«

»Hervorragende Arbeit, Kollegen«, rief er, trat zwischen sie und legte ihnen die Arme über die Schultern, offenbar auf der Suche nach jemandem, der jetzt ein schönes Foto machen könnte. Wie aufs Kommando traf auch schon der unvermeidliche Pressefuzzi ein, gefolgt von zwei überraschend hübschen Mädels vom Rettungsdienst. Nachdem sie kurz die Lage gepeilt hatten, machten sie sich auch schon an die Arbeit. Der Zeitungsmann schoss zur Freude vom Chef gleich Fotos aus jeder erdenklichen Position, und die eine süße Sanitäterin mit den braunen Haaren fragte freundlich bei ihnen nach, ob sie denn verletzt seien. Richard wurde fast ein bisserl rot. Er gab wahrheitsgemäß an, einen Schlag auf den Kopf bekommen zu haben, meinte aber, dass es nicht so schlimm sei. Jetzt bloß nicht wehleidig rüberkommen, dachte er, während er in ihre großen Rehaugen blickte.

»Das sollten wir uns lieber ansehen«, meinte sie. »Mit Kopfverletzungen ist nicht zu spaßen.«

»Junge Frau, wir von der Polizei sind hart im Nehmen«, mischte sich ihr Chef ein. »Seien Sie versichert, dass sich der Kollege untersuchen lässt. Aber bis dahin können wir noch ein paar Fotos für die Presse machen, nicht wahr?« Schon setzte er wieder sein professionellstes Lächeln auf, und die Kamera klickte. Plötzlich rümpfte er die Nase. »Sagt mal, habt ihr was getrunken?«

»Äh, ich glaube, ich sollte mich doch lieber gleich untersuchen lassen. Mit so einer Kopfverletzung ist nicht zu spaßen«, meinte Richard und entzog sich dem Arm seines Chefs, um sich in die kompetenten und äußerst attraktiven Hände der beiden Sanis zu begeben.

»Wart, ich stütz dich lieber«, rief Wolfgang und hakte sich schon bei ihm unter. So ließen sie ihren Chef hinter sich stehen, der glücklicherweise sofort von dem Reporter in Beschlag genommen wurde.

Kurze Zeit später saß Richard, in eine Decke eingewickelt, hinten am Krankenwagen und genoss es, sich von der hübschen Brünetten den Kopf untersuchen zu lassen. Wolfgang war derweil, lässig an die Seite des Wagens gelehnt, in ein Gespräch mit der anderen vertieft.

Da sahen sie, wie der Meier Anderl, nun wieder bei Bewusstsein, aus dem Stall geführt wurde. Die Hände noch in Handschellen, nur die Kabelbinder an den Füßen hatten die Kollegen aufgeschnitten. Klar, sie waren zwar auf Sicherheit bedacht, aber blöd waren sie nicht. Warum jemanden tragen, der auch gut selber laufen konnte?

Zuerst blinzelte der Anderl gegen die Helligkeit im Freien an. Dann entdeckte er sie. Sofort wollte er auf sie zugehen, wurde aber von den Kollegen umgehend in die Schranken gewiesen und etwas unsanft auf die Rücksitzbank des nächsten Polizeiautos bugsiert. Richard konnte noch sehen, wie er ihm durch die Scheibe böse Blicke zuwarf, aber dann fuhr der Wagen auch schon davon, und weg war er. Wolfgang und Richard sahen ihm nach. Dann blickten sie sich gegenseitig an und grinsten. Beide wussten, dass die ganze

Sache knapp davor gewesen war, so richtig in die Hose zu gehen. Und entsprechend glücklich machte es sie gerade, dass sie so heil herausgekommen waren.

KAPITEL 31

Es kam Richard beinahe wie ein Déjà-vu vor, als Wolfgang unten mit der Kelle an der Straße stand und Autos durchwinkte, während er etwas erhöht Ausschau nach einem bestimmten Fahrzeug hielt. Nur diesmal war ihre Stimmung wesentlich entspannter als beim letzten Mal. Und heute gerieten sie auch weniger in Gefahr, einen Unfall zu verursachen. Vielleicht lag es daran, dass wieder dieselben Fahrer vorbeikamen und die Sache schon gewohnt waren. Endlich erblickte Richard, was er suchte. Mit einem Pfiff verständigte er Wolfgang und machte sich dann auf dem Weg zu ihm. Der winkte die nächsten Fahrzeuge durch, um dann mit erhobener Kelle dem großen schwarzen SUV den Weg zu versperren.

Sie traten an die Fahrertür, doch die Seitenscheibe blieb geschlossen. Der Fahrer blickte starr geradeaus, offenbar in der Hoffnung, dass sie ihn weiterfahren ließen, wenn er sie ignorierte. Also klopfte Richard an die Scheibe, um seine Aufmerksamkeit zu erregen. Langsam drehte er den Kopf und sah sie an, die Augen waren enge Schlitze. Die Scheibe blieb aber immer noch geschlossen, was die Kommunikation mehr oder minder unmöglich machte. Also vollführte Richard eine Kurbelbewegung mit den Händen. Zwar musste der Fahrer die Scheibe natürlich nicht mehr herunterkurbeln, dennoch verfehlte die Geste nicht ihre Wirkung. Die Seitenscheibe glitt herunter, und der vor Wut rote Kopf vom Aschinger glich einer glühenden Kohle.

»Was?«, knurrte er barsch.

»Ah, der Herr Aschinger!« Wolfgang und Richard taten übertrieben überrascht. »So eine Überraschung, dass wir bei unserer routinemäßigen Verkehrskontrolle ausgerechnet Sie aufhalten. Das triff sich ganz gut, weil wir ja eh noch mit Ihnen sprechen wollten.«

»Jetzt hört mir mal zu«, presste der Aschinger hervor, »ihr zwei lasst mich jetzt sofort weiterfahren. Sonst ruf ich auf der Stelle meinen Anwalt an und verklag euch so lang, bis euch Hören und Sehen vergeht.«

»Nana, Herr Aschinger«, tadelte Richard. »Warum denn so unfreundlich? Glücklicherweise konnten wir ja kürzlich den wahren Mörder vom Kerscher Georg fassen. Und Sie sind damit umfassend entlastet. Tut uns übrigens leid, dass wir Sie verdächtigt haben.«

»Ja, wahnsinnig leid«, flötete Wolfgang zustimmend. Beim Aschinger konnte man die Zähne knirschen hören.

»Sie müssen das entschuldigen. Aber wie sich rausgestellt hat, war ja Ihr schöner Wagen in die Sache verwickelt, wenn auch nicht durch Sie gesteuert. Da hat sich durch die Verbindung eben ein Verdachtsmoment ergeben, dem wir nachgehen mussten«, fuhr Richard fort. Der Kopf vom Aschinger zitterte inzwischen vor Wut. »Aber jetzt wissen wir ja, dass Sie ganz unbeteiligt waren. Obwohl …«

»Obwohl was?«, die Augenschlitze des Bauunternehmers wurden noch enger.

Richard sog zischend die Luft in seinen Mund ein. »Naja, immerhin haben Sie den betreffenden Pkw ja nicht der Ermittlung zur Verfügung gestellt. Und dass der Wagen am Gardasee steht, das war wohl auch nicht so ganz die Wahrheit, oder?«

»Ja, wenn man so drüber nachdenkt«, warf Wolfgang ein, »läge es sogar im Bereich des Möglichen, dass Sie im Nachhinein von dem tödlichen Unfall erfahren haben könnten. Schließlich hätten Sie doch Ihren schönen Wagen gerne irgendwann vom Herrn Meier zurückgehabt. Das wäre dann, also natürlich rein hypothetisch, das Verschweigen einer Straftat und das Decken eines Mörders.«

»Wenn ihr mir da was anhängen wollt …«

»Ach, Herr Aschinger«, winkte Richard ab. »Entschuldigen Sie. Manchmal sind wir ein wenig übereifrig, wie Sie ja schon feststellen mussten. Der Fall ist bereits abgeschlossen, und alles andere werden die Gerichte klären. Also Schwamm drüber. Wir wollten mit Ihnen ja auch über etwas ganz anderes reden.«

»Ich höre«, meinte er misstrauisch.

»Eigentlich geht es nur um einen guten Rat, den wir Ihnen geben wollten. Nachdem der Fall ja nun eben zu den Akten gelegt wird, gehen die persönlichen Gegenstände vom Schorsch, die wir noch als Beweismittel einbehalten hatten, in den Besitz der Hinterbliebenen über. Also in dem Fall an seine Großeltern.«

»Und was geht mich das an?«

»Wie gesagt, es ist nur ein gut gemeinter Rat. Unter den

Beweismitteln befindet sich auch das Handy vom Schorsch. Und auf dem befindet sich ein … nun sagen wir mal kompromittierendes Video, auf dem Sie zu sehen sind.«

Der Aschinger wandte sich ihnen ruckartig zu, wurde aber unsanft vom Gurt zurückgehalten. Also lehnte er sich, soweit es eben ging, aus dem Fenster und zischte: »Hat mein Anwalt euch zwei Aushilfssheriffs nicht deutlich genug klargemacht, was passiert, wenn ihr das Video an die Öffentlichkeit gebt?«

»Herr Aschinger«, Richard hielt beschwichtigend die Hände hoch, »Sie können sich absolut sicher sein, dass wir für immer und ewig über den Inhalt dieses Videos schweigen werden.« Wolfgang hielt Daumen und Zeigefinger zusammen und zog sie an seinem Mund vorbei als würde er einen Reißverschluss schließen. »Nichts läge uns ferner. Aber wie gesagt, das Handy geht an die Großeltern zurück.«

»Ach, die beiden Alten«, winkte Aschinger ab. »Die können doch mit so was überhaupt nicht umgehen.«

»Oh, Herr Aschinger, täuschen Sie sich da nicht. Sie wären überrascht, wie fit manche unserer älteren Mitbürger in den neuen Medien unterwegs sind. Wussten Sie zum Beispiel, dass die Großmutter vom Schorsch einen eigenen *Instagram*-Account betreibt? Sie wissen schon, das mit den Fotos, die man online stellt. Die backt doch so gerne und teilt dann Bilder von den Kuchen und Torten im Internet. Ich glaub, dass ihr da schon ein paar 100 Leute folgen, wie man so sagt. Also mit einem Smartphone dürfte die alte Dame schon umgehen können.«

Man merkte, wie das Gesicht vom Aschinger blass wurde, und er ließ sich schlaff in seinen Sitz zurückgleiten.

»Und da wollten wir Ihnen raten, vielleicht noch mal mit den beiden zu reden«, fuhr Richard fort. »Wie man hört, hat es ja in der Vergangenheit die eine oder andere Unstimmigkeit zwischen ihnen gegeben. Weil die beiden wegen Ihnen aus ihrem Häuschen raus müssen. Da kann es ja schon mal dazu kommen, dass sich bei manchen ein gewisser Ärger aufstaut. Wenn auch gänzlich unbegründet natürlich. Ich bin mir ganz sicher, dass Sie den beiden ein ganz großartiges Angebot zur Entschädigung gemacht haben. Aber vielleicht ist das ja ein klein wenig missverstanden worden. Da schadet es doch sicher nicht, wenn Sie Ihr Angebot erneuern, den Kerschers ein schönes neues, altersgerechtes ... ach, was rede ich, so, wie ich Sie kenne, ein fast luxuriöses neues Zuhause zu bauen. Weil Sie wissen ja, wie das ist. Wenn sich so ein Ärger mal aufstaut, da macht man im Affekt oft was ganz Dummes.«

»Zum Beispiel ein bescheuertes Video online stellen, das einen in einem ganz ungünstigen Licht erscheinen lassen kann«, warf Wolfgang ein.

Der Baulöwe atmete langsam aus und seufzte resigniert. »Ich habe es verstanden. Kann ich jetzt in Gottes Namen weiterfahren?«

»Wolfgang, was meinst du?«, wandte sich Richard an seinen Kollegen. »Bei so einem angesehen Mitbürger wie dem Herrn Aschinger können wir auf die Kontrolle von Warndreieck und Verbandskasten verzichten, oder?«

»Ja, das denke ich auch«, stimmte der zu. »Einen wunderschönen Tag noch!«

Das Fenster wurde wortlos geschlossen, und der SUV preschte mit quietschenden Reifen davon. Richard und Wolfgang schauten ihm hinterher.

»Du, stimmt das mit der Kerscher-Oma und den Kuchenfotos?«, fragte Wolfgang, als er aus ihrem Sichtfeld verschwunden war.

»Keine Ahnung«, Richard zuckte mit den Schultern. »Wäre doch gut möglich, oder?«

Die beiden grinsten sich an.

KAPITEL 32

»Hey, Richie!«

Da war es wieder. Diesmal zuckte Richard nicht zusammen, er ließ nur den Kopf hängen und war bereit, es über sich ergehen zu lassen. »Hi, Sandra«, brummte er nur.

»Gut, dass ich dich seh. Ich wollte dir gratulieren.«

»Zu was?«, fragte Richard kurz angebunden, aber insgeheim auch etwas neugierig.

»Na, zu deinem Erfolg. Du hast doch einen Mörder verhaftet. Hab dich in der Zeitung gesehen.« Sie strich sich eine Haarsträhne zur Seite und blickte ihn fast schüchtern an. »Gut hast du ausgesehen auf dem Foto.«

»Ach so, ja, danke.« Also war es jetzt wieder *diese* Sandra. Nicht die, die er von früher kannte. Na, das konnte ja was werden.

»Stimmt es, dass du von dem Mörder als Geisel genommen worden bist?«

»Wenn's in der Zeitung steht, wird es stimmen.«

»Ach komm«, sie lachte und boxte ihn sanft auf die Schulter. »Verarsch mich halt nicht.«

»Ja mei, das hört sich alles dramatischer an, als es in Wirklichkeit ist«, stapelte Richard tief.

»Aber du warst doch in Lebensgefahr! Hast du da keine Angst gehabt?«

Ich hätte mir vor Angst in die Hose scheißen können, dachte Richard. »Als Polizist wird man ausgebildet für solche Extremsituationen«, sagte er bedeutungsvoll.

»Ja, Wahnsinn, mein Richard, ein echter Held.«

Was heißt hier »mein Richard«, wollte er schon verwundert fragen. Aber da war wieder die Strähne, die aus dem Gesicht gewischt wurde, der Augenaufschlag und dieser fast schüchterne Blick.

»Du, Richard?«

»Ja?«

»Ähm, ich weiß nicht, wie ich es sagen soll …«, begann sie.

»Was denn?«

»Naja, meine Freundin, die Tina, die kennst du doch noch, oder?«

»Ja klar, die Tina …« Er hatte absolut keine Ahnung, wen sie meinte.

»Die hat dich vor Kurzem mal gesehen.«

»Ja … und?«

»Sie hat gemeint, du bist mit einer Arm in Arm auf einer Parkbank gehockt …«

Richard hatte plötzlich nur noch Fragezeichen im Kopf. Mit wem hatte er denn Arm in Arm auf einer Bank gesessen? Und vor allem, warum interessierte sich Sandra dafür?

»Und sie hat auch gesagt, dass sie glaubt, dass sie die auch noch mal gesehen hat und dass sie schwanger war …«

Richard brauchte einen Moment, um den Satz so zu sortieren, dass es für ihn Sinn machte. Plötzlich fiel es ihm wie Schuppen von den Augen. Na klar, sie meinte Rosalie. Genau, die hatte er doch getröstet, als sie ihm gestanden hatte, dass sie vom Schorsch schwanger war. Und inzwischen war ja auch nicht mehr zu übersehen, dass sie Nachwuchs erwartete.

»Ach so, ja. Kann sein«, sagte er möglichst beiläufig.

»Okay«, sagte sie gedehnt. »Aber … die ist jetzt nicht von dir schwanger, oder?«

Richard wollte schon abwinken, doch ganz plötzlich kam ihm ein anderer Gedanke.

»Mei, was weiß man schon sicher.«

Sandra sah ihn erschrocken an. Doch dann begann sie zu lächeln. »Also, Richard, so kenn ich dich ja noch überhaupt nicht.« Sie nahm seinen Arm und schmiegte sich an ihn. »Aber, um ehrlich zu sein, gefällst du mir so.«

Richard konnte es kaum glauben, dass es wirklich so klappte, wie er es sich vorgestellt hatte. Er legte den Arm um ihre Schulter. »Ach, liebe Sandra …« Dann griff er mit der zweiten Hand ihre andere Schulter und schob sie ein Stück weit von sich weg. »Ich glaube, es ist besser, wenn wir nur befreundet sind. Aber wenn ich irgendwelche falschen Signale ausgesendet haben sollte, dann tut es mir leid.«

Zuerst sah sie ihn nur verwirrt an, kurz wirkte sie ehrlich gekränkt, aber dann war deutlich, dass der Ärger die Oberhand gewann. Ihre Augen verengten sich zu Schlitzen und warfen Blitze in seine Richtung.

»Du, ich glaub, es ist besser, wenn ich jetzt geh«, sagte Richard mit einem Lächeln. »Mach's gut. Und sei mir nicht böse.« So drehte er sich um und ging davon. Mit einem Lächeln auf den Lippen und einem seltenen Gefühl von Freiheit.

EPILOG

Irgendwie war es komisch, Wolfgang in seinen Zivilklamotten zu sehen. Nicht, dass er außergewöhnlich gekleidet gewesen wäre, er trug ein kariertes Hemd und Jeans. Nicht unbedingt der letzte Schrei der Mode, aber es passte zu ihm. Richard war es nur so sehr gewohnt, ihn in blauer Uniform zu sehen, dass er lieber zweimal hinsah, um sicher zu sein, dass es wirklich sein Kollege war. Sie trafen in etwa zur gleichen Zeit vor dem Haus ein. Ein Bungalow, offensichtlich noch sehr neu, umgeben von einer kleinen und sehr gepflegten Rasenfläche und einem fabrikneuen Zaun.

»Ich glaub, hier sind wir richtig«, meinte Wolfgang.

»Ja, glaub ich auch«, antwortete Richard. »Komm, gehen wir rein.«

Er öffnete die Gartentür, und sie schritten den gepflasterten Weg zur Haustür. Die Türglocke machte ein äußerst angenehmes »Ding-Dong«. Darüber war eine Kameralinse zu sehen, mit der man sich die Besucher von drinnen ansehen konnte, ohne an die Tür zu gehen. Sah teuer aus. Und wie der wahr gewordene Albtraum der *Zeugen Jehovas*. Kurze Zeit später öffnete sich die Tür. Die Kerscher-Oma trocknete sich gerade die Hände an ihrer Schürze ab. »Mei, Buben, ich bin noch gar nicht fertig. Kommt rein. Die Rosalie müsste auch gleich kommen.« Sie wurde jäh von einem durchdringenden Piepsen unterbrochen. »Oje, der Kuchen. Geht's einfach durch, da hinten zu der Terassentür. Der Opa sitzt schon draußen.« Schon war sie in die Richtung verschwunden, in der sich offenbar die Küche befand. »Und er soll euch was zum Trinken anbieten, sagt ihm das«, rief sie noch.

Richard und Wolfgang blickten sich etwas ratlos an, zuckten dann mit den Schultern und gingen in die Richtung, die ihnen gewiesen worden war. Die führte sie in ein großzügiges Wohnzimmer mit breiter bodentiefer Fensterfront auf der einen Seite und übergroßem Fernseher an der anderen Wand. Die besagte Terassentür stand offen, und so traten sie nach draußen. Dort saß der Kerscher-Opa inmitten einer modernen Gartenmöbelgruppe. So modern, dass der alte Mann fast ein wenig deplatziert wirkte. »Servus, die Herren Polizisten«, begrüßte er sie. »Setzt euch her zu mir.«

Sie taten wie geheißen. Richard war überrascht, wie bequem die Gartenstühle waren. Er lehnte sich zurück und blickte sich um.

»Schön haben Sie es hier«, befand er.

»Gell? Da hat sich der feine Herr Aschinger mal nicht lumpen lassen«, grinste der Opa. »Alles ebenerdig, mit Fußbodenheizung, Klimaanlage und Lüftung. Und so einem Wärmepumpen-Trumm.« Er wedelte mit dem Arm in Richtung eines unauffälligen Kastens, der ein wenig wie eine überdimensionale Hundehütte anmutete. »Da brauch ich mich nicht mehr plagen mit Holz machen. Und ihr werdet es nicht glauben, wir haben sogar ein Klo, das dir den Arsch auswäscht.«

»Geh, Opa, so was sagt man doch nicht«, war die Oma empört von der Terassentür her zu hören.

»Aber wenn es doch stimmt. Da drückst du einfach auf einen Knopf, und das Ding wäscht dir den Arsch sauber.«

»Jetzt hör halt mal auf«, tadelte sie ihn und stellte einen duftenden Gugelhupf mit Puderzucker drauf vor sie auf den Tisch. »Der kommt frisch aus dem Ofen. Da müsst ihr leider noch warten, bis er ausgekühlt ist.«

»Ein schönes Haus haben Sie, Frau Kerscher«, versuchte Richard, ein Gespräch in Gang zu bekommen.

»Ja, schön ist es wirklich«, sagte die alte Dame und ließ sich auf einem der Sessel nieder. »Und alles so praktisch. Ich hätte ja nie gedacht, dass es wirklich so schnell fertig wird. Eigentlich wollten wir aus unserem alten Haus ja nicht raus. Aber als dann der Aschinger gekommen ist und uns die Pläne gezeigt hat … Ich mein, dieses riesige alte Bauernhaus sauber zu halten. Und überall die Treppen … Es hat schon ein bisserl wehgetan, dort auszuziehen …«

»Ach geh, sei froh, dass wir aus der alten Bruchbude raus sind«, raunzte der Kerscher-Opa.

»Aha, und wer hat geheult, als er gesehen hat, wie sie das alte Haus abreißen?«, versetzte sie.

Der Kerscher-Opa schnaubte abfällig.

»Oh mei, ihr habt ja noch gar nichts zu trinken«, fiel es der Oma plötzlich ein. »Wollt ihr einen Kaffee?«

Wolfgang und Richard bejahten. Sie sprang auf und wollte gerade wieder in die Küche, als erneut die Türglocke erklang. »Das wird die Rosalie sein. Geh, kann mir schnell jemand helfen? Die hat bestimmt einen Haufen Zeug dabei für den Kleinen.«

Richard ließ sich nicht lange bitten und folgte ihr zur Tür. Tatsächlich war es die Rosalie mitsamt Nachwuchs und, wie vermutet, schwer bepackt mit Kindertrage, Windeltasche und noch einer Stofftasche.

»Danke, sehr nett von dir«, sagte sie, als Richard ihr die Tasche abnahm. Die Stofftasche ließ sie sich aber nicht nehmen. »Nein, die nicht, das ist ein Geschenk zum neuen Haus für dich, Oma.« Sie stockte kurz. »Entschuldige, darf ich überhaupt Oma sagen?«

»Natürlich, Mädel«, die Kerscher-Oma schlug die Hände zusammen. »Ich bin doch die Uroma für das kleine Würmchen. Da darfst du schon Oma zu mir sagen. Jetzt zeig ihn aber mal her, den neuen kleinen Erdenbürger.«

Dafür waren sie ja auch eigentlich da, damit die Rosalie ihnen ihren Sprössling präsentierte. Und auch, um das neue Haus der Kerschers zu feiern. Beides, die Geburt und die Fertigstellung des Hauses, war so zeitnah passiert, dass sich der gemeinsame Termin anbot. Ins Krankenhaus hatte es Richard nicht geschafft. Und auch die Kerschers waren in Ermangelung eines Fahrzeugs nicht in der Lage gewesen, die Rosalie dort zu besuchen. Also sahen sie das Baby nun zum ersten Mal, als es ihnen, im *Maxi-Cosi* schlafend, entgegengehalten wurde. Richard erschrak beinahe, als er ihn erblickte. Der Bub war dem Schorsch wie aus dem Gesicht geschnitten. Jeder, der einen Vaterschaftstest auch nur in Erwägung gezogen hätte, wäre geradewegs ausgelacht worden. »Ich habe ihn Georg genannt«, meinte Rosalie mit versonnenem Lächeln. »Ich hätte zwar nicht gedacht, dass ich mein Kind mal so nenne, aber nach all dem, was passiert ist … erschien es mir richtig.«

Richard musste erst mal den Kloß im Hals herunterschlucken und hoffte, dass keiner bemerkte, dass seine Augen feucht wurden. Die Kerscher-Oma zog geräuschvoll die Nase hoch, und man konnte ihr deutlich ansehen, wie nahe auch sie den Tränen war. Als sie bemerkte, dass die beiden sie ansahen, wandte sie sich schnell ab und schnäuzte sich. »Mei, ich muss mich um den Kaffee kümmern«, wandte sie sich mit zittriger Stimme ab und war in die Küche verschwunden.

»Glaubst du, es geht ihr gut?«, fragte Rosalie besorgt.

»Ich denke schon. Lass ihr ein paar Augenblicke, um das Ganze zu verarbeiten. Komm, wir gehen raus zu den anderen.«

»Dann lass mal das Würmchen sehen«, wurden sie auf der Terrasse vom Opa begrüßt. Rosalie stellte den Kleinen samt Trage auf den Tisch, und die beiden Männer bekamen sich gar nicht mehr ein vor Begeisterung.

»Ja, wo ist er denn?«, fragte er stolze Uropa.

»Dutzi-dutzi-duuuu!«, rief Wolfgang.

So ging es eine ganze Weile dahin, sodass Rosalie Richard ein wenig zur Seite nahm.

»Du, was ich dich fragen wollte. Wie geht's denn jetzt mit dem Meier Anderl weiter?«

»Die Verhandlung läuft noch, aber es schaut nicht gut für ihn aus«, meinte Richard. Er und Wolfgang hatten ihre Aussage vor Gericht bereits gemacht. Der Anderl hatte zu den meisten Vorwürfen geschwiegen. Nicht, dass es ihm viel gebracht hätte. Dafür waren die Beweise zu eindeutig. Und es kam nicht wenig zusammen. Mord, versuchter Mord beim Maik und beim Richard. Drogenschmuggel im großen Stil. Und nicht zuletzt die Entführung eines Polizisten. Gut, genau genommen von zweien. Da er aber den zweiten unwissend mitentführt hatte, weil der auf der Rücksitzbank geschlafen hatte, also quasi aus Versehen, hatte man das freundlicherweise unter den Tisch fallen lassen. »Ich kann mir nicht vorstellen, dass er in absehbarer Zeit wieder rauskommt.«

»Gott sei Dank«, beschied Rosalie.

»Und wie geht es dir?«, fragte Richard.

»Ja, soweit gut«, seufzte Rosalie. »Ehrlich gesagt, hatte ich so meine Zweifel, ob ich allein mit dem Kleinen klarkomme. Aber als sie ihn mir nach der Geburt dann das erste

Mal in den Arm gelegt haben … ich weiß auch nicht. Da waren alle Zweifel weg. Keine Ahnung, warum, aber in dem Moment war für mich absolut klar, dass alles klappen wird. Vielleicht, weil mein Hirn gesagt hat, dass ich jetzt die Verantwortung für jemanden habe und alles für ihn tun werde, dass es ihm gut geht. Vielleicht war es auch der Bauch oder das Herz, ich weiß es nicht. Aber ich schau jetzt nur noch nach vorne. Meine Eltern unterstützen mich, wo es geht, und auch die Kerschers haben mir ihre Hilfe angeboten. Also wird es schon irgendwie gehen.«

»Du, wenn es mal eng wird, ich kann auch gerne aushelfen und auf den Kleinen aufpassen.«

»Lieb von dir. Ich werde sicher darauf zurückkommen. Aber du musst mir versprechen, dass du ihn nicht auf Streife mitnimmst.«

»Warum denn das?«, rief Richard mit gespielter Empörung. »In den fähigen Händen der Polizei, sicherer geht es ja wohl nicht!«

»Ja, freilich«, lachte Rosalie. »Und dann lässt du dich wieder entführen und mein Kind gleich mit!«

»Du tust gerade so, als würde so was laufend passieren …«

Sie wurden von der Kerscher-Oma unterbrochen, die mit einer Kanne duftendem Kaffee aus der Küche kam. Man konnte an ihren roten Augen sehen, dass sie geweint hatte, aber nun strahlte sie übers ganze Gesicht. »So, kommt's her, bevor er kalt wird. Und der Kuchen dürfte jetzt auch soweit abgekühlt sein.«

So wurden die Tassen und die Teller gefüllt, und sie ließen es sich gut gehen.

»Ein sehr schönes Haus habt ihr«, bemerkte Rosalie schließlich.

»Ja, gell. Es wundert mich immer noch, dass der Aschinger uns das alles so gebaut und bezahlt hat. Wo er uns doch vorher mit so einer winzigen Wohnung abspeisen wollte«, meinte die Oma. »Ich frage mich immer noch, wo dieser plötzliche Sinneswandel hergekommen ist.«

Richard und Wolfgang warfen sich einen wissenden Blick zu.

»Manchmal darf man eben doch auf das Gute im Menschen hoffen«, beschied Wolfgang.

»Ausgerechnet beim Aschinger«, lachte der Kerscher-Opa. »Aber was soll es, einem geschenkten Barsch schaut man nicht in den Mund. Ein Prost auf den Spender!«

Lachend stießen sie mit den Kaffeetassen an.

Schließlich brachte die Oma das benutzte Geschirr in die Küche, jede ihr angebotene Hilfe entschieden ablehnend. Rosalie hatte sich in eine Ecke des Gartens zum Stillen zurückgezogen, und der Kerscher-Opa ließ es sich nicht nehmen, dem Wolfgang sein Dusch-WC vorzuführen. Die beiden hatten die größte Gaudi. Dabei setzten sie das halbe Bad damit unter Wasser, um herauszufinden, wie weit der Wasserstrahl über das WC hinaus reichte.

So saß Richard alleine auf seinem Gartenstuhl und ließ sich die Sonne auf den Pelz scheinen. Er dachte darüber nach, was alles die letzten Wochen und Monate passiert war, und wunderte sich, dass alles ein so gutes Ende genommen hatte. Und er dachte über die Worte von Rosalie nach. Nach vorne schauen. Nachdem er die Geschichte mit der Sandra nun endgültig abgehakt hatte und es in der Arbeit gerade auch so richtig gut lief, weil ihr Chef die beiden für ihren Erfolg immer noch feierte … Nach vorne schauen, das schien ihm gerade eine richtig gute Lebenseinstellung zu sein. Morgen hatte er wieder Dienst mit Wolfgang, und, um ehrlich zu sein, er freute sich richtiggehend darauf.

DANKSAGUNG

Mein Dank geht zuallererst an meine Frau Andrea und meine Töchter Katharina und Franziska. Danke, dass ihr es geduldig ertragen habt, wenn ich wieder stundenlang über dem Manuskript gebrütet habe.

Großer Dank gilt auch meinen Testlesern, die sich die Rohfassung voller Schreibfehler und umständlicher Formulierungen antun mussten. Meiner Mutter Anita, meiner Schwester Carina und meinen beiden besten Freunden Martin und Franz. Danke für euren Enthusiasmus, für die wohlwollende und konstruktive Kritik.

Zu guter Letzt gilt mein Dank meinem Verlag, der mir ermöglicht hat, meine Geschichte zu veröffentlichen. Allen voran meiner Lektorin Claudia Senghaas, die geduldig mein Manuskript überarbeitet hat und gefühlt 15.000 Kommas ergänzen musste.

Seit ich denken kann, sind Bücher etwas sehr Besonderes für mich gewesen. Es bedeutet mir daher sehr viel, eines mit meiner eigenen Geschichte, meinen Ideen und meinem zweifelhaften Humor in den Händen halten zu können.

Ohne Euch wäre mir das nicht möglich gewesen. Dafür ewigen Dank.

*Weitere Titel finden Sie auf den
folgenden Seiten und im Internet:*

WWW.GMEINER-VERLAG.DE

Carlos Ávila de Borba
**Commissario Conti
und der Tote im See**
Kriminalroman
315 Seiten, 13,5 x 21 cm,
Premium-Klappenbroschur
ISBN 978-3-8392-0241-8
€ 17,00 [D] / € 17,50 [A]

Während einer morgendlichen Bootsfahrt zur Isola del
Garda entdeckt eine Familie einen unter der Wasser-
oberfläche treibenden Körper. Offenbar handelt es sich
bei dem Toten um einen Ranger aus Tignale, der im
Naturpark Gardasena arbeitete. Zur gleichen Zeit wird
am Brenner ein Transporter kontrolliert, der illegal eine
riesige Trüffelmenge nach München liefern soll. Luca
Conti, der gerade seinen letzten Lehrgang zum Kom-
missaranwärter absolviert, glaubt an eine Verbindung
zwischen den Fällen und beginnt auf eigene Faust zu
ermitteln …

SPANNUNG

GMEINER

WWW.GMEINER-VERLAG.DE
Wir machen's spannend

DIE NEUEN Lieblings-plätze

ISBN 978-3-8392-0154-1 — AM INN

ISBN 978-3-8392-2730-5 — AUGSBURG UND BAYERISCH-SCHWABEN

ISBN 978-3-8392-0155-8 — FÜNFSEENLAND

ISBN 978-3-8392-0158-9 — HARZ

ISBN 978-3-8392-0160-2 — mit Hund NORDSEEKÜSTE NIEDERSACHSEN

ISBN 978-3-8392-0159-6 — LÜNEBURGER HEIDE

ISBN 978-3-8392-0161-9 — NIEDERRHEIN

ISBN 978-3-8392-0163-3 — OSTSEE MECKLENBURG-VORPOMMERN

ISBN 978-3-8392-0164-0 — OSTSEE SCHLESWIG-HOLSTEIN

ISBN 978-3-8392-2626-1 — SACHSEN

ISBN 978-3-8392-0156-5 — Für Senioren BODENSEE

ISBN 978-3-8392-0157-2 — Für Senioren NORDSEE SCHLESWIG-HOLSTEIN

ISBN 978-3-8392-0166-4 — SÜDLICHE WEINSTRASSE UND PFÄLZERWALD

ISBN 978-3-8392-0166-4 — SÜDTIROL

ISBN 978-3-8392-2838-8 — USEDOM

ISBN 978-3-8392-0168-8 — WIESBADEN RHEIN-TAUNUS RHEINGAU

GMEINER KULTUR

WWW.GMEINER-VERLAG.DE
Mensch, Kultur, Region